HELEN BROWN | Kater mit Karma

Das Buch
Helen Brown, Journalistin und Schriftstellerin, lebt mit ihrer Familie in Melbourne. Sie steckt mitten in den Vorbereitungen für die Hochzeit ihres Sohnes Rob, als zwei Nachrichten sie in eine tiefe Krise stürzen: Nicht nur will ihre Tochter Lydia buddhistische Nonne werden und ins kriegsgeplagte Sri Lanka auswandern. Sie will diesen Plan auch dann nicht aufgeben, als Helen nach einer Routineuntersuchung erfährt, dass sie schwer erkrankt ist und sich einer Operation unterziehen muss. In dieser aufwühlenden Zeit legt sich Helen Siamkater Jonah zu. Nicht ahnend, dass der süße Siamkater kein Schmusekätzchen ist, sondern ein unbändiges Energiebündel – und mindestens genauso willensstark wie Helens Tochter …

Die Autorin
Helen Brown, geboren und aufgewachsen in Neuseeland, arbeitet als Kolumnistin, Schriftstellerin, Fernsehmoderatorin und Drehbuchautorin. Sie lebt mit ihrer Familie in Melbourne, Australien. Auf Deutsch erschien neben *Kater mit Karma* auch Helen Browns internationaler Bestseller *Cleo. Wie ich das Lachen wieder lernte.*

HELEN BROWN

Kater mit Karma

Roman

Aus dem Englischen von
Andrea Stumpf und Gabriele Werbeck

Diana Verlag

Die Originalausgabe erschien 2012 unter dem Titel
Cats and Daughters bei Two Roads,
an imprint of Hodder & Stoughton, London

MIX
Papier aus verantwortungsvollen Quellen
FSC® C014496
FSC
www.fsc.org

Verlagsgruppe Random House FSC® N001967
Das für dieses Buch verwendete
FSC®-zertifizierte Papier *Holmen Book Cream*
liefert Holmen Paper, Hallstavik, Schweden.

Taschenbucherstausgabe 09/2014
Lizenzausgabe mit Genehmigung
des Paul Zsolnay Verlages Wien

Umschlaggestaltung | t.mutzenbach design, München
Umschlagmotiv | © shutterstock
Satz | Leingärtner, Nabburg
Druck und Bindung | GGP Media GmbH, Pößneck

Printed in Germany
ISBN 978-3-453-35773-0

www.diana-verlag.de

Für Katzen und Töchter,
die nicht immer kommen,
wenn man sie ruft.

I.

Schnurrhaarspitzen

Ich hätte nicht gedacht, dass wir einmal bei einer Katze landen würden, die so verrückt ist, Gassi gehen zu wollen. Aber Katzen machen einen anderen Menschen aus dir. Das sollte ich mittlerweile wissen.

Sobald abends die Schatten in der Küche länger werden, donnert Jonah durch die Eingangshalle. Er baut sich vor mir auf; sein rotes Geschirr zwischen den Zähnen.

»Jetzt nicht«, sage ich und schäle weiter Karotten. »In einer halben Stunde gibt es Abendessen.«

Seine Augen werden groß wie Untertassen. Manierlich setzt er sich vor mich hin, legt den Schwanz über die Vorderpfoten und mustert mein Gesicht. Was sehen Katzen, wenn sie Menschen betrachten? Wir müssen ein schrecklicher Anblick für sie sein, so ganz ohne Fell.

Nach kurzem Nachdenken, noch immer das Geschirr im Maul, erhebt sich Jonah und tappt auf mich zu. Er richtet sich auf den Hinterpfoten auf und lehnt sich mit seinem unglaublich langen Körper an mich. Er stupst mit seiner Vorderpfote gegen meinen Bauch, legt seine Ohren flach und neigt den Kopf. Dann geht er wieder auf alle viere, lässt das Geschirr vor meine Füße fallen und miaut kläglich.

Unwiderstehlich.

Ich bücke mich und lege das Geschirr um seinen biegsamen, athletischen Körper. Erwartungsvoll biegt er seinen Rücken durch. Sein Schnurren hallt von den Küchenschränken wider.

Grausam, einfach grausam!, höre ich meine Mutter sagen.

Katzen sind wilde Tiere. Was tust du diesem armen Geschöpf bloß an?

Es ist wirklich seltsam, dass ich noch immer Mums Stimme im Kopf habe, so viele Jahre, nachdem sie gestorben ist. Ich frage mich, ob das bei meinen Töchtern auch so sein wird und ihnen meine Kommentare und guten Ratschläge noch im Ohr klingen werden, wenn sie selbst schon im Schaukelstuhl sitzen.

In einer perfekten Welt könnte Jonah nach Lust und Laune durch unser Viertel streifen. Aber die Zeiten haben sich geändert. Wir leben in Städten. Die Straßen sind mit Autos überschwemmt.

Keine normale Katze würde an der Leine spazieren gehen. Drei Jahre mit Jonah haben mich gelehrt, dass er alles andere als normal ist. Abgesehen davon, dass er sein Geschirr zu lieben gelernt hat, geht auch seine Leidenschaft für Handschuhe, Satinbänder und Abendkleider weit über ein gesundes Katzenmaß hinaus.

Er ist schwer zu verstehen. Obwohl er manchmal unglaublich intelligent wirkt, findet er Autos ideal, um sich darunter zu verstecken. Ich möchte ihn nicht wie einen Gefangenen halten, aber es lauern überall Gefahren. Er muss beschützt werden.

Ich trage ihn in die Waschküche und befestige an seinem Geschirr eine verlängerte Leine, die ihm möglichst viel Bewegungsfreiheit gewährt. Sein Schnurren vibriert an meinen Armen entlang, als ich die Hintertür öffne und ihn auf dem Rasen absetze.

Einen Moment lang steht er regungslos da und hält genießerisch die Nase in die warme Abendluft. Der Wind bringt Geschichten über Mäuse und Tauben mit, über kleine weiße Hunde und Katzen – Freunde und Feinde. Geschichten, für die meine unterentwickelten menschlichen Sinne zu grob sind.

Jonah stürmt los, zerrt an der Leine, und das Glöckchen an seinem Halsband klingelt, während wir um das Haus rasen. Seine jugendliche Energie ist erschöpfend. Sein Selbstvertrauen beängstigend. Nicht zum ersten Mal erinnert er mich an meine ältere Tochter, Lydia. Manchmal denke ich sogar, dass dieses wundervolle, willensstarke Geschöpf mehr Ähnlichkeit mit Lydia hat als mit seiner Vorgängerkatze Cleo.

Als Jonah am Gartentor pausiert, um an einem Rosmarinstrauch zu schnuppern, kann ich beinahe Cleo sehen, wie sie uns vom Katzenhimmel aus beobachtet und grinst. Sie, die eine halbe Wildkatze und mit allen Wassern gewaschen war, vertrat die Ansicht, Geschirre seien etwas für Schoßhündchen.

Katzen kommen mit einer bestimmten Absicht in das Leben eines Menschen. Nicht wenige dieser magischen Geschöpfe sind Heiler. Als vor vielen Jahren Cleo zu uns kam, war unsere Familie nach dem Tod unseres neunjährigen Jungen Sam in einem erbärmlichen Zustand. Sein jüngerer Bruder Rob hatte mit ansehen müssen, wie Sam überfahren wurde, und war schwer traumatisiert. Doch ich war wie gelähmt vor Schmerz und Wut auf die Fahrerin des Wagens und nicht in der Lage, Rob die Hilfe zu geben, die er brauchte. Ein Teil meiner Wut rührte daher, dass ich glaubte, Sam sei ganz allein am Straßenrand gestorben. Wie sich herausstellen sollte, stimmte das nicht. Jahre später erhielt ich einen Brief von einem wunderbaren Mann namens Arthur Judson, der mir schrieb, er sei damals an der Unfallstelle gewesen und bis zuletzt bei Sam geblieben.

Es bedurfte eines schmächtigen schwarzen Kätzchens, um

den sechsjährigen Rob wieder zum Lächeln zu bringen. Cleo schien sofort zu begreifen, dass wir uns in einer Krise befanden. Indem sie mit ihm schmuste und spielte und kaum von seiner Seite wich, half sie Rob, sich in einem neuen Leben ohne seinen großen Bruder zurechtzufinden. Damals verstand ich zum ersten Mal, wie tief die heilende Kraft von Tieren gehen kann.

Sams Tod veränderte unser Leben und unsere Herzen sollten nie wieder ganz heilen. Doch in all den Jahren wachte Cleo über uns, während wir langsam wieder zu uns kamen. Als ich erneut schwanger wurde, schmiegte sie sich an meinen wachsenden Bauch und leistete mir nach der Geburt in endlosen Nächten Gesellschaft, wenn ich die kleine Lydia stillte. Ein paar Jahre später stand sie mir bei meiner Scheidung bei, und als ich dann soweit war, warf sie ein wachsames Katzenauge auf das armselige Häuflein meiner Verehrer, um dafür zu sorgen, dass ich die richtige Wahl traf. Wie sich zeigte, war Philip – der erste Mann, der Cleos Zustimmung fand – die richtige Wahl, auch wenn er mittlerweile einen Großteil seiner Zeit in Flugzeugen verbringt. Vor der Geburt unserer Tochter Katharine rollte sich Cleo wieder ordnungsgemäß auf meinem Bauch zusammen und begleitete mich dann erneut durch die Stillzeit.

Von all unseren Kindern hatte Rob die stärkste Beziehung zu Cleo. In seiner Kindheit spielte sie Katzenspiele mit ihm und sie wachte über ihn, als er mit Anfang zwanzig eine schwere Krankheit durchmachte. Diese kleine schwarze Katze war in der Zeit unserer Trauer, beim Umzug nach Australien und schließlich im ganz normalen Chaos des Alltags an unserer Seite gewesen. Etwa um die Zeit, als Rob sich in Chantelle, die Frau seiner Träume verliebte, räumte Cleo dann würdevoll ihren Platz und bekam plötzlich weiße Schnurrhaare. Es war beinahe, als betrachtete sie ihre Pflicht als getan, nun, da Rob erwachsen und glücklich und unsere Familie, mehr oder weniger, wieder auf die Beine gekommen war. Sie konnte uns nun verlassen und in den Katzenhimmel übersiedeln, falls es den gibt.

Ich schwor mir, dass ich nach Cleo nie wieder eine Katze haben würde. Doch als alles wieder kompliziert zu werden begann, platzte ein kleiner Siamkater in unser Leben.

Diese Geschichte erzählt davon, wie eine Katze zur anderen führt, dass rebellische Katzen und Töchter mehr gemeinsam haben, als man annehmen würde, und wie ich lernte, dass es manchmal in Ordnung ist, Kompromisse zu schließen und Medikamente zu nehmen.

Jonah ist die Katze, von der ich geschworen hatte, dass wir sie nie haben würden. Aber wie meine Mutter zu sagen pflegte, sag niemals nie.

2.

Abschied

*Deine alte Katze sucht dein nächstes
Kätzchen aus.*

»Wann legt ihr euch eigentlich wieder eine Katze zu?«, fragte meine Nachbarin Irene, an den Gartenzaun gelehnt.

Was für eine taktlose Frage, dachte ich. Man zieht schließlich auch nicht los um eine neue Mutter einzukaufen, sobald ihr Sarg in die Erde gesenkt ist, oder?

Ich blinzelte zu Irene hoch. Zum Schutz vor der grellen Sonne trug sie eine Sonnenbrille und einen dieser albernen Hüte aus einem Outdoorladen. Ich lachte etwas gezwungen und fragte, was sie meine.

»Jeden Vormittag bist du hier draußen und sprichst mit dem Busch, unter dem ihr Cleo begraben habt. Das ist nicht gesund.«

Gesund? Was versteht sie denn davon?, dachte ich und starrte in meinen Kaffeebecher. Nach dem Frühstück mit einer toten Katze zu sprechen, war ganz und gar harmlos und nicht halb so verrückt wie manche andere Dinge, die ich neuerdings tat, zum Beispiel Kleidungsstücke verkehrt herum tragen und Geburtstagskarten sechs Monate im voraus kaufen. Ganz zu schweigen von meiner wachsenden Leidenschaft für Kreuzworträtsel und Spielshows im Fernsehen. Außerdem war es meine Sache, wenn ich mich mit einer toten Katze unterhalten wollte.

»Eine Freundin von mir hat gerade drei Kätzchen bekommen«, fuhr sie fort. »Also, ich meine natürlich nicht, dass sie sie selbst auf die Welt gebracht hat, ha ha …«

Wenn es darum geht, ein Kätzchen loszuwerden, kennt der Erfindungsreichtum der Leute keine Grenzen. »Sieh sie dir doch einfach mal an«, flöten sie voller Zuversicht, dass man auf der Stelle dahinschmilzt, sobald man den Blick auf irgendein dreibeiniges, halbglatziges Geschöpf richtet. Der Trick ist, sofort gegenzusteuern. Dafür benötigt man nur zwei kurze Worte. »Nein« und »danke«.

In dieser Biosphäre gab es sowieso kein Tier, das auch nur die geringste Chance hatte, Cleo zu ersetzen. Es war ein Jahr her, dass Philip mit einem Spaten feuchte, schwere Erde auf ihren winzigen Körper geschaufelt hatte. Ich hatte Rotz und Wasser geheult, die Stimme meiner Mutter im Kopf: *Sei nicht albern! Es war doch nur eine Katze, kein Mensch.*

In vieler Hinsicht war Cleo mehr als ein Mensch gewesen. Menschen kommen und gehen, aber Katzen sind immer da. Fast vierundzwanzig Jahre lang war Cleo bei allem, was uns widerfahren war, dabeigewesen.

Andererseits verlassen einen Katzen und Menschen niemals ganz. In den Tiefen der Wäscheschränke fand ich noch immer unverwechselbare schwarze Haare.

»Warum kommst du nicht mit und siehst dir die Kätzchen mal an?«, bohrte Irene weiter. »Winzige gestreifte Fellbälle mit niedlichen Gesichtern.«

»Ich habe kein Interesse an einer neuen Katze«, antwortete ich, schärfer als beabsichtigt.

»Nie wieder?«, fragte sie und rückte ihre Sonnenbrille zurecht.

Während sich eine Hibiskusblüte von dem Ast über mir löste und neben meinen Füßen landete, stellte ich zu meiner Überraschung fest, dass Irenes Vorschlag ein ganz klein wenig verlockend klang. Die meisten Leute haben Hibiskussträucher im Garten, aber unserer war zu einem sieben Meter hohen Baum mit Hunderten, vielleicht sogar Tausenden rosafarbener Blüten herangewachsen. Im Sommer war der Anblick so überwältigend, dass wir um den Stamm herum eine halbrunde Bank hatten bauen lassen, so dass ich mich daruntersetzen, Kaffee trinken, Moskitos verjagen und mir Scarlett O'Hara geben konnte. Im Herbst war er nicht mehr ganz so beeindruckend. Sobald es kälter wurde, sank eine Blüte nach der anderen wie eine Südstaatenschönheit zu Boden und wartete darauf, zusammengerecht zu werden. In unserem Haushalt war nur eine Person auf Zusammenrechen spezialisiert. Trat ich in Streik und weigerte mich, die Hibiskusblüten zu beseitigen, übten sie Rache, indem sie sich in eine glitschige Masse verwandelten. Der Rest der Familie schaffte es, sich auf Zehenspitzen durch den tödlichen Schleim zu bewegen, ohne Schaden zu nehmen. Ich dagegen rutschte regelmäßig aus und legte eine schmerzhafte Landung auf den harten Pflastersteinen hin.

So würde es auch sein, wenn wir wieder eine Katze hätten. Wie jeder in unserem Haus und Garten würde sie Starallüren entwickeln und am Schluss hätte ich wieder die ganze Arbeit. Eine neue Katze kam überhaupt nicht in Frage.

»Nie wieder.«

»Du wirst schon sehen«, meinte meine Nachbarin, mit einer unheilvollen Geste in meine Richtung, »hast du noch nie davon gehört, auf welch einem geheimnisvollen Weg Katzen in dein Leben treten?«

Ich heuchelte Interesse.

»Deine alte Katze sucht das nächste Kätzchen für dich aus«, sagte sie.

»Wirklich?«

»Ja, und sobald dein neues Kätzchen gefunden ist, kommt es zu dir, ganz egal, was passiert«, antwortete sie. »Und es wird genau die Katze sein, die du brauchst.«

»Hier ist weit und breit nichts von einer Katze zu sehen«, sagte ich und gähnte in die Sonne. »Wir brauchen ganz offensichtlich keine.«

Meine Nachbarin richtete sich auf und pflückte eine Hibiskusblüte von meinem Baum.

»Eure alte Katze ist bloß noch nicht dazu gekommen, eine neue für euch auszusuchen, das ist alles«, erklärte sie, zwinkerte mir zu, steckte die Blüte an ihren Hut und setzte ihren Morgenspaziergang fort.

Ich sah ihr nach, wie sie die Straße hinunter verschwand, und nahm einen Schluck aus meinem Kaffeebecher. Die Vorstellung, dass Cleo in irgendeinem parallelen Katzenuniversum herumtrottete und nach Ersatz für sich Ausschau hielt, war reizvoll. Sie würde einen intelligenten Mischling finden müssen, der ebenso schlau und seelenvoll war.

Aber wie auch immer, eine neue Katze war überhaupt kein Thema. Nach mehr als dreißig Jahren Mutterschaft brauchte ich eine Pflegepause. Die Kinder waren unserer Obhut beinahe entwachsen. Sobald Katharine ihre Abschlussprüfungen hinter sich hatte, würde ich ein Jahr Auszeit nehmen, um durch sämtliche Museen auf dieser Welt zu streifen und all die anderen Dinge zu tun, die ich als allzu junge Mutter versäumt hatte. Ein neues von mir abhängiges Familienmitglied – sei es nun zwei- oder vierbeinig – war das Letzte, was ich brauchen konnte. Ich schickte eine stumme Botschaft an Cleo, falls sie tatsächlich im Katzenhimmel war: *Bitte nicht!*

Sosehr ich mich auch bemühte, sie zu vergessen, Cleo war überall. Abgesehen von ihren sterblichen Überresten unter dem Seidelbast und den schwarzen Haaren in Wäscheschränken, war ihr Lieblingsplatz im Gras unter der Wäscheleine noch immer an einer kreisrunden kahlen Stelle zu erkennen. Im Haus waren überall Erinnerungen an sie eingegraben wie Kratzspuren. Die Wohnzimmertür trug noch immer die Narben von dem Tag, an dem sie einzubrechen versucht hatte, weil wir uns das Hähnchen vom Schnellimbiss geholt hatten. Wenn ein Schatten über den Küchenboden huschte, musste ich mir jedes Mal sagen, dass das nicht Cleo war. Nach vierundzwanzig Jahren konnte ich zum ersten Mal wieder unbesorgt eine Platte mit Lachs auf der Arbeitsplatte stehen lassen, weil sich niemand darüber hermachen würde. Im Garten und unter dem Haus tummelten sich ungefährdet Mäuse.

Vielleicht hatte meine Nachbarin recht und ich trauerte noch um Cleo. Wenn ich so darüber nachdachte, hatten sich um die Zeit ihres Todes merkwürdige »Symptome« eingestellt. Ohne zu sehr ins Detail zu gehen, kann ich sagen, dass die vergangenen Monate Begriffen wie Flut, Leck, Glühen, Frieren und Schwitzen eine neue Bedeutung verliehen hatten. Ich war zu einem Minikatastrophengebiet mutiert. Ein- oder zweimal hatte ich das Thema Freundinnen gegenüber zur Sprache gebracht, es jedoch auf der Stelle bereut. Sie litten ungleich mehr als ich. Bei einigen von ihnen klang es, als wären sie übergangslos von der Pubertät in die Menopause gerutscht, unterbrochen von ein paar kurzen, blutigen Intermezzi in Form von Geburten.

Trotzdem, ich musste aufhören, mit dem Seidelbast zu reden. Es würde die Runde machen. Über kurz oder lang würden die Leute die Straßenseite wechseln, um mir nicht zu begegnen. Nicht, dass mir das etwas ausgemacht hätte. Wir waren von Anfang an die Sonderlinge in der Straße gewesen. Inzwischen wurde jedes zweite Haus abgerissen und durch eine Scheußlichkeit aus Beton ersetzt. Ich fühlte mich immer weniger wohl hier. Als Irene mir die Pläne für ihr zukünftiges Domizil gezeigt hatte, hatte ich Mühe gehabt, mein Entsetzen zu verbergen. Es würde nicht nur einen vollkommen ungestörten Blick in unseren Garten ermöglichen, sondern mit seinen Säulen und Bögen nahezu alle antiken Kulturen gleichzeitig in unsere Gegenwart versetzen.

Der Drang nach oben, der in unserer Nachbarschaft nicht zu übersehen war, zog mich nach unten. Ich würde nie dünn, jung oder modebewusst genug sein, um dazuzugehören.

Es war an der Zeit für Veränderungen. Einschneidende.

Eine weitere Hibiskusblüte segelte herunter, dieses Mal landete sie direkt in meinem Kaffeebecher. Das war's! Warum war ich nicht schon viel früher darauf gekommen, es lag doch völlig klar auf der Hand!

Ich rettete die ertrinkende Blüte, warf sie in die Büsche und fischte mein Handy aus der Tasche meiner Jogginghose.

Auf einen Schlag würde ich sowohl dem schrecklichen Anblick von Irenes Designertraum als auch dem jahrelangen Hibiskusblütenzusammenrechen entkommen. Nie mehr würde ich Cleos Pfoten über den Dielenboden tappen hören. Oder über ihre ausrangierten Knautschkissen unter dem Haus stolpern. Was den Seidelbast anging, musste er kein Grabmal mehr geben und durfte wieder zu einem gewöhnlichen Strauch werden.

Philips Stimme sagte, er wäre im Augenblick leider nicht zu erreichen, ich könnte jedoch eine Nachricht nach dem Piepton …

»Wir ziehen um«, sagte ich und drückte mit einem befriedigenden Klicken die rote Taste.

3.

Ankunft

Ein Zuhause ist wie eine zweite Haut. Es braucht Zeit, bis die neue nachgewachsen ist.

»Wer will in einem Haus wohnen, das Shirley heißt?«, fragte Philip und starrte auf das Messingschild neben der Eingangstür.

Ganz ehrlich, manchmal ging er mir wirklich auf die Nerven. Unser altes Haus hatte schneller als erwartet einen neuen Besitzer gefunden. In vier Wochen mussten wir ausziehen. Und er stand hier und nörgelte an einem Namensschild herum.

»Früher hatten viele Häuser Namen«, sagte ich. »Und wenn man einem Haus schon einen Namen gibt, dann kann es auch Shirley sein.«

Es war nicht zu übersehen, dass ihn das Haus auch sonst nicht besonders beeindruckte. Tief in meinem Inneren wusste ich, dass er gern in etwas Weißes, Modernes gezogen wäre, eine Art Kühlschrank. Stattdessen ragte wie eine Mischung aus Kinderheim und Schloss Colditz Shirley über uns auf. Errichtet Anfang des zwanzigsten Jahrhunderts, erzählte Shirley mit ihren roten Backsteinen und dem Ziegeldach von einer Zeit, als Mütter ihre Söhne in den Krieg schickten und Sex vor der Ehe etwas Undenkbares war. Was immer Shirley einst an Glanz besessen haben mochte, hatte sich längst zwischen rissigem Mauerwerk und schmucklosen Fenstern verflüchtigt.

Die Backsteine saßen krumm und schief aufeinander und das graue Zeug, das sie zusammenhalten sollte, sah nicht so aus, als würde es diese Aufgabe ernsthaft bewältigen. Die orangefarbenen Dachziegel erinnerten an Reihen zerbrochener Kekse, von denen einige eindeutig einem Abwärtstrend folgten. Es machte keinen Sinn, irgendetwas davon Philip gegenüber zu erwähnen. Wenn wir nicht schnell ein Haus fanden, das wir kaufen wollten, würden wir etwas mieten müssen, was noch mehr Unsicherheit und Unbequemlichkeiten mit sich bringen würde.

Ich hatte es mir recht einfach vorgestellt, ein neues Zuhause zu finden, doch nun sahen wir uns schon seit Wochen Stadthäuser und zentral gelegene Wohnungen an, Bruchbuden und Baustellen. Entweder waren sie zu klein oder absurd teuer oder die Zimmer verteilten sich über so viele Stockwerke, dass im Preis eine Bergsteigerausrüstung hätte inbegriffen sein müssen. Wir wollten uns nicht verkleinern, aber ein Haus für eine Großfamilie in irgendeinem Vorort war auch nicht das, was uns vorschwebte.

Prahran, ein lebendiges Viertel in der Innenstadt, hatte mir schon immer gefallen (der Name stammt von den Aborigines und wird von den Einheimischen »Pran« ausgesprochen), deshalb war ich begeistert, als ich in einer unscheinbaren Sackgasse in der Nähe der High Street Shirley entdeckte. Die Häuser in dieser Straße, überwiegend einstöckige Doppelhäuser, waren alle in der Zwischenkriegszeit errichtet worden, was dem Straßenbild eine in Melbourne sonst eher selten anzutreffende Geschlossenheit verlieh. Mir gefielen die weißen Lattenzäune und verwunschenen Gärten. Sie hatten etwas von *Alice im Wunderland*. Dank einer Denkmalschutzbestimmung war der Bau von Wohnblocks und modernen Gebäuden untersagt.

Anders als in unserer alten Straße gab es hier offenbar keine Rasenmäher-Fetischisten. Es schien hier vielmehr ein Dauerwettbewerb stattzufinden, wer es schaffte, das Gras vor seinem Haus am höchsten wachsen zu lassen.

Shirleys Vorgarten, ein sandiges Rechteck neben einer Doppelgarage, war praktisch Wüstengebiet. Betonplatten gaben sich als Weg zur Haustür aus. Der einzige Hinweis darauf, dass Shirley einst der Schauplatz für Familienleben gewesen sein mochte, war ein uralter verwachsener Apfelbaum, der sich an die Veranda lehnte.

»Na komm schon«, sagte ich zu Philip, »lass uns mal reingehen.«

Philip blieb jedoch störrisch. Noch immer starrte er auf das Namensschild aus Messing, das für die Besichtigung auf Hochglanz poliert worden war.

»Das können wir wegmachen«, sagte ich und packte seinen Arm.

»Ich wüsste nicht, wie. Es ist einbetoniert.«

Ich zerrte ihn über eine im Laufe vieler Jahrzehnte schiefgetretene hölzerne Schwelle in die Diele. Hohe Decken. Zugig. Ein Sonnenstrahl tauchte eine Pyramide aus Kartons in staubiges Licht. Aber irgendwie machte es einen heimeligen Eindruck.

»Nicht gerade eine ansprechende Präsentation«, bemerkte Philip.

»Das kannst du den Mietern kaum zum Vorwurf machen«, sagte ich. »Immerhin werden sie rausgeworfen.«

»Wer schläft denn hier drin?«, fragte er und inspizierte ein düsteres, mit Sportgeräten und Koffern vollgestelltes Zimmer. »Marquis de Sade?«

Gespenstergleich erschien ein Immobilienmakler in der Eingangstür.

»Das ist das Elternschlafzimmer, Sir«, erklärte er mit strengem Blick, überreichte Philip einen Prospekt und machte auf dem Absatz wieder kehrt.

»Mit Folterbank und einem hervorragenden Blick auf die Hauswand des Nachbarn, na prima«, murmelte Philip.

Über einen knarrenden Holzfußboden folgten wir dem Geruch von Mottenkugeln in ein kleineres Zimmer mit einem zugenagelten Kamin. Runde Flecken an der Decke deuteten auf ein undichtes Dach hin.

»Sieht nach Kinderzimmer aus«, sagte Philip und beäugte die sich ablösende Tapete mit Teddybärmuster.

»Oder Arbeitzimmer«, fügte ich hinzu und blickte durch ein angeknackstes rosa-grünes Bleiglasfenster zu dem Apfelbaum hinaus.

Wir knarzten weiter in das leere Ess-/Wohnzimmer, wo unsere Stimmen von den Wänden widerhallten. Philip deutete auf die Arbeitsfläche in der offenen Küche, gelber Marmor mit braunen Einsprengseln. Ungewöhnlich, zugegebenermaßen. Ein ausgehängter Telefonhörer gab ein Dauerpiepen von sich, wie ein Überwachungsmonitor, der das langsame Sterben eines Patienten anzeigt.

Obwohl Shirley innen wie außen heruntergekommen war, hatte sie etwas, das mich ansprach. Müde, grobknochig und möglicherweise von bedenklicher Substanz, hatten wir eine Menge gemeinsam. Es war, als begegnete man einer Frau mit traurigen, sanften Augen – jemand, der eine Freundin fürs Leben werden sollte.

»Wenn man die Wände in einer wärmeren Farbe streicht und ein paar Bilder aufhängt ... und sieh doch mal!«, sagte ich und deutete auf die verglasten Flügeltüren.

Leider öffneten sie sich nur auf einen lehmigen Hof, der von einem einzelnen Baum beherrscht wurde. Ich musste zugeben, dass der hintere Garten sogar noch trister war als der vorne. Der Fertigrasen war völlig verdorrt. Melbourne wurde seit Jahren von einer anhaltenden Dürre geplagt. In der Zeitung hatte ich Berichte über Kinder gelesen, für die Regen etwas so Ungewohntes war, dass sie zu weinen anfingen, wenn er, was selten genug vorkam, aufs Dach trommelte. Wasser war so streng rationiert, dass die Haushalte wieder beim Verbrauch von 1950 angelangt waren. Das obligatorische Zähneputzen weckte Schuldgefühle. Wir hatten eine Zeitschaltuhr in der Dusche. Manche Leute fingen ihr Duschwasser mit einem Eimer auf, um anschließend ihre Gärten damit zu gießen. Eimer voll Wasser und menschlichen Hautzellen sind schwerer, als sie aussehen. Freunde von uns hatten sich beim Herumwuchten den Rücken verrenkt.

Ich vermisste den Geruch von Regen, die Weichheit und lebenspendende Kühle. In der trockenen Luft begannen meine Augen zu brennen.

Während unserer weiteren Besichtigungstour durch das Haus fand Philip für jeden Punkt, den ich zu Shirleys Gunsten anführte, zwei, die gegen sie sprachen.

»Der Essbereich hat eine gute Größe. Hier wäre genug Platz für den Eichentisch«, sagte ich und wusste im nächsten Moment, dass es ein Fehler gewesen war, mich auf Eichentischterritorium zu begeben. Der Tisch war ein Relikt aus meiner ersten Ehe und man sah immer noch die Rillen an den Kanten, wo ihn Sam und Rob im Vorschulalter mit einer Säge traktiert hatten. Obwohl Philip nie etwas gesagt hatte, war ich mir ziemlich sicher, dass er meine Liebe zu dem Tisch nicht teilte.

»Was ist, wenn wir uns wieder eine Katze zulegen?«, gab Philip zu bedenken. »Hier in der Gegend gibt es viele große Straßen …«

»Vergiss es!«, fauchte ich und wünschte, die Leute würden endlich aufhören, mich wegen einer neuen Katze zu nerven.

Wie sollte ich mein Herz jemals einer anderen Katze öffnen, die ich ja doch nur wieder verlieren würde? Sollte diese andere Katze ebenso lange leben wie Cleo, wäre ich bei ihrem Tod siebenundsiebzig. Außerdem hatte Philip recht: In der Straße hier sah es aus wie im Wilden Westen, an jedem zweiten Laternenpfahl hing ein Zettel mit der Überschrift »Belohnung« und dem Foto einer abgängigen Katze.

Er zuckte die Achseln, ging zurück in die Diele und verschwand in einem der anderen Zimmer. Manchmal wünschte ich, er wäre etwas weniger starrköpfig. Andererseits, wenn ich etwas Formbares gewollt hätte, hätte ich einen Klumpen Plastilin heiraten müssen.

Ich ging zurück ins Kinderzimmer und blickte durch die Äste des Apfelbaums auf die Straße. Auf der gegenüberliegenden Seite schlenderte ein Mann den Gehsteig entlang. Ich kniff die Augen zusammen, um sicherzugehen, dass ich richtig sah. Er trug einen blaukarierten Morgenmantel – um zwei Uhr nachmittags. Keine Frage, hier war ich genau richtig.

»Sieh dir das an!«, rief Philip vom anderen Ende der Diele. »Das Wohnzimmer hat Stuck an den Wänden!«

Mit einem bangen Gefühl folgte ich seinem Ruf. Die pickeligen weißen Wände mit dem abgetretenen grünen Teppich verliehen dem Zimmer etwas von einem Eisbärengehege. Es war etwa halb so groß wie ein Basketballfeld, leer und frostig. Ich fuhr mit der Hand über die kalte Wand und überlegte, wie man hier wohl Bilder aufhängen könnte – mit Hilfe von Eispickeln?

»Sieh dir die in die Wand eingelassenen Spiegel über dem Kamin und das Relief über den Fenstern an«, sagte ich und fragte mich im Stillen, wie sich dieses Wohnzimmer bewohnbar machen ließe. »So viel Liebe zum Detail findet man heutzutage selten.«

Eine Treppe mit einem gelb gestrichenen Geländer führte uns hinauf in einen großen Raum, von dem aus man in zwei Schlafzimmer und in ein Bad gelangte. Irgendwann in jüngerer Zeit hatte man an Shirley eine schlecht ausgeführte Schönheitsoperation vorgenommen. Für wenig Geld war ihr ein Rückzugsbereich für Teenager unters Dach implantiert worden. Die ideale Umgebung für zwei junge Frauen auf dem Weg in die Unabhängigkeit, Kath und Lydia würden vermutlich begeistert sein. Wir hätten endlich Platz für Übernachtungsgäste und einige von Robs und Chantelles Hochzeitsgästen, dann in sechs Monaten. Und wer weiß? Vielleicht auch für das eine oder andere Enkelkind.

Während ich aus einem der Fenster im oberen Stock über die Stadt blickte, hatte ich das Gefühl, dass Shirley die Arme um mich legte wie eine alte Freundin. Sie erinnerte mich an das verrückte alte Haus, in dem ich aufgewachsen war – ein Zuhause voller Lachen und Geheimnisse, mit viel Raum für Kinder, um darin groß zu werden. Genau die Art Haus, von dem ich schon immer geträumt hatte. Und zur Krönung des Ganzen lag gleich über die Straße Spoonful, mein Lieblingscafé. Hier zu wohnen wäre ungefähr so, als würde ein Kokainsüchtiger Tür an Tür mit seinem Dealer wohnen.

Ich drehte mich zu Philip, der geistesabwesend gegen eine Falte im Teppichboden trat. Er wirkte missmutig. Ich hasste es, wenn wir solche Machtkämpfe hatten. Er wurde dann immer schweigsam und reckte das Kinn vor, während ich anfing zu argumentieren und mich zu wiederholen. Ich hatte keine Energie für einen Streit.

»Gefällt es dir denn gar nicht?«, fragte ich. »Die Zimmer

sind ideal für uns. Wir können etwas daraus machen, außerdem bist du viel schneller im Büro und …«

»Aber dieser Name …«, presste er zwischen den Zähnen hervor.

»Es gibt ein paar ganz tolle Shirleys …«, sagte ich. »Shirley Bassey, Shirley Valentine, Shirley Temple. Und du stehst doch schon immer auf Shirley MacLaine …«

Schweigen.

»Das Haus braucht überhaupt keinen Namen.«

»Dieses Schild lässt sich nicht entfernen.«

»Es gibt nichts, womit ein Pressluftbohrer nicht fertig würde.«

»Dir gefällt es also?«, fragte er geschlagen.

Gefallen war gar kein Ausdruck. Je näher der Versteigerungstermin rückte, desto aufgeregter wurde ich. Mit Shirley hatte ich meine Seelenheimat gefunden. Jeden Tag ließ ich mir irgendeinen Vorwand einfallen, um dort vorbeizufahren. Eines Abends sah ich auf der Straße Kinder Kricket spielen. Eine Szene wie aus meiner Kindheit. In meinen Träumen wanderte ich durch die Zimmer und verwandelte sie in Hochglanzabbildungen aus einer Einrichtungszeitschrift. Zu meiner Schande muss ich gestehen, dass ich zu sämtlichen Besichtigungsterminen ging. Jedes Mal wenn ich über die Schwelle trat, leuchteten die Augen des Maklers ein bisschen heller.

Wir ließen ein Gutachten erstellen, dem zufolge Shirley ein paar Mängel hatte, aber über eine gesunde Bausubstanz verfügte. Unter der Voraussetzung, dass sich das Namensschild überstreichen ließe, einigten Philip und ich uns auf einen Preis, der bei der in Kürze stattfindenden Versteigerung unser absolutes Limit sein sollte.

Wegen eines nervösen Armzuckens halte ich mich von Versteigerungen fern. Jedes Mal wenn das Bieten anfängt, schnellt meine Hand automatisch in die Höhe. Deshalb holte ich mir am Tag von Shirleys Versteigerung im Spoonful einen Becher Kaffee und verzog mich damit um die Ecke, derweil sich Philip zu den potentiellen Käufern und neugierigen Anwohnern gesellte, die sich vor Shirley eingefunden hatten.

Ich ging davon aus, dass nach fünfzehn Minuten alles vorbei sein würde und ich gefahrlos auftauchen könnte. Stattdessen drängten sich die Leute immer noch vor dem Haus. Es herrschte eine angespannte Stimmung, so ähnlich musste es gegen Ende eines Stierkampfs sein. Philip saß mit untergeschobenen Händen auf einer Betonmauer auf der gegenüberliegenden Straßenseite. Ein reiner Beobachterposten, wie ich enttäuscht feststellte.

»Was ist los?«, fragte ich.

»Das ist … das ist …«

Er war zu sehr von dem dramatischen Geschehen gefesselt, um zusammenhängend zu antworten.

»Hast du ein Gebot abgegeben?«

»Gleich am Anfang, aber die beiden Typen dort haben unser Limit weit überboten«, sagte er und deutete mit dem Kopf auf zwei Männer, die sich eine Art Gladiatorkampf lieferten. Ihre Gebote hatten bereits eine absurde Höhe erreicht, und der Versteigerer spornte sie unablässig weiter an. Die Zuschauer verfolgten das Spektakel gebannt.

Zu guter Letzt schnitt einer der Männer eine Grimasse, verscheuchte eine imaginäre Fliege und marschierte davon. Ein Raunen ging durch die Menge. Sein Gegner straffte mit gerötetem Gesicht die Schultern, bereit, sich zum Sieger erklären zu lassen. Ich verabschiedete mich im Stillen von Shirley und wappnete mich im Geist für einen Winter in einer Mietwohnung.

Neben mir verlagerte Philip sein Gewicht, zunächst fast unmerklich, dann sah ich ihm mit offenem Mund dabei zu, wie er die rechte Hand unter dem Oberschenkel hervorzog und sie langsam hob. Er stand auf und gab ein Gebot ab, das gleichermaßen erschreckend und erregend war.

Eine unfassbare Summe. Wo in aller Welt sollten wir so viel Geld hernehmen?

Wir wussten beide, dass es unser letztes Gebot sein würde und dass es viel zu hoch für uns war. Der blanke Irrsinn. Und genau das war einer der Gründe, warum ich mich vor Gott weiß wie vielen Jahren in diesen Mann verliebt hatte. Schon mehrmals im Lauf unserer Ehe hatte er, wenn ich einen Traum zerplatzen sah und zutiefst verzweifelt war, irgendetwas Unglaubliches getan, das unser Leben veränderte. Aber noch niemals etwas so Wunderbares und möglicherweise Ruinöses wie derart viel Geld für ein Haus zu bezahlen, das ihm eigentlich gar nicht gefiel, und das nur, weil er wusste, wie sehr ich es mir wünschte.

Es war totenstill, als die Zuschauermenge sich wie ein vielköpfiges Ungeheuer umdrehte und die Augen auf Philip richtete. Auf jemanden, der ihn nicht kannte, musste er völlig gelassen wirken. Seine Gesichtsfarbe hatte sich kein bisschen verändert. Sein Atem ging ruhig. Er zitterte und zuckte nicht.

Ich war die Einzige, die die Zeichen kannte. Da waren sie – züngelnde blaue Flammen in seinen Augen. Der Versteigerer versuchte den rotgesichtigen Mann dazu zu bringen, sein Gebot um fünfhundert Dollar zu erhöhen. Fünfzig Cent mehr und wir wären aus dem Rennen.

»Zum ersten …«, bellte der Versteigerer und wir warteten darauf, dass unser Gegner zuschnappte. »Zum zweiten …«

Die Sekunden dehnten sich wie Kaugummi, während wir zusahen, wie sich der Hammer in Zeitlupe senkte und …

Das Haus war verkauft.

Und, unglaublich, aber wahr: an uns.

4.

Geheimnis

Eine Katze verlässt dich niemals ganz.

Während sich die Zuschauermenge zerstreute, führte uns der Makler in Shirleys Wohnküche, wo das Telefon vor sich hin blökte wie ein verirrtes Lämmchen.

Der Makler, der nur aus Zähnen und Aftershave zu bestehen schien, packte meine Hand und gratulierte uns. Die Vorbesitzer wären sicher überglücklich, das alte Mädchen zu diesem Preis doch noch an den Mann gebracht zu haben, erklärte er.

Altes Mädchen? Der Makler gestand uns, dass Shirley bei der Versteigerung einige Monate zuvor nicht weggegangen war und seither eines Käufers geharrt hatte. Ich wartete auf einen vernichtenden Blick von Philip, aber er tat so, als wäre er in die Vertragsunterlagen vertieft.

»Du bist einfach wunderbar«, sagte ich mit einem Seufzer, als wir wegfuhren. Meine Hände zitterten noch immer von der Unterschrift unter Dokumente mit so vielen Nullen darauf. »Bist du sicher, dass wir es uns leisten können?«

»Irgendwas wird uns schon einfallen«, erwiderte er in dem beruhigenden Tonfall, den er früher für seine Kunden bei der Bank verwendet hatte. »Wir haben ein paar Ersparnisse und mit ein bisschen Glück werde ich Ende des Jahres eine Gehaltserhöhung bekommen. Und wer weiß. Vielleicht schreibst du ja einen Bestseller.«

Ich krümmte mich innerlich auf meinem Sitz. Sein Zutrauen in meine Schreibkünste war geradezu pathologisch. Eher würden Supermodels Größe 44 tragen, bevor ich einen Bestseller landete.

Nach wochenlangem Packen und Planen war der Umzugstag endlich da. Ich ging durch die Tür des glücklicherweise namenlosen Hauses, in dem wir die letzten sechs Jahre verbracht hatten, und verabschiedete mich von Cleo und dem Seidelbast mit dem Versprechen, hin und wieder vorbeizuschauen und Hallo zu sagen. Die Umzugsmänner wuchteten die halbrunde Bank in ihren Lastwagen und entschwanden die Straße hinunter. Die Bäume von Melbourne hatten sich in herbstliche Rot- und Goldtöne gehüllt, als wir zu unserem neuen Haus fuhren, wo uns der Apfelbaum mit ausgestreckten Ästen willkommen hieß.

In Shirleys Innerem empfing uns Kälte und hallende Leere. Der Eichentisch wirkte verloren an seinem Platz in unserem neuen Esszimmer, wo das Telefon trotz aufgelegtem Hörer noch immer vor sich hinblökte. Einige unserer Möbel passten perfekt hierher, andere nicht. Die grünen Sofas machten sich recht gut am Ende des Wohnzimmers und der steinerne Buddha, der in unserem alten Haus auf einem Fensterbrett gestanden hatte, schien sich in der Nische daneben auch wohl zu fühlen. Während ich die Statue abstaubte, musste ich an den Tag denken, an dem ich sie in einem Gartencenter gekauft hatte – nicht aus religiösen Gründen, sondern weil ich fasziniert war von der Ruhe, die ihr Gesicht ausstrahlte, und hoffte, dass etwas davon auf mich abfärben würde.

Wie sich zeigen sollte, würde ich jede Menge Ruhe und Gelassenheit brauchen können. Jedes Haus hat das eine oder andere Geheimnis. Shirley hatte vor uns verborgen, dass sie eine Brutstätte für Motten war. Ganze Schwärme flatterten uns aus den Zimmern entgegen und strichen mit ihren weichen braunen Flügeln über unsere Gesichter. Alfred Hitchcock hatte die Chance auf einen Horrorfilm verpasst.

Während ich den Umzugsleuten dabei zusah, wie sie die halbrunde Bank in einer Staubwolke unter dem Baum in der hinteren Gartenwüste abstellten, hoffte ich, dass wir keinen Fehler gemacht hatten.

Philip und ich fragten uns laut, ob wir die »Einliegerwohnung« im oberen Stock nicht für uns hätten beanspruchen sollen. Die beiden Schlafzimmer (eines davon hätte ein sehr hübsches Arbeitszimmer abgegeben) waren erstaunlich geräumig, boten einen wunderbaren Blick über Baumwipfel und Gärten, und vom Wohnbereich aus sah man die Wolkenkratzer in der City, oft mit einem orangeroten Sonnenuntergang als Hintergrundkulisse. Stattdessen verfrachteten wir unser Doppelbett und die Anti-Schnarch-Kissen in das Zimmer gegenüber von Marquis de Sade. Mit dem unbenutzbaren Kamin, den nackten weißen Wänden und fehlenden Schränken wirkte unser neues Schlafzimmer zwar etwas spartanisch, war dafür aber sonnig. Ich stellte unser Hochzeitsfoto auf den Kaminsims und hoffte, dass es uns bald gelingen würde, diesem Zimmer ein Upgrade in Sachen Persönlichkeit zu verschaffen. Wir beschlossen, die Schränke im düsteren Marquis-de-Sade-Kabinett zu benutzen, in dem auch unsere Kommoden, mein Stepper und Philips Heimfahrrad Platz finden sollten.

Ich putzte das ehemalige Kinderzimmer, strich die Wände rot und nahm es als Schreibzimmer in Besitz. Mein erstes »Arbeitszimmer« war der Eichentisch in der Küche gewesen. Dann war ich aufgestiegen, mit einem Schreibtisch in einer Ecke des Schlafzimmers. Das hier war mit Abstand der beste Arbeitsplatz, den ich in dreißig Jahren Schreiben jemals gehabt hatte. Er lockte mich weg von *Der Schwächste fliegt!* und half mir, die Abgabetermine für die Kolumnen einzuhalten, die ich seit Jahrzehnten am laufenden Band produzierte. Außerdem hatte ich vor kurzem damit begonnen, ein Buch über Cleo zu schreiben.

Einer der Gründe, warum ich fand, wir bräuchten keine neue Katze, war der, dass Cleo, während ich über sie schrieb, lebendiger denn je schien. Wenn ich in meinem neuen Arbeitszimmer vor dem Computer saß, spürte ich beinahe, wie sie um meine Knöchel strich. Trotzdem hatte mein Vertrauen in meine Schreibkünste gerade den absoluten Tiefpunkt erreicht. Ich hatte ein Exposé des Buches an verschiedene Verlage und Herausgeber geschickt, aber niemand schien sich dafür zu interessieren. Ich beschloss, mich für einen Wochenend-Schreibworkshop anzumelden, vielleicht würde mir das ja helfen.

An diesem Wochenende war ich vom Talent der anderen Teilnehmer, allesamt Amateure, so beeindruckt, dass ich die meiste Zeit schwieg. Zum Abschluss sollten wir der Runde unsere Buchideen vorstellen. Ich kritzelte ein paar Absätze über Cleo zusammen und hielt meinen Vortrag als Letzte. Als ich damit fertig war, herrschte Totenstille. Dann begannen die Leute Fragen zu stellen. Sie wollten wissen, was aus der Katze geworden war und aus unserer Familie. Einige sagten, sie würden das fertige Buch kaufen. In diesem Augenblick wurde mir klar, dass die Geschichte von Cleo und Sam Potential hatte.

Der Kursleiter erzählte mir vom Friday Pitch, einer Initiative des Verlags Allen and Unwin in Sydney, die Autoren die Möglichkeit bot, jeden Freitag per E-Mail ihre Buchprojekte vorzustellen, mit dem Versprechen, dass sie in der darauffolgenden Woche eine Antwort erhalten würden. Angesprochen waren eigentlich Belletristik-Autoren, aber ich beschloss, frech zu sein und ihnen meinen autobiographischen Text zu schicken.

Während sich die Mädchen im oberen Stock einrichteten, zog ich mich in mein neues Arbeitszimmer zurück und brachte das Manuskript in eine präsentable Form. Von neuer Zuversicht erfüllt, dass sich auch andere für unsere Geschichte interessieren könnten, entwickelte ich eine gewisse Routine. Mit Takeaway-Kaffee von Spoonful ausgerüstet verbrachte ich die meisten Vormittage mit Schreiben, bis mein Kopf völlig leer war. Die Bruchstücke unseres Lebens in lesbarer Form zusammenzufügen half mir dabei, einige der schmerzhafteren Erfahrungen zu bewältigen. Wenn ich beim Schreiben ehrlich war, würde es vielleicht einen gewissen heilenden Effekt haben.

Katharine und Lydia waren begeistert von unserem neuen Haus und der Zimmerverteilung. Sie hatten beide ein umgängliches Wesen und waren trotz des Altersunterschieds von sieben Jahren immer gut miteinander ausgekommen. Jetzt, wo Katharine kein Kind mehr war, verstanden sie sich sogar noch besser und liehen sich gegenseitig Anziehsachen und Schminkzeug. Neuerdings hatten sie eine Vorliebe für die Secondhandläden von Wohlfahrtseinrichtungen entwickelt und schleppten stolz irgendwelche müffelnden alten Klamotten an, auf denen das Label »Retro« prangte. Sie waren sich rasch einig, wer welches Zimmer bekommen sollte. Katharine würde das blaue Zimmer auf der linken Seite und Lydia das apricotfarben gestrichene auf der rechten nehmen.

Ich bedauerte es, dass wir uns nicht schon ein paar Jahre früher, als Rob noch bei uns gewohnt hatte, ein Haus dieser Größe hatten leisten können. Bei so vielen unterschiedlichen Altersgruppen in der Familie war es gut, viel Platz zu haben.

Die Mitglieder unserer Familie waren in fünf verschiedenen Jahrzehnten geboren, dadurch wurde uns wenigstens beim sonntäglichen Familienessen nie langweilig. Philip (geboren 1962) beispielsweise hatte kürzlich bei einem dieser Essen ein T-Shirt getragen, zu dem ich ihn überredet hatte, weil auf der Vorderseite »Free Leonard Bernstein« aufgedruckt war. Für Philip war Leonard Bernstein irgendein alter Musiker, den er sich nicht anhörte, wie Leonard Cohen. Wahrscheinlich trug er das T-Shirt nur, weil es retro aussah und deshalb akzeptabel für seine Töchter war. Ich (geboren 1954) dagegen mochte dieses T-Shirt, weil es mich an die Schwarz-Weiß-Übertragungen der Konzerte erinnerte, die Leonard Bernstein in New York für junge Leute gegeben hatte. Katharine (geboren 1992) kannte Leonard Bernstein, weil sie ein großer Fan von *West Side Story* war. Als Lydia (geboren 1985) das T-Shirt zum ersten Mal sah, musterte sie es voll Respekt und fragte mit Amnesty-International-Stimme: »Wer ist Leonard Bernstein und warum sitzt er im Gefängnis?«

Rob (Generation X) betrachtete Lydias Generation Y aus der Sicht eines brummigen alten Mannes. Er fand, sie und ihresgleichen hätten niemals schwierige Zeiten erlebt und würden erwarten, dass man ihnen alles auf einem Silbertablett präsentierte, von technologischen Entwicklungen bis zu Jobs. Lydia wiederum schien die Generation X für einen Haufen Wichtigtuer zu halten. Philip und ich waren als Vertreter der Baby-Boomer dagegen ein leichtes Ziel für alle unsere Sprösslinge. Nicht nur, dass wir die Welt politisch und ökologisch ruiniert hatten, man hatte uns auch noch bezahlbaren Wohnraum und kostenlose Ausbildungsmöglichkeiten hinterhergeworfen und Arbeitgeber hatten uns praktisch auf Knien angefleht, für sie tätig zu werden. An der Grenze zur Generation Z, war bei solchen Diskussionen lediglich Katharine auf der sicheren Seite, weil bisher noch niemand ein richtiges Profil ihrer Generation erstellt hatte. Chantelle (geboren 1978) nahm bei diesen Essen meistens die Rolle der schweigenden Zuhörerin ein, zweifellos fragte sie sich, auf was für eine verrückte Familie sie sich da eingelassen hatte.

Jede unserer Töchter war auf ihre Art schön und etwas Besonderes. Katharine war mit ihren fünfzehn Jahren groß, blond und hellhäutig, gesegnet mit den blauen Augen ihres Vaters und geschlagen mit den großen Füßen ihrer Mutter. Ein fröhliches, extrovertiertes Mädchen mit einem Haufen Freunden, das sich unter anderem für Bücher, ihre Geige und Musicals begeisterte. Sie war in zwei Schulmusicals aufgetreten, wenn auch wegen ihrer Größe und ihrer tiefen Stimme in Männerrollen: Wild Bill Hickok in *Calamity Jane*, Bert Healey in *Annie*. Die glamourösen Rollen bekamen jedes Mal die zierlichen Sopranistinnen. Katharine schloss sich meiner Meinung an, dass die meisten Frauenrollen im Vergleich zu den Männerrollen banal waren. Sie hatte ein sonniges Gemüt, war aber gleichzeitig einfühlsam und eine gewissenhafte Schülerin. Tatsächlich fragte ich mich manchmal, ob sie die Schule vielleicht zu ernst nahm. Katharines sehnlichster Wunsch war ein Kätzchen. Sie würde auch jeden Tag das Katzenklo saubermachen, versprochen. Das würde ich allerdings erst glauben, wenn der Dalai Lama zum Katholizismus konvertierte.

Lydia war etwas kleiner als Katharine und hatte ein hübsches, ovales Gesicht, das von glatten dunkelblonden Haaren umrahmt wurde. Ihre Augen funkelten olivgrün. Von ihrem Vater Steve, meinem ersten Mann, hatte sie die vollen Lippen und den hellen Teint geerbt. Sie war knapp zwei Jahre nach dem Tod ihres ältesten Bruders auf die Welt gekommen und praktisch eine weibliche Ausgabe von Sam, nur dass sie

Linkshänderin war. Von Anfang an hatte sie jedoch klargemacht, dass sie in niemandes Schatten stand.

Lydia hatte mich nie Mum genannt. Ich weiß nicht, warum. Sie war einfach in der Annahme auf die Welt gekommen, wir befänden uns auf gleicher Augenhöhe. Es machte mich nicht gerade glücklich, von meiner kleinen Tochter Helen genannt zu werden, vor allem wenn sich Fremde neugierig umschauten und fragten, wo denn die Mutter dieses Wonneproppens sei.

Es schien sie nicht besonders zu erschüttern, als Steve und ich uns kurz nach ihrem ersten Geburtstag trennten. Später lernte sie Philip als Vater lieben.

Es ist allerdings nicht absehbar, welche Auswirkungen es auf ein Kind hat, in eine trauernde Familie hineingeboren zu werden. Von klein auf schien Lydia das Bedürfnis zu haben, die ganze Welt besser zu machen. Während ihre Freunde Lieder aus der *Sesamstraße* summten, sang sie »Stand by Me«. Mit fünf erklärte sie sich zur Vegetarierin und zwang mich zu lügen, was den Inhalt der Würstchen auf ihrem Teller betraf. Sie weigerte sich sogar, Schokoladentiere zu essen.

Ich hatte gehofft, die anglikanische Mädchenschule würde ihr die Stabilität geben, die ihr vielleicht fehlte, weil sie im Zweiwochenrhythmus zwischen verschiedenen Haushalten hin und her transportiert wurde. Die Schulkapelle war einer der wenigen Orte, an denen ihre Loyalität nicht auf die Probe gestellt wurde. Man konnte sich darauf verlassen, dass die Heilige Jungfrau den Mund hielt, und Gott würde nicht über das Sorgerecht streiten. Sie verliebte sich in den Pfarrer und wollte getauft werden.

Wir hatten Höhen und Tiefen durchlebt, insbesondere, als Philip nach Melbourne in Australien versetzt wurde, auf die andere Seite der Tasmanischen See. Lydia, damals dreizehn, wehrte sich mit Händen und Füßen dagegen, Land und Schule zu wechseln. Nachdem sie sich erst einmal damit abgefunden hatte, entwickelte sie sich jedoch zu einem wahren Multitalent.

Das Ergebnis ihrer Abschlussprüfungen bescherte ihr mit siebzehn ein Stipendium der Universität Melbourne und eine verwirrende Auswahl an Studienfächern. Sie entschied sich für Politik- und Wirtschaftswissenschaft.

Obwohl sie nur Bestnoten einheimste, war das Einzige, was ihre Augen zum Leuchten brachte, die Arbeit mit behinderten Menschen.

Sie zog in eine Wohngemeinschaft, dann nahm sie ein Jahr Auszeit und reiste durch die Dritte Welt. Mit den Erfahrungen eines ganzen Lebens in Form von Fotodateien auf ihrem Handy war es an der Zeit, sich wieder dem Ernst des Lebens zuzuwenden. Dafür musste sie nichts weiter tun, als in ihrem schönen neuen Zimmer auf ihre alten Teddys aufzupassen und ihr Studium wiederaufzunehmen.

Ich war zu beschäftigt mit unserem neuen Haus, um zu bemerken, dass unsere ältere Tochter etwas anderes plante – etwas, das mich emotional, geistig, spirituell und in so manch anderer Hinsicht in einer Weise herausfordern sollte, die meine Vorstellungskraft weit überstieg.

5.

Inspiration

Lehrer nehmen viele Gestalten an.

Lydia und Katharine machten sich umgehend daran, ihren Zimmern eine persönliche Note zu geben. Wir hörten es über unseren Köpfen poltern und hämmern, als sie Betten verschoben und Bilder aufhängten. Sie unternahmen Ausflüge in Trödelläden. Katharine brachte Filmplakate aus den Fünfzigern und eine geblümte Bettdecke mit nach Hause. Sie säumte ihre Wände mit Büchern und dekorierte ihr Fenster mit Lichterketten.

Lydia wollte nicht, dass ich ihr Zimmer sah, bevor es fertig war. Ich hatte bereits eine vage Vorstellung davon, was darin stand – nicht sehr viel außer einer Kommode und unserem alten französischen Bett. Der Umstand, dass sie in einem solchen Riesenbett schlief, hätte meine Mutter zutiefst verstört. (*Was will ein Mädchen in dem Alter mit einem solchen Bett? Ist das nicht eine Aufforderung zum Lotterleben und das unter eurem Dach?*)

Während Lydia noch mit Einrichten beschäftigt war, lud sie ihren Freund zu einer exklusiven Vorbesichtigung ein. Ned war ein großer, gutaussehender junger Mann, trug seine dunklen Haare zu einem Pferdeschwanz gebunden und arbeitete nebenher als Jazzpianist. Er hatte »ein, zwei Probleme«, die er aber, wie Lydia uns versicherte, mit Medikamenten im Griff hatte.

Nachdem Ned mir höflich zugenickt hatte, stürmte er voller Vorfreude nach oben. Ich hatte kein Problem mit Ned. Auf Robs Verlobungsparty hatten wir zu »I've Got You Under My Skin« miteinander getanzt – ein Song, bei dem ich immer meine Mutter vor mir sah, wie sie die von einem Ekzem befallene Haut an ihren Händen abzupfte.

Das Ekzem hätte sich bis in ihre Knochen gegraben, wenn sie hier gewesen wäre und gesehen hätte, wie Ned am nächsten Morgen die Treppe herunterkam. Sein Seemannspullover war an den Ärmeln ausgefranst. Ich hätte nicht sagen können, ob der Schatten an seinem Kinn ein modischer Dreitagebart oder schlichte Nachlässigkeit war. Alles an ihm schien zu sagen »Vorsicht, Baustelle«.

Lässig vor sich hinsummend, schenkte Ned sich Kaffee ein. Ein Summer war etwas Neues in unserem Haus. Lydia war ein paarmal über Nacht bei ihm geblieben, deshalb hatte ich nichts dagegen, dass er bei uns übernachtete. Ehrlich gesagt war mir wohler, wenn sie in ihrem eigenen Bett lag, egal ob mit oder ohne Freund.

Philip war weniger glücklich darüber. Er kam fix und fertig angezogen die Küche, begrüßte Ned kühl und setzte sich ihm gegenüber an den Tisch. Die Temperatur sank um einige Grad, als sich die beiden Männer über den Hahn auf der Cornflakespackung hinweg musterten. Ich hatte plötzlich den Eindruck, dass sich ein Gockel zu viel im Raum befand.

Als Ned gegangen war, fragte ich Lydia, ob ich mir ihr neu eingerichtetes Zimmer jetzt ansehen dürfe. Sie schüttelte den Kopf. Zur Vollendung ihres Werks fehlten noch ein paar Kleinigkeiten. Sie würde es mir später zeigen, nach der Arbeit, erklärte sie.

»Wen hast du heute?«, fragte ich.

»Ein paar Jugendliche«, erwiderte sie. »Wir gehen mit ihnen ins Aquarium.«

»Du hast also jemanden, der dir hilft?«

»Ja, sie sind ziemlich immobil.«

Ich winkte ihr von der Veranda nach, als sie zu dem grauen Bus ging, der vor unserem Haus stand. Wie sie es schaffte, ihre Schützlinge damit herumzukutschieren, war mir ein Rätsel.

Wenn sie mein Auto fuhr, konnte sie kaum rückwärts einparken, ohne jemandem den Lack zu zerkratzen. Hinter dem Lenkrad des Busses wurde sie zu einem anderen Menschen – sicher, koordiniert.

»Hast du eigentlich eine Fahrerlaubnis für das Ding?«, rief ich ihr halb im Scherz nach.

Sie zuckte die Achseln, stieg ein und ließ den Motor an.

Die paar Mal, die ich ihr dabei zugesehen hatte, wie sie ihren Schützlingen – einige davon mit Ernährungssonden und Beatmungsgeräten – in den Wagen half, war ich mir richtig erbärmlich vorgekommen. Niemals wäre ich in ihrem Alter so selbstlos gewesen. Lydia und ihre Freunde ließen hehren Worten Taten folgen.

Manche werfen den Mitgliedern der Generation Y vor, sie seien egoistisch, Dauerstudenten/Faulenzer, lägen ihren Eltern auf der Tasche und hätten Ansprüche bis dorthinaus. Einige kritisieren sogar den Slogan aus der L'Oreal-Werbung: »Weil ich es mir wert bin!« Ich für meinen Teil habe nie idealistischere junge Leute kennengelernt.

Lydia kümmerte sich um behinderte Menschen, seit sie sechzehn war und ihre Klasse dazu motiviert wurde, ein Vierteljahr lang ehrenamtliche Arbeit zu leisten. Ihre Freunde entschieden sich für leichte Tätigkeiten wie ein paar Schichten im Secondhandladen irgendeiner gemeinnützigen Einrichtung. Unsere Tochter musste sich natürlich etwas Anspruchsvolleres aussuchen, und auf diese Weise trat Alice, fünf Jahre älter als Lydia, in unser Leben. Alice' eher schwach ausgeprägte Behinderung wurde von einer ziemlich starken Persönlichkeit begleitet.

Als Alice das erste Mal zu uns kam, brachte sie Katharine mit ihrer Megafon-Stimme zum Weinen. Rob wiederum schloss sie ganz besonders in ihr Herz. Während ich Essen kochte, erklärte Alice, sie wolle ein Bad nehmen. Ich fragte Lydia, was wir jetzt tun sollten, aber auf einen solchen Fall hatte man sie nicht vorbereitet.

Ich ignorierte Alice' ungewöhnliches Ansinnen, bis ihr Geschrei unerträglich wurde. Also ließ ich Wasser in die Wanne laufen und gab ihr ein Handtuch. Besorgt blieb ich in der Nähe der Badezimmertür und fragte sie, ob alles in Ordnung sei. »Prima«, brüllte sie, und ich solle doch jetzt Rob reinschicken.

Es endete damit, dass uns Alice fünf Jahre lang jede Woche einmal besuchte. Wir lernten allmählich, auf ihre Forderungen ebenso entschieden zu reagieren, wie sie sie erhob. Nein, sie konnte nicht drei Pizzen haben oder in Robs Zimmer schlafen.

Nach Alice kümmerte sich Lydia um viele andere behinderte Menschen, deren Bedürfnisse komplizierter waren. Sie lernte, wie man jemanden aus einem Rollstuhl hob, ihn über eine Magensonde fütterte, ihm Medikamente verabreichte und die Windeln wechselte. Eine Zeitlang arbeitete sie in einer psychiatrischen Klinik und als Aushilfspflegerin.

Menschen mit Behinderungen spielten seit vielen Jahren eine wichtige Rolle in ihrem Leben. Sie liebte diese Arbeit, die außerdem einen sozialen Nebeneffekt hatte. Sie und Ned hatten sich als ehrenamtliche Helfer in einem Sommerlager für Jugendliche kennengelernt.

Als ich dem Bus nachsah, musste ich lächeln. Unsere großherzige Tochter erklärte immer, sie wolle später einmal etwas dazu beitragen, dass es anderen besser ging. Erstaunlicherweise erkannte sie offenbar nicht, dass sie das bereits tat.

Einige Stunden später führte sie mich die Treppe hinauf und öffnete die Tür zu ihrem Zimmer. Mir blieb die Luft weg. Das einstige Sammelsurium schäbiger Möbel hatte sich in einen stilvollen asiatischen Tempel verwandelt. Die Fenster waren mit tibetischen Gebetsfahnen behängt. Auf dem Boden lagen leuchtend rote Kissen. Zwischen einer Kerze und einem Bilderrahmen saß ein kleiner Buddha auf einer buntlackierten Truhe. Das Arrangement erinnerte entfernt an einen Altar.

»Fantastisch!«, sagte ich und betrachtete voll Bewunderung den tibetischen Wandbehang, den ihr einer von ihren Freunden geschenkt hatte. »Es ist so … friedlich.«

Das Zimmer war erfüllt von einer unwirklichen Stille, als könnte es sich jeden Moment vom Rest des Hauses lösen und davontreiben.

In der Erwartung, ein Foto von unserem letzten Familienurlaub zu sehen, nahm ich den Bilderrahmen in die Hand. Stattdessen lächelte mich ein buddhistischer Mönch an. Genauer gesagt, *der* buddhistische Mönch. Der Mönch, den wir vor einigen Jahren bei seinem Aufenthalt in Melbourne kennengelernt hatten. Damals hatten wir in unserer Yogagruppe gehört, dass ein Mönch aus Sri Lanka einen Ort suche, wo er Meditationsunterricht geben könnte. Er bräuchte nicht mehr als ein Zimmer, in dem zwanzig Personen auf mitgebrachten Kissen auf dem Boden sitzen könnten. Eine bescheidene Bitte. Ich meldete mich freiwillig.

An dem Tag, als sein Auto vor unserem Haus hielt, gingen die Vorhänge unserer Nachbarin Irene nach oben. Es war, als würden uns Königin Elisabeth und der Weihnachtsmann in Personalunion mit ihrem Besuch beehren. In wehende rotbraune Gewänder gehüllt und mit zwei kahlköpfigen Nonnen im Gefolge segelte der Mönch durch unser Gartentor.

Mit seiner gestrickten Mütze, dem fließenden Gewand und der goldgefassten Brille erinnerte er mich an Yoda aus *Krieg der Sterne*, nur dass seine Ohren kleiner waren und sein Satzbau besser. Sprühend vor Charisma nahm er die ungeschickten Verbeugungen seiner westlichen Bewunderer entgegen, überwiegend Ehefrauen und Mütter, die einen großen Teil ihres Lebens damit verbracht hatten, sich um andere zu kümmern. Manche von ihnen suchten nach innerer Ruhe, manche nach der Geborgenheit, die sie selbst anderen so freigebig geboten hatten. Oder nach einer Erweiterung ihres Horizonts. Die wenigen Männer, die in indischen Hemden und Perlenketten erschienen waren, waren sehr mit sich selbst beschäftigt und wirkten unnahbar.

Ich hatte demütig gelächelt und mich zusammen mit allen anderen verbeugt. Ich hatte weder von Mönchen noch vom Buddhismus die geringste Ahnung, aber ich wollte, dass sich die Leute wohl fühlten.

Wir schoben die Sofas zur Seite, damit sie ihre Kissen und Decken auf dem Boden ausbreiten konnten. Es war eng. Diejenigen, die dazu in der Lage waren, ließen sich im Schneidersitz nieder und begannen sich in einen meditativen Zustand zu versetzen, um uns anderen zu zeigen, dass sie den spirituellen Kindergarten längst hinter sich gelassen hatten. Ein bequemer Sessel wurde aufgestellt, dazu ein kleiner Tisch mit einem Glas Wasser. Und eine Vase mit Lilien. Der Mönch mochte Blumen.

Als alle saßen, suchte ich mir einen Platz am anderen Ende des Raums, einige Kissen von Lydia entfernt. Es überraschte mich, dass sie sich für so etwas interessierte. Sie war achtzehn und hätte jede Menge Ausreden gehabt, um sich in ihrem

Zimmer zu verkriechen. Stattdessen saß sie ganz entspannt da, mit gekreuzten Beinen und großen Augen.

Erwartungsvolle Stille senkte sich über den Raum, als sich der Mönch in dem Sessel niederließ und sein Gewand in elegante Falten legte. Er zog laut die Nase hoch und ließ einen wohlwollenden Blick über uns gleiten. Insgeheim musste ich lachen. Kein Pfarrer, Politiker oder Arzt konnte auf so viel Ehrerbietung hoffen. Sein Publikum dagegen war wie gebannt, nicht unbedingt deswegen, weil es verstand, was er ihm offerierte, sondern weil er so anders war. Auch wenn das Leben uns in vielerlei Hinsicht kompromisslos und zynisch gemacht hatte, sehnten wir uns immer noch nach Geheimnissen.

Die Stimme des Mönchs war hell und freundlich, aber man konnte eine gewisse Festigkeit dahinter spüren. Honig, der über Stein fließt. Er erwies sich als ausgezeichneter Meditationslehrer. Die nächste Stunde achteten wir auf unseren Atem, zähmten unseren Affengeist, zählten rückwärts und atmeten durch verschiedene Nasenlöcher, während wir so taten, als würden uns die Beine nicht höllisch weh tun. Wir beendeten die Sitzung damit, uns und allen anderen Wesen, die fähig zu Gefühlen waren, Gesundheit und Glück zu wünschen.

Als sich die Leute erhoben, um sich unter Verbeugungen und Spenden zu verabschieden, erklärte der Mönch, dass es den Nonnen eine Freude wäre, unser Haus zu segnen. Philip sah verwirrt zu, wie die beiden winzigen Frauen unter Gesängen in allen Ecken des Hauses geweihtes Wasser verspritzten. Er wollte einschreiten, als sie auch den Fernseher mit geweihtem Wasser bespritzten, aber ich erklärte ihm, dass man schließlich nicht jeden Tag eine solche Haussegnung angeboten bekommt. Ich folgte einer der Nonnen in unser Schlafzimmer, wo sie unsere Bettdecke taufte. Ihr Blick zeigte eine Tiefe, dass es mich nicht gewundert hätte, wenn ihre Augen bis zu ihrem Hinterkopf gereicht hätten. Es lag Güte darin, aber auch Leid.

Nachdem die meisten Besucher gegangen waren, standen wir noch mit ein paar besonders überzeugten Anhängern auf dem Weg vor dem Haus, um den Mönch und sein Gefolge zu verabschieden. Bevor er auf den Rücksitz des Autos kletterte, schenkte er Lydia ein Hollywoodlächeln. »Komm mich irgendwann in meinem Kloster in Sri Lanka besuchen«, sagte er und winkte uns allen mit königlicher Geste zu.

Ich lachte über die Einladung des Mönchs, bei Philip dagegen weckte sie Argwohn, weil ihm nicht entgangen war, wie Lydias Gesicht dabei aufleuchtete. Obwohl sie sich in vielen Dingen wie eine Erwachsene verhalte, sei sie immer noch sehr jung und leicht zu beeindrucken, meinte er. Geradezu naiv. In seinen Augen war der Mönch arrogant und nutzte sein Charisma, um andere zu verführen. Ich erklärte ihm, er solle aufhören, sich wie ein spießiger alter Vater zu benehmen, und schob ihn zurück ins Haus.

Das Auto mit dem Mönch war um die Straßenecke verschwunden und ich hatte angenommen, dass er damit auch aus unserem Leben verschwunden war. Ein Bilderrahmen in Lydias Zimmer war der letzte Ort, an dem ich ihn wiederzusehen erwartet hätte. Vielleicht hatte sie sein Foto aufgestellt, weil sein strahlendes Lächeln und seine rotbraunen Gewänder so gut zu der neuen Einrichtung passten – ein Bekenntnis zum Mönchsdesign.

»Er ist mein Lehrer«, sagte Lydia, nahm mir das Foto aus der Hand und stellte es wieder neben die Kerze.

»Dein *Lehrer*?«, wiederholte ich, unsicher, was der Begriff in diesem Zusammenhang bedeutete, und versuchte irgendwie auf die Reihe zu bekommen, wie ein halb vergessener buddhistischer Mönch plötzlich als »Lehrer« in unserem

Haus wiederauftauchen konnte. Er brachte ihr ja wohl kaum Lesen, Schreiben und Rechnen bei. Dafür hatten wir bereits ein kleines Vermögen an Schuldgeld hingelegt. Guru? Bewusstseinskontrolleur?

»Du bist in all den Jahren mit ihm in Kontakt geblieben?«, fragte ich, um einen neutralen Ton bemüht, und strich den tibetischen Wandbehang glatt.

Lydia zögerte mit einer Antwort.

»Ich habe ein paarmal Meditationsräume für ihn organisiert, wenn er in Australien war«, sagte sie schließlich in beiläufigem Ton und blickte mit undurchdringlicher Miene aus dem Fenster, wo eine Krähe über den verhangenen Himmel flatterte.

Etwas in meiner Brust zog sich zusammen. Ich hatte gedacht, ich würde meine Tochter kennen.

Wir hatten im Lauf der Jahre etliche Machtkämpfe miteinander ausgefochten, aber dabei war es immer um irgendwelche banalen Dinge wie Frisuren oder Klavierunterricht gegangen. Ich hatte auf schmerzhafte Weise lernen müssen, dass es keinen Sinn hatte, auf Konfrontationskurs zu gehen. Es war viel einfacher, sie sich die Haare lila färben zu lassen und zu warten, bis diese Phase wieder vorbei war. Aber das hier fühlte sich sehr viel ernsthafter an.

Ich kramte in meinem Gedächtnis und erinnerte mich daran, dass sie hin und wieder von Meditationssitzungen gesprochen hatte. Weil ich dachte, dass Meditieren ihr helfen könnte, besser mit Stress im Allgemeinen und Prüfungsstress im Besonderen fertigzuwerden, hatte ich sie sogar dazu ermutigt. Es war mir nicht in den Sinn gekommen, dass der Mönch etwas damit zu tun haben könnte. Vielleicht war ich nicht aufmerksam genug gewesen oder hatte nicht genug Fragen gestellt.

Ich hatte nie zu den Frauen gehört, die die beste Freundin ihrer Tochter sein und ihre Jeans und ihre Geheimnisse mit ihr teilen wollen. Wir hatten Lydia zu Selbständigkeit und Stärke erzogen. Trotzdem war ich tief getroffen, dass sie es für nötig gehalten hatte, vor mir zu verbergen, was für eine wichtige Rolle dieser Mönch inzwischen in ihrem Leben spielte.

Falls sie dachte, dass ich nicht damit einverstanden wäre, wenn sie spirituelle Pfade erkundete, kannte sie mich schlecht. Ich hatte meine Kinder stets darin bestärkt, für solche Dinge offen zu sein.

Ich war doch nicht so übergriffig gewesen, wie es meine Mutter bei mir in diesem Alter gewesen war? Die Geheimdienste dieser Welt waren nichts im Vergleich zu ihr, wenn es um Verhöre ging. Sie mischte sich so sehr in mein Leben ein, dass ich regelmäßig gezwungen war, die Wahrheit ein bisschen zurechtzubiegen. Aber meine Mutter regte sich auch leicht auf. Es gab eine lange Liste von Dingen, die sie missbilligte – Sex, linksliberale Politiker, Katholiken, Vegetarier, Menschen aus praktisch jedem anderen Land …

Ich hatte nichts gegen Meditation oder gegen den Buddhismus. Genau genommen fand ich diese Glaubensrichtung von allen Religionen noch am annehmbarsten. Trotzdem fragte ich mich, warum Lydia mich aus einem so wichtigen Bereich ihres Lebens ausgeschlossen hatte. War es Rebellion?

Während meine Hand über eine Gebetsfahne strich, entwickelte ich im Geiste ein Worst-Case-Szenario. Ich hatte schon so viele Geschichten über junge Leute gehört, die von ihrer Glaubensgemeinschaft vereinnahmt und von charismatischen Führern ausgenutzt wurden. Religion war ein gefährliches Terrain.

»Dein Zimmer ist sehr hübsch geworden«, sagte ich und drängte die aufsteigende Angst zurück.

Ich eilte nach unten und schloss die Schlafzimmertür hinter mir. Falls Lydia einem buddhistischen Mönch hörig war, und das schon seit Jahren, war es wahrscheinlich zu spät, etwas dagegen zu unternehmen. Ich griff nach dem Telefonhörer und legte wieder auf. Philip saß vermutlich in irgendeinem Meeting.

Wenn doch nur Cleo da gewesen wäre, sie hätte gewusst, was zu tun war. Sie wäre auf die Bettdecke gesprungen und hätte sich schnurrend an meinen Bauch geschmiegt, bis ich wieder einen klaren Kopf gehabt hätte.

Ohne Cleo musste ich mir anderweitig Trost suchen. Zehn tiefe Yoga-Atemzüge …

Ich wusste, was Lydia sagen würde, wenn ich sie zur Rede stellte und ihr Heimlichtuerei vorwarf. Sie sei dreiundzwanzig, vor dem Gesetz mündig. Sie habe ein Recht auf Geheimnisse, auch vor ihrer Mutter.

Vor allem vor ihrer Mutter.

6.

Verboten

Die Träume von Katzen und Töchtern
bleiben ein Geheimnis.

Ein Gutes hat es, drei Kinder großzuziehen: Wenn dich die Sorge um das eine fast in den Wahnsinn treibt, stehen die Chancen gut, dass dir zumindest eins von den beiden anderen keinen Kummer macht. Vielleicht machen sie dir sogar Freude.

Kurz nach unserem Umzug in das neue Haus schafften sich Rob und Chantelle ein Kätzchen an – oder sollte ich sagen, ein Baby mit vier Pfoten und Schwanz? Ferdie, ein silberfarbener Burmese mit goldenen Augen, war ein freundliches Fellbündel. Seine kräftige Statur musste schön ausgefüllt werden, was sich gut traf, weil Ferdie sein Futter beinahe ebenso liebte wie seine in ihn vernarrten Menscheneltern. Wenn Rob den kleinen Kerl wie einen Säugling im Arm hielt, musste ich jedes Mal vor Rührung schlucken. Sein Gesicht wurde ganz weich und sanft und er blickte lächelnd auf ihn hinunter. Dann lief die Zeit rückwärts und ich konnte wieder den sechsjährigen Rob vor mir sehen, der sich auf die gleiche Weise um Cleo gekümmert hatte. Mit dem Unterschied, dass Rob jetzt ein erwachsener Mann war, über ein Meter achtzig groß, und das Kätzchen auf seinem Arm wie ein Spielzeug aussah. Wenn ich daran dachte, wie Cleo Rob geholfen hatte, nach dem Tod seines Bruders Sam wieder lachen und spielen zu lernen, berührte es mich zutiefst zu sehen, wie er sein Herz einer neuen Katze öffnete. Cleo hatte Rob gelehrt, dem Leben wieder zu vertrauen. Ferdie zeigte ihm behutsam, wie es ist, Vater zu sein.

Bei jedem unserer Besuche in Robs und Chantelles neuem Haus auf der anderen Seite der Bucht in Newport stand Ferdie im Mittelpunkt der Aufmerksamkeit. Man hätte eine Katze einfach nicht mit noch mehr Liebe überschütten können. Vom Futter bis zum Flohhalsband war für Ferdie immer nur das Beste gut genug.

Der Anblick von Rob und Chantelle, wie sie jede Bewegung von Ferdie verfolgten, während er durchs Haus sprang, brachte mich zum Lächeln. Ihre Geduld war unerschöpflich, wenn der kleine Kater sich mit dem gleichen Vergnügen auf ihre Möbel und ihre Hände stürzte. Rob mit seinen zweiunddreißig Jahren und Chantelle mit ihren dreißig waren im besten Alter, um wunderbare Eltern für ein zweibeiniges, fellloses kleines Wesen zu werden, wenn das Schicksal es wollte.

Ferdie war so niedlich, dass ich ihn am liebsten für ein paar Tage mit zu uns nach Hause genommen hätte. Nicht, dass ich es gewagt hätte, auch nur ein Wort davon verlauten zu lassen, schließlich hatte ich oft genug herumposaunt, nie mehr eine Katze haben zu wollen. In der Zwischenzeit bescherte mir das Manuskript von *Cleo*, in das ich so viel Arbeit gesteckt hatte, eine angenehme Überraschung. Kurz nachdem ich ein paar Kapitel an Allen and Unwin geschickt hatte, erhielt ich Antwort von Jude McGee. Sie war begeistert. Verträge wurden unterschrieben und der Abgabetermin für das vollständige Manuskript auf September festgelegt. Jede Woche gewann mein Leben neue Facetten dazu. Ich musste sehen, dass ich vorankam, wenn das Buch rechtzeitig fertig werden sollte.

Beim Überarbeiten der ersten Kapitel wurde mir bewusst, dass es beinahe fünfundzwanzig Jahre her war, seit wir mit einer kleinen Katze zusammengelebt hatten. Während ich Ferdie dabei zusah, wie er sich von den Möbeln rollte, stellte ich fest, dass ich völlig vergessen hatte, was kleine Katzen so alles aufführten.

Und dann gab es da ja auch noch eine Hochzeit, die organisiert werden musste. Bei meiner ersten Hochzeit hatte ich Jesuslatschen getragen, bei meiner zweiten ein preisreduziertes Kleid aus dem Ausverkauf, und ich hatte nicht die geringste Vorstellung davon, was Heiraten im einundzwanzigsten Jahrhundert bedeutete. Alles wiederholt sich. Unsere Eltern hatten in Weiß geheiratet, deshalb rebellierte meine Generation und feierte Hippie-Hochzeiten. Rob und Chantelle gehörten zur Generation X, die wieder zu Kirchenglocken und Tüll zurückkehrte.

Ich kaufte mir einen Hochzeitsratgeber und nach kurzer Zeit war mir klar, wie der Zweite Weltkrieg zu vermeiden gewesen wäre. Hätte Hitler eine moderne Hochzeit organisieren müssen, hätte er niemals die Zeit gehabt, in Polen einzumarschieren.

Wie ich dem Ratgeber entnahm, hatte früher die Verantwortung für eine Hochzeit bei den Eltern der Braut gelegen, wogegen heutzutage die Eltern des Bräutigams stärker mit eingebunden wurden. Da Chantelles Eltern in einer anderen Stadt lebten, mussten wir offensichtlich ein bisschen mehr tun, als nur zu der Feier zu erscheinen und uns zu amüsieren.

Die Liste der vor der Hochzeit zu erledigenden Dinge war furchteinflößend. Mir war nicht klar gewesen, dass man sich mindestens ein Jahr im voraus um die Örtlichkeit für die Feier kümmern musste. »Unsere« Hochzeit sollte in ein paar Monaten stattfinden. Wir mussten also so schnell wie möglich etwas finden. Darüber hinaus galt es, eine Gästeliste zu erstellen, Einladungen zu entwerfen und zu verschicken, Zusagen zu notieren. Es musste ein Fotograf gefunden werden und jemand, der die Trauung vornahm, Blumen und Hochzeitstorte mussten ausgesucht werden. Dazu kamen Autos, Geschenkelisten, Frisuren und Make-up, Musik, Sitzordnung und Tischschmuck. Außerdem Danksagungskarten und Geschenke für die Brautjungfern und Trauzeugen. Ganz zu schweigen vom Brautkleid. Rob und Chantelle waren beruflich stark eingespannt und schienen sich nicht im Klaren darüber zu sein, dass sie, um ihren Traum von einer traditionellen Hochzeit zu verwirklichen, einen Terminplan erstellen und sich daran halten mussten, auch wenn ihre Abende und Wochenenden dabei draufgingen.

Eines Abends, Philip war bei einem Geschäftsessen und ich hatte mich in meinen Hochzeitsratgeber vertieft, kam Lydia in einer Räucherstäbchenduftwolke die Treppe heruntergeschwebt. *Meditieren um neun Uhr abends?*, dachte ich. Sie nahm es wirklich ernst. Als ich ihr den Ratgeber zeigte, erklärte sie, sie könne das ganze Theater nicht verstehen. Sie würde lieber an einem Strand heiraten. Lydia als Kind der Generation Y tendierte also wieder in Richtung Hippie. Aber Moment mal! Dachte sie etwa übers Heiraten nach? Vielleicht ging ihre Beziehung zu Ned tiefer, als sie bisher zu erkennen gegeben hatte.

Lydia riss mich aus meinen Gedanken, indem sie erklärte, sie müsse mir etwas Wichtiges sagen. Ich umklammerte den Hochzeitsratgeber. Das Ticken der Küchenuhr hallte im Rhythmus meines Herzschlags durch den Raum. War es möglich, dass wir gleichzeitig auch noch eine Hochzeit am Strand ausrichten mussten?

»Ich gehe nach Sri Lanka«, sagte Lydia.

Sri Lanka? Die Flower-Power-Hochzeit löste sich in Luft auf.

»Du meinst, nach Abschluss deines Studiums?«, fragte ich.

»Nein. Schon bald«, sagte sie und wich meinem Blick aus. »In ein paar Wochen.«

»Aber Sri Lanka befindet sich mitten in einem Bürgerkrieg!«, stieß ich hervor und legte den Hochzeitsratgeber weg.

»Ich kenne Leute, die gerade zurückgekommen sind«, erwiderte sie mit der Zuversicht, wie sie nur Dreiundzwanzigjährige aufbringen können. »Die sagen, da, wo ich hingehe, ist es absolut sicher.«

Ein Bleigewicht rutschte in meine Füße und nagelte sie am Boden fest. Das durfte doch nicht wahr sein. Interessierte sich Lydia denn nicht einmal am Rande für das Weltgeschehen? Sri Lanka befand sich seit beinahe fünfundzwanzig Jahren im Bürgerkrieg.

»Wo genau willst du hin?«, fragte ich und bemühte mich, meine Stimme sachlich klingen zu lassen.

»Ins Kloster.«

Natürlich! Das war es also, was Lydia und ihr Mönch in den vergangenen vier Jahren miteinander ausgeheckt hatten. Warum hatte sie mir nichts davon erzählt? Ich fühlte mich hintergangen. Philip hatte recht gehabt. Der Mönch hatte es tatsächlich geschafft, irgendeine Art von Macht über unsere Tochter zu gewinnen.

»In der Gegend von Melbourne gibt es jede Menge buddhistische Klöster«, sagte ich. »Warum musst du deswegen gleich nach Sri Lanka?«

»Weil ich etwas über Meditation lernen will.«

»Aber hier gibt es doch auch genug Meditationskurse«, erwiderte ich.

»Außerdem will ich in einem Waisenhaus arbeiten«, fügte sie hinzu, als könnte mich das milder stimmen.

Was es zugegebenermaßen tat, wenn auch nur kurz. Bei

dem Tsunami im Dezember 2004 waren in Sri Lanka fast 30 000 Menschen ums Leben gekommen. Familien waren zerstört worden. Ein jahrzehntelanger Krieg und Naturkatastrophen machten Sri Lanka zweifellos zu einem der geplagtesten Länder dieser Erde. Trotzdem war ich nicht bereit, unsere Tochter diesem Elend zu opfern.

»Das Kloster liegt ziemlich abgelegen in den Bergen im Süden«, sagte sie, griff in den Kühlschrank und steckte sich eine Bio-Heidelbeere in den Mund. »Der Krieg findet viel weiter oben im Norden statt.«

Unsere Tochter hatte offensichtlich gravierende Bildungslücken. Sie musste doch begreifen, dass Krieg etwas war, vor dem die Menschen flohen und ihm nicht entgegenliefen. Sie war ihr ganzes Leben lang behütet worden, jeden Sommer hatten wir sie dick mit Sonnencreme mit Lichtschutzfaktor 30 eingeschmiert und ihr die beste Ausbildung ermöglicht, die wir uns leisten konnten. Anders als unsere Generation hatte sie niemals einen Onkel kennengelernt, der bei El Alamein einen Arm oder ein Bein eingebüßt hatte. Sepiafarbene Fotos von jungen Männern, die bei Gallipoli abgeschlachtet worden waren, sagten ihr noch weniger. Sie war in einer Welt aufgewachsen, in der sich die Supermarktregale unter den Lebensmitteln bogen. Lydia hatte keine Ahnung, wovor sie beschützt worden war.

»Hast du dir mal eine Karte von Sri Lanka angesehen?«, fragte ich und konnte meine Panik kaum verbergen. »Das ist eine winzige Insel, ein Staubkorn im Ozean. Der Norden und der Süden liegen so nahe beieinander wie Melbourne und … Warnnambool.«

Warnnambool liegt ungefähr dreieinhalb Autostunden von Melbourne entfernt an der Küste. Wir waren mal mit einem französischen Austauschschüler hingefahren, um Wale zu beobachten. Es hatte geregnet und unser Gast war nicht sonderlich beeindruckt gewesen.

Da Lydia schwieg, fragte ich sie, wie lange genau sie bleiben wollte.

Sie antwortete ausweichend. Vielleicht ein paar Monate. *Monate?!*

»Und was sagt Ned dazu?«, fragte ich.

»Der kommt ganz gut ohne mich klar«, sagte sie und betrachtete angelegentlich eine Ritze im Parkett.

»Was ist mit deinem Studium? Und dem Stipendium?«

Der große Zeiger der Küchenuhr blieb stehen. Eine Spinne krabbelte über die Decke.

»Das kann warten«, sagte sie ruhig.

»*Warten?!*« Meine Stimme schwoll zu einem zittrigen Crescendo an. »Soll das etwa heißen, du willst dein *Stipendium* sausen lassen?!«

Ihre Augen fingen an zu glänzen. Ich konnte mich nicht erinnern, wann ich sie das letzte Mal angeschrien hatte – vielleicht noch nie –, aber ein paar Tränen würden mich nicht dazu bringen klein beizugeben.

»Du verstehst das nicht …«, murmelte sie.

Vier Worte, die jede Mutter mit Freuden hört.

»Ich muss das einfach tun.«

Wann begannen junge Leute, etwas tun zu *müssen*? Die meisten Generationen vor ihnen waren froh gewesen, wenn sie lange genug lebten, um ihre Kinder großzuziehen.

»Warum willst du dein Leben aufs Spiel setzen?«

»Viele meiner Freunde leisten ehrenamtliche Arbeit im Ausland«, sagte sie nervtötend stoisch, als wäre ich diejenige, die sich störrisch gab.

»Aber in Sri Lanka herrscht *Krieg*!«, fuhr ich sie an. »Da gehen Bomben in die Luft und es gibt Terroranschläge. Das trifft auch Ausländer. Kannst du nicht warten, bis die Kämpfe vorbei sind? Oder wenigstens in ein Land gehen, wo sich die Leute nicht gegenseitig umbringen?«

Sie sah mich an, als wäre ich Patientin in der geschlossenen Abteilung und bräuchte dringend meine Medikamente.

»Du kannst da nicht hin«, fügte ich hinzu. »Ich *verbiete* es dir.«

Verbieten? Das klang wie ein Echo aus der Vergangenheit und einer ähnlichen Auseinandersetzung, nur dass deren Schauplatz eine andere Küche gewesen war, mit einer mit Hunderten von winzigen Weidenkörben bedruckten Tapete und Miniaturdrucken von Hogarths London links und rechts des Kamins. Ein Streit zwischen Mutter und Tochter, aber damals hatte ich die Rolle der starrköpfigen jungen Frau eingenommen und meine Mutter geschrien. »Du bist noch nicht mal achtzehn. Du bist noch ein Kind!« Ich erinnerte mich an den Zorn in ihrer Stimme und daran, dass sie mich mit ihrem Zähneknirschen und Augenrollen an eine der Frauen von Picasso erinnert hatte. Sie hatte mich mit ihrem Zorn wie mit einer Mistgabel in die Ecke gedrängt. »Ich *verbiete* dir zu heiraten!«

Dad glänzte währenddessen durch Abwesenheit. Wahrscheinlich war er in der Arbeit oder er spielte Schach mit seinem Freund am anderen Ende der Stadt. Männer verstehen es meisterhaft, sich in solchen Situationen unsichtbar zu machen. Das Verbot meiner Mutter hatte mich in meinem Entschluss nur noch bestärkt. Aber immerhin hatte ich nicht vorgehabt, in ein Kriegsgebiet zu reisen.

»Die Flüge sind bereits gebucht und bezahlt«, sagte Lydia kühl.

Gebucht und bezahlt? Genau das hatte ich vor all den Jahren kurz vor meinem achtzehnten Geburtstag zu meiner

Mutter gesagt. *Mein Flug nach England ist gebucht und bezahlt. Ich fliege um die halbe Welt, um den Mann zu heiraten, den ich liebe. Du kannst ja versuchen, mich daran zu hindern, alte Frau.*

Lydias Augen hatten sich verdunkelt und waren jetzt haselnussbraun mit olivgrünen Flecken. Vielleicht war es eine durch das Licht hervorgerufene Täuschung. Zum ersten Mal fiel mir auf, dass ihre Augen die gleiche Farbe hatten wie die meiner Mutter.

»Ich fahre in drei Wochen. Gute Nacht«, sagte sie noch, bevor sie die Treppe hinauffloh.

Ich blieb wie betäubt in der totenstillen Küche zurück und kämpfte gegen den Drang an, Teller aus dem Schrank zu reißen und gegen die Wand zu schleudern. Am liebsten wäre ich Lydia nachgelaufen, hätte sie an den Schultern gepackt und so lange geschüttelt, bis sie wieder bei Verstand war, aber ich beherrschte mich.

Lydia war entschlossen, ihren Kopf durchzusetzen. Sie hatte nachgedacht, oder das getan, was sie dafür hielt, und einen Entschluss gefasst. Dieses Muster war mir von früheren Auseinandersetzungen her vertraut, auch wenn es dabei nur um Banalitäten wie Kleiderfragen gegangen war. Sobald ich erkennen ließ, dass mir der hübsche geblümte Rock gefiel, wollte sie unbedingt den schlichten einfarbigen aus Baumwolle. Je mehr ich auf sie einredete, desto sturer stellte sie sich.

Ein Freund hatte kurz nach ihrer Geburt ein Horoskop für sie erstellt. Er hatte gelacht und gesagt, so etwas hätte er noch nie gesehen. Lydia war Stier, geboren im *Jahr* des Ochsen und zur *Stunde* des Ochsen. Ein dreifacher Dickschädel. Er sagte, es wäre vorherbestimmt, dass wir aneinandergeraten.

Ich lief zum Computer und rief Reisewarnungen auf. Nicht gerade eine beruhigende Bettlektüre: »Wegen der anhaltenden Unruhen, der schwierigen Sicherheitslage und des hohen Risikos terroristischer Anschläge wird empfohlen, die Reisenotwendigkeit sorgfältig zu prüfen. Es muss in ganz Sri Lanka, einschließlich des Südens, jederzeit mit Anschlägen gerechnet werden.«

Ich druckte die Warnung zweimal aus und schickte sie Lydia außerdem noch per E-Mail für den Fall, dass sie den Ausdruck ungelesen in den Papierkorb warf.

Zwei Stunden später lagen Philip und ich nebeneinander und starrten die Schatten an der Decke unseres Schlafzimmers an.

»Was meinst du, woher sie das Geld für den Flug hat?«, fragte er.

»Wahrscheinlich von ihrem Vater. Warte mal. Erinnerst du dich an das Geld, das wir ihr zum einundzwanzigsten Geburtstag geschenkt haben?«

»Du meinst das für die Studienreise nach China, die nie stattgefunden hat.«

»Sie fährt nicht nach Sri Lanka. Ich verbiete es.«

»Das geht nicht«, sagte Philip, die frustrierende Stimme der Vernunft. »Sie ist über achtzehn.«

»Ich verstecke ihren Pass.«

»Das bringt uns auch nicht weiter«, sagte er seufzend.

»Es ist der reinste Selbstmord!«, sagte ich, zog mir die Decke über den Kopf und drehte mich zur Wand. Philip hatte leicht reden, schimpfte ich innerlich. Er hatte sie ja auch nicht neun Monate im Bauch gehabt und mit seiner Milch genährt. Er war nicht einmal ihr leiblicher Vater. Aber das war ein schäbiger Gedanke. Er war zwar Lydias Stiefvater, in seiner Zuneigung hatte er jedoch nie einen Unterschied gemacht. Er liebte sie genauso wie seine leibliche Tochter.

Trotzdem, dachte ich, und die Wut kochte erneut in mir hoch, wieso konnte er nicht ein Machtwort sprechen?

Die Dunkelheit war erfüllt von unausgesprochenen Anschuldigungen.

Ich gab mir die Schuld. Hätten Lydias Vater und ich uns nicht getrennt, wäre sie jetzt nicht so unbesonnen und aufsässig. Andererseits, wären wir zusammengeblieben, wäre jetzt wahrscheinlich einer von uns tot und der andere säße im Gefängnis.

Ich gab Lydia die Schuld. So eine Frechheit, heimlich Flugtickets zu kaufen.

Ich gab dem Mönch die Schuld. Wir konnte er es wagen, meine Tochter auf seine vom Bürgerkrieg zerrissene Insel zu locken?

Ich gab den Reiseberichten im Fernsehen die Schuld, in denen die Dritte Welt wie ein Freizeitpark präsentiert wurde, der Adrenalinschübe in Verbindung mit Extremsportarten, Alkohol und allem anderen bot, worauf die jungen Leute aus Lydias Generation ganz versessen waren.

Aber ich sagte nichts. Philip auch nicht.

Obwohl Philip schwieg, hätte er vermutlich auch ein paar Schuldzuweisungen vorbringen können. Wer hatte Lydia denn überhaupt erst mit diesem Mönch bekannt gemacht?

Er begann diese leisen Schnauftöne zu machen, wie immer, wenn er kurz vorm Einschlafen war. Es machte mich wütend, dass er so friedlich wegdriften konnte.

Mein Gedanken drehten sich im Kreis, während ich wach lag. Ich erinnerte mich daran, dass ich mir geschworen hatte, mich nie so aufzuführen wie meine Mutter damals, als sie mich daran hindern wollte, nach England zu gehen. Und doch lieferte ich mir jetzt einen ähnlichen Machtkampf mit meiner Tochter: ich überzeugt davon, dass sie im Begriff war, ihr Leben kaputtzumachen, Lydia wild entschlossen, sich nicht davon abhalten zu lassen, genau das zu tun.

Andererseits hätte es mich eigentlich nicht überraschen sollen. Lydia entstammte einer langen Reihe willensstarker Frauen, die ihre Mütter auf die eine oder andere Weise auf die Palme getrieben hatten. Meine Mutter war vor ihrer Heirat mit einem anderen Mann »verlobt« gewesen und es hatte einen Skandal gegeben. Ihre Cousine Irene war in den Zwanzigern nach Paris gegangen und hatte nach ihrer Rückkehr mit einem Deutschen gelebt, in Sünde am Strand. Großtante Myrtle hatte Pfeife geraucht und mir den Rat gegeben, für die Liebe alles zu tun. Und deren Mutter wiederum hatte für Wirbel gesorgt, indem sie in ihrer Heimatstadt durch die Straßen marschierte und das Wahlrecht für Frauen forderte.

Bei den seltenen Gelegenheiten, bei denen Lydias Freundinnen mir im Vertrauen von den Streitereien mit ihren Müttern erzählten, hatte ich immer erklärt, die ältere Generation müsse nachgeben. Die junge Frau muss ihre Zukunft so gestalten können, wie sie es will. So hat es die Natur vorgesehen. In Tierherden lässt die Kraft der Alten nach und sie werden von Räubern gefressen. Damit die Spezies überlebt, muss sich die Jugend durchsetzen. Jetzt, wo ich aus der Perspektive eines alten Tiers mit der Praxis konfrontiert wurde, gefiel mir diese Theorie plötzlich gar nicht mehr.

Bei meiner Mutter hatte ich gelernt, mit einer Frau umzugehen, die genauso stark war wie ich selbst. Schreien bringt hier nichts. Um mit einer anderen starken Frau fertigzuwerden, muss man manchmal die direkte Konfrontation meiden und Dinge heimlich tun. Statt über seine Pläne zu reden, ist es besser, für sich eine Entscheidung zu treffen und sie umzusetzen. Das hatte ich getan, als ich, viel zu jung, beschlossen hatte zu heiraten. Und genau das tat Lydia jetzt.

Ich holte die Ohrstöpsel aus meinem Nachttischchen und zwang mich zu schlafen.

7.

Heimsuchung

Gutes kommt von Gutem.

Was macht ein guter Mann, dessen Frau kurz vor einem Nervenzusammenbruch steht, weil die Tochter nach Sri Lanka geht und sie selbst sich zur Hochzeitsplanerin ihres Sohnes ernannt hat? Er begleitet sie in ein Wellness-Hotel in New South Wales. Philip hätte zwar lieber von einem Zelt aus Krokodilangriffe abgewehrt, aber dann erklärte er sich doch bereit, sich gemeinsam mit mir einige Entgiftungstage zu gönnen.

Das Wellness-Hotel bot alles, was ich mir erhofft hatte: ein bisschen Luxus, ein bisschen Natur, ein bisschen Kur. Erledigt von der langen Fahrt erklommen wir die Stufen zu einem Marmorfoyer, das Wohlbefinden ausstrahlte. Wir hatten uns gegenseitig versprochen, die nächsten paar Tage nicht über Hochzeiten, Sri Lanka oder andere kinderrelevante Themen zu reden. Das hier war genau die richtige Umgebung, um all das zu vergessen.

Zum Gemurmel von Springbrunnen aus Vulkangestein rieselten New-Age-Didgeridoo-Klänge aus Lautsprechern. Das Lächeln der Hotelangestellten ließ uns wissen, dass auch wir jung, gebräunt, schlank und schön sein könnten, wenn wir nur die nötige Einstellung und Disziplin aufbrächten.

Ich zog den Bauch ein und entblößte meine ungebleichten Zähne zu dem Lächeln einer in die Jahre gekommenen, leicht moppeligen Städterin.

Diese Gesundheitsapostel konnten mir nichts vormachen. Ich wusste, welche Selbstverachtung nötig war, um so wie sie auszusehen. Das Triumphgefühl über verlorene zehn Kilo war vor einer Weile rasch zunichtegemacht worden von der Schmach, sie wieder zuzunehmen, plus ein paar Kilo mehr, die nicht auf meinen Hüften saßen, als ich noch *dachte*, ich sei dick.

Dazu kam die Entdeckung, dass ich mich dünn(er) kein bisschen besser fühlte. Im Gegenteil, dünn fühlte ich mich schlechter, weil ich von ständigem Hunger geplagt wurde – und von der Angst, erneut zuzunehmen. Nach vielen Jahren, in denen ich von meinem Gewicht wie besessen war, wurde mir endlich klar, dass alle, die mich mochten, mich auch mit ein paar Kilos zu viel mögen würden, und für die anderen existierte ich so oder so nicht. Als Frau mittleren Alters war ich ohnehin unsichtbar. Es ist erstaunlich befreiend, sich in einer auf Äußerlichkeiten fixierten Gesellschaft zu bewegen, ohne wahrgenommen zu werden.

Philip und ich, Flüchtige aus dem Land vergnügungssüchtiger Fleischfresser, Koffeinabhängiger und Weintrinker, mussten an der Rezeption schwören, dass wir in unseren Taschen keine unerlaubten koffeinhaltigen Stoffe und Alkoholika mit uns führten. Ich bereute das in der Sekunde.

Das Wellness-Hotel war bekannt für sein einwöchiges Erziehungslager, in dem sich Zwölfstunden-Workouts mit Sinnsuche-Workshops abwechselten.

Ich für meinen Teil kann mir nichts Schlimmeres vorstellen als einen zwanzigjährigen Zehnkämpfer, der mich über einen Hindernisparcours jagt. Der Wellness-Oase hätte ich mich nicht auf hundert Meter genähert, wäre nicht alternativ zum normalen Programm ein »individuelles« Paket angeboten worden, bei dem man an den Workshops teilnehmen konnte, wenn man Lust dazu hatte, und sich den Rest der Zeit hemmungslos zu Brei massieren und aromatherapieren ließ.

Unter einem rosa- und orangefarben gestreiften Himmel zogen wir holpernd unsere Koffer über den Kiesweg zu unserer Villa. Ein geräumiger, moderner Bungalow mit Blick über das Tal, einfach perfekt. Nicht zu vergessen das hübsch gefaltete Toilettenpapier und die flauschig weichen Badetücher. Wir öffneten die Türen zu unserer Terrasse und ließen den warmen Abendwind durch unsere Haare streichen.

Ein paar Kängurus putzten sich, bevor sie lässig davonhüpften. Ich hatte die australische Landschaft mit ihrem riesigen Himmel und den alten, faltigen Hügeln lieben gelernt. Die rote Erde und die silbernen Bäume, die ich früher hässlich und fremdartig gefunden hatte, besaßen mittlerweile eine ganz eigene Schönheit für mich. Die Leere dieses Landes und seine unter Umständen äußerst gefährliche Tierwelt machte mir keine Angst mehr, und ich genoss den Eukalyptusduft in der heißen, trockenen Luft.

Darf ich an dieser Stelle erwähnen, dass wir uns küssten? Und es war keiner dieser unheimlichen Bitte-keinen-Schritt-weiter-Seniorenküsse, die man aus dem Kino kennt, wenn ein gealterter, verfetteter Hollywoodstar sich an eine kosmetisch generalüberholte Diva heranmacht, bis sich sämtliche Zuschauer im Saal über ihrem Popcorn krümmen.

Das hier war der Kuss eines Mannes und einer Frau, die sich seit zwanzig Jahren kannten und in dieser Zeit den größten Teil ihrer wachen Stunden damit verbracht hatten, andere wichtiger zu nehmen als sich selbst. Die einfach dankbar waren für ein paar Tage zu zweit und die Möglichkeit, Gespräche zu führen, bei denen kein Dritter mithörte und ungefragt seine Meinung abgab. Welch eine Wohltat, zwischen Laken aus ägyptischer Baumwolle zu liegen und nach dem Duschen gleich zwei Badetücher benutzen zu können – die später nicht in die Waschmaschine gesteckt werden mussten. Jedenfalls: nicht von mir.

Dieser Ort würde unsere Körper reinigen und eine Wohltat für unsere Seelen sein. Man würde uns einseifen und abschrubben, durchkneten und massieren und uns Unterricht in gesundem Leben erteilen. Nach fünf Tagen würden wir als glücklichere, ausgeglichenere Menschen in unseren Alltag zurückkehren. Unsere Sorgen würden sich in Luft auflösen.

In der ersten Nacht sang uns unten im Tal der Wind ein Wiegenlied und wir ließen uns in das tausendfädige Luxusgespinst sinken und schliefen wie Steine.

Es fällt mir schwer zu beschreiben, was in dieser Nacht passierte, nur dass es zu den merkwürdigsten Ereignissen in meinem Leben gehörte. Eigentlich habe ich nie an Übersinnliches geglaubt, und dennoch …

Kurz vor Sonnenaufgang wachte ich auf, weil die Holzjalousien gegen das Fenster schlugen. Der Wind heulte um den Bungalow, und die heiße Luft schien zu knistern. Als ich mich auf der Suche nach einer bequemeren Position herumwälzte, bemerkte ich auf einmal auf einem Stuhl in der Ecke eine Gestalt. Es war – ausgerechnet – meine Mutter.

Bei ihrem Anblick wurde mir ganz weich ums Herz. Sie war vor einigen Jahren gestorben, aber in diesem Moment schien sie sehr lebendig und schaute mich mit vor Liebe strahlenden Augen an. Vor ihr rannte eine schwarze Katze hin und her. Sie war zu schnell, als dass ich mit Bestimmtheit hätte sagen können, ob es Cleo war.

Da ich ahnte, dass die Begegnung mit Mum kurz ausfallen könnte, wollte ich keine Zeit verlieren und stellte ihr rasch ein paar Fragen. Die Katze sauste kreuz und quer durchs Zimmer, so als wolle sie mir sagen, ich solle mich beeilen.

»Gibt es einen Gott?«, fragte ich und fühlte mich dabei wie ein Schaf, weil die Frage so banal war.

»Ja«, erwiderte meine Mutter schlicht.

»Bist du ihm begegnet?«

»Nein«, erwiderte sie, mit leichtem Bedauern in der Stimme.

»Ich vermisse dich so sehr!«, schluchzte ich plötzlich, vom Gefühl des Verlusts überwältigt.

Mum hatte es nie leiden können, wenn die Leute sich in Selbstmitleid ergingen. Als sie im Sterben lag, hatte ich einmal so geweint wie jetzt, und sie hatte bloß den Kopf weggedreht und zum Fenster hinausgeschaut, vor dem ihre Kamelien standen.

Ihr Umriss begann zu verschwimmen und mit dem Stuhl zu verschmelzen.

»Was muss ich wissen?«, rief ich voll Entsetzen, dass sie so schnell wieder verschwand.

»Gutes kommt von Gutem«, erwiderte sie mit einem rätselhaften Lächeln und war fort.

Dann sah ich nur noch, wie der Schwanz der Katze sich zwischen den Schatten auflöste.

An Wiedereinschlafen war nicht zu denken. Philip gleich nach dem Aufwachen davon zu erzählen, kam mir melodramatisch vor. Ich wartete also damit, bis wir geduscht hatten und auf dem Weg zu unserem vegetarischen Öko-Frühstück waren. Für jemanden, der in einem Turm aus Glas und Beton arbeitete, zeigte sich Philip überraschend aufgeschlossen.

»War es ein Traum?«, fragte er, als wir an dem Tai-Chi-Treffpunkt vorbeikamen.

Für einen Traum kam es mir zu real vor, aber wie sollte ich es sonst nennen?

»Was meinst du, was es bedeutet?«, fragte er.

»Vielleicht geht es um das Buch«, sagte ich. »Mum wollte mir vielleicht sagen, dass ich ganz offen über meine Gefühle schreiben soll, dann kann etwas Gutes dabei herauskommen – gut nicht nur für mich, sondern auch für andere. Das Ganze hatte außerdem etwas Dringliches. Mum und Cleo wollten mir sagen, ich soll mich beeilen. Ich soll mir nicht zu viel Zeit damit lassen.«

Bis dahin war mir noch nie der Gedanke gekommen, dass mir die Zeit davonlaufen könnte. Das war etwas, womit ich mich bald auseinandersetzen sollte.

8.

Der innere Terrorist

Mütter und Töchter teilen sich
DKNY und DNA.

Fünf Tage und Nächte ohne Kaffee waren genug. Von all dem Entgiften hatte ich bohrende Kopfschmerzen. Kaum zurück, eilte ich über die Straße zu Spoonful. Ich schlürfte den ersten Milchkaffee des Tages, dankbar, mich wieder vergiften zu dürfen.

Während unseres Aufenthalts in dem Wellness-Hotel hatte sich zu Hause der Winter eingeschlichen. Die Bäume hatten die letzten Blätter abgeworfen und standen nackt und zitternd vor einem blassblauen Himmel.

Ich hatte kurz nach unserer Rückkehr einen Termin für meine alle zwei Jahre fällige Routine-Mammographie, aber da Lydia am darauffolgenden Tag nach Sri Lanka abreisen wollte, war das auf meiner Prioritätenliste ganz nach unten gerutscht. Mehrmals schon hatte ich den Telefonhörer in die Hand genommen, um den Termin abzusagen. Ich hatte genug zu tun mit dem Buch über Cleo, den Sorgen um Lydia und der Internetrecherche nach einer geeigneten Örtlichkeit für die Hochzeit. Es war eigentlich keine Zeit für hypochondrische Durchchecktermine.

Die junge Ärztin, die meine Brüste vor einigen Monaten untersucht hatte, hatte mir versichert, dass alles in Ordnung sei, und als ich sie um eine Überweisung für die Klinik gebeten hatte, meinte sie, das sei eigentlich nicht nötig. Der Check-up im Rahmen des staatlichen Röntgenprogramms würde reichen. Das hieße zwar, dass ich länger warten müsste, dafür würde die Untersuchung aber auch nichts kosten.

Zuerst wollte ich mich damit zufriedengeben, aber dann hielt mich irgendetwas davon ab. Instinkt vielleicht. Oder eine dieser berühmten Stimmungsschwankungen, unter denen Frauen meines Alters angeblich leiden. Die Ärztin war nicht meine Hausärztin und sie war zu jung, um die Mühsal der Auf und Abs der Hormone im mittleren Alter zu kennen. Abgesehen davon, wenn ich jetzt nicht zur Mammographie ging, musste ich sie später nachholen, was es nicht besser machte. Ich bestand daher auf der Überweisung, und sie stellte mir den Schein mit einer Begeisterung aus, die ich ausschließlich für Vampirfilmen reservierte.

Wenn man nicht gerade über ein fotografisches Gedächtnis verfügt, kann man sich normalerweise nicht daran erinnern, was man an einem bestimmten Tag getragen hat. Manche Tage sind allerdings so schrecklich, dass sich selbst die unwichtigsten Details ins Gedächtnis graben. So erinnere ich mich noch genau daran, was ich am Tag von Sams Tod trug – einen khakifarbenen Rock und ein dazu passendes, rot eingefasstes T-Shirt. Hässlich, aber es waren eben die Achtziger.

Genauso erinnere ich mich, was ich zu dem Mammographie-Termin im Juli 2008 trug. Ehrlich gesagt nervt mich die ewige Kleiderfrage. Nicht, dass ich mir keine Mühe mit meiner Garderobe geben würde. Wenn eine Verkäuferin mir den Eindruck vermittelt, dass sie hilfsbereit und halbwegs ehrlich ist, dann lasse ich mich durchaus zum Kauf des einen oder anderen Stücks überreden. Vielleicht trage ich es sogar ein, zwei Mal.

Aber letztlich reduziert sich meine Garderobe auf eine Hose und ein paar Oberteile, die passabel aussehen und mich nicht an zu vielen Stellen kneifen. Solange sie zu den Schuhen, die ich seit drei Jahren pausenlos trage, passen, habe ich sie, wie ich zugeben muss, ständig an.

An diesem Morgen war es kalt und ich kramte meine Stiefeletten mit den Keilabsätzen hervor. Sie waren so alt, dass ich mich nicht mehr erinnerte, ob ich sie gekauft hatte, als sie das erste Mal in Mode gewesen waren oder im Zuge eines Revivals. Die neue schwarze Samthose machte die abgewetzten, fleckigen Stellen an den Stiefeln wett. Was das grüne Cowboy-Hemd mit den zu Ehren von John Wayne bestickten Schultern betraf, nun, es war das einzige, das einigermaßen gebügelt war.

Jede Frau, die eine Mammographie machen oder sich vom Gynäkologen untersuchen lässt, wird sich für Rock oder Hose und Oberteil entscheiden und nichts Einteiliges tragen. Es stärkt die Verhandlungsposition, wenn man wenigstens die Hälfte seiner Kleidung anbehalten kann. Das John-Wayne-Outfit war ideal.

Probeweise setzte ich den roten Hut auf, mit dem ich meiner Mutter zum Verwechseln ähnlich sah. Wenn ich mich recht erinnere, hatte auch meine Großmutter einen ähnlichen Hut gehabt, die Damenversion des von Winston Churchill und Colin Farrell favorisierten Homburgs. Es gibt nicht viele Hüte, die den Frauen unserer Familie stehen, dank unserer großen Nasen.

Es hat etwas Tröstliches, sich vorzustellen, dass Hunderte von Vorfahren über die Jahrhunderte hinweg dieselbe Hutform trugen. Meine Töchter würden nach ihren Experimenten mit Baretts und Schlapphüten vielleicht auch noch dazukommen. Mir machte es nichts mehr aus, wie eine Kopie meiner Mutter herumzulaufen. Hieß das, ich war endlich erwachsen geworden? Ein grauer Tag konnte einen roten Tupfer brauchen. Für einen Hut musste man allerdings eine Hutfrisur haben. Ich legte ihn zurück auf die Garderobenablage.

Nachdem ich im Wartezimmer die obligatorischen bunten Blätter überflogen hatte, wurde ich von der Röntgenassistentin hereingerufen. »Entspannen Sie sich«, sagte sie und dirigierte mich zu dem Gerät. »Stehen Sie ganz entspannt. Nicht hier. Etwas weiter nach rechts. Lassen Sie die Schultern hängen. Ganz entspannt. (*Konnte sie vielleicht dieses Wort einmal auslassen?*) Ein bisschen weiter vor. Legen Sie Ihren rechten Arm hier oben drüber. Halten Sie sich an dem Griff fest. Nein. Ein Stück zurück. So ist es gut. Ganz entspannt«, sagte sie, während sie meine rechte Brust zwischen zwei pflastersteinähnliche Platten quetschte und ein Müllauto darüberfahren ließ. »Holen Sie tief Luft. Nicht bewegen. Genau so bleiben.«

Diese Prozedur wiederholte sie drei Mal und verschwand. Fünf Minuten später kam sie zurück und entschuldigte sich, die Aufnahmen seien unterbelichtet und wir müssten sie noch mal machen. Ihre Inkompetenz überraschte mich. Vielleicht tat sie aber auch nur so, als wäre sie inkompetent, um mich in falscher Sicherheit zu wiegen. Gleich darauf führte sie mich in den Ultraschallraum.

Anders als die Röntgenassistentin, die praktisch nicht geredet hatte, litt die Ultraschall-Frau an Logorrhö. Sie verteilte angewärmtes Gel auf meinen Brüsten und fuhr mit dem Schallkopf darüber. Normalerweise versuche ich Leute, die dem wissenschaftlich-nüchternen Typ zuzurechnen sind, mit Fragen aus der Reserve zu locken. Aber bei dieser Frau bekam ich kein einziges Wort dazwischen. Sie sprach von ihren Kindern, ihren Enkeln, der Dürre, davon, wo sie wohnte und wie toll es doch war, dass man heutzutage seine Brüste mit Ultraschall untersuchen lassen konnte.

»Sie haben sich eine Belohnung verdient, wenn Sie nach

Hause kommen«, plapperte sie weiter. »Ach was, Sie haben sich vier Belohnungen verdient.«

Langsam fragte ich mich, was mit ihr los war. Mit einem Papiertuch wischte sie das Gel von meinen Brüsten, half mir in einen Frotteemantel und schickte mich in den Vorraum.

In engen Räumen kriege ich Beklemmungen. Der Vorraum war leer bis auf einen Stapel Zeitschriften, in erster Linie Einrichtungsmagazine. Während ich die Fotos von strahlend weißen Küchen mit Aussicht auf ein tiefblaues Meer studierte, wurde mir auf einmal bewusst, dass alle anderen Patientinnen inzwischen nach Hause gegangen waren.

Man hatte mich eingeschlossen und vergessen. So hatte ich mich das letzte Mal in der Grundschule gefühlt, als mich ein Lehrer während der Pause in den Kreideschrank sperrte. Meine Lust zu reden hatte mich schon immer in Schwierigkeiten gebracht. Mir wurde langsam unheimlich zumute. Ich wollte nur noch eins: mich anziehen und möglichst schnell raus hier.

»Ach, hier sind Sie!«, rief eine indische Radiologin im weißen Kittel. Mit ernstem Blick eskortierte sie mich durch eine Tür mit der Aufschrift »Auswertungsraum«, wo wir Bilder von meiner rechten Brust betrachteten. Die weißen Punkte, die mich wie Sterne der Milchstraße anblitzten, seien Verkalkungen, erklärte sie. Möglicherweise ein Hinweis auf Zellveränderungen. Sie wählte ihre Worte mit Bedacht.

Ein Urzeitwesen tief in mir verzog sich zum Fensterbrett und beobachtete von dort aus wachsam das Geschehen.

Die Ärztin vereinbarte für den nächsten Nachmittag bei einer Chirurgin einen Biopsie-Termin für mich. Sie meinte, ich solle in Begleitung kommen.

Muss ich sterben?, dachte ich, auf einmal wie betäubt.

Gleichzeitig schien ich mich in verschiedene Personen aufzuspalten, von denen jede eine eigene Perspektive hatte. Das Urzeitwesen folgte mir wie ein Schatten, als ich in den Aufzug stolperte, die Straße überquerte und in mein Auto stieg. Neugierig verfolgte es, wie ich meine Handrücken anstarrte, die auf dem Lenkrad lagen. Mit den stark hervortretenden blauen Adern, ein Erbe meiner Mutter, gehörten sie unverkennbar zu mir. Leben pulsierte in ihnen, aber vielleicht nicht mehr lange.

Mit zitternden Fingern wählte ich Philips Nummer auf meinem Handy. Er entfernte sich kurz aus einem Meeting, um meinen Anruf entgegenzunehmen. Seine Stimme klang unbesorgt, zärtlich. Natürlich würde er mich morgen begleiten.

Ich hätte mir gewünscht, dass er mit erstickter Stimme sagen würde, er wolle mich nicht verlieren, ich dürfe nicht sterben – irgendetwas, damit es realer wurde.

Aber so wie ich mich seinetwegen bemühte, ruhig zu bleiben, tat er es meinetwegen. Er fragte, ob er kommen und mich abholen solle. *Ja, ja! Bring mich weg von hier! Rette mich!* Eine nüchterne, vernünftige Stimme sagte jedoch, nein danke. Irgendjemand musste schließlich mein Auto nach Hause fahren.

Es waren erst wenige Minuten seit dem Gespräch mit der Ärztin vergangen, und schon stellte ich mir vor, wie meine Familie damit zurechtkäme, wenn ich nicht mehr da wäre. Es wäre eine neue Erfahrung für Philip. Außer seinen Großeltern hatte er noch nie einen ihm nahestehenden Menschen verloren. Ich konzentrierte mich darauf, stark zu sein, für ihn.

Ein Mensch würde mich verstehen, das wusste ich. Rob und ich hatten so viel gemeinsam durchgestanden. Wir hatten jeder auf seine Weise um Sam getrauert und taten das irgendwie immer noch. Cleo, die schwarze Katze, die über beinahe ein Vierteljahrhundert eine lebendige Verbindung zu

Sam dargestellt hatte, war für uns beide ein Quell des Trostes und der Freude gewesen. Nachdem man Rob im Alter von vierundzwanzig Jahren wegen Morbus Crohn den Dickdarm entfernt hatte, wusste er genau, wie es war, sich im eigenen Körper verlassen zu fühlen, Angst vor ihm zu haben.

Ich rief ihn an und erzählte ihm die Neuigkeiten. Er fand sofort den richtigen Ton. Seine Worte waren vorsichtig gewählt, aber ich wusste, dass er mit mir fühlte.

»Es ist bei weitem nicht so schlimm wie das, was du durchgemacht hast«, sagte ich. Das erste Mal seit der ominösen Erwähnung von Zellveränderungen war ich wieder ich selbst und fühlte das, was ich sagte. Wir beide wussten, wie die Ärzte vorgingen. Ich bekam tröpfchenweise gerade mal so viele Informationen, dass ich auf das Schlimmste vorbereitet sein würde, wenn am nächsten Tag die Untersuchungsergebnisse vorlagen.

Als ich kurz darauf mein Handy wegsteckte, war ich erstaunlich heiter. Vielleicht hatte mein Körper ja irgendwelche Stoffe ausgeschüttet, aber das Gespräch mit Rob ließ mich tatsächlich klarer sehen. Selbst wenn der schlimmste Fall eintrat und ich bald die Musik für meine Beerdigung aussuchen musste, war das nicht die größte denkbare Katastrophe. Sams Verlust war viel furchtbarer gewesen. Ein Leben, das zu Ende war, bevor es richtig begonnen hatte. Das war tragisch.

Ich stellte das Autoradio an. Sanfte Jazzklänge wurden von den Vier-Uhr-Nachrichten abgelöst. Ein Zugunglück in Nordägypten hatte zweiundvierzig Todesopfer gefordert, vor der kanadischen Küste war eine riesige Eisfläche mit einer Größe von achtzehn Quadratkilometern weggebrochen. Es ging doch nichts über die Nachrichten, wenn man sich vergewissern wollte, dass es immer noch schlimmer kommen konnte. Da musste man nicht mal an die Dinge denken, die es nicht in die Nachrichten schafften – Kinder mit lebensbedrohlichen Krankheiten, Menschen, die unter unwürdigen Umständen lebten.

Im letzten Bericht hieß es, in Sri Lanka habe das Militär eine große Stadt in Mannar im Norden aus den Händen der tamilischen Separatisten befreit – dieses verdammte Sri Lanka.

Ein Gutes hatte das Ganze immerhin, dachte ich, nämlich, dass Lydia ihre Reise absagen musste. Unter diesen Umständen konnte sie einfach nicht um die halbe Welt gondeln, um auf einem Berggipfel zu hocken. Ich dankte Gott/Buddha/Mutter Natur für meine »Zellveränderungen«.

Auf der Heimfahrt unter einem stahlgrauen Himmel dachte ich über weitere positive Aspekte nach. Die Ärzte hatten keine Geschwulst gefunden, also konnte es nicht allzu schlimm sein. Andererseits hatten sie sich eingehend nach Krankheiten in meiner Familie erkundigt. Meine Schwester Mary hatte sich vor ein paar Jahren einer Mastektomie unterziehen müssen und zwei meiner Tanten waren an Brustkrebs gestorben.

Dann fiel mir noch etwas Positives ein. Wenn es tatsächlich etwas Ernstes sein sollte, dann hätte ich endlich eine Entschuldigung, meinen persönlichen Fitnesstrainer, der mich zweimal die Woche quälte, loszuwerden.

Lydia und Katharine waren in der Küche, als ich durch die Diele polterte und meine Tasche auf den Tisch warf. Meine Mädchen, meine Töchter, waren fast erwachsen. Sie verdienten es, dass ich ihnen die Wahrheit sagte.

»Sieht so aus, als hätten sich ein paar Zellen in meiner Brust verändert«, sagte ich lächelnd und mit fester Stimme, wie eine Lehrerin, die ihre Schüler zu ein paar zusätzlichen

Hausaufgaben verdonnerte. Die Worte hallten von den Wänden wider. Subtilität hatte noch nie zu meinen Stärken gehört. »Aber es ist nicht schlimm.«

Was für eine Lüge. Die Gesichter meiner Töchter waren merkwürdig ausdruckslos, als sie mich umarmten. Glaubten sie, dass ich ihnen etwas vormachte? Vielleicht tat ich das ja, oder es war ein Traum. Mein anderes Ich beobachtete die Szene von einem Punkt über dem Kamin aus.

Lydia füllte den Kessel mit Wasser. Bald würde sie den Anruf machen, um ihren Flug zu stornieren. Ich setzte mich auf eines der grünen Sofas und Katharine hockte sich vor mir auf den Boden und lehnte sich mit abgewandtem Gesicht gegen meine Knie. Ich strich ihr über die Haare, während sie reglos auf ihr Buch starrte. Vielleicht weinte sie. Es musste schlimm sein, mit fünfzehn die Mutter zu verlieren.

Ich fragte mich, ob sich Mütter und Töchter bei ihrer ersten triumphalen Begegnung auf dem blutverschmierten Entbindungsbett auf diesen Moment vorbereiteten. In jedem Anfang steckt ein Ende. Der normale Verlauf sieht vor, dass die Mutter als erste geht.

Aber doch jetzt noch nicht.

Wir schienen alle drei nicht fähig zu sein, die Tragweite meiner Worte zu erfassen. Ich liebte meine Töchter mit jeder Faser meines Körpers. Aber wenn in diesem Körper Killerzellen steckten, dann hatte ich womöglich einen schrecklichen Fluch an sie weitervererbt. All mein Bemühen, starke Frauen aus ihnen zu machen, war hinfällig, wenn ich so gefährliche Gene an sie weitergegeben hatte.

»Geht es dir gut?«, fragte Katharine mit dünner, kindlicher Stimme, die mich an den Tag erinnerte, als ich beim Eislaufen gestürzt war und sie mich vom Eis hochgezogen hatte. Sie war damals erst sieben oder acht Jahre alt gewesen. Mein

Steißbein hatte fürchterlich weh getan, aber ich hatte ihr versichert, es ginge es gut. Müttern ging es immer gut.

»Ja, natürlich«, erwiderte ich und spielte ihr wieder etwas vor.

»Nur dass mit deinen Zellen was nicht stimmt«, sagte Lydia und warf ein paar Teebeutel in die Kanne.

»Scheint so«, gab ich in übertrieben munterem Tonfall zurück. »Deshalb hat es ja auch so lange gedauert. Sie haben stapelweise Bilder gemacht und diese dämliche Kuh hat mit mir geredet wie mit einem Baby.«

Ich traute mich nicht, Lydia zu fragen, ob sie unter diesen Umständen zu Hause bleiben würde. Bestimmt würde sie auch so den Ernst der Lage erkennen und das Richtige tun. Oder Philip würde sie überreden.

Der Tee war gut, aber ich brauchte etwas Stärkeres. Ich griff in den Schrank und tastete nach der tröstlichen Form der Flasche Cognac hinter der elektrischen Pfanne. Cognac hatte mir geholfen, als ich mich nach Sams Tod in einem kaum auszuhaltenden Schockzustand befand. Nach dem ersten Brennen rann der Schnaps wie ein alter Freund durch meine Kehle.

Philip kam zeitig nach Hause. Die Mädchen schnitten Gemüse für ein Wokgericht. Ich erzählte ihnen von den vier Belohnungen, die ich mir verdient hätte, und sie lachten zu laut.

So ist es also, wenn man unter Zellveränderungen leidet, dachte ich. *Die Leute lachen über deine Witze.*

»Sie erwischen diese Sachen so früh heutzutage; es wird sicher alles gutgehen«, sagte ich später beim Wokschrubben. Und doch hatte ich mich bereits einen Schritt von den dreien entfernt. Von meiner Position über dem Kamin aus sah ich, wie Vater und Töchter ohne mich zurechtkamen. Sie gingen liebevoll miteinander um, behutsam. Sie hielten zusammen.

Wie konnte ich sie bloß alleinlassen?

Als ich zum dritten Mal in dieser Nacht aufwachte, zählte ich im Stillen all die wunderbaren Dinge in meinem Leben – ein großartiger Ehemann, tolle Kinder, eine Stadt mit einer fantastischen ärztlichen Versorgung.

Beim vierten Mal sah ich die Gesichter verstorbener Freundinnen über mir schweben. Lydias Kindermädchen Anne Marie; eine Nachbarin mit kleinen Kindern; Vicky, die Freundin meiner Mutter; Tante Edna und, und, und … Sie alle waren an der Krankheit gestorben, die eine von acht Frauen erwischte. Die mit Zellveränderungen in der Brust begann.

Manchmal hatte ich den Eindruck, mehr Engel als Lebende zu kennen.

Mein letzter Gedanke, bevor ich wieder einschlief, war, dass Philip allein verloren wäre. Ich würde eine neue Frau für ihn suchen müssen.

9.
Verlassen

Eigensinnige Töchter werden geboren,
um sich willensstarken Müttern entgegenzustellen.

Am nächsten Morgen wartete ich darauf, dass Lydia verkündete, sie habe ihre Reisepläne aufgegeben. Nach dem Frühstück kam sie mit einem blassrosa Schal um den Hals die Treppe heruntergesegelt und lud mich ein, mit ihr Kaffeetrinken zu gehen. Sie schlug zur Abwechslung das Globe vor, ein Café, das nicht weit entfernt von unserem früheren Haus lag. Ich ließ sie fahren, auch weil ich mich selbst zu unsicher fühlte.

Mit den vielen Spiegeln und dem auf Hochglanz poliertem Mobiliar in dem riesigen Raum war das Globe zwar schick, aber nicht besonders gemütlich. Seit wir früher öfter zu Gast hier gewesen waren, hatte das Personal gewechselt.

Überzeugt, dass sie mir die Stornierung ihrer Reise mitteilen würde, bestellte ich zwei Milchkaffee (einen mit Sojamilch) und machte mich bereit, Überraschung zu heucheln.

Wenn man eine potentiell lebensbedrohliche Krankheit hat, ist es das Beste, man spricht über etwas anderes. Ich fragte Lydia, wie es Ned ging. Abgesehen von seinem chronischen Zuspätkommen und der einen oder anderen ausgefallenen Idee (die Teilnahme an mittelalterlichen Kampfspielen mit Plastikschwertern in öffentlichen Parks), habe er seine Krankheit ganz gut im Griff, erwiderte sie.

Lydia hatte Neds Krankheit immer heruntergespielt, aber

dass er Stimmen in seinem Kopf hörte, klang doch ziemlich ernst. Lydia hatte ihm gut zugeredet, mit dem Rauchen aufzuhören, abzunehmen und sich ordentlicher anzuziehen. Es hatte nicht viel genutzt. Nach wie vor rauchte er und die »neuen« Sachen, die sie ihm in einem Secondhandladen besorgt hatte, zog er nie an. Ich fragte, was mit dem Schal, den ich für ihn gestrickt hatte, passiert sei. Sie sagte, sie habe keine Ahnung. Ich lächelte. Es klappte so gut wie nie, einen Mann ändern zu wollen.

»Vielleicht zieht er heute Abend ja was Ordentliches an, wenn er mich zum Flughafen bringt«, sagte sie beiläufig.

Entgeistert starrte ich sie an.

»Du fliegst trotzdem?«, fragte ich und plötzlich war mir kalt.

»Jetzt ist es zu spät, um meine Pläne zu ändern«, sagte sie und rührte ihren Kaffee um.

Hatte Philip etwa nicht mit ihr gesprochen und ihr gesagt, sie müsse wenigstens die nächsten paar Wochen hierbleiben?

»Aber ich könnte ernsthaft krank sein«, sagte ich mit jämmerlicher Stimme.

Meine Tochter starrte auf ihre Soja-Latte. Wenn sie meine Hilfe gebraucht hätte … Nun, das hatte sie unzählige Male erlebt. Es gab nichts, was ich nicht für sie getan hätte.

Hielt sie mich etwa für unsterblich?

»Diese Reise bedeutet mir sehr viel«, sagte sie mit ihrer Therapeutinnenstimme. »Ich habe eine Ewigkeit darauf gespart. Und …«

»Und was?«

»Ich kann es nur schwer erklären … aber … ich überlege, buddhistische Nonne zu werden.«

»Wie bitte?!« Die anderen Gäste blickten von ihren Zeitungen auf.

Das konnte nicht sein. Das arme Kind war verwirrt. Jugendliches Herumexperimentieren mit Spiritualität war eine Sache. Sich von Studium, Familie und Zukunft loszusagen, um eine Braut Buddhas zu werden, eine völlig andere.

Theoretisch hatte ich keine Probleme mit buddhistischen Nonnen. Wenn mir eine Freundin erzählen würde, ihre Tochter wollte buddhistische Nonne werden, würde ich wahrscheinlich bewundernd nicken. Als das ziemlich spirituelle Wesen, das ich war, hatte ich andere immer ermuntert, sich mit dem auseinanderzusetzen, was nicht einfach nur physische Realität war. Aber ich war nicht darauf vorbereitet, dass meine Tochter das so ernst nahm. War ich nun ein Heuchler?

Einmal hatte ich ein westlich aussehendes Mädchen mit kahlrasiertem Kopf und rotbraunen Gewändern gesehen, das in der Nähe der Universität eine Straße entlangwanderte. So konnte sich Lydia keinesfalls blicken lassen.

»Es ist dieser Mönch, oder?«, fragte ich leise.

Lydias Miene verhärtete sich. Trotzig, wenn auch mit Tränen in den Augen, erwiderte sie meinen Blick.

»Denkst du, das fällt mir leicht?«, sagte sie und stand auf, bereit zur Flucht. »Mich von allen, die ich liebe, verabschieden und einen Kotau vor neun Jahre alten Mönchen machen, nur weil es Jungen sind?«

Ihre feministischen Wurzeln reichten mehrere Generationen zurück. Es war nicht Teil unseres Erbguts, uns vor Männern in den Staub zu werfen.

Rebellion. Um nichts anderes ging es hier. Eigensinnige junge Frauen boten ihren Müttern die Stirn, um eine eigenständige Persönlichkeit zu entwickeln. Vor nicht allzu langer Zeit hatte sie eine Sexkolumne für eine Studentenzeitschrift geschrieben. Ich fragte mich, was schockierender war. Meine

Tochter, die Sexkolumnistin, oder meine Tochter, die buddhistische Nonne.

Wenn sie schon unbedingt rebellieren wollte, warum ließ sie sich dann nicht einfach ein Tattoo stechen?

»Was ist mit deinem Stipendium?«, fragte ich und versuchte, den Aufruhr in meinem Inneren zu bezwingen.

Lydia schob den Stuhl unter den Tisch und wandte den Blick ab.

»Weißt du eigentlich, was manche deiner Altersgenossen für ein solches Stipendium gäben?«, sagte ich und erhob mich, um auf Augenhöhe mit ihr zu sein.

»Es hat keinen Sinn«, sagte sie und lief zur Tür. »Ich hab genug von Politik- und Wirtschaftwissenschaft.«

Ich erinnerte sie an Shakespeares Worte »Geh in ein Kloster.« Jahrhundertelang waren Klöster Orte, wohin man Frauen abschob. Wenn ein Mann seine Frau oder eine unverheiratete Tochter loswerden wollte, musste er sie nur zu lebenslangem Beten und Keuschheit verdonnern. Zahl und Größe der Klosterruinen in Europa legten ein erschreckendes Zeugnis davon ab. Tausende Frauen waren dort gefangen gehalten worden. Ich wusste zwar nicht viel über asiatische Nonnen der Gegenwart, hatte aber gehört, dass ihr Leben sich nicht sehr von dem mittelalterlicher Nonnen unterschied. Die meisten verbrachten es damit, für Mönche zu putzen, zu kochen und andere niedere Arbeiten auszuführen.

»Wohin willst du?«, fragte ich.

»Nach Hause, packen«, sagte sie mit hochrotem Gesicht. »Ich geh zu Fuß. Danke für den Kaffee«, fügte sie noch hinzu, bevor sie im Strom der Passanten verschwand.

Fassungslos bezahlte ich die beiden Kaffees. In welchem Jahrhundert lebte sie eigentlich? Als ich ein Trinkgeld in das Glas neben der Kasse warf, fiel mir wieder ein, wie ich sie als kleines Mädchen in den Neunzigern mit zu irgendwelchen merkwürdigen New-Age-Veranstaltungen von Freunden geschleift hatte. Ich hatte Kristallheilung und Auradeuten für harmlose Spinnereien gehalten. Vielleicht war sie ja damals mit irgendeiner merkwürdigen spirituellen Droge angefixt worden.

Während unsere Tochter nach Hause ging, um sich auf ein klösterliches Leben in einem Krisengebiet vorzubereiten, fuhr ich in die Stadt in ein anderes Krisengebiet.

Wenn man einen verlässlichen Menschen zur seelischen Unterstützung braucht, ist Philip genau der Richtige. Er saß an diesem Nachmittag neben mir im Wartezimmer des Krankenhauses und las eine Segelzeitschrift, während ich mich durch ein Kreuzworträtselbuch arbeitete. Er war die Ruhe in Person. Vielleicht hatte er sich diesen Gleichmut bei der Armee oder in den Jahren im Internat antrainiert.

Im Wartezimmer roch es nach Angst. Eine Kaffeemaschine blubberte vor sich hin. Ein ungenießbares Gebräu. Wer auch immer das Blumenarrangement ausgesucht hatte, musste einen ziemlich kranken Humor haben. Neben einem Aquarium mit tropischen Fischen stand an prominenter Stelle ein Liliengesteck – wussten sie denn nicht, dass Lilien den Tod symbolisierten?

Ich wies Philip auf eine aus Treibholz zusammengebastelte Skulptur hin. »Das hätten sie mal besser am Strand gelassen«, murmelte er. Das war seine Art, mir zu sagen, dass auch er diesen Ort hasste. Ich liebte ihn dafür.

Fröhlich rief eine Frau meinen Namen auf und Philip folgte mir in das Sprechzimmer der Chirurgin. Ein angenehmer hell getäfelter Raum, in dem Broschüren auslagen, wie man am besten mit seinen Emotionen und anderen Unannehmlichkeiten fertig wurde. Auf dem Schreibtisch lag eine

Notration Taschentücher. In der Ecke tippte eine Krankenschwester etwas in einen Computer. Ich fragte mich, ob sie hier war, um den Patientinnen beizustehen – oder um im Falle einer Klage als Zeugin fungieren zu können.

»Was ist denn da passiert?«, sagte die Chirurgin in alarmierend sanftem Tonfall, als wir uns die Aufnahmen des Planetenwirbels in meiner rechten Brust ansahen. Die Frage war irritierend. Sie klang wie eine Mutter, die ihr vom Dreirad gefallenes Kind trösten wollte. Ich hatte schon genügend Ärzten zugehört, um zu wissen, dass sie eine ziemlich konkrete Vorstellung davon haben, was los ist, bevor sie es einem sagen.

»Was meinen Sie?«, fragte ich als geschulte Journalistin (stelle Fragen, auf die keine Ja/Nein-Antwort möglich ist).

»Wollen Sie es wirklich wissen?«, fragte sie – womit sie meinte: wollen Sie wirklich in Bagdad Bibeln verkaufen/Ihren Kopf in einen Topf mit kochendem Haferschleim stecken?

Nein! Schnitt, danke, das reicht. Ich werde jetzt einfach gehen und so tun, als sei es gestern, vor meinem Termin zu einer Routineuntersuchung. Zu spät.

»Ich denke, dass es bösartig ist.« Der Satz klirrte in meinen Ohren wie ein zu Boden gefallenes Gläsertablett. In dem darauffolgenden Schweigen besah ich mir die Scherben.

»Aber ich habe jetzt überhaupt keine Zeit, um krank zu sein«, erklärte ich ihr. »Ich schreibe ein Buch.«

Da ich von dem Buch so in Anspruch genommen war, würde sie den bösartigen Zellen bestimmt sagen, dass sie sich gefälligst zusammenreißen sollten.

»Worum geht es denn in dem Buch?«, fragte sie höflich.

»Um einen Heilungsprozess«, gab ich zurück. Ich hatte nicht die Kraft, ins Detail zu gehen. Sie lächelte schief. Ihr Blick kam mir allzu wissend vor.

Ich sah auf ihre Hände. Sie wirkten klein, beinahe zierlich. Mit Fingern, die zupacken konnten.

Von Menschen in dieser Situation sagt man gerne, sie seien »tapfer« und dächten »positiv«. Ich war zu keinem von beiden imstande. Krebspatienten, besonders wenn es sich um Filmstars oder Rocksänger handelt, werden gerne so beschrieben, dass sie »den Kampf mit diesem Ding« aufnehmen wollen. In mir war keine Spur Kampfeswille. Ich fühlte mich wie ein Tier in einem Tierfilm, das in die Fänge eines übermächtigen Raubtiers geraten war. Ich wollte nichts weiter, als in einer Ecke leise in mich zusammensinken.

»Die Geschwulst ist groß«, fuhr sie sanft fort. »Sie hat sich in der Brust ausgebreitet.«

»Mastektomie?«, fragte ich.

»Ja«, antwortete sie.

Halt, halt, halt. Könnten wir nicht zu einer Einigung kommen? Könnte sie sich nicht mit einer Lumpektomie zufriedengeben, über die ich schon verschiedene Artikel gelesen hatte?

Sie sagte, eine Lumpektomie wäre bei dieser Geschwulstgröße nicht möglich. Eine Lumpektomie würde in einem solchen Fall letztlich auf eine Amputation der Brust hinauslaufen. Ich warf dem Mann, den ich vor zwanzig Jahren kennengelernt hatte, einen Blick zu; dem Mann, der verrückt genug gewesen war, mich zu heiraten. Er musterte schweigend seine Fingernägel. Ich musste den ganzen Umfang der Katastrophe kennen.

»Und die andere Brust?«

»Die werden wir vielleicht auch entfernen müssen. Das wissen wir allerdings erst, wenn die Ergebnisse der Biopsie und der MRT da sind.«

»Glauben Sie, ich werde …?«

»Ich glaube, für heute haben Sie erst mal genug zu verdauen«, erwiderte sie mit munterer Stimme. »Hoffen wir, dass ich falsch liege und die Geschwulst harmlos ist.«

Dann gab sie nur noch irgendwelches Blabla von sich. Sie schrieb mir ein Rezept für ein Schlafmittel. Ich würde die nächsten Tage besser durchstehen, wenn ich nachts gut schliefe.

Die Krankenschwester reichte mir die Visitenkarte einer Psychologin. Eine Seelenklempnerin? Ich doch nicht, dachte ich, steckte die Karte aber trotzdem ein. Ich würde jede Hilfe brauchen können.

Im Biopsie-Raum attackierte ein Mann, der wie ein Modelleisenbahnliebhaber aussah, meine Brust mit einem Miniaturbagger mit integriertem Klammergerät. Von der örtlichen Betäubung merkte ich fast nichts. Er musste die Prozedur vier Mal wiederholen, bis er eine zufriedenstellende Probe des auffälligen Gewebes hatte.

Beim Auto draußen vor der Klinik weinte ich in Philips Armen. Die Bäume im danebenliegenden Park streckten mitleidig die Äste aus. Der Tod war kein Unbekannter für mich – mein Sohn, beide Eltern, mehrere Freunde. Aber ich war nicht bereit, mich in seine knochigen Arme zu begeben. Noch nicht.

Ich wollte Robs Hochzeit im Januar erleben. Katharine brauchte ihre Mutter noch. Und wer sollte Philip die Haare in den Ohren schneiden?

Die Vorstellung zu sterben – meinen Körper zu verlassen – war in Ordnung, vorausgesetzt, es geschah halbwegs schmerzlos. Unerträglich dagegen war der Gedanke, meinen Mann und meine Kinder zurückzulassen.

An diesem Abend stocherten wir lustlos in unserem Risotto herum, während ich von den Ereignissen des Tages berichtete. Die Mädchen nickten ernst, unsicher, welches Gesicht sie machen sollten. Ich hatte mich manches Mal gefragt, wie sie aussehen würden, wenn das Leben erst einige Falten in ihre Züge gegraben hatte. Jetzt würde ich es vielleicht nie erfahren.

Lydia räumte die Geschirrspülmaschine ein, dann ging sie nach oben. Bestimmt würde sie uns gleich sagen, dass sie doch nicht nach Sri Lanka flog. Wir würden uns anlächeln, ein paar Tränen vergießen und uns gegenseitig vergeben.

Mein Herz wurde bleischwer, als ich das Poltern ihres Koffers auf der Treppe hörte. Sie war von Kopf bis Fuß weiß angezogen, rein und unnahbar, so wie es von Klosterschülerinnen erwartet wird.

Es klopfte. Ned stand mit glänzenden Augen vor der Tür. Ich hätte nicht sagen können, ob er traurig war, aufgeregt oder verwirrt. Vielleicht alles auf einmal. Wie er da im Türrahmen stand, wirkte er größer und breiter als sonst, beinahe bedrohlich, so als wolle er uns davor warnen, uns ihm in den Weg zu stellen und die Entführung unserer Tochter zu verhindern.

Wir küssten Lydia zum Abschied; einer nach dem anderen. Meine Lippen fühlten sich taub an, als sie über ihre Wange streiften. Das konnte nicht wahr sein. Sie würde mich nicht alleinlassen, das konnte sie mir nicht antun.

Ein Schwall kühler Nachtluft, dann fiel die Haustür mit einem Klicken ins Schloss. Sie war fort.

Tränenüberströmt lief ich ins Schlafzimmer, knallte die Tür zu und warf mich aufs Bett.

Lydia hatte ein Herz für Waisen. Ihre Hingabe an Menschen in Rollstühlen war überwältigend. Sie würde jederzeit alles liegen und stehen lassen, um eine Spendenaktion für Flüchtlinge zu organisieren. Sie aß aus Prinzip keine Eier von Käfighühnern. Sie liebte die Umwelt so sehr, dass sie lieber mit meinem alten Fahrrad als mit dem Auto herumfuhr und mich drängte, einen Komposthaufen anzusetzen. Wahrscheinlich liebte sie Ned und Buddha und auch ihren Mönch, alle gleichzeitig. Lydias Herz war so riesig, dass die ganze Welt im Glanz ihrer Liebe erstrahlte.

Warum war es bloß so schwierig für sie, nett zu mir zu sein?

10.

Wut

Das Leben ist zu kurz,
um fleckige Bananen zu essen.

Mein Heulkrampf ließ nach und ich drehte das Kissen um. Es war nass. Ich brachte nicht die Kraft auf, den Bezug zu wechseln.

Philip öffnete die Tür einen Spalt. Ich sagte ihm, er solle wieder gehen. Er könne nichts tun. Außerdem musste sich jemand um Katharine kümmern.

Ich drückte eine Schlaftablette aus der Packung, schluckte sie und wartete darauf, dass die Chemie ihre Wirkung tat. Die Nachttischlampe warf ihr helles Licht auf die Bücher, die ich in meinem Vorkrebsleben gelesen hatte. Der amerikanische Unabhängigkeitskrieg kam mir plötzlich ziemlich uninteressant vor. Unser Hochzeitsfoto strahlte mich von der Wand gegenüber an. Philip hatte damals mehr Haare gehabt. Ich weniger Gewicht.

Neben dem Foto standen eine kleine Katzenstatue, die Philip in Ägypten gekauft hatte, und ein kleines Bild, das meine Mutter sehr gemocht hatte. Darauf war ein wilder Strand in Mauve- und Blautönen zu sehen. Die Szenerie hätte in Neuseeland sein können, aber das Bild stammte aus Dänemark.

Wie Zeitschriftenredakteure, wenn ihnen gerade nichts anderes einfällt, behaupten, verrät der Inhalt ihrer Handtasche alles über die Persönlichkeit einer Frau. Sie sollten es mal mit der untersten Schublade ihres Nachttischchens versuchen.

In der oberen Schublade befand sich das übliche Durcheinander aus Ohrstöpseln, Kreuzworträtseln, Halsbonbons, Stiften, Notizzetteln, einem Vergrößerungsspiegel, um ein störrisches Damenbarthaar auszureißen, einer Tube Handcreme, die ich nie mehr aufbrauchen würde, und Lavendelöl zum Parfümieren der Kopfkissen.

Die untere Schublade glich einem Pharaonengrab mit lauter unbezahlbaren weltlichen Schätzen. Ein Tiki-Anhänger aus Plastik, den Sam einige Monate vor seinem Tod auf einem Markt für mich gekauft hatte; selbstgebastelte, in Krakelschrift beschriebene und mit Glitzer beklebte Muttertagskarten. Darunter auch eine weniger kindliche Karte von vor zwei Jahren. Darauf waren zwei Flamingos zu sehen, die sich schützend über einen kleineren beugten: »Liebe Helen, alles Gute zum Muttertag. Du bist eine gute Mutter. Ich hab dich lieb. Liebe Grüße, Lydia.«

Ich nahm das »Ich hab dich lieb« und bewahrte es tief in mir auf.

Zwischen den Karten lag ein uraltes Tonband aus dem Jahr 1953, als meine Mutter im Radio gesungen hatte. Sie hatte ein sentimentales Lied gewählt und der Begleitmusiker spielte zu langsam, aber unter dem altersbedingten Rauschen und Knacken klang ihre Altstimme voll und weich.

Ich wünschte, Mum wäre noch da. Sie hätte Lydia den Kopf zurechtgerückt und der Chirurgin erklärt, sie würde phantasieren. Vielleicht hatte Mum aber auch die ganze Zeit auf mich aufgepasst und war mir in dem Wellness-Hotel erschienen, um mich zu warnen, bevor es zu spät war.

Wenn Gutes von Gutem kommt, dann ist Krebs vielleicht tatsächlich die aus Wut und Ärger entstehende Krankheit, für die sie viele halten. Jahrelang aufgestaute Wut konnte das Immunsystem angreifen. Ich hatte genügend Gründe, um wütend zu sein.

Vielleicht half es, das alles niederzuschreiben. Ich öffnete die obere Schublade, nahm einen Stift heraus und schrieb eine Liste der Leute, mit denen ich ein Hühnchen zu rupfen hatte: engstirnige Herausgeber, die meine Kolumne abgelehnt hatten; all jene, die mich aus ihren Leben ausgesperrt oder enttäuscht hatten oder die auf die Idee verfallen waren, buddhistische Nonne zu werden. Plus eine Liste mit Ärgernissen, von denen einiges zugegebenermaßen etwas kleinlich war.

Was mich krank macht:

- Klopapierrollen auswechseln.
- Die Einzige sein, die mal einen Putzlappen in die Hand nimmt.
- Ein Ein-Frau-Wäschereibetrieb sein.
- Immer die fleckige Banane nehmen, damit die anderen die schönen bekommen.
- Den anderen den bequemsten Sessel überlassen.
- Die Frage: »Was gibt's zum Abendessen?«
- Und dann: »Was? Schon wieder Spaghetti?«
- Leute, die das Mindesthaltbarkeitsdatum überprüfen, als ob ich sie vergiften wollte.
- Denjenigen, der ausnahmsweise mal zum Staubsauger greift, loben zu müssen, als hätte er aus Abfluss-Haaren Gold gesponnen.
- Leute, die die Augen verdrehen, wenn ich sie bei irgendetwas Technischem um Hilfe bitte.
- Ständig Abgabetermine für Kolumnen und jetzt auch noch für das Buch.

– Sagen, dass ich liebend gerne zur Feier des Tennisvereins/ zur Tupperware-Party komme, obwohl das gar nicht stimmt. Ich spiele nicht mal Tennis.
– Der Garten. Das ist das Einzige, worum ich mich nicht kümmere, deshalb sieht er aus wie die Wüste Gobi.
– Stunden darauf warten, dass Philip abends nach Hause kommt, und ihn dann anschnauzen, weil das Essen verkohlt ist.
– Die gute Managergattin spielen und daran scheitern.
– Vergessen, was Spaß ist.
– Müde sein. Seit Wochen und Jahren, immerzu müde sein.

Ich gehörte der Frauengeneration an, die alles haben wollte. Statt aus den Fehlern meiner Mutter zu lernen, versuchte ich, immer mehr in mein Leben zu quetschen und machte dadurch alles noch schlimmer. Kein Wunder, dass fast jede Frau mittleren Alters über Erschöpfung klagte.

Ich hatte nicht nur die Hausfrauenrolle übernommen, gegen die meine Mutter immer gewettert hatte, sondern auch noch unbedingt Karriere machen wollen. In den Jahren als alleinerziehende Mutter war ich nach einem Tag in der Redaktion oft zu müde gewesen, um den Kindern die Aufmerksamkeit zu schenken, die ich ihnen schuldete. Das Familienleben und meine Arbeit wurden von einem Sicherheitsnetz zusammengehalten, das dauernd unter mir zusammenbrach.

Meine Bemühungen, den Repräsentationspflichten einer Managergattin nachzukommen, waren lachhaft. Ich erinnerte mich noch gut an ein Geschäftsessen, bei dem ich einen Anwalt aus Sydney geistvoll unterhielt, wie ich meinte, bis er mich finster ansah und sagte: »Das letzte Mal musste ich mir auf der Uni einen solchen Vortrag anhören.« Dann war da noch der peinliche Moment in der Qantas Business Class. Ich begleitete Philip auf einer seiner Geschäftsreisen und wir vertraten uns die Beine in der Economy Class. Auf dem Weg zurück zu unseren Plätzen hielt mich eine Stewardess auf und sagte streng: »Ihnen ist schon klar, dass das hier die Business Class ist, Madam?«

Und jetzt verließ mich auch noch meine Tochter wegen eines buddhistischen Mönchs.

Dass Krebs durch Wut verursacht werden soll, ist dennoch schwer vorstellbar. Ich kannte genug wütende Menschen, die an einem Herzinfarkt gestorben, und gelassene, heitere Menschen, die dem Krebs zum Opfer gefallen waren.

Es war auch nicht so, dass ich irgendetwas Besonderes getan hätte, um dieses blöde Ding zu kriegen. Weder rauchte ich mit meinen vierundfünfzig noch machte ich eine Hormonersatztherapie. Ich trank selten mehr als zwei Gläser Wein (rot, wegen der Antioxidantien). Yoga und mein Trainer Peter waren fester Bestandteil meines Lebens und biodynamisch war kein Fremdwort für mich.

Aber mein Erbgut konnte ich nicht beeinflussen. Genauso wenig die Nachwirkungen von Sams Tod, der Scheidung, der zweiten Ehe und dem Umzug in ein neues Land. Das wechseljahrsbedingte Hormonchaos hatte sicher auch seinen Teil dazu beigetragen.

Nicht zu vergessen die Umwelt. Ich erinnerte mich an die Abende in den 1960ern, als uns unsere Eltern an den Paritutu Beach in New Plymouth mitnahmen. Damals wusste keiner, dass eine Fabrik in unmittelbarer Nähe das Vietnamkriegsgift Agent Orange ins Meer pumpte.

Das hätten sie natürlich nicht tun dürfen. Der breite orangefarbene Strom, der sich über die Klippen ins Wasser ergoss, war eine Verlockung für Kinder, die mit dem *Zauberer von Oz* aufgewachsen waren. Unsere Stadt war nicht smaragdfarben.

Sie war orange! Ich erinnere mich an den Schrecken in Dads Stimme, als er uns zurückrief. Zu spät. Mary und ich waren bereits barfuß durch den magischen Fluss gewatet. Er sagte, wir sollten unsere Füße im Meer waschen.

Dann war da der Abend, an dem wir am Abendbrottisch saßen und einer von uns die roten Wolken vor dem Fenster bemerkte. Wir rannten hinaus, um uns das Schauspiel anzusehen. Der ganze Himmel war so rot, wie kein Sonnenuntergang rot sein kann. Ehrfurchtgebietend und unheimlich. Dad sagte, das hätte mit den Atomtests im Pazifik zu tun. Er meinte, wir sollten uns besser wieder in unsere schützenden vier Wände begeben.

Von den vielen Theorien über die Ursachen von Krebs gab es nur eine, der ich traute: es war Pech, wenn man Krebs bekam. Bei Brustkrebs, der Plage des weiblichen Geschlechts, müsste es nicht heißen »Warum ich?«, sondern »Warum nicht ich?«.

Wenn es zu spät war und ich sterben würde – nun, jeder musste an irgendetwas sterben.

Ich nahm ein frisches Blatt Papier.

Dinge, die ich tun will, bevor ich sterbe:

- Noch einmal Paris und das Loiretal besuchen; Monets Garten in Giverny und das Schloss von Versailles.
- Eine Skandinavien-Kreuzfahrt – ja, wir sind schon in dem Alter.
- San Francisco und der Indian Summer.
- In Chicago die Museen besuchen und in New York den Broadway und noch mehr Museen.
- Las Vegas. Warum nicht? Ich wollte schon immer mal sehen, wie die logische Konsequenz der westlichen Zivilisation aussieht.

Zugegeben, das sind alles Klischees. Aber nichts wird ohne Grund zu einem Klischee. Auf ein drittes Blatt schrieb ich:

Was ich wirklich will:
(mein Stift schwebte über dem Papier)
Einen Freund.

Ich hatte wunderbare Freunde, aber ihr Leben war randvoll angefüllt mit familiären und beruflichen Verpflichtungen. Ich wollte ihnen nicht noch zusätzlich Sorgen bereiten. Andere Freunde gab es auch. Leute, für die ich da war und denen ich half, ihr Leben zu meistern, nicht umgekehrt. Für sie hatte ich immer die Rolle der starken Mutter angenommen. Vielleicht hatte ich Angst vor meiner eigenen Verletzlichkeit.

Ich brauchte einen Menschen, für den Leiden kein Fremdwort war, ohne dass er aus jedem Wehwehchen ein Drama machte. Der nicht in jedem Gespräch auf seine eigenen Probleme zu sprechen kam. Der Tag und Nacht für mich da war, ohne darin eine Pflicht zu sehen. Einen Menschen, der wusste, wann er mich in den Arm nehmen und wann er leise das Zimmer verlassen sollte. Einen, der mich zum Lachen brachte.

Ich musste lächeln, als ich las, was ich von diesem Freund erwartete. Es gab wohl kaum einen Menschen, der einem so viel Verständnis entgegenbringen würde. Das konnte wahrscheinlich nur eine Katze aufbringen.

Ich kniete vor das Bett nieder und tastete nach der silberfarbenen Pappschachtel mit Prospekten für die Hochzeit. Ich zog sie hervor, öffnete den Deckel und kippte sie aus. Bilder von strahlenden Bräuten und schicken Hotels flatterten auf den Boden. Die Zettel mit meinen Klagen und Träumen passten genau hinein. Ich schloss den Deckel.

Philips besorgtes Gesicht erschien im Türrahmen. Der Liebe. Er stellte ein Glas Wasser auf mein Nachttischchen und half mir zurück ins Bett.

»Was glaubst du, wo sie jetzt ist?«, fragte ich.

»Lydia?«, fragte er, zog mir die Decke bis zum Kinn und küsste mich sanft. »Bestimmt noch in der Luft.«

Ich stellte mir vor, wie sie in ihrem vegetarischen Menü herumstocherte, während ihr Flugzeug langsam den Indischen Ozean überquerte.

Und fiel dankbar in einen tiefen, bewusstlosen Schlaf.

11.

Amazonen

Ein Kreis von Frauen – viele mit nur einer Brust.

Ich erwachte in besserer Laune. Das Morgenlicht fiel durch die Jalousie. Philip lag neben mir. Wir standen früh auf und gingen über die Straße, um einen Kaffee zu trinken und dazu ofenwarmes Brot zu essen.

Was immer der Tag bringen würde, alles würde gut werden. Das hatte ich in einer Fernsehsendung über Stephen Hawking und seine Sicht auf das Universum gelernt. Die Tatsache, dass wir alle aus Sternen entstanden sind, war außerordentlich beruhigend. Unsere Körper bestehen tatsächlich aus dem, was bei himmlischen Explosionen übrig geblieben ist. Wir sterben nicht. Wir verwandeln uns zurück in Sternenstaub. Staub zu Staub.

Ich hoffte, dass ich so tapfer sein würde wie meine Mutter. Als man ihr die Diagnose Darmkrebs im Endstadium mitteilte, reagierte sie gelassen. »Ich treibe hinaus zu meiner Insel«, sagte sie mit einem verträumten Lächeln. »Es ist so schön dort. Ich kann sie schon fast sehen. Ich gehe nach Bali Ha'i.«

Ich fragte mich, wie viel davon sie uns vorgespielt hatte. Vielleicht mehr, als uns bewusst war. Als der Krebs ihren Bauch aufblähte und ihre Haut wächsern aussehen ließ, verbrachte Mum ihre Tage damit, Besucher und Anrufer zu trösten, die ihren Kummer nicht verbergen konnten.

Wenn sie gerade keine Schmerzen hatte, war sie ein Ausbund an Fröhlichkeit und behauptete, dass diese Tage zu ihren besten gehörten. Als ich eines Nachmittags allein mit ihr in ihrem Zimmer war, hob sie mahnend einen knochigen Finger: »Schau mich an. Du kannst etwas daraus lernen.«

Der Gemeindepfarrer besuchte sie, um sich zu erkundigen, ob sie in einem Gespräch mit ihm ihr Gewissen erleichtern wolle. Ich führte ihn ins Schlafzimmer und schloss die Tür. Mum war keine Kirchgängerin, aber sie hatte im Kirchenchor gesungen. Gesang sei ihre Form des Gebets, hatte sie immer gesagt. Als der Pfarrer ein paar Minuten später wieder aus dem Zimmer trat, machte er einen verwirrten Eindruck. Er sagte, er sei noch nie jemandem begegnet, der dem Sterben mit so viel innerer Stärke begegnete. Schachmatt. Halb Schauspielerin, halb Guru, beschämte meine Mutter uns alle.

Ich kauerte auf ihrem Bett und schrieb mit, während sie ihre Beerdigung plante. Sie wollte nicht, dass die Beerdigung mit etwas Traurigem begann und wählte daher »Morning Has Broken« als Eröffnungslied. Danach sollten ihre Freunde aus dem Chor sich vor dem Altar aufstellen und »Make Me a Channel of Your Peace« singen, was eines ihrer Lieblingslieder war. Der Text, den man Franz von Assisi zuschrieb, war ein akkurater Abriss der Mutterliebe – »Lass mich trachten, nicht dass ich getröstet werde, sondern dass ich verstehe, nicht dass ich geliebt werde, sondern dass ich liebe«.

»Ich bin so aufgeregt«, sagte sie. »Was meinst du, wie viele Leute werden kommen?«

»Oh, keine Ahnung«, sagte ich und überlegte mir eine möglichst große Zahl. »Hundertfünfzig vielleicht?«

»Mehr nicht?« Mum wirkte enttäuscht.

»Doch, wahrscheinlich schon. Wahrscheinlich werden es doppelt so viele sein.«

Zufrieden ließ sie sich in ihr Kissen zurücksinken, das so weiß war wie ihr eingefallenes Gesicht.

»Wenn mein Sarg aus der Kirche getragen wird, soll jemand Bali Ha'i singen«, wies sie mich an.

Mum hatte in der Rolle der Bloody Mary, die sie 1963 in der Operatic-Society-Produktion von *South Pacific* gespielt hatte, eine gewisse lokale Berühmtheit erlangt. Ich fragte sie, ob ihr eine Frau aus ihrem Umkreis einfiel, die eine ähnlich schöne Stimme wie sie hatte. Ihre Antwort fiel eindeutig aus. Eine gute Plattenaufnahme musste her. Sarah Vaughan vielleicht.

»Es wird eine wunderbare Feier«, seufzte sie. »Ich wünschte, ich könnte dabei sein. Wobei ich es ja in gewisser Weise bin.«

Ich zweifelte, dass ich jemals so viel Kraft für meine Kinder aufbringen könnte. Im Vergleich zu ihr war ich ein Feigling, ein Amateur.

Trotz all unserer Auseinandersetzungen, vor allem was Sex und Heiraten anbelangte, standen meine Mutter und ich uns sehr nahe. Unsere Streitigkeiten waren meist nur Spiegelgefechte. Noch immer wähle ich manchmal ihre Nummer, um mich mit ihr verbunden zu fühlen.

Mum, die selbst Journalistin war, hatte mich schon früh zum Schreiben ermuntert. Natürlich hatte ich mich dagegen aufgelehnt, und am Schluss war ich genau dort gelandet, wo sie mich haben wollte. Als klar war, dass sie sterben würde, verspürte ich mit schlechtem Gewissen kurz ein Gefühl der Befreiung. Wenigstens würde ich jetzt das Korsett ablegen können, in das sie mich gezwängt hatte. Aber es war zu spät. Sie hatte mich längst nach ihrem eigenen Bild geformt.

Als Philip und ich uns an diesem Nachmittag in der Klinik trafen, warteten gute und schlechte Nachrichten auf uns. Es war Krebs. Die Geschwulst war mit einem Durchmesser von knapp sieben Zentimetern ungewöhnlich groß. Die Zellen schienen jedoch nicht invasiv zu sein. Gewissheit würde erst die Operation bringen, aber wenn meine rechte Brust entfernt war und die Magnetresonanztomografie der linken Brust keine Auffälligkeiten zeigte, dann konnte ich mit einer ganz normalen Lebenserwartung rechnen.

Normale Lebenserwartung. Halleluja! Ich hätte die Chirurgin am liebsten geküsst, aber der Schreibtisch zwischen uns bewahrte sie davor. Chirurgen legen nicht viel Wert auf Körperkontakt, was seltsam ist, bedenkt man, wie oft sie sich bei ihrer Arbeit ins Innerste anderer Menschen versenken. Nach dem Gespräch genoss ich auf einem Spaziergang durch die Stadt die Wintersonne auf meinem Gesicht. Nackte Äste ragten in den babyblauen Himmel. Eine Möwe auf einem Denkmal putzte sich das Gefieder und spähte zu den gegen die Kälte tief in ihre Mäntel vergrabenen Passanten herunter.

Ich ließ mich durch die von ihren iPods und Handys wie ferngesteuerte Menge treiben. Die Menschheit war autistisch geworden. Mit weißen Kabeln waren die Leute an winzige Geräte gefesselt und in virtuellen Welten gefangen. Halbe Roboter, die den Bezug zum richtigen Leben verloren und sich im Abstrakten verfangen hatten. Ich hätte mir gewünscht, sie würden einen Moment lang innehalten und die Schönheit um sie herum genießen, die Vergänglichkeit des Menschseins. Unser Aufenthalt auf dieser Erde ist so kurz.

Am nächsten Morgen sollte ich im Wartezimmer der MRT-Praxis auf einem Fragebogen eintragen, ob ich unter Klaustrophobie litte. »Ein bisschen«, kritzelte ich zwischen das Ja und das Nein. Offenbar gab es Patienten, die eine Vollnarkose brauchten, bevor sie sich in die gigantische Vagina eines MRT-Geräts schieben ließen. Eine Art Rückwärtsgeburt.

Das Krankenhauspersonal hier nannte mich »meine Liebe«. Eine Röntgenassistentin legte mir einen Zugang, meine Liebe, über den man während der Prozedur Kontrastmittel in mich pumpen würde. Am liebsten hätte ich mir ein Schildchen auf die Stirn geklebt, auf dem für alle Krankenschwestern, Ärzte, Ultraschallgerätebediener, Blutsauger, Probenentnehmer und Krankentragenschieber stand: »Meine lieben Lieben. Bitte nennt mich nicht ›meine Liebe‹.«

Eine Krankenschwester warnte mich davor, dass es in dem MRT-Gerät laut werden würde, und reichte mir ein Paar Kopfhörer; es galt, sich zwischen Jazz und Klassik zu entscheiden. Normalerweise hätte ich ja Klassik gewählt, aber der Geschmack der Mediziner war unberechenbar – siehe die weißen Lilien. Eine Wagner-Oper oder der »Trauermarsch« könnten eine vernichtende Wirkung auf mich haben. Jazz fühlte sich sicherer an.

Zwei Krankenschwestern bugsierten mich auf den Untersuchungstisch wie ein Stück Fleisch auf ein Tablett und drückten mir einen Piepser in die Hand, falls ich in der Röhre ausflippen sollte. Ich lag auf dem Bauch, jede Brust durch ein Loch gesteckt, und glitt zu »The Girl from Ipanema« ins Innere der Maschine. »Tall and tanned and young and lovely …«

Dieses Lied hatte ich immer schon gehasst und jetzt umso mehr, wo ich mich so gar nicht wie eine langbeinige brasilianische Schönheit fühlte, sondern klein und blass und alt und hässlich. Glücklicherweise wurde es bald von einem ohrenbetäubendem Brummen übertönt.

»Geht es Ihnen gut, Mrs. Brown?«, fragte mich eine Männerstimme über den Kopfhörer.

Das leichte Zögern in der jungen Stimme, der sonnige australische Akzent beruhigten mich sofort. Und die Tatsache, dass er mich nicht »meine Liebe« nannte. »Ja«, rief ich, auch wenn es wahrscheinlich gar nicht nötig war, laut zu sprechen.

Das Brummen wurde von einem rhythmischen Läuten abgelöst. Als ob ich mich unter einer gigantischen Glocke befinden würde. Ich dachte an Lydia in Sri Lanka und stellte mir vor, wie ich zu den Schlägen einer Klosterglocke neben ihr meditierte. Zusammen in einem geheimnisvollen Land und in Frieden. Diese Glocke hier hätte allerdings einen Schalldämpfer brauchen können.

Ich ließ mich in eine andere Zeit treiben, zu einem Tag nach den letzten Prüfungen, den ich statt in der Schule mit Jan am Strand verbrachte. Glitzernder schwarzer Sand, eine mandarinenfarbene Sonne über dem Horizont. Noch nicht ganz Frau, aber auch nicht mehr Kind – ein vollkommener Moment und meine erste Glückserfahrung in dem neuen Lebensabschnitt.

»Das haben Sie gut gemacht«, sagte der rothaarige junge Mann, dem die MRT-Stimme gehörte.

»Was hätte ich denn falsch machen können?«

»Manche Leute bewegen sich.«

Zu meiner großen Erleichterung ergab das MRT meiner linken Brust keinen Befund.

Später rief ich meine Schwester Mary in Neuseeland an. Ihre Stimme klang ruhig und sanft. Sie wusste, wie ich mich fühlte, nachdem sie selbst vor acht Jahren eine Mastektomie über sich hatte ergehen lassen müssen.

»Du wirst nicht so allein sein, wie du glaubst«, sagte sie. »Es wird einen ganzen Kreis Frauen geben. Das war bei mir so, und bei dir wird es nicht anders sein. Viele Frauen haben das durchgemacht, sie werden dir helfen können. Der Kreis wird sich um dich schließen und dir mehr Kraft und Unterstützung geben, als du dir jetzt vielleicht vorstellen kannst.«

Seit unserer Kindheit hatte Mary nicht mehr in diesem Ton mit mir gesprochen. Sie war die ältere Schwester gewesen. Die Beschützerin. Später hatten wir uns voneinander entfernt, aber in diesem Moment war jede Distanz zwischen uns wie weggeweht. Sie hatte ihre linke Brust verloren, und ich war dabei, die rechte zu verlieren. Zusammen würden wir ein perfektes Paar haben.

Ich fühlte mich wieder wie in meiner Kindheit, als wir das Zimmer mit der Osterglockentapete geteilt hatten. Jeden Morgen hatte ich zu ihr hinübergesehen, zu den dunklen Locken, die sich auf dem Kissen ringelten, und tiefe Bewunderung für sie empfunden. Wir machten alles zusammen – wir spielten zusammen mit unseren Puppen und hörten abends zusammen Radio, bis mir die Augen zufielen.

Das alles endete eines Tages. Mary bekam ein neues blaues Transistorradio und fing an, die Hitparade zu hören. Sie kaufte sich einen Bikini und sagte Mum, dass sie ein eigenes Zimmer wolle. Mum erklärte mir, dass die fünf Jahre ältere Mary jetzt bald erwachsen sei und andere Interessen hätte. Ich begriff nicht, warum Mary nicht für alle Zeiten mit mir mit Puppen spielen und sich *Life with Dexter* anhören wollte, und wurde in ein kleineres Zimmer mit Baumtapete neben dem Klo verbannt.

Mary bot an, zu kommen und eine Weile bei uns zu bleiben, wenn ich aus dem Krankenhaus entlassen wurde. Das nahm ich dankbar an.

An diesem Abend untersuchte ich unter der Dusche meine rechte Brust, die bald verschwinden, in einen dieser Krankenhausverbrennungsöfen gesteckt werden und sich in den Himmel verflüchtigen würde, wo sie vielleicht Teil einer Wolke wurde. Der Gedanke hatte erstaunlicherweise etwas Beruhigendes. Die Vorstellung, dass ein Teil meines Körpers über der Stadt schweben und im Sonnensystem aufgehen würde, gefiel mir. Staub zu Staub.

Die Brust, längst nicht mehr prall und rund, hatte sich mit dem Stillen von vier Kindern verausgabt. Na gut, sie hatte auch in meinem Liebesleben eine gewisse Rolle gespielt. Ich strich über die Brustwarze, unter der der Feind lauerte. Sie schmerzte ein wenig von der Biopsie, aber sonst fühlte sie sich wie immer an. Kein Knoten. Im Gegenteil, wenn überhaupt, dann kam mir die betreffende Region ein wenig eingedellt vor.

So schlimm konnte es nicht sein, eine Brust zu verlieren. Meine Mutter hatte mir als Kind erzählt, dass die Amazonen-Kriegerinnen sich die rechte Brust abhackten (manchmal auch abbrannten), damit sie besser mit dem Bogen schießen konnten. Die gute alte Mum. Es hatte ihr immer Spaß gemacht, von den Absonderlichkeiten menschlichen Verhaltens zu berichten. Unter ihrem wohlwollenden Auge verschlang ich Enid Blyton genauso wie die Bilder von afrikanischen Sklaven, die wie Kekse in Sklavenschiffe geschichtet waren.

Auf ihrem Schoß sitzend stellte ich mir die Amazonen vor, wie sie mit einer einzelnen wippenden Brust durch den Dschungel rannten, bevor sie sich an Lianen durch die Luft schwangen und mit einem Platsch im Amazonas landeten. Eine der erträglicheren Enttäuschungen des Erwachsenwerdens war die Entdeckung, dass die Amazonen gar nicht aus dem Amazonas-Dschungel stammten, sondern irgendwo aus der Türkei. Wie dem auch war, jedenfalls musste ich mir keine großen Sorgen machen, wenn die Amazonen sich die Brust sogar ohne moderne Narkosemittel abhacken konnten.

Erschreckt fuhr ich zusammen, als es an der Tür klingelte. Erst wollte ich nicht aufmachen. Wahrscheinlich war es Katharine, die spät nach Hause kam und wieder mal zu faul war, ihren Schlüssel aus der Tasche zu kramen. Ich schlüpfte in meinen Morgenmantel und marschierte den Flur hinunter, die Gardinenpredigt für Katharine schon fertig im Kopf. Hier würde sich einiges ändern müssen. Es durfte nicht immer alles an mir hängen …

»Das ist das letzte Mal«, sagte ich, als ich die Tür aufriss.

Im abendlichen Dämmerlicht stand ein großer Mann vor mir. Es war Ned, die Hände in den Taschen vergraben, noch zerzauster und wirrer als sonst.

»Oh, Entschuldigung, ich dachte, es wäre Katharine«, sagte ich und fühlte mich plötzlich unwohl in meinem Morgenmantel, aber er schien meinen Aufzug gar nicht zu bemerken.

»Haben Sie was von Lydia gehört?«, fragte er fahrig.

»Nein«, erwiderte ich, noch immer böse auf ihn, weil er sie entführt und zum Flughafen gebracht hatte. »Sie ist vermutlich erst vor wenigen Stunden im Kloster eingetroffen. Und Sie?«

»Nein«, sagte er und musterte seine Stiefel.

Ich war offensichtlich nicht der einzige Mensch, den sie mit ihrer Abreise verletzt hatte. Ich wickelte den Morgenmantel fester um meine Taille und bat Ned herein, dann füllte ich den Wasserkessel. Wir konnten ja wenigstens eine Tasse Kaffee miteinander trinken und gemeinsam unsere Wunden lecken. Ich öffnete den Kühlschrank. Ned stolperte und hielt sich am Tisch fest.

»Alles in Ordnung mit Ihnen?«

»Nein, nicht so richtig«, erwiderte er. »Ich habe aufgehört, meine Medikamente zu nehmen.«

Mein Griff um die Milchpackung wurde fester. Lydia hatte sich nie klar über Neds Zustand geäußert. Sie fand es nicht gut, wenn Menschen in Schubladen gesteckt wurden. Leichte Schizophrenie, hatte sie einmal gesagt, aber kein Problem, solange er seine Tabletten nahm. Sonst verlor er den Kontakt zur Realität und hörte wieder Stimmen.

Meine einzige Erfahrung mit Schizophrenie ging auf eine Begegnung vor mehreren Jahren zurück, als ich eine verzweifelte Mutter interviewte, deren Sohn seine Tabletten im Klo hinuntergespült hatte und dann in den Zoo gegangen und ins Löwengehege gesprungen war.

Journalistische Erfahrung ist oft recht hilfreich, aber man wird dadurch eindeutig hysterischer. Die Schlagzeile »Krebskranke vom Freund der Tochter erstochen« erschien vor meinem geistigen Auge und ich schob mich unauffällig näher an den Messerblock neben dem Herd. Mich mit Lydias ausgeticktem – oder vielmehr tickendem, aber nicht mehr ganz richtig tickendem – Freund auseinandersetzen zu müssen, war das Letzte, was ich jetzt brauchen konnte.

Die Sorge hätte ich mir sparen können. Ned saß traurig über seinen Kaffeebecher gebeugt am Tisch und wir lamentierten gemeinsam über Lydias Herzlosigkeit, weil sie sich bei keinem von uns gemeldet hatte, und dabei klangen wir wie zwei Ehefrauen, die entsorgt worden waren. Die arme Lydia, es konnte gut sein, dass sie noch nicht einmal aus dem Flugzeug ausgestiegen war oder sich gerade irgendwo aufhielt, wo sie keinen Handyempfang hatte.

Offenbar zufrieden mit dem Kaffee, unserem Gespräch und dem Versprechen, dass wir uns sofort gegenseitig informieren würden, sobald einer von uns mit Lydia gesprochen hatte, verschwand Ned in der Nacht. Rivalen waren zu Verbündeten geworden, zumindest zeitweise.

An diesem Abend hechtete ich jedes Mal zum Telefon, wenn es klingelte. Rob und Mary riefen an, aber nicht Lydia.

In den folgenden Tagen wurde mein Patientendasein zum Vollzeitjob. Zwischen den verschiedenen Untersuchungen mussten schwerwiegende Entscheidungen getroffen werden.

In dieser Zeit informierte mich meine Chirurgin, dass sie Urlaub machen würde und ich daher mit meiner Operation einen Monat warten müsste, bis sie zurück war (und damit den Krebszellen fünf weitere Wochen schenken, in denen sie meinen Körper als Freizeitpark missbrauchen konnten), oder sie könnte mich an einen anderen Chirurgen überweisen. Ich entschied mich für Letzteres, auch wenn das bedeutete, dass ich mich wieder auf jemand Neuen einstellen musste.

Des Weiteren musste ich überlegen, ob ich mich einer Brustrekonstruktion unterziehen wollte. Philip war nach wie vor ein »jüngerer Mann«, auch wenn die acht Jahre, die uns trennten, nach fast zwanzig Ehejahren an Bedeutung verloren hatten. Ich wollte den Schock über eine massive Veränderung meines Körpers möglichst gering halten – für uns beide, offen gestanden.

Ein Silikonimplantat war die einfachste Variante. Alternativ konnte ich ein komplizierteres Verfahren wählen, bei der die Speckrolle, die es sich um meinen Bauch herum gemütlich gemacht hatte, zum Aufbau einer neuen Brust benutzt wurde. Kurvenverschiebung. Hörte sich gut an.

Eine Schönheitschirurgin zeigte uns Fotos. Sie war stolz auf ihre Werke, die für das ungeübte Auge aussahen wie Schlachtfelder aus dem Ersten Weltkrieg. Sie konnte Brustwarzen aus Zehen machen, aus Ohren, kurzum, aus allem. Sie konnte Muskeln aus dem Rücken schnippeln und sie zu einer Brust zusammenflicken, allerdings verwendete sie lieber Implantate.

Ich wollte einen Chirurgen, der Bauchspeck in Brustfett verwandelte. Wir fanden ihn am anderen Ende der Stadt.

Greg hatte viele internationale Konferenzen besucht und sich auf dieses alchemistische Verfahren spezialisiert. Seine Fotos machten einen nicht ganz so blutrünstigen Eindruck wie das Portfolio seiner Kollegin – vielleicht war er aber auch einfach nur der bessere Fotograf.

Ich wurde Expertin in der Begutachtung von Chirurgenhänden. Die von Greg mit ihren kurzen Fingern und den Sommersprossen stärkten mein Vertrauen. Er war stämmig und jungenhaft und für einen Chirurgen ziemlich gesprächig. Mit seiner blassen Haut und den rötlichen Haaren hätte er in einem früheren Leben ein schottischer Dudelsackspieler sein können. Ich mochte ihn auf Anhieb.

Für eine Mastektomie plus Rekonstruktion, so erklärte man mir, waren drei Chirurgen und mehrere Assistenten nötig, sechs bis acht Stunden unter dem Messer und eine Rekonvaleszenzzeit von drei Monaten (vorausgesetzt, die Patientin war eine zwanzigjährige Olympionikin mit einer unglaublichen Schmerztoleranz, wie mir später klar wurde). Greg würde quer über meinen Bauch eine Narbe in der Form eines Lächelns hinterlassen, die praktischerweise so tief saß, dass ich immer noch einen Bikini tragen könnte. Ha ha.

Gleichzeitig wollte er meine linke Brust verkleinern, damit die beiden Brüste zueinanderpassten. Die Narben würde er geschickt verstecken.

Ich begann in meiner Entscheidung zu wanken. Greg sprach weniger von einer Restaurierung als von einem kompletten Umbau meines Körpers. Mich einer solchen Prozedur zu unterziehen wäre gleichbedeutend mit einem Triathlon aus Bungee-Springen, Everest-Besteigung und der Teilnahme am Finale der Rugby-Weltmeisterschaften.

»Wir leben in einer auf Brüste fixierten Gesellschaft«, sagte Greg.

Unsinn, dachte ich. Auf der Heimfahrt musste ich an einer Ampel halten und entdeckte dabei eine Skulptur, die mir noch nie aufgefallen war. Sie bestand komplett aus Betonbrüsten.

Auf dem Küchentisch lag eine DVD über Brustrekonstruktionen. Ich war nicht besonders erpicht darauf, sie mir anzusehen. Offensichtlich würde es länger dauern, mich von der Rekonstruktion zu erholen als von der Mastektomie selbst. Aber auch wenn ich nicht Pamela Anderson war, hatte ich keine Lust, für den Rest meiner Tage als Amazone herumzulaufen.

Gemeinsam mit Philip sah ich mir die DVD an und musste ein paarmal nach Luft schnappen. Wie konnten diese Frauen so fröhlich über einen derart massiven Eingriff an ihrem Körper sprechen?

Vielleicht sollte ich doch auf die Rekonstruktion verzichten. Aber dann erinnerte ich mich an eine Freundin, die mir erzählt hatte, sie sei am Boden zerstört gewesen, als sie nach ihrer Mastektomie aufwachte und an der Stelle, wo einmal ihre Brust gewesen war, einen riesigen leeren Fleck sah. Die Rekonstruktion mochte einen physischen Kraftakt darstellen, aber sie konnte mir vielleicht ein psychisches Trauma ersparen.

Lady Gaga, Angelina Jolie und Königin Elisabeth II. zum Besuch derselben Wohltätigkeitsveranstaltung zu bewegen konnte nicht schwerer sein, als drei Chirurgen zur gleichen Zeit in einem Operationssaal zu versammeln. Die Ärzte blätterten endlos in ihren Kalendern herum, bis sie endlich einen Termin in drei Wochen fanden, der ihnen allen passte. Es fühlte sich wie eine Ewigkeit an.

12.

Vorbereitung

Es ist der Inhalt, der zählt.

Zwei Tage nach Neds Besuch klingelte kurz vor Mitternacht das Telefon. Ich nahm ab und hörte zu meiner Erleichterung Lydias Stimme, auch wenn die Verbindung so schlecht war, als riefe sie aus einem U-Boot an.

Sie entschuldigte sich dafür, dass sie sich erst jetzt meldete, und erklärte, es sei Regenzeit und die Telefonleitung zum Kloster sei unterbrochen gewesen. Ihre Stimme klang betont munter, aber ich blieb kühl.

Wie eine eingeschnappte Freundin schwieg ich und wartete darauf, dass sie nachfragte. Doch, mir ginge es ganz gut, halbwegs zumindest. Zwischendurch gab es lange Pausen. Ich erzählte ihr von Neds Besuch. Ach ja, sagte sie leichthin, sie würde ihm irgendwann mal mailen.

Im Hintergrund krächzte ein Papagei. Das Kloster lag tatsächlich im Dschungel. Ohne echtes Interesse erkundigte ich mich, was sie in letzter Zeit gemacht habe.

Meditiert, antwortete sie, um dann fortzufahren, dass der Mönch und die Nonnen in einer Höhle eine Zeremonie für mich veranstaltet hätten. Mit Gesängen. Etwas ganz Besonderes, meinte sie.

Es klang rührend, sogar faszinierend, aber gleich darauf kam mein Ärger wieder hoch. »Sie wissen also, dass ich krank bin?«, fragte ich. »Denken sie nicht, dass du in einem solchen Augenblick bei deiner Familie sein solltest?«

Erneut Schweigen. »Ich weiß nicht, was sie denken«, sagte sie.

Obwohl ich es verstehen wollte, vernünftig sein wollte, war ich immer noch zu verletzt. »Ich bin krank, und du bist nicht hier«, sagte ich leise. Schweigen.

Wenn sie es doch nur einmal sagen würde. Das Wort, das ich so gern hören wollte – Mum.

»Du liebst mich nicht!«, sagte ich und klang dabei zutiefst verzweifelt.

Der Papagei in Sri Lanka krächzte. Ich konnte ihr Schweigen nicht deuten. War sie ungeduldig, schuldbewusst … oder weinte sie?

»Doch. Das tu ich«, sagte sie nach einer Ewigkeit. Dann rauschte es und die Leitung war tot.

In den drei Wochen bis zur Operation klingelte oft das Telefon. Meine Schwester Mary und Ginny aus Neuseeland. Meine Yogalehrerin Julie und viele andere. Lydia rief selten an. Entweder war die Leitung gestört oder sie zu beschäftigt damit, an irgendwelchen Zeremonien teilzunehmen.

Ich versuchte mich auf angenehme Aufgaben zu konzentrieren, wie Rob und Chantelle bei den Hochzeitsvorbereitungen zu helfen. Bis zu dem großen Tag waren es nur noch fünf Monate.

Sie hatten sich einen wunderbaren Ort für die Feier ausgesucht: ein altes Kloster in der Provinzstadt Daylesford, etwa eineinhalb Fahrstunden von Melbourne entfernt. Die winzige Kapelle hatte etwas Romantisches und Spirituelles. Nicht weit von der Kapelle entfernt lag der Festsaal, der sich zu einer Terrasse mit einem herrlichen Blick auf silbergrün schimmernde Hügel unter einem unendlichen Himmel öffnete. Die Luft war erfüllt von frischem Eukalyptusduft.

Sie hatten auch schon einen Fotografen und eine Band organisiert und eine Frau gefunden, die die Trauung vornehmen würde, allerdings immer wieder ihre Namen vergaß. All das war jedoch nur der erste Schritt auf dem langen Weg zu einer modernen Hochzeit.

Ich hatte keine Ahnung gehabt, dass es so etwas wie Kaufhäuser für Hochzeitstorten gab, bis ich mit Rob und Chantelle durch ein Tortenwunderland wanderte. Für diejenigen, denen vergoldete Blumen zu dezent waren, gab es Torten, die unter Straußenfedern und Pailletten begraben waren. Rob erklärte, wichtig sei es nicht, wie eine Torte aussähe, sondern wie sie schmecke. Die Verkäuferin fragte, ob er mal probieren wolle und hielt ihm etwas vor die Nase, das aussah wie ein Teller voll Plastikwürfel.

»Das ist doch kein Kuchen!«, murmelte er, während er nachdenklich auf einem davon herumkaute. »Da sind ja noch nicht mal richtige Eier drin. Bloß raus hier.«

Ich war beeindruckt von Chantelles Pragmatismus. Statt in einer Boutique ein Kleid für ein paar tausend Dollar zu kaufen, trieb sie eine Schneiderin auf, die von zu Hause aus arbeitete. Anschließend ließ sie ihre Mutter und mich einen Blick auf geschmackvolle Stoffmuster in zarten Rosatönen werfen. Kristallsteinchen und Perlen kamen in die engere Wahl. Schleier mochte sie nicht. Mit ihren dunklen Haaren, der Pfirsichhaut und den strahlenden blauen Augen würde sie umwerfend aussehen.

Wie jeder normale heterosexuelle Mann erwies sich Rob als Einkaufsmuffel. Egal in welches Geschäft wir ihn wegen der Hochzeit schleppten, er benahm sich, als wäre er unsere Geisel. Ich dagegen genoss diese Ausflüge. Jede Mutter wünscht sich eine schöne Hochzeit für ihren Sohn, und niemand verdiente sie mehr als Rob.

In der Zwischenzeit bereitete ich mich körperlich und seelisch auf die Operation vor. Es erwies sich als Ding der Unmöglichkeit, Nachthemden aus reiner Baumwolle zu finden, die nicht so aussahen, als würde darin eine alte Oma ihr Leben aushauchen. Zu guter Letzt kaufte ich drei in verschiedenen Blautönen mit lächerlich vielen Rüschen, und dazu ein Paar als Dackel verkleidete dunkelblaue Hausschuhe. Die Verkäuferin fragte mich, ob ich verreisen wollte. Ich erwiderte, ja, ins Krankenhaus, und hatte eine boshafte Freude daran, das Lächeln von ihrem Gesicht verschwinden zu sehen.

Ich vereinbarte Termine mit meiner Friseurin Jodie, der Psychologin (warum nicht?) und David, einem begnadeten Inneneinrichter. Unser Schlafzimmer war zu karg, um sich darin gut krank zu fühlen. Auf den Nachttischchen prangten Ringe von Tausenden Tassen Morgentee. Wenn ich hier schon ein paar Wochen lang eingesperrt sein sollte, durfte ruhig alles ein bisschen fröhlicher aussehen.

Nicht, dass David im Augenblick besonders gut drauf gewesen wäre, nachdem ihn sein Freund wegen eines Models verlassen hatte und nach Perth durchgebrannt war.

»Ich will nicht mehr!«, jammerte er, während er sein Musterbuch mit Vorhangstoffen durchging. »Ich springe von der Westgate Bridge. Aber bloß wenn die Presse da ist und darüber berichtet.«

Glücklicherweise hatte ein gebrochenes Herz keinen Einfluss auf Davids Geschmack – der war so unfehlbar wie eh und je. Er fand zwei Nachttischchen, eins schlank und hell, das andere gedrungen und zweifellos von einem asiatischen Arbeitssklaven auf alt getrimmt.

Völlig unterschiedlich, gaben die beiden Tischchen das perfekte Paar ab – wie es bei allen wirklich guten Beziehungen der Fall ist. Ich redete mir ein, das Schlafzimmer würde mit den neuen Lampen und durchscheinenden Vorhängen (gebrochenes Weiß, feinster italienischer Batist) so schick sein und neu riechen, dass ich mich auf die kommenden Monate freuen konnte.

Als David sagte, es sei noch genug Stoff für das Marquis-de-Sade-Kabinett übrig, erwiderte ich, *warum nicht?* Vorhänge in gebrochenem Weiß, von denen nur drei Menschen auf Erden wussten, wie aberwitzig teuer sie waren, würden die düstere Atmosphäre etwas aufhellen. Und wo wir schon mal dabei waren, beschloss ich, auf der Treppe einen neuen Teppich verlegen zu lassen. Einen hellen, vornehmen Teppich, passend zu dem hellen, vornehmen Leben, das ich in Zukunft führen würde.

Ich habe keine Ahnung, was Männer tun, wenn sie sich auf einen Krankenhausaufenthalt vorbereiten. Eine Frau – also, diese hier jedenfalls – entrümpelt ihre Küchenschränke. In den Mülleimer wanderten Tüten mit Satay-Sauce aus dem Jahr 2001, Plastikmesser (wer hatte die bloß gekauft?) und Müsliriegel, die keiner mochte. Vielleicht würden sich die Möwen auf der Müllkippe darüber freuen. Operationspannen einmal außer Acht gelassen, würden mich bei der Rückkehr nach Hause mehr oder weniger blitzblanke Schränke begrüßen.

Ganz hinten im Kühlschrank entdeckte ich Apfelkompott, das kurz vorm Vergammeln war. Nach intensiver Musterung gab ich ihm allenfalls noch einen Tag, selbst nach meinen Maßstäben. Ich verteilte das Kompott auf kleine Schüsseln, streute ein paar Trockenfrüchte darüber und verzierte das Ganze mit Streuseln. Einfach köstlich, sagten die anderen am Abend und kratzten die Schüsseln so sauber aus, dass man sich die Spülmaschine praktisch sparen konnte. Schwachköpfe.

Eine Broschüre regte mich dazu an, die letzten Tage vor der Operation mit konstruktiven Dingen zu verbringen und den Kühlschrank zu füllen, damit meine Familie nicht verhungerte, während ich im Krankenhaus war, und ich mich nach meiner Heimkehr nicht sofort wieder an den Herd stellen musste (wenn meine Arme zu schwach sein würden, um Töpfe und Teller zu heben).

Kein Wunder, dass Frauen Krebs in den Brüsten kriegen, den Symbolen des Nährens schlechthin. Als ich mit Dreimonatsvorräten an Waschpulver und Toilettenpapier vom Supermarkt nach Hause fuhr, war mein Fahrstil etwas weniger aggressiv als sonst. Das Leben war auf einmal so endlich und kostbar, trotz all seiner Unzulänglichkeiten. In Gedanken versunken verpasste ich eine Abzweigung und fand mich auf einer Irrfahrt durch ein unbekanntes Viertel wieder.

Manchmal war es schwieriger, mit den Reaktionen anderer fertigzuwerden als mit meinen eigenen Gefühlen. Das Wort »Krebs« hatte eine derart heftige Wirkung, dass ich mich fragte, ob man nicht eine Umbenennung in Erwägung ziehen sollte. »Tulpe« vielleicht (irgendjemand legte mir freundlicherweise einen Strauß vor die Tür). »Ich habe Tulpe und ihr müsst euch keine Sorgen machen.« Einige meiner Freunde reagierten nämlich so darauf, als hätte ich ihnen eröffnet, dass sie sterben würden. Sobald sie die Neuigkeit dann einigermaßen verdaut hatten, erschien auf ihren Gesichtern ein leicht veränderter Ausdruck, so als glaubten sie jetzt, ich würde sterben.

»Kann ich irgendetwas tun?« ist vermutlich die häufigste Frage, die jeder hört, bei dem eine ernste Krankheit diagnostiziert wird. Eine ungefährliche Frage, da der Patient mit ziemlicher Sicherheit nicht antwortet: »Na ja, das Klo im ersten Stock ist verstopft und auf dem Dachboden läuft irgendein Nagetier herum. Komm doch mit Gift und einem Saugstopfer vorbei.«

Nein, Schweigen breitet sich aus wie eine Wolke. Der Leidende sagt: »Nein, im Moment nicht, danke, sehr freundlich von dir. Ich melde mich.« Weil mir diese dürftige Antwort nicht gefiel, dachte ich mir eine andere aus: »Bete für mich.« Das sagte ich nicht nur, um die Leute in Verlegenheit zu bringen, was hin und wieder offenkundig der Fall war. Ich war selbst nicht gerade Weltmeisterin im Beten, aber ich konnte mir durchaus vorstellen, das die Gebete von erfahrenen, aufrichtigen Betenden etwas bewirken können.

»Mein Leben ist momentan auch eine einzige Katastrophe«, sagte eine Bekannte, die nach allem, was man hörte, das einer Prinzessin führte. »Unser Keller steht unter Wasser und wir haben nichts als Scherereien mit der Versicherung.«

»Gut, dass du mich erinnerst«, meinte eine andere. »Meine nächste Mammographie ist längst überfällig.«

Andere munterten mich dagegen auf, obwohl das Leben mit ihnen auch nicht gerade freundlich umsprang. Meine Friseurin Jodie hatte ein Tattoo für jede gescheiterte Beziehung. Auf ihrem Körper war nicht mehr viel Platz frei. Sie gab mir einen Kuss auf die Wange und wünschte mir alles Gute. Sie sagte, bei ihrer Tante sei auch eine Vasektomie durchgeführt worden, wie bei mir.

»Sie sind *nicht* krank!«, rief Sophie, unsere wunderbare Haushaltshilfe, die sich nach Kräften bemühte, unseren Haushalt alle zwei Wochen wieder auf Vordermann zu bringen. »Mein Onkel ist wichtiger Doktor für Frauenbrust in China. Er sagt, Sie sollen kein Kaffee mehr trinken. Trinken Sie mehr Tee. Und *denken Sie nicht, dass Sie krank sind!* Wenn Sie denken, dass krank, Sie werden krank. Wenn Sie aus Krankenhaus kommen, ich suche Ihnen guten chinesischen

Doktor. Hilft Ihnen, stark zu werden. Er macht Ihr Gesicht wieder rot.«

Nachdem sie gegangen war, sah das Haus viel sauberer aus und es roch leicht nach Zitrone. Einen Moment lang war ich richtig fröhlich.

Ich beschloss, keine ernst klingenden Anrufbeantworternachrichten mit der Frage nach meinem Gesundheitszustand zu beantworten. In manchen Stimmen schwang so etwas wie Erleichterung mit. Die Anrufer waren froh, nicht direkt mit mir sprechen zu müssen. Sie fühlten sich wohler dabei, nur eine Nachricht zu hinterlassen ... und ich mich dabei, sie einfach bloß abhören zu müssen.

Einige wohlmeinende Bekannte legten mir Bücher über Alternativtherapien vor die Tür. Da ich mit angesehen hatte, wie eine gute Freundin an Brustkrebs starb, nachdem sie eine konventionelle Behandlung verweigert und sich selbst Mistelinjektionen verabreicht hatte, war ich nicht in Versuchung – zumindest noch nicht. Zuerst würde ich alles nehmen, was die Schulmedizin zu bieten hatte. Allerdings fing ich an, die alte Chinesin aufzusuchen, die eine Straße weiter Akupunktur machte.

Mein Plan, dem Fitnesstraining zu entkommen, scheiterte. Mein Trainer Peter erklärte mir, dass ich kräftige Arme und Bauchmuskeln brauchen würde, um die Heilung zu beschleunigen. Aus reiner Freundlichkeit begann er mir leichtere Gewichte zu geben.

Er bot an, zweimal die Woche zum Training zu mir nach Hause zu kommen, sobald ich mich nach der Entlassung aus dem Krankenhaus kräftig genug fühlte. Ich sagte, ich würde es mir überlegen.

Schlaf und noch mehr Schlaf. Ich konnte nicht genug davon kriegen. Vielleicht eine Schockreaktion. An manchen

Nachmittagen kuschelte sich Katharine neben mich und las mir *Entführt – Die Abenteuer des David Balfour* vor. Sobald sie sich in der altmodischen Sprache zurechtgefunden hatte, schlug uns das Buch in seinen Bann. Kein Wunder, dass die Samoaner Robert Louis Stevenson »*Tusi tala*« genannt hatten – Geschichtenerzähler. Er ließ die ganzen Hollywood-Drehbuchschreiber alt aussehen. Es tat gut, in eine Welt voller Abenteuer und ganz anders gearteter Gefahren zu entfliehen.

»Alles, was jetzt noch fehlt, ist eine Katze«, sagte Katharine eines Tages, als sie zwischen zwei Kapiteln eine Pause einlegte.

Ich erwiderte ihr Lächeln. Manchmal kann Katharine meine Gedanken lesen. Eine Katze, die sich auf der Bettdecke zusammenrollte, hätte das Bild tatsächlich komplett gemacht. Ein süßes Fellknäuel würde meine Ängste mindern und mir bei allem, was mir bevorstand, ein treuer Begleiter sein. Ein Freund an meiner Seite, selbst wenn das Haus leer war.

Aber jetzt war nicht der richtige Zeitpunkt für eine neue Katze. Ich hatte schon genug am Hals.

Die Psychologin hatte den Teebeutel über den Rand eines halb mit einer bräunlichen Flüssigkeit gefüllten Bechers gehängt. Als Erinnerung daran, auch zu trinken, erklärte sie mir. Sonst bekäme sie Migräne.

Kein Wunder, dachte ich, *wenn man sich den ganzen Tag das Gejammer anderer Leute anhören muss.*

Ich war gewillt, den Besuchen bei einer Psychologin aufgeschlossen gegenüberzustehen, solange sie nicht das Wort »Reise« in den Mund nahm. Heutzutage ist alles eine Reise, von der Besteigung des Mount Everest im Rollstuhl bis zur

Enthaarung der Unterarme mit Wachs. »Reise« reduziert alles auf die überschaubaren Dimensionen einer Fernsehserie. Wenn ich eine Brustkrebsreise hätte unternehmen wollen, dann hätte ich mir eine Fahrkarte gekauft.

Glücklicherweise war die Psychologin eine recht pragmatisch verlangte Frau. Sie sagte, ich solle an den Kühlschrank eine Liste der Haushaltspflichten hängen, an die sich Philip und Katharine halten konnten. Sie schlug mir vor, eine Liste von verlässlichen Freundinnen zu erstellen, die während meiner Rekonvaleszenz einmal in der Woche ein fertig gekochtes Essen vorbeibringen würden. Der Gedanke, meinen schwer arbeitenden, gestressten Freundinnen zur Last zu fallen, war mir zuwider. Suppen und Eintöpfe für mich zu kochen war das Letzte, was sie brauchen konnten. War ich zu stolz oder einfach eine Versagerin, was Freundschaften betraf?

Sie zeigte mir Methoden, wie ich mich von negativen Gefühlen distanzieren konnte. Zum Beispiel sollte ich statt »Ich hasse ›The Girl from Ipanema‹« sagen »Ich habe den Gedanken, dass ich ›The Girl from Ipanema‹ nicht ausstehen kann.« Das sollte mir dabei helfen, ein bisschen auf Abstand zu gehen, statt die ganze Zeit einfach nur zu reagieren und solche emotionalen Reaktionen für die Realität zu nehmen. In ähnlicher Weise sollte ich, statt auf Lydia wütend zu sein, weil sie nach Sri Lanka verschwunden war, denken »Ich habe wütende Gedanken, die Lydia betreffen …« etc. Obwohl ich nicht davon überzeugt war, dass die paar zusätzlichen Wörter viel ausmachen würden, konnte der Versuch nicht schaden. Möglicherweise handelte es sich dabei um eine westliche Version der buddhistischen Vorstellung vom Loslassen. Nach der buddhistischen Lehre entsteht das meiste menschliche Leid durch Bindung. Daran ist sicher etwas Wahres, andererseits ist es die Kraft der Bindung, die Mutterliebe so stark macht.

Ohne Bindung würde die menschliche Rasse nicht überleben.

Die Psychologin brachte mir außerdem einen wichtigen neuen Satz bei: »Meine Gesundheit geht vor.«

Meine erste Reaktion war ein gewisses Misstrauen. Seit undenklichen Zeiten einer der Lieblingssätze von Hypochondern und Neurotikern, gibt »Meine Gesundheit geht vor« dem Sprecher die Lizenz zum Nervtöten: »Ich würde deine Meerschweinchen ja wirklich gern nehmen, aber meine Gesundheit geht vor.«

Nichtsdestoweniger lieferte mir der Satz der Psychologin eine Entschuldigung dafür, etwas zu tun, was sowieso anstand – mich von Dingen zu lösen, die die ich nicht mehr tun wollte oder konnte.

Ich hatte dreißig Jahre lang wöchentliche Kolumnen für Zeitungen und Zeitschriften geschrieben. Das war genug.

Eine wöchentliche Kolumne zu schreiben ist ein ständiger Drahtseilakt. Ich wurde von Anfang an von der Angst geplagt, dass mir die Themen ausgehen oder meine Kolumnen langweilig werden könnten. Im Lauf der Jahre war der Leistungsdruck immer schlimmer geworden. Ich konnte mich gar nicht mehr daran erinnern, wann ich das letzte Mal eine Sonntagnacht durchgeschlafen hatte, wenn am Montagvormittag eine Kolumne fällig war. Es war an der Zeit loszulassen.

Ich rief die Herausgeber aller Zeitschriften an, die meine Kolumne veröffentlichten, und teilte ihnen mit, dass ich eine Auszeit nehmen würde. Was ich damit tatsächlich meinte, war mich zur Ruhe setzen, nur schwang darin etwas von Grabesruhe mit. Ich war gerührt, wie verständnisvoll sie reagierten, und auch von den unzähligen E-Mails von Lesern. Die einzige Verpflichtung, der ich weiterhin nachkommen wollte, war ein monatlicher Artikel für die Zeitschrift *Next*, die mich gebeten hatte, ein Brustkrebstagebuch zu schreiben.

Louise Thurtell und Jude McGee bei Allen and Unwin, die auf das *Cleo*-Manuskript warteten, waren mehr als verständnisvoll. Jude hatte vor einem Jahr selbst mit Brustkrebs gekämpft. Sie strich den Termin im September und sagte, ich sollte einfach weiterschreiben, wenn ich mich wieder dazu in der Lage fühlte. Ehrlich gesagt war ich nicht sicher, ob ich es überhaupt jemals zu Ende bringen würde.

An dem Tag, bevor ich ins Krankenhaus ging, suchte ich noch einmal Susan, die chinesische Akupunkteurin, auf. Ihre Nadeln (in Waden, Stirn, Kopfhaut und Ohren) dienten dem Zweck, mir zu Ruhe zu verhelfen und mein Immunsystem zu stärken. Abgesehen von einer tristen Ansammlung vergilbter Schachteln mit Kräutern und der einen oder anderen toten Fliege am Fenster wirkten ihre Räume immer ziemlich leer.

Der Schein trog jedoch. Susan hatte einen steten Strom von Patienten, die hinter einer Reihe geblümter Duschvorhänge auf Liegen lagen. Wir brauchten gar nicht erst zu versuchen, unsere Probleme voreinander verbergen. Durch die Vorhänge hörte man alles mit. Eine alte Frau suchte Hilfe wegen ihrer Arthritis. Ein junger Mann hatte etwas am Rücken, aber es wurde langsam besser. Ich hatte keine Ahnung, was sie mit meinem Krebs anfingen.

»Schließen Sie die Augen und konzentrieren Sie sich auf die Musik«, forderte mich Susan auf und lächelte sanft, bevor sie hinter dem Vorhang verschwand. Ich wartete auf Klänge aus dem alten China und war enttäuscht, als das New-Age-Gedudel ertönte, wie es in jedem x-beliebigen Spa zu hören ist. Im Hintergrund hörte ich das Pling einer Mikrowelle und fragte mich, ob Susan dabei war, exotische Kräuter zu mischen. Das Klappern von Besteck auf Porzellan gab jedoch zu erkennen, das sie zu Mittag aß.

Zwischen Susan und mir entwickelte sich eine Art Freundschaft. Sie freute sich, wenn ich ihr sagte, dass ihre Nadeln eine beruhigende Wirkung hatten (auch wenn ich nach den Anrufen aus Sri Lanka für gewöhnlich auf westliche Schlaftabletten zurückgreifen musste). Susan erklärte mir, ich müsse nach China fahren und darüber schreiben, weil es so ein wunderschönes Land sei. China oder Mastektomie. Schwierige Entscheidung.

Als ich am Tag vor meiner Operation die schmutzige Treppe zu unserem Haus hinaufstieg, sprach ich ein Mantra: Heute habe ich noch Krebs. Morgen nicht mehr, mit etwas Glück.

Am Abend gingen Philip, Katharine und ich in einem Restaurant in der Nähe essen. Natürlich tranken wir auch Champagner. Wir lachten, als der Kellner unser Tischtuch mit Schokoladensoße bekleckerte. Das Leben schien wunderbar einfach, ein Fest.

Aus den Lautsprechern kam eine vertraute Melodie – »Von nun an gibt es kein Zurück« aus *Phantom der Oper*. Ich hatte dieses Lied noch nie gemocht. Jetzt erinnerte es mich daran, dass ich auch nicht mehr zurückkonnte. Der Operationssaal war reserviert, die Chirurgen gingen vor ihrem großen Auftritt früh ins Bett (hoffte ich jedenfalls). Kein Essen mehr nach Mitternacht. In ein paar Stunden würde ich meinen Körper Fremden anvertrauen. Ich war nicht tapfer, lediglich erfahren genug, um zu akzeptieren, dass ich keine Alternative hatte.

Wieder zu Hause, legte ich das, was ich am nächsten Tag anziehen wollte, zurecht – schwarze Hose, grünes Hemd und die Stiefeletten mit den schiefgetretenen Absätzen. Kein Hut. Das Gleiche, was ich bei meinem ersten Besuch in der Klinik getragen hatte. Die drei blauen Nachthemden und mein Kulturbeutel waren bereits eingepackt, aber bestimmt hatte ich irgendetwas vergessen.

Ich warf einen Blick auf die Uhr, die auf dem hübschen neuen Nachttischchen stand. Fünf vor zwölf. In Sri Lanka wahrscheinlich mitten am Nachmittag. Ich nahm eine Schlaftablette. Atmen. Entspannen. (Ich hasse das Wort entspannen, dachte ich. Nein, ich hatte den *Gedanken*, dass ich das Wort entspannen hasste!)

Im Wegdämmern stellte ich mir einen riesigen Heißluftballon vor. In den lud ich die Hochzeit, meine Kolumnen, mein Buch, meine Angst vor dem morgigen Tag, Sri Lanka … und dann sah ich zu, wie all das in den klaren Nachthimmel entschwand.

Kurz bevor ich in das tiefe, dunkle Loch des Schlafs fiel, stellte ich mir vor, wie ich Cleos warmen weichen Körper in den Arm nahm.

13.

Wiedervereinigung

Töchter, wie Katzen,
sind immer nur eine Leihgabe.

»Sie werden sich hinterher an kaum etwas erinnern«, sagte mein alter Freund Greg im Operationssaal, das Gesicht von einem Strahlenkranz umgeben. Man entwickelt leicht eine seltsame Anhänglichkeit an Menschen, von denen das eigene Überleben abhängt.

Als ich Greg das nächste Mal sah, trug er eine rote Duschhaube und wirkte ungeheuer aufgekratzt. Vermutlich hatte ich einen unzüchtigen Traum. Würden meine Hormone denn niemals Ruhe geben?

»Es ist gut gelaufen«, sagte Greg. »Wir sind zuversichtlich, dass wir den Krebs vollständig entfernt haben.«

Oh. Es war also keine erotische Phantasie. Ein stechender Schmerz an einer merkwürdigen Stelle, links unterhalb der Rippen. Eine Plastikschlange. Ein Drainageschlauch, erklärte mir eine Stimme. Kurz darauf wurde ich durch einen grauen Korridor gerollt, den Blick wie gebannt auf Tausende kleiner Löcher in der Decke gerichtet. Ob Krankenhausarchitekten eine Ahnung haben, wie viel Zeit Patienten damit verbringen, an Decken zu starren? Auf meinem Gesicht hatte sich eine Sauerstoffmaske festgesaugt wie ein Seestern.

»Ihr Mann wartet auf Sie«, sagte eine Krankenschwester.

Klingt romantisch, dachte ich. Was konnte sexier sein als sechs Drainagen, eine Tropfinfusion und ein Katheter plus

Sauerstoffmaske? Ach ja, und Beine, die in zischenden Plastikschläuchen steckten – das hatte irgendetwas mit der Verringerung des Thromboserisikos zu tun. Ich war verschnürt wie Tutenchamun.

Es tat gut, meinen Liebsten zu sehen, auch wenn er erschöpft und besorgt wirkte. Schlimmer noch, als sich selbst in einer grässlichen Situation zu befinden, ist es, Menschen, die man liebt, zu beunruhigen. Ich schickte ihn nach Hause ins Bett, sobald es die Höflichkeit erlaubte.

Zurück ins Nichts.

Während ich zwischen Wachen und Schlafen hin und her driftete, drang über das Zischen der Stützstrümpfe hinweg ein neues Geräusch in mein Bewusstsein. Eine weibliche Stimme, die fremdartige Laute von sich gab. Melodiöse, beruhigende Worte. Und liebevoll, wie ein Wiegenlied. Abgesehen davon, dass ich keines davon verstand. High von den Schmerzmitteln. Das musste es sein.

Ich öffnete die Augen und fixierte einen Punkt in der Nähe des Fensters, wo Philip gestanden hatte. Im Dämmerlicht hob sich eine schlanke Gestalt mit einem hübschen, femininen Profil ab. *Lydia?!* Die Krankenhausdrogen spielten mir einen Streich. Widerstrebend glitt ich zurück in den Halbschlaf.

Einige Zeit später kämpfte ich mich erneut durch den Drogennebel und sah zu der Stelle, wo mir Lydia erschienen war. Zu meiner Überraschung war die Gestalt noch immer da und saß kerzengerade und mit halb geschlossenen Augen auf dem Stuhl neben dem Fenster. Die Worte flossen über ihre Lippen und hüllten mich ein. Ein Gesang.

Irgendwann bemerkte Lydia meinen Blick. Sie hielt inne und lächelte mich an. Strahlendes Licht erfüllte den Raum. Sie beugte sich über mich und legte drei kühle Finger auf meine Stirn. Und verschwand. Diese Krankenhausdrogen hatten es wirklich in sich.

Als Nächstes schwebte Greg über mir und verglich eine Brustrekonstruktion mit der Arbeit eines Gärtners. So wie ein neu gepflanzter Setzling Wasser brauche, erklärte er mir, brauche eine neue Brust Blut. Die nächsten vierundzwanzig Stunden wären entscheidend. Wenn mein Bewässerungssystem seine Arbeit ordentlich mache, würde das transplantierte Bauchfett »wurzeln« und sich in seine Aufgabe als neue rechte Brust fügen.

»Und wenn es nicht funktioniert?«, fragte ich mit schwacher, krächzender Stimme.

»Dann weinen wir alle ein bisschen, rollen Sie zurück in den OP und reißen es raus.«

Das lenkte mich von Nachdenken über Krebszellen ab.

Von der Wand gegenüber dem Bett starrte mich ein Druck in schreienden Farben an. Abstrakt, eine Küstenlandschaft. Zwischen Wasser und Klippen verbarg sich ein Männergesicht. Wäre ich in der Lage gewesen, aufzustehen, hätte ich das Ding aus dem Fenster geworfen. Abgesehen davon, dass sich die Fenster nicht öffnen ließen.

Eine Krankenschwester stellte sich mir als May aus Malaysia vor und ersetzte die Sauerstoffmaske durch kleine Schläuche, einer für jedes Nasenloch – solche, wie Tom Hanks sie hatte, als er in *Philadelphia* an Aids starb. Sie waren erstaunlich bequem und viel weniger beengend als die Maske.

»Ist es nicht toll, dass Ihre Tochter hier ist?«, sagte May und kritzelte etwas auf ein Krankenblatt.

»Lydia?«, flüsterte ich mit dieser lächerlich dünnen Stimme, die nicht mir gehörte.

»Heißt sie so? Wir fanden diese Gesänge wirklich lustig.

Aber ich bin offen für alles. Heilung ist auf viele Arten möglich. Ich finde, es klang gut.«

»Ist sie denn hier?«

»Ja, sie sagte, sie wäre aus Sri Lanka gekommen, um Sie zu besuchen. Sie hat Ihnen das hier mitgebracht«, sagte May und deutete auf drei Kerzen in Form von Lotusblüten auf dem Fensterbrett.

Es war also doch kein Traum gewesen. Lydia war vor einem Monat abgereist, ohne von Rückkehr zu sprechen. Sie musste nach Hause geflogen sein, um bei mir zu sein. Ich war meiner älteren Tochter nicht gleichgültig. Ein neues Gefühl breitete sich in meinem von Schmerzen geschüttelten Körper und vernebelten Gehirn aus. Freude. Reine Freude.

Lydia war wirklich und wahrhaftig hier, in diesem Krankenhaus. Auf dem Fensterbrett standen drei Kerzen, die es bewiesen.

»Warten Sie mit dem Anzünden aber, bis Sie wieder zu Hause sind. Offene Flammen sind hier nicht erlaubt. Ach ja, und das da hat sie auch noch mitgebracht …«, fügte May hinzu und hielt eine zur Hälfte mit einer bernsteinfarbenen Flüssigkeit gefüllte Limonadenflasche hoch.

»Geweihtes Wasser«, sagte sie mit einem Zwinkern. »Ich würde Ihnen raten, es abzukochen, bevor Sie es in die Nähe Ihres Mundes lassen.«

»Wo –?«, krächzte ich.

»Ich habe sie runter in die Cafeteria geschickt«, sagte May. »Sie sah müde aus. Sie kommt bald wieder.«

In der Tür tauchte Lydias Silhouette auf. Um die Schultern hatte sie einen weißen Schal geschlungen. Mit den langen Ärmeln und dem hochgeschlossenen Kragen sah sie irgendwie viktorianisch aus.

Das war eine ganz andere junge Frau als Lydia die Sexkolumnistin oder das freche kleine Mädchen, das uns einmal gestanden hatte, Autofahrern von einer Fußgängerbrücke aus seinen nackten Hintern entgegengestreckt zu haben. Sie hatte damals »unpassende Freunde« gehabt, gab jedoch zu, dass sie es aufregend gefunden hatte, nichtsahnende Autofahrer zu erschrecken.

Man konnte sich nur schwer vorstellen, dass diese überirdische Gestalt an meinem Bett etwas mit dem lebhaften, eigensinnigen Mädchen zu tun hatte, das sich mit Begeisterung an Türrahmen hochgeschwungen hatte und furchtlos von den Klippen in den Lake Taupo gesprungen war.

Ich suchte ihr Gesicht nach vertrauten Merkmalen ab – die Windpockennarbe über der rechten Augenbraue, die Ahnung eines Grübchens am Kinn. Es machte mich traurig zu sehen, dass ihre Augen eingesunken waren, ihr Blick verschleiert, wie bei Gandhi nach einem seiner Hungerstreiks. Doch als sie auf mich zukam, erkannte ich wieder die junge Frau, die ich so sehr liebte. Noch nie hatte ich so viel Zärtlichkeit in ihren Augen gesehen.

»Du bist viel zu dünn«, sagte ich. Das war genau das, was meine Mutter gesagt hätte.

Lydia schloss einen Moment die Augen, vermutlich, um Verärgerung zu unterdrücken.

»Ich hab dich lieb«, sagte sie sanft.

»Ich dich auch«, erwiderte ich und ärgerte mich über mich selbst, weil ich so ungeschickt reagiert hatte. Ich hätte als erstes »Ich hab dich lieb« sagen sollen. Oder wenigstens »Danke«.

»Hast du Durst?«, fragte sie. Ich nickte. Sie nahm einen Pappbecher vom Nachttisch und schob mir einen Strohhalm zwischen die Lippen. Ich fühlte mich schwach und hilflos, als ich von dem lauwarmen Wasser trank. Lydia hielt den Becher fest, jetzt war sie die Starke, die Ernährerin.

Ich ließ mich in die Kissen zurücksinken, tausend Fragen lagen mir auf der Zunge. Was hatte sie dazu bewogen, ihren Entschluss, in Sri Lanka zu bleiben, zu ändern? Wann hatte sie den Flug nach Hause gebucht und wer hatte ihn bezahlt? Warum hatte sie so stark abgenommen? War sie krank gewesen oder hatte sie absichtlich gehungert?

Und noch viel wichtiger, wie weit meinte sie noch gehen zu müssen, um zu beweisen, dass sie eine eigenständige Person war, die in keiner Weise mir »gehörte«? Ich war bereit, meinen Teil der Vereinbarung einzuhalten und sie zu ihren eigenen Bedingungen ins Erwachsensein zu entlassen. Wann würde sie begreifen, dass sie sich nicht mehr gegen mich auflehnen musste?

Der einzige Satz, den ich in meiner Erschöpfung zustande brachte, war: »Wann bist du gekommen?« Eine dumme Frage, aber die Gedanken rutschten in meinem Kopf herum wie Pudding.

»Vor ein paar Stunden. Ich bin direkt vom Flughafen hierhergefahren.«

Die Schläuche um meine Beine zischten. Über meinen Kopf senkte sich wieder eine Nebelwolke.

»Kann ich noch ein bisschen singen?«, fragte sie leise.

Ich war nicht besonders scharf darauf. Nicht, wenn sich die Krankenschwestern darüber lustig machten. Sie sollten auf meiner Seite stehen und nicht Witze über unsere verrückte Familie reißen.

Mum und Dad hatten uns im Geist der Church of England großgezogen, aber auf dem Krankenhausformular hatte ich »Keine Religionszugehörigkeit« angekreuzt. Als eine Seelsorgerin den Kopf durch die Tür gesteckt und gefragt hatte, ob ich vor der Operation mit ihr beten wolle, hatte ich sie weggeschickt. Ihre angespannte Miene deutete darauf hin, dass sie zu viele Stunden damit verbracht hatte, vor dem Spiegel einen mitfühlenden Gesichtsausdruck zu üben.

Zu müde, um Worte in sinnvoller Reihenfolge aneinanderzufügen, nickte ich nur. May lächelte und sagte, sie käme in ein paar Minuten wieder.

Meine Tochter setzte sich auf den Stuhl, schloss die Augen und holte tief Luft. Zuerst fand ich es unangenehm, beinahe nervig. Die Worte waren mir völlig fremd. Sie hätten alles bedeuten können. Nichtsdestoweniger schwang etwas Gütiges darin mit. Und zweifellos hatten sie einen Sinn für Lydia. Sie glaubte an ihre Bedeutung, ihre Kraft. Ich ließ den Gesang über mich hinwegspülen wie Wellen an einem windigen Strand … und schlief ein.

Ich hätte Stunden schlafen können, sogar Tage, wenn man mich gelassen hätte. Aber May weckte mich jede halbe Stunde auf, um meine Vitalfunktionen zu überprüfen und die neue Brust unter den Verbänden nach einem Puls abzuhören. Irgendwann im Lauf der Nacht sagte sie, ich hätte zu niedrigen Blutdruck und Fieber. Es war mir egal. Ich wollte nur schlafen. Als ich den Kopf zum Fenster drehte, sah ich Lydias Silhouette, gerade aufgerichtet und bewegungslos. Es war nicht notwendig, sie zu beruhigen oder zu unterhalten. Sie meditierte.

Die Nacht schleppte sich gefühlte Wochen dahin. Ich sehnte mich nach Schlaf. Gegen Morgen halluzinierte ich, ich wäre Kriegsgefangene. Jedes Mal, wenn ich wegdämmerte, piksten mich Soldaten mit Spießen. May war jedoch eine sehr fürsorgliche Schwester und eher ein Engel als eine Gefängniswärterin. Jedes Mal wenn ich zum Fenster sah, war Lydia da, schweigend und reglos, ohne etwas von mir zu wollen. Ihre ständige Anwesenheit gab mir Kraft. Alle Zweifel, die ich an ihren Gefühlen für mich gehabt hatte, schmolzen in der trockenen Krankenhausluft dahin.

Im Krankenhaus verliert Zeit jegliche Bedeutung. Die Welt draußen löst sich ab. Eine Pflegeschicht folgt der nächsten. Regen lässt schwarze Diamanten gegen die Fensterscheiben prasseln – aber nicht genug, um der Dürre ein Ende zu bereiten. Der dunkle Himmel färbt sich grau.

Mit einem Schlag erwachte das Krankenhaus. Hastige Schritte, klappernde Bettpfannen und das Geschnatter der Schwestern erweckten den Tag zum Leben. Draußen auf dem Korridor wurden Patienten, Essen und medizinische Ausrüstung an meinem Zimmer vorbeigerollt. Eine mürrische junge Frau aus Osteuropa ließ ein Frühstückstablett auf das Tischchen vor mir plumpsen. Cornflakes in einer Plastikschüssel und ein Teebeutel. Da sich meine Arme und Beine außer Betrieb befanden, waren selbst die einfachsten Verrichtungen praktisch unmöglich. Lydia hob den Löffel an meine Lippen, dann hielt sie mir die Tasse an den Mund, damit ich den Tee schlürfen konnte.

Sie wirkte erschöpft. Ich drängte sie, nach Hause zu fahren und sich auszuruhen. Sie drückte ihre Wange an meine. Plötzlich erinnerte ich mich an die Frage, die ich ihr eigentlich stellen wollte. Eine einfache Frage, aber bedeutungsschwer.

»Wie lange bleibst du hier?«

Die Schläuche um meine Beine zischten und seufzten. Falls sie vorhatte, am nächsten Tag wieder abzureisen, würde es mir das Herz brechen.

»So lange du mich brauchst«, sagte sie.

Mein Kopf sank aufs Kissen zurück. Das war alles, was ich hören wollte.

In den darauffolgenden Tagen füllte sich mein Zimmer mit Blumen. Ich war meiner Familie und den Freunden, die sie geschickt hatten, sehr dankbar. Auf der riesigen Karte, die alle Frauen aus meinem Yogakurs unterschrieben hatten, prangte unerklärlicherweise eine Siamkatze.

Der Kreis von Frauen, von dem meine Schwester Mary gesprochen hatte, begann sich bereits zu bilden. Sie schickten mir Karten und E-Mails, die Philip ausdruckte und mitbrachte. Einige hätten Töpfe mit Essen vor die Tür gestellt, berichtete er.

In der Abgeschlossenheit meines Krankenhauszimmers wurden Pläne und Abgabetermine bedeutungslos. Eine Mastektomie ist die Erinnerung schlechthin, dass Liebe und Freundschaft das Einzige sind, was wirklich zählt.

Reue? Da gab es nicht viel, außer dass ich in der Annahme, ich hätte noch viele Jahre, um leichtsinnig zu sein, das Leben zu ernst genommen hatte. Unzählige Stunden hatte ich abgeschieden von der Welt und über eine Tastatur gebeugt damit verbracht, Millionen von Wörtern zu produzieren. Statt zu leben, hatte ich zu viel Zeit damit verschwendet, darüber zu schreiben.

Lydia, Mary, Freundinnen, die Yogagruppe und Leserinnen, die mir E-Mails schickten – manchmal konnte ich den Kreis von Frauen um mein Bett beinahe spüren. Ihre guten Wünsche und Gebete schienen den Raum zu füllen. Einige der Krankenschwestern spürten es ebenfalls.

»In diesem Zimmer herrscht so eine wunderbare Atmosphäre. Ich könnte den ganzen Tag hier verbringen«, sagte Schwester May, bevor sie hinzufügte, meine Haare sähen verheerend aus.

Während sie in meinem Kulturbeutel kramte, musste ich zu meiner Beschämung gestehen, dass ich vergessen hatte, einen Kamm einzupacken. Sie erbot sich, im Krankenhausladen einen für mich zu besorgen. Kurz darauf kehrte sie mit dem neuen Kamm zurück und fuhr mir damit sanft durch die Haare. Die personifizierte Freundlichkeit. Da ich nicht sitzen und kaum die Arme heben konnte, war allerdings auch nicht daran zu denken, dass ich mich selbst kämmte.

Besucher. Eine erfreuliche, erschreckende Vorstellung. Obwohl Lydia Stunden an meinem Bett verbrachte, betrachtete ich sie nicht als Besucherin, weil sie keine Unterhaltung oder irgendeine Art von Leistung von mir erwartete. Sie war einfach nur da, ein Glücksbringer, und verbreitete allein durch ihre Anwesenheit Ruhe und Zuversicht. Es machte ihr nichts aus, wenn ich wegdämmerte. Das Wissen, dass sie da war, wiegte mich in den Schlaf.

Ich sehnte mich danach, meine Familie zu sehen, aber ich wollte nicht, dass meine zischenden Beine und die wie eine makabre Weihnachtsdekoration am Bett aufgehängten Bluttransfusionen sie beunruhigten. An diesem Abend erschienen zwei Gestalten in der Tür. Rob und Chantelle. Bewaffnet mit Mineralwasser und frischen Limetten. Rob wusste genau, was ich brauchte. Er brachte den Kopfteil meines Bettes in die bequemste Stellung, sorgte dafür, dass die Klingel in Reichweite war, behielt den Pegel der Infusionsflasche im Auge. Mein Mund war so trocken wie Katzenstreu und das Mineralwasser mit einem Spritzer Limettensaft war der reinste Nektar.

Regelmäßig tauchte Philips besorgtes Gesicht auf. Er strich mir über die Stirn, bewunderte die Blumen und fragte, ob er irgendetwas für mich tun könnte. Das beste Mitbringsel war unser Bose-Radio von zu Hause. Leise auf einen Klassik-Sender eingestellt, verhalf es mir zur Gesellschaft von Bach, Beethoven und Konsorten. Mozart und Blumen. Was konnte eine Frau sich mehr wünschen?

Eine weitere unverzichtbare Annehmlichkeit war merkwürdigerweise ein Lammfell, empfohlen von einer Freundin, die eine ähnliche Operation hinter sich hatte. Tag und Nacht zum Liegen auf dem Rücken verurteilt, lernte ich die Weichheit des Fells und seine Fähigkeit, die Luft unter mir zirkulieren zu lassen, schnell schätzen.

In einer der Tagesschichten stellte eine junge Krankenschwester meine Infusion höher. Neun Liter später war ich so aufgebläht, dass ich aussah wie im siebten Monat schwanger.

Beim Anblick meines aus seinem Korsett quellenden Bauchs musste ich daran denken, wie meine Mutter im Endstadium ihres Darmkrebses ausgesehen hatte. Mir wurde übel. Eine Schar besorgter Schwestern versammelte sich um mein Bett.

»Wie stark sind Ihre Schmerzen auf einer Skala von eins bis zehn?«, fragte eine.

Mein Bauch fühlte sich an, als wäre er mit Glasscherben gefüllt. Ich meinte jeden Moment ohnmächtig zu werden, aber ich wollte nicht, dass sie mich für einen Jammerlappen hielten. Deshalb entschied ich mich für eine konservative Sechs.

Die Schwestern wechselten Blicke. Eine von ihnen sagte: »So schlimm?«

Ich hatte zu große Schmerzen, um zu antworten.

»Das ist subjektiv«, erklärte die Oberschwester den anderen. »Wenn sie glaubt, dass es sechs ist, dann ist es das.«

Pflegepersonal redet manchmal so, als wäre man nicht im Zimmer, sie sprechen in der dritten Person von einem, so dass man, wenn man lauscht, herausfinden kann, wie krank man wirklich ist.

Sie kamen zu dem Schluss, es handle sich um nichts Besorgniserregendes, und gaben mir eine Spritze. Gregs Korsett wurde durch eine weichere Leibbinde ersetzt. Ein paar Stunden später kam May und wusch mich, als wäre ich ein Baby, das aus seinem Kinderwagen gefallen war. Sie zog mein Betttuch glatt und machte es mir für die Nacht bequem. Diese Frau verdiente die Heiligsprechung.

Kurz darauf erschien Greg zu einem seiner regelmäßigen Besuche und erklärte, seine Gärtnerbemühungen hätten Erfolg gezeigt. Das Transplantat gedieh. Ich dankte ihm. Er sagte, es sei das erste Mal, dass er mich sehe, ohne dass meine Haare in alle Richtungen abstanden. Schmeichler.

Mit neuer Zuversicht kreuzte ich Kästchen für das Essen am folgenden Tag an. Italienische Pasta mit Spinat und Parmesan und als Dessert Crème Caramel. Das klang nach Haute Cuisine. Aber mit Krankenhausessen ist es immer das Gleiche. Der Hauptgang bestand aus Pappe und die Crème Caramel war ungenießbar.

Am nächsten Morgen befreite man mich von einigen Drainageschläuchen und entfernte mit einem schmerzhaften Ruck den Katheter. Offen gestanden hatte ich gehofft, ich könnte ihn behalten. Ein Dauerkatheter würde Flugreisen und Theaterbesuche ungemein erleichtern. Stattdessen musste ich jetzt gebückt wie die Hexe im Märchen aufs Klo schlurfen.

Und nicht nur das, darüber hinaus musste ich mich der Angst vor dem »Draußensitzen« stellen. Auf einem Stuhl neben dem Bett sitzen klingt einfach, es fällt nicht einmal in die Kategorie Tätigkeit. Den Schwestern zufolge tut es einem gut. Es befreit die Lunge und regt die Blutzirkulation in Richtungen an, in die sie sich nicht bewegt, wenn man liegt. Der Stuhl zum Draußensitzen war hart. Schon bald tat mir das Steißbein weh. Ich warf sehnsüchtige Blicke zum Bett, wünschte, es würde zu mir gleiten und mich aufnehmen.

Zwanzig Minuten hielt ich nicht durch. Nach ein paar Minuten drückte ich auf die Klingel und bat darum, ins Bett zurückgebracht zu werden.

Dann gab es da noch die Armübungen, die ich auf Befehl der resoluten Physiotherapeutin zehnmal am Tag machen musste. Die Aufgabe, vor einer Wand zu stehen und meine Finger daran hochkrabbeln zu lassen, war kaum zu bewältigen.

Bisher hatte ich nicht geweint. Stimmte irgendetwas nicht? Philip brachte Katharine mit, sie war blass und unnatürlich fröhlich. Sie wollte mir auf ihrer Kamera ein Video von ihrem Schulkonzert zeigen. Ihr zuliebe willigte ich ein. Doch sobald die jungen Solisten die ersten Takte von »Bridge over Troubled Water« zu spielen begannen, haarscharf an den hohen Noten vorbei, zog sich etwas in meiner Brust zusammen.

Das Lied erinnerte mich an den Schmerz, der seit jeher mit dem Menschsein verbunden ist und an die heiligen Wesen, die uns mit ihrer Musik und ihrem eigenen Strahlen Trost spenden – oder auch (gelegentlich) mit hochdosierten Medikamenten. Zum ersten Mal seit dem letzten Telefonat mit Lydia brach ich in Tränen aus. Nicht das verzweifelte Schluchzen von damals, sondern das stete Fließen eines unterirdischen Stroms.

Die Zeit im Krankenhaus war gleichzeitig eindrücklich und bedeutungslos. Der Unterschied zwischen einer Entlassung am Montag oder am Dienstag bestand aus Tränen oder Freude. Die Frau zwei Zimmer weiter, die am gleichen Tag wie ich operiert worden war, wurde einen Tag früher nach Hause geschickt. Offiziell ging es ihr besser als mir. Ich beneidete sie nicht. Die Vorstellung, nach Hause zu kommen und für mich selbst sorgen zu müssen, insbesondere mit zwei an mir befestigten Drainagebeuteln, hatte nichts Verlockendes.

Wenn Lydia mich besuchte, half sie mir hin und wieder dabei, vornübergebeugt und in einem Gewirr aus Schläuchen und Drainagebeuteln über den Korridor zu schlurfen. Wenn mir der Sinn nach Abenteuer stand, nahmen wir den Aufzug nach unten. Ich wagte mich in den Krankenhausgarten und sog literweise frische Luft ein. Mit Zigarettenrauch parfümiert, war sie rau und belebend.

Die Tage fügten sich in immer wiederkehrender Routine aneinander – die mürrische Osteuropäerin mit ihren Cornflakes, Tabletten, Arztvisiten, Temperatur- und Blutdruckmessungen. Es ist erstaunlich, wie rasch man sich daran gewöhnt. In Gefängnissen tritt wahrscheinlich dasselbe Phänomen auf. Ich freute mich über die kleinsten Dinge – ein Teebeutel in blauer Verpackung, in Stückchen geschnittenes Dosenobst, das ich zu Hause niemals gegessen hätte.

Mit den zischenden Schläuchen, die meine Beine massierten, war an Schlaf kaum zu denken. Es hatte keinen Sinn, die Stunden unruhigen Wachliegens zu zählen. Vier Uhr früh war praktisch dasselbe wie vier Uhr nachmittags, nur dass keine Besucher kamen.

Von all den Geräuschen, die mich nachts wach hielten, ärgerte mich das Schnarchen auf der anderen Seite des Korridors am meisten. Wie konnte es jemand wagen, sich den Luxus ungestörten Schlafes zu gönnen?

Am dritten Abend verfolgte ich auf dem winzigen Fernseher, der hoch oben in der rechten Ecke meines Zimmers befestigt war, eine Sendung über englische Architektur. Während ich den Royal Crescent in Bath bewunderte, spürte ich plötzlich etwas, das ein Meilenstein nach jeder Operation ist. Die erste Darmtätigkeit.

Ich klingelte nach Schwester May, die mir half, an ihren Arm geklammert zum Klo zu humpeln. Mit all den Drainagen und einem Infusionsgestell im Schlepptau bewegte ich mich mit der Geschwindigkeit einer Hundertzehnjährigen. Ich hielt mich an dem Griff an der Wand fest und ließ mich auf den Sitz sinken. May schloss diskret die Tür und sagte, falls es ein Problem gäbe, solle ich klingeln. Nervös saß ich auf meinem Thron, während der Fernsehsprecher seinen gelehrten Vortrag damit fortsetzte, dass sich Bath im 18. Jahrhundert ungeheurer Beliebtheit erfreut hatte und aus dem in den nahegelegenen Hügeln geschlagenen Stein architektonische Meisterwerke geschaffen worden waren.

Leider wurde der Vortrag nicht von irgendwelchen architektonischen Meisterwerken intimer Natur meinerseits begleitet. Wo war eigentlich May? Auf der anderen Seite der Tür war weder Geraschel noch Räuspern zu hören. Sie musste davongeeilt sein, um irgendwelchen anderen Krankenschwesterpflichten nachzukommen. Ich war allein und plötzlich überfiel mich Angst.

Ein Schwindelanfall. Das grell beleuchtete Bad verschwand mitsamt des Fernsehsprechers sorgfältig artikuliertem Lob der Architektur von Bath in einem wirbelnden Nebel. Mit Beuteln und Schläuchen rutschte ich dem Boden entgegen und schaffte es gerade noch, auf dem Weg nach unten die Klingel zu drücken.

Die Tür flog auf. Eine Schar von Schwestern, einschließlich May, beugte sich über mich.

»Bring den Toilettenstuhl her!«, blaffte eine autoritäre Stimme.

»Sie ist anämisch«, sagte eine andere. »Seit sie aus dem OP kam, ist sie so blass.«

»Außerdem hat sie zu wenig geschlafen«, sagte eine dritte.

Wieder das vertraute »sie«. Danke für die Informationen, Mädels.

»Aber ihre Sauerstoffwerte sind in Ordnung«, sagte May.

Ich wurde zurück ins Zimmer gerollt und unter Schmerzen wieder ins Bett verfrachtet. Ich war niedergeschlagen. Das Telefon neben dem Bett klingelte. Nicht in der Stimmung für die Herkulesaufgabe eines Telefongespräch, schob ich den Hörer von der Gabel in die Nähe meines Ohrs.

Die Stimme der Brustkrebschirurgin, laut und ein wenig außer Atem. Gerade seien die Ergebnisse aus dem Labor gekommen. Sie sei zuversichtlich, dass sie den Krebs vollständig entfernt hätten. Die Geschwulst sei sogar noch größer gewesen, als sie gedacht hätten. Noch sechs Monate, und der Krebs wäre überall gewesen, sagte sie.

Überall. Gott sei Dank hatte ich nicht auf die praktische Ärztin gehört, die gemeint hatte, ich könne mir mit der Vorsorgeuntersuchung Zeit lassen.

Das waren wunderbare Neuigkeiten. So wunderbar, dass ich sie sie dreimal wiederholen ließ. Um sie gebührend zu feiern, wurde mir für den Rest der Nacht eine Bettpfanne zugestanden. Der reine Luxus.

Als ich am nächsten Morgen ins Bad geführt wurde, produzierte ich ein Meisterwerk, das dem Royal Crescent in Bath in nichts nachstand. Hellgrün wie Knetmasse, was vermutlich auf den Scan vor der Operation zurückzuführen war, für den man mich mit einem radioaktiven Kontrastmittel vollgepumpt hatte. Während ich mich unbeholfen vorbeugte, um es wegzuspülen, entschuldigte ich mich im Stillen bei den Umweltingenieuren, die in der örtlichen Kläranlage arbeiteten. Das Letzte, was sie brauchen konnten, war radioaktive Kacke.

Nach dem Frühstück hievte mich Schwester May wieder aus dem Bett und begleitete mich zur Dusche. Sie sagte, sie habe am Abend zuvor im Badezimmer die Angst in meinen

Augen gesehen, aber heute sei ich einen entscheidenden Schritt weiter. Als May sagte, sie möge den Geruch meiner Handcreme, nahm ich mir vor, ihr eine davon zu schicken, sobald ich wieder zu Hause war. Ich stellte mir vor, dass wir Freundinnen werden könnten, aber bei Krankenschwestern wusste man nie.

Welche Schmerzen verwundete Soldaten gelitten haben mussten, jung und verängstigt und die Körper von Schüssen durchlöchert. Bestimmt waren sie alle in eine Krankenschwester verliebt gewesen. Ich war ja selbst ein bisschen in sie verliebt, zumindest in die kompetenten. Gute Krankenschwestern sind Engel, freundlich und stark. Ich bewunderte die Behutsamkeit und Kraft, mit der sie mich hochhoben, um mein Kissen aufzuschütteln, oder mir halfen, durchs Zimmer zu schwanken.

Schon bald würde ich jedoch ohne sie auskommen müssen. Sehr bald.

14.

In die Falle getappt

Schwöre nie, dass du dir niemals eine neue Katze zulegen wirst.

Als ich mich an Philips Arm geklammert die Krankenhaustreppe hinunterschleppte, erwartete mich eine knallbunte Welt. Die winterlich grauen Straßen und Bürgersteige pulsierten vor Leben. Das Rot eines Werbeplakats leuchtete so grell, dass ich wegsehen musste. Vielleicht hatte der Aufenthalt im Krankenhaus meine Sinne geschärft. Oder ich hatte vorher nicht darauf geachtet, wie bunt das Alltagsleben war.

Lydia und Katharine liefen wie aufgeregte Brautjungfern hinter uns her und trugen mein Gepäck und was von den Blumen übrig war.

Ich fühlte mich noch nicht bereit, nach Hause entlassen zu werden. Mein Bauch war geschwollen und ich schleppte einen Drainageschlauch mit mir herum, der irgendwo unter meinem rechten Rippenbogen steckte und an dem eine christbaumkugelähnliche Flasche befestigt war. Ich wäre lieber im Krankenhaus geblieben, bis das Ding entfernt wurde. Aber die Schwestern hatten es mir klipp und klar gesagt. Wenn ich darauf bestand, weiterhin in ihren sauerstoffarmen Korridoren herumzulungern, würde sich keiner mehr um mich kümmern. Es gab neue Patienten zu versorgen.

Sechs Nächte im Krankenhaus waren eigentlich auch genug: das Essen, die Geräusche, das scheußliche Bild. Vermutlich schwebte die fast sieben Zentimeter große, hochgradig verkrebste Geschwulst, die man aus meiner rechten Brust entfernt hatte, jetzt irgendwo zwischen den Wolken über uns, vermischte sich mit anderen Teilchen und war im Begriff auf die Stadt herunterzunieseln. Nüchtern betrachtet hatte ich eine schicke neue Bauchspeck-Brust und eine dazu passende verkleinerte und angehobene linke Brust. Irgendwo unter den Verbänden und Schwellungen steckte eine neue Frau. Aber ich war eine Patchworkdecke und fühlte mich wie ein Wrack.

Auf der Heimfahrt verzichtete Philip auf seine gewohnte Römischer-Taxifahrer-unter-dem-Einfluss-von-Steroiden-Fahrweise und fuhr so vorsichtig, als wäre unter der Motorhaube eine Bombe angebracht.

Als er in unsere Einfahrt bog, blickte ich an Shirley hoch. Es tat gut, das alte Mädchen wiederzusehen. Bislang war mir die kleine Steigung zur Eingangstür kaum aufgefallen. Heute kam sie mir wie der Anstieg zum Basiscamp des Mount Everest vor. Meine Lunge ächzte und keuchte, als ich mich über den gepflasterten Weg schleppte und dabei in einem diskret versteckten rosa Zugbeutel Flüssigkeit hin und her schwappte. Ich fühlte mich wie ein abbruchreifes Gebäude. Ein kleiner Stupser gegen das Fundament und ich würde zusammenbrechen.

Es war schön, wieder zu Hause zu sein, aber auch beängstigend. Der Tisch war gedeckt, allerdings fehlte etwas. Ich sah Teller und Messer, aber keine Gabeln. Mein altes Ich wäre in die Küche geeilt und hätte die Gabeln aus der Schublade geholt, bevor jemand bis drei gezählt hätte. Jetzt konnte ich mich bloß hinsetzen und darauf warten, dass es jemand merkte und sich darum kümmerte. Sie merkten es nicht.

»Gabeln«, krächzte ich mit meiner postoperativen Stimme.

Es entstand eine Pause. Sie rührte von all den Jahren her, in denen ich gesprungen war, um einzugreifen, bevor etwas schiefgehen konnte. Muttersyndrom. Wann fängt es an? Vermutlich gleich nach der Geburt, wenn eine Frau ihr Baby zum ersten Mal sieht und sich wie eine Göttin fühlt. Gebären ist der ultimative Schöpfungsakt. Kein Wunder, dass Mutter Erde die erste Gottheit war. Sie schenkte den Dingen Leben und ließ sie wachsen. Die Religion haben wir den Männern nur überlassen, damit sie etwas zu tun haben. Unsere Hingabe an unsere Geschöpfe, unsere Kinder, ist grenzenlos. Ich hatte miterlebt, wie eine achtzigjährige Frau sich Sorgen um ihren sechzigjährigen Sohn machte, als läge er noch in den Windeln.

Diese Störung betrifft beide Seiten. Die Mutter wird zur zwanghaften Versorgerin. Der Vater und die Kinder entwickeln ein Haushaltsnieten-Syndrom. Nachdem sie begriffen hatten, dass ich nicht aufspringen würde, lief Lydia in die Küche und holte die Gabeln.

Mutterschaft macht Frauen zu Märtyrerinnen. Ich hatte immer gedacht, ich sei zu emanzipiert für so etwas. Im Lauf der Jahrzehnte war ich jedoch genauso dienstbeflissen und gereizt geworden wie meine Mutter. Wahnsinn, ich hatte drei Schürzen, die an einem Haken neben dem Kühlschrank hingen! Ich trug sogar eine mit der Aufschrift »Desperate Husband«.

Man erhält keine Auszeichnungen dafür, der Diktator eines kleinen Inselstaates namens Haushalt zu sein. Vielleicht würde der Brustkrebs zur einer freieren, demokratischeren Gesellschaft in unserem Haus führen. Vielleicht würde ich lernen, auch mal was liegen zu lassen und mich mehr um mich selbst zu kümmern. Das täte vielleicht uns allen gut.

Längeres Sitzen fiel mir schwer. Ein glühender Dolch bohrte sich zwischen meine Rippen. Mein Bett und das weiche Lammfell brachten die ersehnte Erleichterung.

Schon bald zeigte sich, dass die neue Situation Geduld erforderte. Ich konnte mich nicht bücken, um ein Handtuch vom Boden aufzuheben. Oder um Krümel aufzulesen oder Blütenblätter von welken Blumensträußen, wie ich es bisher immer getan hatte. Es war an der Zeit, eine selektive Blindheit zu entwickeln, wie das alle anderen taten, und einfach nichts zu sehen, was sich unterhalb der Taille befand.

Das Einzige, was Greg zur Linderung der Schwellung an meinem Bauch empfohlen hatte, war eine sanfte Massage. Da ich in meiner Bewegungsfreiheit stark eingeschränkt war, konnte ich das nicht selbst tun. Verständlicherweise gab es nicht sehr viele Freiwillige für diese Aufgabe. Zu meinem Erstaunen bot Lydia ihre Dienste an. Zweimal täglich musste ich mich aufs Sofa legen und sie rieb mir den Bauch mit Mandelöl ein. Gütigerweise übersah sie die grässlichen Narben und behandelte mich mit liebevoller Fürsorge. Niemals hätte es eine solche körperliche Nähe zwischen mir und meiner Mutter gegeben. Lydia kochte Essen, brachte mir Tee und übernahm die Führung des Haushalts.

Jedes Mal wenn ich sie nach ihrem Aufenthalt in Sri Lanka fragte, wich sie meinem Blick aus. Ihre Berichte blieben vage. Sie habe viel meditiert, oft mehr als zwölf Stunden am Tag. (»Wie kannst du nur so lange still sitzen?«, fragte ich. »Ach, manchmal stehe ich auf und meditiere im Gehen«, antwortete sie.) Gelegentlich hatte sie den Mönch begleitet, wenn er irgendein Dingsda segnete, und an Zeremonien teilgenommen.

Ich konnte mir nach wie vor kein Bild von diesem Ort machen und nicht nachvollziehen, was ihn für sie so anziehend machte. Je mehr ich bohrte, umso weniger erzählte sie. Aber ich war so froh, sie wieder zu Hause zu haben, dass ich nichts tun oder sagen wollte, was sie aufregte.

Als ich fragte, was mit Ned sei, sah sie weg und sagte, sie hätten sich getrennt. Noch ein verbotenes Terrain.

In der Annahme, dass ihr Vater Steve den Rückflug nach Melbourne bezahlt hatte – wie sonst hätte sie sich das Ticket leisten können? –, schrieb ich ihm eine überschwängliche Dankeskarte. Bei all den Auseinandersetzungen, die wir in der Vergangenheit gehabt hatten, freute es mich, dass er begriff, wie wichtig die Familie war.

Kurz nachdem ich die Karte abgeschickt hatte, träumte ich, Lydias Mönch säße von einem Lichtkranz umgeben am Fußende meines Bettes, freundlich lächelnd. In seine rotbraunen Gewänder gehüllt und mit seinem glänzenden kahlen Kopf wirkte er so liebenswert, dass sich meine Feindseligkeit ihm gegenüber vorübergehend in Luft auflöste. Ich wollte ihm für die Höhlenzeremonie danken, aber bis ich richtig bei mir war, war der Mönch verschwunden.

Das war die zweite Erscheinung innerhalb von ein paar Monaten. Vielleicht war es nur eine Frage der Zeit, bis ich Selbstgespräche führend durch unsere Straße lief. Es musste eine Erklärung für die Erscheinungen geben. Dass mir in dem Wellness-Hotel meine Mutter erschienen war, ließ sich wahrscheinlich auf den Koffeinentzug zurückführen. Und der Mönch auf die Medikamente im Krankenhaus.

Steve antwortete nicht auf mein Dankesschreiben, aber wir konnten nie gut miteinander kommunizieren.

Es fiel mir schwer, mich daran zu gewöhnen, dass ich nicht staubsaugen, nicht mehr als ein Kilo tragen, nicht Auto fahren und nichts vom Boden aufheben durfte.

»Du sollst dich nicht so weit vorbeugen«, schimpfte Lydia, als ich mich bückte, um einen Umschlag aufzuheben. Ihr Ton war von mütterlicher Schärfe. Das Machtverhältnis hatte sich umgekehrt.

Ein Patient ist mit gutem Grund nach dem lateinischen Wort für Geduld benannt. Nach der Operation hatte ich rasch Fortschritte gemacht. Im Krankenhaus war ich eines Morgens aufgewacht und konnte plötzlich zum Klo schlurfen. Sobald ich zu Hause war, ging alles viel langsamer. An manchen Tagen musste ich sogar Rückschläge hinnehmen. Ein gemeinsames Pizzaessen mit Rob und Chantelle war besonders qualvoll. Ich hatte vergessen, das »Korsett« des Chirurgen anzulegen, das die grinsende Naht an meinem Bauch zusammenhielt. Wir verbrachten einen netten Abend miteinander, aber am nächsten Tag war ich fix und fertig. An einem anderen Abend sah ich mir mit Katharine *Dr. Who* an, eine Wärmflasche auf dem Bauch. Ich hatte vergessen, dass ein breiter Streifen Haut gefühllos war. Am nächsten Morgen war er feuerrot und wurde von zwei großen Blasen geziert.

Zu anderen Zeiten fühlte ich mich viel besser, wie an dem Tag, an dem ich Lydia bat, bei der Drogerie vorbeizufahren und Enthaarungswachs zu kaufen. Als hätte ich mich freiwillig für noch mehr Schmerzen gemeldet.

Meine Freude über den Besuch meiner Schwester Mary war unbeschreiblich. Die dunkelbraunen Locken aus ihrer Kindheit waren inzwischen heller geworden und wurden durch regelmäßige Besuche beim Friseur gezähmt. Sie hatte die Kleinstadt, in der wir aufgewachsen waren, nie verlassen und wirkte nach außen hin konservativ, war dabei aber erstaunlich weltoffen. Mit ihrem Mann Barry hatte sie drei Kinder großgezogen und nebenher als Aushilfslehrerin an der Grundschule gearbeitet. Aus ihren Schülern waren Polizisten und Autodiebe geworden, Opernsänger und Optiker. Es gab nicht viel, was ihr fremd war.

Manche Leute bauen mit jedem Lebensjahrzehnt ab – und das nicht nur körperlich. Enttäuschung setzt sich in ihnen fest und lässt sie bitter werden. Mary gehört zu jener seltenen Sorte von Menschen, die von Jahr zu Jahr schöner werden, ohne etwas dafür zu tun. Der sanfte Ausdruck ihrer haselnussbraunen Augen war im Lauf der Zeit immer intensiver geworden. Nach ihrem Kampf gegen den Brustkrebs hatte sie akzeptiert, dass das Leben zwar nicht perfekt war, aber immer noch ziemlich gut. Ich hatte sie dabei beobachtet, wie sie sich über einen Sonnenstrahl auf dem Wasser freute oder über das leuchtende Blau einer Hortensie. Sie hatte gelernt zu leben.

Anders als ich und unser Bruder Jim war Mary immer die Stille gewesen. Man sollte meinen, dass ein zurückhaltender Mensch in einem Haushalt von Großmäulern untergeht, aber das Gegenteil war der Fall. Wann immer Mary ihre ruhige, feste Stimme erhob, hörten wir ihr zu. Das ist bis heute so.

Als sie mich in die Arme schloss, war ich wieder die kleine Schwester, geborgen in ihrer Umarmung. Jetzt konnte mir nichts mehr passieren. Sie roch nach zu Hause.

Marys heitere Präsenz im Haus in den folgenden Tagen war die reinste Medizin. Außenstehende hätten vielleicht zwei gesetzte Damen mittleren Alters gesehen, die in alten Fotoalben blätterten und Tee tranken. Im Inneren waren wir jedoch die kleinen Mädchen, die wir immer gewesen sind – Mary, klug und zurückhaltend, ich begierig nach ihrer Anerkennung.

Jeden Tag schleppte ich mich einmal um den Block, versuchte jedes Mal ein bisschen weiter zu gehen. Sobald ich Stufen hinauf- oder hinuntersteigen musste, hörte ich geradezu, wie meine Stiche »Neeeeein!« kreischten. Auf dem Rückweg von einem Fünfhundert-Meter-Marathon trafen wir Patricia, die ein paar Häuser weiter wohnte. Kurz nach unserem Einzug hatte Patricia sich vorgestellt und erklärt, sie sei nicht sehr gesellig und würde es vorziehen, nicht auf eine Tasse Tee ins Haus gebeten zu werden. Ich respektierte das und hatte versucht, ihr aus dem Weg zu gehen. Das Schicksal war uns jedoch nicht wohlgesinnt gewesen und hatte dafür gesorgt, dass wir uns dauernd begegneten – im Supermarkt, an der Ampel beim Warten auf Grün. Erneut in der Falle sitzend, fragte ich sie, wie es ihr ginge. Nicht besonders, erwiderte sie. Eine Frauensache.

Ich hoffte, sie würde nicht zu ausführlich darauf eingehen. Ich konnte mich kaum noch auf den Beinen halten. Als sie sich nach meiner Gesundheit erkundigte, zögerte ich. Wenn ich ihr von meiner Mastektomie erzählte, könnte man meinen, ich versuchte mich in den Vordergrund zu drängen, deshalb sagte ich nur: »Gut.«

Patricia strahlte meine Schwester an und sagte: »Sie sieht immer gut aus, nicht wahr?« Dann ging sie weiter.

Hin und wieder erklärte Mary, ich würde einen müden Eindruck machen, und nutzte die Gelegenheit, um mit der Straßenbahn in die Stadt zu fahren oder einen Spaziergang zu unternehmen. Ich befürchtete, dass sie sich langweilte, aber sie versicherte mir, sie könne sich wunderbar allein unterhalten. Am letzten Tag ihres Besuchs bei uns kehrte sie mit funkelnden Augen von einem Ausflug zurück.

»Was ist?«, fragte ich.

»Ich weiß nicht, ob ich es sagen soll«, erwiderte sie mit einem kryptischen Lächeln.

Diesen Gesichtsausdruck kannte ich von früher. Das vertraute »Ich weiß, was du zu Weihnachten kriegst«-Lächeln.

»Komm schon! Raus mit der Sprache.«

Lydia hörte auf, mit den Tellern im Spülbecken zu klappern, und legte den Kopf schief.

»Ist es ein Geheimnis?«, fragte sie.

»Nein«, erwiderte Mary. »Oder doch, es sollte eins sein. Na gut, ich sag's euch, schließlich hast du geschworen, dir nie wieder eine Katze zuzulegen.«

»Darauf kannst du dich verlassen.«

»Also gut«, sagte Mary mit wachsendem Eifer. »Ich habe gerade in der Tierhandlung ein unglaublich niedliches Siamkätzchen gesehen.«

Meine Schwester ist das, was man als die Ruhe in Person bezeichnet. Es gibt wenig, was sie ärgert oder in Begeisterung versetzt. Wenn es doch einmal geschieht, dann hat es einen guten Grund. In diesem Moment funkelten ihre Augen geradezu vor Aufregung.

»Was hast du denn in der Tierhandlung gemacht?«

»Ich bin zufällig vorbeigekommen und da habe ich ihn gesehen. Na ja, jedenfalls denke ich, dass es ein Er ist. Er ist wirklich etwas Besonderes!«

Eine andere Eigenschaft von Mary ist ihr sicherer Blick. Sie hat einen zurückhaltenden, dabei aber außergewöhnlich guten Geschmack. Wenn sie eine Katze auch nur ansatzweise niedlich fand, dann musste diese nach den Maßstäben jedes anderen anbetungswürdig sein.

Trotzdem befand ich mich auf sicherem Boden. Ich hatte nicht die Absicht, mir wieder eine Katze ins Haus zu holen. Überdies hatten mich Siamkatzen nie besonders angesprochen. Die, denen ich begegnet war, waren zwar ganz hübsch anzusehen gewesen, aber viel zu selbstverliebt und wehleidig.

Falls ich mir jemals eine neue Katze zulegen würde – was ich nicht tun würde –, dann einen Mischling wie Cleo, am liebsten aus dem Tierheim. Und gesetzt den unwahrscheinlichen, praktisch auszuschließenden Fall, dass ich über eine neue Katze auch nur nachdenken würde, dann wäre es garantiert keine aus einer Tierhandlung. Ich wusste zwar nicht viel darüber, aber ich hatte gehört, dass es Hunde- und Katzenzüchter gab, die in ihren Hinterhöfen wahllos Tiere züchteten, um sie an skrupellose Tierhandlungen zu verkaufen.

Keine noch so »niedliche« Siamkatze würde mich um ihre kleine Pfote wickeln. Ich war absolut immun. Andererseits fühlte ich mich im Moment gerade kräftig genug für einen Ausflug. Eine kurze Spazierfahrt zur Tierhandlung wäre lustig und halbwegs zu bewältigen, bevor ich wieder ins Bett kroch.

Ich zog mich unter Mühen an, steckte die Drainageflasche in meine Jackentasche, stülpte mir eine selbstgestrickte Mütze über und humpelte zum Auto. Lydia verstaute mich fürsorglich auf dem Beifahrersitz und fuhr mit Mary und mir los. Direkt vor der Tierhandlung war ein Parkplatz frei. Leicht gebeugt trat ich zwischen Schwester und Tochter durch die Tür.

Wenn es ein Gegenstück zu einer Krebsstation gibt, dann ist es eine Tierhandlung. In dieser quirligen Kinderstube des Lebens vermischte sich der Geruch von feuchtem Zeitungspapier und Sägemehl mit dem von Vogelfutter und etwas, das vage nach Fleisch roch. Wellensittiche kreischten, Kanarienvögel trillerten, Welpen jaulten. In Aquarien schossen Fische wie neonfarbene Blitze hin und her.

Unsere Aufmerksamkeit richtete sich schon bald auf einen etwa zwei Meter hohen Käfig in der Mitte des Geschäfts. Auf einem Zettel an der Tür stand: »Burma- und Siamkatzen. Bitte nicht durch's Gitter fassen. Krankheit's-Übertragung.«

Ich bin eine unverbesserliche Apostroph-Pedantin. Katharine sagte immer, ich sollte eine eigene Fernsehshow bekommen, für die ich durch die Welt reise, um auf öffentlichen Hinweisschildern falsche Apostrophe zu entfernen und fehlende einzufügen. Ich war nahe daran, die kreative Verwendung auf dem Zettel zu monieren, als meine Aufmerksamkeit auf etwas anderes gelenkt wurde.

In dem Käfig lagen dicht aneinandergedrängt etwa ein Dutzend winzige Kätzchen, teils auf dem Boden, teils auf einem auf halber Höhe angebrachten Brett. Alle schliefen tief und fest – bis auf eins. Das blasse Katerchen war um einiges größer als die anderen und kletterte mit dem Geschick eines Weltklassebergsteigers innen am Käfig hoch. Zentimeter um Zentimeter erklomm er das Gitter und vertraute sein gesamtes Körpergewicht den Krallen seiner Vorderpfoten an. Immer höher hinauf ging es, bis er beinahe ganz oben war. Mit jeder Faser seines Körpers auf sein Vorhaben konzentriert bezwang er die Käfigwand – und die Schwerkraft.

Selbst aus ein paar Schritt Entfernung konnte ich sehen, wie hübsch er war – schlank und mit langen Gliedern. Sein Fell war milchig weiß und er hatte zu der braunen Zeichnung im Gesicht passende Ohren, Schwanz und Pfoten. Fasziniert von seinem Aussehen und seiner Waghalsigkeit, trat ich einen Schritt näher. Plötzlich erstarrte der kleine Kater und sah mich, mit allen vier ausgestreckten Pfoten am Käfiggitter hängend, aus saphirblauen Augen an. Sein Blick ging mir durch und durch. Der Lärm in der Tierhandlung war plötzlich ausgeblendet. Ich war wie hypnotisiert.

Der kleine Kater ließ meinen Blick nicht los. Ich konnte meine Augen nicht von ihm abwenden. Unverwandt starrten wir einander an. Wir schienen in einem merkwürdigen Austausch gefangen zu sein. Wahrscheinlich hatte ich nach den sieben Stunden Narkose vor zehn Tagen immer noch Halluzinogene im Blut. Während er mich mit seinen elektrisierenden blauen Augen fixierte, spürte ich förmlich, wie er forderte, nicht darum bat, dass wir Teil des Lebens des anderen wurden.

Liebe auf den ersten Blick hatte ich schon einmal erlebt. Vor zwanzig Jahren, als ich Philip begegnet war. Ich war auf der Stelle dahingeschmolzen. Er war – und ist – allerdings auch ein unglaublich gutaussehender Mann. An diesem ersten Abend, als er in seinem eleganten Anzug oben auf der Museumstreppe stand, hatte er ausgesehen wie ein Action-Held an seinem freien Tag. Wer hätte sich nicht in ihn verliebt?

Ich hatte immer angenommen, dass es Liebe auf den ersten Blick nur zwischen Menschen gab und nicht zwischen einer Frau mittleren Alters und einer Siamkatze. Aber in diesem kurzen Moment hatte es mich erwischt. Auf irgendeiner subzellulären Ebene gehörten dieser kleine Kater und ich zusammen.

»Siehst du? Ich hab dir doch gesagt, dass er niedlich ist«, sagte Mary. »Sollen wir jetzt wieder nach Hause fahren?«, fügte sie hinzu, da sie sich der Gefahr vermutlich bewusst war und mich möglichst rasch aus dem Geschäft schaffen wollte.

Als ich mich gerade umdrehen wollte, streckte der Kater durch das Gitter eine Pfote nach mir aus, öffnete das Maul und ließ ein hinreißendes Quieken hören. Ich war bisher der Meinung gewesen, Siamkatzen hätten laute, hässliche Stimmen, aber der kleine Kerl belehrte mich eines Besseren. Trotz der Warnung mit den albernen Apostrophen konnte ich nicht widerstehen. Ich nahm seine Pfote zwischen Zeigefinger und Daumen.

Der kleine Kater blickte mir in die Augen und schnurrte enthusiastisch. Jeder Widerstand in mir brach in sich zusammen.

»Sieh dir das an!«, sagte Lydia. »Er will, dass wir ihn mit nach Hause nehmen.«

»Haben Sie das Schild nicht gelesen?«, störte eine missbilligende Stimme unsere kleine Idylle.

»Tut mir leid«, sagte ich und riss meinen Blick von dem kleinen Kater los, um mich einem sommersprossigen jungen Mann mit Hornbrille zuzuwenden. Im ersten Moment empfand ich Abneigung gegen diesen Tierhandlungspolizisten. In den Augen hinter den Brillengläsern lag jedoch etwas Beschützendes. Der junge Mann war mager und schäbig angezogen, und bestimmt war er auch unterbezahlt. Vermutlich versuchte er einfach so gut wie möglich für die Tiere zu sorgen.

»Er hat die Pfote nach mir ausgestreckt und ich ...«

Der Kater zog seine Pfote zurück und setzte seine Klettertour fort.

»Wenn Sie wüssten, wie viele Leute jeden Tag in den Laden kommen«, fuhr der junge Mann fort. »Alle wollen sie die Tiere anfassen und jeder von ihnen hat Keime an den Händen. Sie übertragen alle möglichen Krankheiten auf die Tiere.«

Ich nickte widerstrebend und vergrub die Hand in der Tasche.

Ich war gespannt, was passieren würde, wenn der Kater die Decke des Käfigs erreichte. Am vernünftigsten wäre es gewesen, rückwärts wieder nach unten zu klettern, aber ihm wäre nie in den Sinn gekommen, das zu tun, was jemand erwartete. Wie Tarzan schwang er sich zur Seite und klammerte sich Pfote für Pfote mit den Krallen an das Gitter der Käfigdecke.

Im nächsten Moment hing er mit allen vieren an der Decke und stieß ein triumphierendes Miauen aus, nachdem er sich davon überzeugt hatte, dass ihm sein Publikum immer noch wie gebannt zusah. An ihm war ein Zirkusartist verloren gegangen.

»Ist dieses Kätzchen zu verkaufen?«, fragte ich und konnte

es selbst kaum fassen, dass diese Worte über meine Lippen kamen. Der Blick des kopfüber dahängenden Katers wanderte erwartungsvoll von mir zum Verkäufer.

»Der?«, sagte der junge Mann und verzog kaum merklich den Mund. »Der war wegen einer Bindehautentzündung ein paar Wochen lang im hinteren Raum isoliert. Deshalb ist er auch viel älter als die anderen.«

»Älter? Ich dachte, er wäre nur größer. Aber größer bedeutet natürlich älter …«, brabbelte ich.

»Sollten wir nicht erst mal nach Hause fahren und darüber nachdenken?«, sagte Mary. »Sonst bin ich am Ende schuld, wenn das eine Katastrophe wird.«

Einmal große Schwester, immer große Schwester. Der Kater ließ das Gitter los und sauste auf den Boden zu. Lydia, Mary und ich hielten die Luft an, als er an uns vorbeisegelte, er landete jedoch sicher auf einem braunen Kätzchen, das sittsam zusammengerollt neben den Futterschüsseln lag.

»Das macht er dauernd«, erklärte der Verkäufer. »Er benutzt die Kleine als Sprungmatte. Er schläft sogar auf ihr. Ich weiß nicht, warum sie sich das gefallen lässt.«

Das braune Kätzchen hatte keinen Schaden genommen, es schien beinahe froh zu sein, dass es seinem hyperaktiven Freund als Matratze dienen durfte. Der Siamese schüttelte sich und nachdem er sich ein paarmal über Beine und Rücken geleckt und vergewissert hatte, dass alles noch da war, wo es hingehörte, kam er wieder an das Gitter stolziert, um seine Charmeoffensive fortzusetzen.

Sogar in meinem Zustand der Verliebtheit konnte ich leise die Alarmglocken schrillen hören. Dieser kleine Kater hatte eine solch ausgeprägte Persönlichkeit, dass es an Egozentrik grenzte. Er hatte das Potential zur Problemkatze, möglicherweise war er sogar ein bisschen gestört. Dafür mochte ich ihn allerdings umso mehr. Es war mir egal, wie jeder Frau, die dem Charme eines männlichen Wesens verfiel. Das waren keine Alarmglocken, das waren Hochzeitsglocken! Wenn er seine Verrücktheiten nicht automatisch mit dem Erwachsenwerden ablegte, würde ich sie ihm abgewöhnen. Hatte ich nicht mehr oder weniger erfolgreich drei Kinder großgezogen? Ein Vierbeiner war da ein Klacks.

»Möchten Sie ihn mal halten?«, fragte der Verkäufer.

Ich nickte heftig. Es war mir ein bisschen unangenehm, dass mein zukünftiges Glück von einem sommersprossigen jungen Mann abhing, der so lässig auf meine Zuneigung zu diesem Kätzchen reagierte. Er hatte noch nicht einmal richtig auf meine Frage geantwortet, ob der kleine Kerl zu verkaufen war. Er schien ihn selbst recht gern zu haben. Vielleicht wollte er ihn ja für sich behalten.

Als ich den jungen Mann nach seinem Namen fragte, wirkte er verlegen, geradezu verwirrt. Nathan, sagte er dann, wurde ein bisschen rot und musterte das Regal mit Hundefutter. Ich begann allmählich zu begreifen. Nathan war einfach nur schüchtern und andere Menschen stellten eine Enttäuschung oder eine Bedrohung für ihn dar, deshalb fühlte er sich mit Tieren wohler.

Nathan öffnete die Käfigtür und bückte sich nach dem Fellbündel, das sich seinem Griff geschickt entwand und in einen Haufen geschreddertes Zeitungspapier sprang. Regungslos verharrte der kleine Kater in seinem Versteck, überzeugt, dass man ihn nicht sehen konnte. Aber ein kleiner dunkler Schwanz, der zwischen den Papierspaghetti hervorspitzte, verriet ihn.

»Er hält das für ein Spiel«, seufzte Nathan, griff in das Papiernest und fischte den kleinen Kerl am Genick heraus. Ich hatte nie ganz glauben können, dass Kätzchen sich gerne so herumtragen ließen, aber dem kleinen Kerl schien es nichts auszumachen.

Nathan legte seinen Gefangenen in meine Hände. Der Kater blickte zu mir hoch und schnurrte wie ein Rasenmäher. Er fühlte sich seidig und warm an. Zum ersten Mal seit einer Ewigkeit, wie es schien, löste sich etwas in meiner Brust. Flüssiger Honig strömte durch meine Adern. Mein Atem kam plötzlich von einer weicheren, tieferen Stelle. Wochen der Angst und des Schmerzes schwanden dahin.

»Ist er zu verkaufen?«, fragte ich.

Nathan nickte und sagte, im Preis sei eine kostenlose Untersuchung durch den Tierarzt und ein Rabatt für die Kastration eingeschlossen. Ich wusste, dass man alle möglichen Fragen stellen sollte, bevor man ein Haustier kaufte. Aber das war plötzlich wie weggewischt. Nathan bestätigte, dass der kleine Kater ein reinrassiger Siamese war.

»Hat er Papiere?«

Nathan bedachte mich mit einem trotzigen Blick.

»Keins unserer Tiere hat Papiere«, sagte er. »Wenn wir mit so was anfangen würden, müssten wir viel mehr für sie verlangen.«

Das war einleuchtend. Und ich hatte ja nicht vor, ihn auf Katzenschauen zu präsentieren oder für Zuchtzwecke zu benutzen.

Lydia fragte, ob sie ihn mal halten dürfte. Widerstrebend reichte ich ihn an sie weiter. Er drehte sich auf den Rücken und räkelte sich in ihren Händen. Mary, Lydia und ich kicherten. Wie gut das nach all den bangen Wochen tat.

»Wie nennen wir ihn?«, fragte Lydia.

»Du meinst, wie wir ihn nennen *würden*?«, korrigierte ich sie mit meiner früheren Stimme, ganz die Vernünftige, die wusste, dass es Unfug war, sich eine neue Katze anzuschaffen.

Ein paar Jahre zuvor hatte mich die Erfahrung mit Goldfischen gelehrt, dass man, wenn man einem Tier einen Namen gab, ein Band schuf, das einem früher oder später ein gebrochenes Herz bescherte. Nachdem Finny, Swimmer und Jaws unter Tränen in einem, wie sich zeigen sollte, künftigen Massengrab im Garten versenkt worden waren, bestand ich darauf, dass jeder weitere Goldfisch, den wir kauften, namenlos blieb. Sie bekamen einfach Nummern. Eins, Zwei und Drei erreichten ein für Goldfische biblisches Alter und zeugten in ihrem Teich Hunderte von Nachkommen.

Während ich überlegte, ob ich das Kätzchen mitnehmen sollte, musste ich an Philip denken. Bei seinem Einzug bei uns vor all den Jahren waren wir eine Fertigfamilie gewesen, einschließlich Cleo. Es ist eine Sache, eine Katze als Teil eines Gesamtpakets zu übernehmen, aber eine ganz andere, wenn auf einmal eine Katze unaufgefordert in dein Leben tritt.

Sein Geschlecht war etwas, das für den kleinen Kater sprach. Nachdem Rob ausgezogen war, hatte sich Philip oft halb im Scherz darüber beschwert, dass er der einzige Mann in einem Haus voller Frauen war. (»Sogar die Katze ist ein Weibchen«, hatte er gegrummelt.) Wenn wir diesen kleinen Clown mit nach Hause nahmen, konnte Philip eine innige Mann-Kater-Beziehung zu ihm aufbauen.

Ich hatte Rugby nie besonders viel abgewinnen können, aber Philip war ein eingefleischter Fan. Als der Kater aus Lydias Armen auf den Boden sprang und zielsicher auf die Wand mit den Vogelkäfigen zuspurtete, musste ich an die geschmeidig-kraftvollen Bewegungen eines der berühmtesten Rugby-Nationalspielers aller Zeiten denken – Jonah Lomu.

»Jonah«, sagte ich über das erschrockene Kreischen der Wellensittiche hinweg. »Wir nennen ihn Jonah.«

15.

Entzauberung

Hüte dich vor dem Charme von
Katzen und Männern.

Hinter den Schlitzen der Transportbox sah man zwei saphirblaue Augen funkeln, als Lydia Jonah vorsichtig zur Haustür trug. Mary folgte ihr mit Futter, Katzenstreu und einem Katzenkorb mit Leopardenmuster. Ich war für die Unterhaltungsabteilung zuständig – eine Tüte mit Bällen, falschen Mäusen und einer »Angelrute« mit einem Plastikvogel und einem Glöckchen am Ende einer elastischen Schnur. Unglaublich, wie viel Sachen ein so kleines Geschöpf brauchte.

Wie eine königliche Entourage eskortierten wir die Transportbox und ihren Inhalt durch die Diele ins Wohnzimmer. Behutsam stellte Lydia sie auf dem Boden ab. Sie gab ein leises Maunzen von sich.

»Sollen wir ihn rauslassen?«, fragte sie.

»Mach doch erst mal nur die Klappe auf, damit wir sehen können, wie es ihm geht«, erwiderte ich. »Vielleicht will er ja lieber drinbleiben, bis er sich an uns gewöhnt hat.«

Lydia hatte sich kaum gebückt und die Hand nach der Klappe ausgestreckt, als die sich nach außen bog und gleich darauf in einer Explosion aus Pfoten und Fell auf den Boden krachte. Jonah sprang auf den Teppich, sah sich um und schüttelte sich.

Mit seinem hellem Fell und den riesigen dunklen Ohren, die seine eindrucksvollen Augen überschatteten, war er die personifizierte Niedlichkeit. Das Einzige, was den Eindruck klassischer Schönheit etwas störte, waren der borstige Schwanz und die Hinterpfoten, die ein paar Nummern zu groß für ihn waren.

Er war überhaupt viel größer als Cleo, als sie 1983 kurz nach Sams Tod in unser Leben getreten war. Cleo war zu uns gekommen, nachdem eine Tragödie unsere Familie zerrissen hatte. Ich fragte mich, ob Jonah eine ähnlich wichtige Rolle spielen würde, indem er unsere Gedanken vom Krebs ablenkte und auf die Zukunft richtete.

Nachdem er uns kurz gemustert hatte, tauchte Jonah unter dem Rohrsessel ab und spähte durch die Bambusstäbe zu uns herüber.

»Der arme kleine Kerl ist ja völlig verängstigt«, sagte Mary. »Warten wir ab, bis er sich ein bisschen eingewöhnt hat. Ich setze Wasser auf.«

Nie hätte ich mir vorstellen können, wieder eine Katze im Haus zu haben, und schon gar nicht eine Siamkatze. Eine überhebliche Rasse, um die sich jede Menge märchenhafte Geschichten ranken. Der Legende nach war es nur dem König von Siam (das heutige Thailand) und Mitgliedern der königlichen Familie erlaubt, eine Siamkatze zu besitzen. Jedes Mal wenn eine hochgestellte Persönlichkeit starb, wurde eine dieser Katzen ausgewählt, um die Seele des Verstorbenen zu verkörpern. Die Katze wurde in einen Tempel gebracht, wo Mönche und Priester sie mit den feinsten Leckerbissen von goldenen Tellern fütterten. Die Angehörigen des Verstorbenen brachten dem Tier Kissen aus erlesenen Seidenstoffen, auf denen es sich räkeln konnte. Außer Fressen, Räkeln und hübsch Aussehen musste die Katze nur noch an Zeremonien teilnehmen. Ich hoffte, Jonah erwartete nicht diese Art Leben bei uns.

Wir versuchten, ihn zu ignorieren, aber genauso konnte man versuchen, einen Pfau im Hühnerstall zu ignorieren. Als Mary mit einem Becher Tee an dem Sessel vorbeiging, schoss eine Pfote hervor und schlug nach ihrem Knöchel.

»Er will spielen«, sagte sie. »Wo ist die Angel?«

Sie griff in die raschelnde Plastiktüte und holte die Angelrute mit dem frechen Vogel heraus. Sie ließ ihn vor dem Sessel über den Boden hüpfen, und eine Pfote tauchte auf und schlug danach ... einmal, zweimal. Jedes Mal wenn die Pfote den Vogel erwischte, bimmelte das Glöckchen.

Lydia hob die vorderen Beine des Sessels hoch. Mary zog den Vogel an der Angelschnur in die Mitte des Raums – und wusch! Jonah kam unter dem Sessel hervorgeschossen und stürzte sich auf den unglücklichen Vogel, packte ihn mit den Zähnen und trat mit seinen übergroßen Hinterpfoten auf ihn ein.

Seit der Operation hatte ich jedes Lachen ängstlich vermieden. Viele alltägliche Verrichtungen – manchmal sogar das aufrechte Sitzen auf einem Stuhl – taten so weh, dass mir die Luft wegblieb. Als ich jedoch diesem kleinen Kater dabei zusah, wie er einen Spielzeugvogel windelweich prügelte, musste ich so lachen, dass ich meinen Tee verschüttete. Es war wunderbar, wieder ohne Schmerzen lachen zu können. Tatsächlich schien es mich aus Krankheit und Angst zurückzuholen in eine pulsierende Welt, in der sich alles ununterbrochen erneuerte. Über den kleinen Kater zu lachen verschaffte mir die Freiheit, auch über alles andere zu lachen, was in der letzten Zeit passiert war. Es vertrieb die muffige Krankenhausluft und brachte mich zurück ins Leben.

Jonah setzte sich auf die Hinterbeine und sah uns prüfend an.

»Meinst du, Cleo wäre einverstanden?«, fragte Lydia.

Schlank und von männlicher Großspurigkeit, war Jonah praktisch das genaue Gegenteil von Cleo. Er war doppelt so groß wie sie in seinem Alter. Sein Fell war so hell wie der Mond, während Cleo pechschwarz gewesen war. Es fasste sich weich an, aber die einzelnen Haare waren fester als bei Cleo. Er war ein reinrassiger Kater aus einer Tierhandlung. Cleo eine undefinierbare Mischung, die ich von einer Bekannten mit einem Überschuss an Katzenbabys bekommen hatte. Unter keinen Umständen hätte Cleo Jonah für einen Ersatz halten können.

»Wie könnte sie nicht?«, sagte ich lächelnd. »Weißt du, was Cleo jetzt gewollt hätte? Eine Schale Milch.«

Lydia eilte in die Küche und tauchte Sekunden später mit einer Schüssel Milch wieder auf, die sie vor den Kater stellte. Er schnupperte interessiert daran, dann tauchte er eine Vorderpfote in die Flüssigkeit und ließ eine Reihe konzentrischer Kreise an der Oberfläche entstehen. Er hob die feuchte Pfote an die Nase, schnupperte noch einmal daran und schüttelte angewidert den Kopf. Mit einem gezielten Tritt eines seiner langen Hinterbeine kippte er die Milch über dem Teppich aus.

Mary stand auf, um einen Lappen aus der Küche zu holen. Lydia wollte Jonah vor der Flut retten, doch bevor sie ihn erreicht hatte, galoppierte er durchs Zimmer und kletterte blitzschnell den Vorhang hinauf.

»Hierher, mein Kleiner«, rief ich.

Jonah hielt einen Moment inne, als müsste er über die Aufforderung nachdenken. Dann kniff er die Augen zusammen, stieß sich ab, segelte wie ein Trapezkünstler durch die Luft und landete auf der Anrichte.

Die Anrichte war Mitte der Achtziger von einem Amateurhandwerker in den Tiefen des neuseeländischen Buschs aus Kauri-Holz zusammengezimmert worden und im Lauf der Jahre für Generationen von Holzwürmern zum Hotel mit Vollpension geworden. Jedes Mal wenn ich eine Schublade aufzog, erinnerte mich das rieselnde Holzmehl daran, dass die Anrichte dem Zusammenbruch wieder einen Tag näher gerückt war. Einmal hatte ich den Versuch unternommen, sie von einem »Restaurateur«, der uns einen Handzettel in den Briefkasten geworfen hatte, herrichten zu lassen. Als er sie zurückbrachte, stank sie nach Zigaretten und Alkohol und war in einem noch erbärmlicheren Zustand als vorher. In die unteren Fächer hatten wir Fotoalben gelegt, damit sie nicht so wackelte. In den Aufsatz stellten wir unsere besten Weingläser, weil sie leicht waren und das gute Stück nicht so schnell zum Einsturz bringen würden.

Womit ich nicht gerechnet hatte, war ein verrückter Kater, der sich auf den Aufsatz plumpsen ließ. Die Gläser klirrten bedenklich.

Lydia stieg auf einen Küchenstuhl und versuchte Jonah dazu zu bewegen, in ihre Arme zu springen. Er blickte auf sie herunter und rührte sich nicht vom Fleck. Seufzend ging Lydia hinaus in den Garten und holte die Leiter aus dem Schuppen. Interessiert sah Jonah ihr dabei zu, wie sie die Leiter vorsichtig erklomm und die Hand nach ihm ausstreckte.

Kurz bevor sie ihn zu fassen bekam, machte er einen Satz und warf dabei die Sektkelche um. Sie fielen auf die Rotweingläser, die in die Weißweingläser krachten, die ihrerseits die Sherrygläser zerschmetterten, aber die hatte seit 1970 sowieso keiner mehr benutzt.

»Wirklich schade, dass ich morgen fahre«, sagte Mary, als Jonah auf die Arbeitsplatte sprang, es klang allerdings nicht ganz aufrichtig.

Der Kater in Kombination mit den zerbrochenen Gläsern

und meiner postoperativen Erschöpfung war auf einmal mehr, als ich ertragen konnte. Wie hatte ich mich nur von ihm einwickeln lassen können, ganz zu schweigen davon, ihm auch noch einen Namen zu geben. Ich schleppte mich ins Schlafzimmer, schloss die Tür, kroch ins Bett und schlief ein.

Glöckchengebimmel und ein unbekanntes Quietschen weckten mich. Lydia öffnete die Schlafzimmertür und herein stürmte Jonah mit der Angel zwischen den Zähnen. Er sprang auf die Bettdecke, verfehlte dabei um Haaresbreite die schmerzhaftesten Stellen an meinem Körper und ließ die Angel in meine Hand fallen.

»Er will spielen«, sagte Lydia. »Und ich muss Mary mit dem Abendessen helfen. Kann ich ihn bei dir lassen?«

Mit meinem kräftigeren linken Arm hob ich die Angel hoch und schwenkte sie über meine Oberschenkel. Das Glöckchen bimmelte, als Jonah dem falschen Vogel nachsprang und ihn mit den Zähnen packte. Seine Reaktionen waren unglaublich schnell. Ich schwang die Angel in die entgegengesetzte Richtung. Es war ebenso beeindruckend wie lustig anzusehen, wie er einen Satz machte und sich den Vogel mitten in der Luft schnappte. Je schneller ich die Angel schwang, desto schneller wurde Jonah. Ich ließ den Vogel einen Meter hoch in die Luft schnellen, und er sprang in die Höhe und drehte eine Pirouette wie eine Ballerina. Eine aufgezogene Katze im Turbogang, fing er den Vogel jedes Mal.

Binnen kurzem war ich völlig erschöpft, Jonah nicht. Er wollte weiterspielen. Als ich die Angel weglegte, hob er sie mit den Zähnen auf und drückte sie mir wieder in die Hand. Glücklicherweise kam Katharine von der Schule nach Hause und war Jonah sofort verfallen.

»Ooooooh, Mum! Ist der süß!«, rief sie. »Darf ich ihn kurz mitnehmen?«

Meinetwegen auch für immer! Sie nahm ihn auf den Arm und ging mit ihm hinaus, und dabei schwor sie, sich bis in alle Ewigkeit um sein Futter und das Katzenklo zu kümmern.

Zur Feier ihres letzten Abends bei uns zauberte Mary ein köstliches Mahl mit geschmorten Hühnerschenkeln und überbackenen Pflaumen nach einem Rezept aus dem Kochbuch, das schon unsere Großmutter benutzt hatte. Nostalgische Küchendüfte lockten mich aus dem Schlafzimmer, und auf einem der grünen Sofas liegend sah ich meiner Schwester und meiner Tochter beim Kochen zu. Entspannt arbeiteten sie Seite an Seite, Lydia putzte Gemüse, während Mary die Baisermasse zubereitete. Das Abendessen würde in vierzig Minuten fertig sein, genau rechtzeitig, wenn Philip von der Arbeit nach Hause kam.

Jonah vergnügte sich damit, ununterbrochen die Treppe hinauf- und hinunterzuflitzen. Vermutlich hatte er beschlossen, eine Pause vom Zerschreddern des frisch verlegten Treppenteppichs einzulegen, nachdem er durch die Diele galoppiert, an den Jalousien im Wohnzimmer hochgeklettert und in der Toilettenschüssel abgetaucht war.

Während Mary die Baisermasse über den Pflaumen verteilte, wollte sie wissen, ob Cleo auch so aktiv gewesen sei. Ich konnte mich vage daran erinnern, das Cleo als kleines Kätzchen ziemlich schwierig gewesen war. Vielleicht lag es an meinem körperlich geschwächten Zustand, aber Jonah kam mir schlimmer vor. Viel schlimmer. Er war größer und stärker als Cleo damals. In Jonahs Alter hatte sich Cleo längst in eine vernünftige junge Katze verwandelt. Ich hatte nicht die geringste Hoffnung, dass ich mit ihm mithalten, geschweige denn ihn fangen konnte, wenn ich mit ihm allein im Haus war. Ich fühlte mich ja bereits vom Zusehen erschöpft. Wenn wir ihn irgendwie an das Stromnetz hätten anschließen können, hätte er eine ganze Vorortsiedlung mit Licht versorgt. Vielleicht wäre es also keine große Tragödie, wenn Philip ihn nicht behalten wollte.

Lydia legte ein weißes Tischtuch auf und strich es glatt. Nachdem sie Teller, Gläser und Besteck verteilt hatte, stellte sie noch eine Vase mit Blumen dazu und zündete eine Kerze in meinem Lieblingskerzenhalter an – mexikanische Keramik, hellgrün mit einem hübschen Blumenmuster.

»Lydia«, sagte ich. »Das sieht wunder…«

Wie aus dem Nichts kommend sprang Jonah auf den Tisch und Besteck und Teller flogen in alle Richtungen. Der Kerzenhalter fiel um und zerbrach in der Mitte. Das Einzige, was verhinderte, dass die Tischdecke Feuer fing, war das Wasser, das zwischen den verstreuten Blumen aus der umgekippten Vase lief.

Mein normales, stabiles Ich hätte das mit einem Lachen abgetan.

»Kann nicht irgendjemand dieses Tier zur Ruhe bringen?«, jammerte ich.

Lydia spürte meine Verzweiflung, las den Vandalen vom Fußboden auf und trug ihn zu einem Sessel. Mary rettete von dem Tisch, was zu retten war, während Lydia den sich windenden, um sich tretenden Jonah mit sanftem Griff auf ihren Knien festhielt, bis er sich schließlich ergab. Sie schloss die Augen und begann zu singen. Jonah spitzte die Ohren, hörte aufmerksam zu und fiel mit einem tiefen Schnurren in ihren Gesang ein. Auf eine unsichtbare Wellenlänge eingestimmt, drifteten Katze und Tochter in einen Zustand der Gelassenheit …

Ein paar Minuten später schlug er die Augen wieder auf und hopste den Flur hinunter in Richtung meines Arbeitszimmers. Kurz darauf war das beängstigend unharmonische Geräusch von Pfoten auf einer Computertastatur zu vernehmen.

»Er soll damit aufhören!«, rief ich Katharine zu, die von dem Lärm nach unten gelockt worden war.

Während Katharine ins Arbeitszimmer eilte, tauchte Jonah mit einem nachdenklichen Gesichtsausdruck wieder auf.

»Alles in Ordnung«, rief Katharine. »Ein paar Tasten haben sich verklemmt, aber das krieg ich wieder hin. Ach ja, und er hat das Glas umgeworfen, in dem du Gummibänder aufhebst, aber das ist nicht so schlimm.«

Jonah kam zu mir getrottet, gab ein jämmerliches Miauen von sich und erbrach ein Knäuel Gummibänder auf den Teppich.

»Lieber Himmel …!«

In diesem Moment hörte er die Toilettenspülung. Nichts fand er aufregender, als zu versuchen, das wirbelnde Wasser mit der Pfote aufzuhalten. Mit Turbogeschwindigkeit war er im Badezimmer verschwunden.

Ich sah ihm hinterher und rechnete seine bisher erzielten Punkte zusammen. Zwei Sektgläser und ein Rotweinglas – zerbrochen. Ein mexikanischer Kerzenhalter – enthauptet. Teppich auf der Treppe – zerfetzt, dazu ein feuchter Fleck an der Stelle, wo er die Gummibänder erbrochen hatte. Merinomütze (brandneu) – zerkaut und durchlöchert. Computertastatur – festgeklemmt.

Der Traum von der Katze war zum Albtraum geworden. Wir wurden von einem Katzentornado heimgesucht, der eine Spur der Zerstörung hinter sich herzog. Falls Cleo uns dieses Geschöpf geschickt hatte, musste es sich um einen gemeinen Trick handeln, um uns daran zu erinnern, was für eine perfekte Familienkatze und Beschützerin sie gewesen war.

Ich brach in Tränen aus. Lydia protestierte und Katharine weinte, während Mary schuldbewusst dreinsah, aber es gab keine andere Lösung.

Wir mussten den Kater zurückbringen.

Ich erhob mich vom Sofa und schleppte mich in die Diele, um die Transportbox zu holen, da hörte ich, wie sich der Schlüssel im Schloss drehte. Philip betrat das Haus mit dem ausgehungerten Blick eines Mannes, der am Ende eines Zwölfstundentages geschmorte Hühnerschenkel riecht.

»Wer ist das denn?«, fragte er, als Jonah auf ihn zuhüpfte, um ihn zu begrüßen.

»Der größte Fehler, den ich jemals begangen habe«, sagte ich. »Würde es dir etwas ausmachen, ihn morgen früh in die Tierhandlung zurückzubringen?«

Jonah setzte sich brav vor Philip hin, musterte ihn eingehend, dann streckte er eine seiner langen Pfoten aus und stupste ihn gegen das Knie.

»Was stimmt denn nicht mit ihm?«, fragte Philip, als Jonah den Kopf schief legte und höflich miaute.

»Hyperaktiv, neurotisch, zerstörerisch, gestört, eitel …«

»Eitel?«

»Er ist wie eins dieser Models. Er weiß, dass er hübsch ist, und das nutzt er aus, um andere zu manipulieren … sieh ihn dir doch nur an …«

Jonah verfolgte mit unschuldigem Blick eine Spinne an der Decke. Er war wirklich wunderbar gefärbt und die Augen, die hinter seiner Räubermaske hervorblitzten, waren zum Dahinschmelzen.

»Was sagen die Mädchen dazu?«

»Sie wollen ihn behalten, aber die tun sich leicht. Es dauert nicht mehr lang und sie sind hier ausgezogen.«

»Du bist ein bisschen ungestüm, was, Kleiner?«, sagte Philip und nahm Jonah auf den Arm. Ein paar Augenblicke lang blieb Jonah auf dem Rücken liegen und streckte seine riesengroßen Kängurupfoten in die Luft, während Philip ihn hinter den Ohren kraulte. Er erwiderte die Liebkosung, indem er Philip die Hand leckte. »Und zärtlich.«

»Er ist anstrengend.«

»Er ist eben ein Junge«, sagte Philip. »Warten wir mal ab, wie es nach dem Essen aussieht.«

»Das ist auch so eine Sache. Erinnerst du dich, wie gerne Cleo gefressen hat? Für ein Stück Hühnchen hätte sie alles getan. Der da weigert sich, irgendetwas zu sich zu nehmen.«

Philip trug ihn in die Waschküche, wo eine Schüssel Trockenfutter und eine Schüssel Nassfutter standen, beide unberührt. Philip setzte Jonah vor dem Nassfutter ab. Der Kater schnupperte daran, leckte versuchsweise einmal darüber und machte sich im nächsten Augenblick gierig darüber her.

Philip sagte, ich solle wieder ins Bett gehen, er werde sich schon um den »Fellbruder« kümmern. Wir waren also bereits bei den Kosenamen? Er entwickelte eine gefährliche Bindung an den Eindringling. Aber ich war so müde, ich wollte nur noch in mein Bett. Lydia klopfte an die Tür und brachte mir ein Tablett mit Essen.

In der Schublade meines Nachttischchens lagen nur noch drei Schlaftabletten. Ich spülte zwei davon mit Wasser hinunter und verabschiedete mich für den Rest der Nacht.

Am nächsten Tag wurden wir noch bevor es richtig hell war von regelmäßigem Klopfen und Glockengebimmel geweckt – es hörte sich wie die Begleitmusik zu einer Invasion von Moriskentänzern an. Philip stieg aus dem Bett. Er hatte den Griff noch in der Hand, als die Tür aufflog und Jonah mit der Angelrute zwischen den Zähnen hereingestürmt kam. Er sprang auf die Bettdecke, legte sie mir in die Hand und trat erwartungsvoll einen Schritt zurück. Philip lächelte und verschwand in der Küche, um Tee und Toast zu machen.

Auf der Decke kauernd, schnurrte Jonah wie ein Motor und wartete geduldig darauf, dass das Spiel begann. Ich war nicht in der Stimmung zu spielen, nicht zuletzt deswegen, weil wir ihn in ein oder zwei Stunden in die Tierhandlung zurückbringen würden. Jonah sah mich fragend an, dann rückte er etwas näher und stupste meine Hand mit seiner weichen Pfote an, die Krallen diplomatisch eingezogen. Wie ein vollendeter Kavalier forderte er mich zum Spielen auf. Meine Hand um die Angel zu legen und sie durch die Luft zu schwingen, konnte doch keine so große Anstrengung sein. Ich war ja wohl nicht so herzlos, ihm einen Korb zu geben?

Seufzend begann ich die Angel mit meinem brauchbaren linken Arm zu schwingen und den nervigen Vogel und das Glöckchen in Bewegung zu versetzen. Jonah sah mir ein paar Sekunden lang gebannt zu, bevor er seine Beine in die optimale Sprungposition brachte. Die Flugbahn seines Opfers abschätzend, wiegte er sich erwartungsvoll hin und her.

Mit wachsender Konzentration beobachtete er den Vogel, so als würde er sich in seine Beute hineinversetzen, und vollzog jede Bewegung mit. Dann machte er mit der Anmut eines Rudolf Nurejew auf dem Höhepunkt seiner Karriere einen Satz und schnappte sich Vogel und Glöckchen mit Zähnen und Vorderpfoten.

Nachdem wir erst einmal damit angefangen hatten, konnten wir nicht mehr aufhören. Jeder Sprung war wie Ballett. Es gab keine Herausforderung, der sich der kleine Kater nicht gestellt hätte. Er sprang immer höher, und manchmal schien es, als würde er mitten in der Luft in einer Pose erstarren, bevor er den Vogel fing. Er war so hübsch mit seinen milchkaffeefarbenen Schattierungen und den funkelnden blauen Augen. Und so voller Leben.

Ich begann erneut Jonahs Charme zu erliegen.

»Na, geht's immer noch zurück in die Tierhandlung?«, fragte Philip lachend, als er mit Teebechern und Marmeladetoast beladen zurückkehrte. Er machte es sich in seinem Lieblingssessel bequem und biss in eine Scheibe Toast. Jonah hatte jedoch nicht die Absicht, ihn sein Frühstück in Ruhe genießen zu lassen. Den Vogel zwischen die Zähnen geklemmt, sprang der Kater vom Bett und ließ Philip die Angel vor die Füße plumpsen, dann legte er den Kopf schief und wich ein paar Schritte zurück. Dabei ließ er Philip keine Sekunde aus den Augen.

»Man kann ihm einfach nichts abschlagen«, sagte ich.

Scheinbar widerstrebend hob Philip die Angel mit einem Seufzer auf. Er machte es Jonah jedoch nicht leicht. Bevor wir uns kennenlernten, war Philip Ausbilder bei der Armee gewesen. Jetzt besann er sich auf alte Fähigkeiten und ließ die Angel doppelt so schnell wie ich durch die Luft sausen. Jonah nahm die Herausforderung an, sprang noch höher, lief noch schneller, hüpfte so rasch aufs Bett und wieder herunter, dass er sich in einen verschwommenen, hellbraunen Pelzklecks verwandelte. Manchmal erwischte Jonah den Vogel, manchmal war der Vogel zu schnell für ihn.

»Quäl ihn nicht«, sagte ich.

Philip hielt inne und lächelte auf den kleinen Kater hinunter, bei dem lediglich die bebenden Flanken eine gewisse Anstrengung erkennen ließen. Dann begannen sie eine neue Runde.

Philip stand auf und wirbelte den Vogel im Kreis um seine Beine herum, Jonah jagte nur eine Schnurrhaarlänge entfernt hinterher.

Das war die Art von spielerischem Balgen und Toben, die Philip seit Robs Auszug vermisst hatte. Mann und Kater gaben ein gutes Paar ab. Jedes Mal wenn Philip das Spiel beenden wollte und die Angel weglegte, hob Jonah sie auf und legte sie ihm wieder in die Hand.

»Hier muss leider jemand arbeiten gehen«, sagte Philip seufzend, hob Jonah hoch und lud ihn über meinen Knien auf der Bettdecke ab. Jonah stieß einen merkwürdigen Laut durch die Nase aus – eine Mischung aus Glucksen und Niesen, eine Art »Nicksen«. Mit diesem Nicksen, an das wir uns bald gewöhnen sollten, tat Jonah seine Enttäuschung oder Missbilligung kund. Er wollte nicht, dass das Spiel zu Ende war.

»Mach dir nichts draus, Kleiner«, sagte ich. »Dafür darfst du jetzt mit mir ein Nickerchen halten.«

Der Blick, den Jonah mir zuwarf, hätte einen Eisberg zum Schmelzen gebracht. Schnurrend stieg er über die Bettdecke und wich dabei bedachtsam den empfindlichen Stellen an meinem Körper aus. Er schien seinen Platz ganz genau zu kennen und schmiegte sich mit dem Kopf auf dem Kissen an meinen Hals. Dann stieß er einen Seufzer aus wie ein Reisender, der nach langer Fahrt endlich zu Hause angekommen war. Wie hätte ich dem widersprechen sollen?

Als ich Mary mit ihrem Koffer die Treppe herunterkommen hörte, spürte ich einen Kloß im Hals. Ich hatte es unendlich genossen, sie eine Woche um mich zu haben. Philip brachte sie zum Flughafen. Während er ihren Koffer ins Auto lud, vergrub ich mein Gesicht an ihrer Schulter und dankte ihr für alles.

»Pass auf dich auf«, sagte sie. »Und viel Glück mit dem kleinen Teufelsbraten.«

16.

Freigänger

Eine Katze verbessert die Beziehung.

Während ich langsam wieder zu Kräften kam, unternahm Lydia mit mir Ausflüge aufs Land. Verdorrte Koppeln dehnten sich unter einem erbarmungslos blauen Himmel aus. Zu Skeletten abgemagertes Vieh trottete durch rissige Schlammkrater, in denen einmal sauberes Wasser geglitzert hatte. Bei diesem Anblick bekam ich Sehnsucht nach den leuchtend grünen Wiesen und fetten friesischen Kühen aus meiner Kindheit.

Wo wir auch waren, immer öffnete Lydia die Türen für mich und ging einen halben Schritt hinter mir, so als gebiete das der Respekt. Sie verhielt sich dermaßen devot, dass ich gar nicht wusste, wie ich reagieren sollte. Zu einer solchen Unterwürfigkeit hatte ich sie gewiss nicht erzogen.

Nicht dass ich mich beklagt hätte, wenn sie meine Füße mit Öl massierte. Lydia hätte sich in den Wochen nach der Operation nicht fürsorglicher um mich kümmern können – sie hatte gekocht, gewaschen, geputzt und sogar aufgewischt, nachdem ich mich über die blauen Dackelhausschuhe übergeben hatte. Ihre regelmäßigen Bauchmassagen hatten die Schwellung zurückgehen lassen und mir einen erneuten Krankenhausaufenthalt erspart, um die Flüssigkeit absaugen zu lassen.

Jonah trug seinen Teil dazu bei, die Wogen zwischen uns zu glätten. Immer wenn wir zärtlich mit ihm sprachen und über sein Fell streichelten, konnten wir gar nicht anders, als auch liebevoller miteinander umzugehen. Lydia und ich waren einander näher, als wir es jemals gewesen waren.

Auch wenn wir nie darüber redeten, ob und wann sie nach Sri Lanka zurückkehren wollte, leitete ich unverdrossen Reisewarnungen und Berichte über den Bürgerkrieg an sie weiter. Sie reagierte nicht darauf. Wenn ich sie fragte, ob sie meine E-Mails gelesen oder auch nur geöffnet habe, antwortete sie ausweichend. Ich erklärte ihr, dass die Informationen wichtig seien. Ich bemerkte selbst, dass der vorwurfsvolle Ton in meiner Stimme wieder da war.

Räucherstäbchenduft schwebte durchs Haus, wenn sie in den blassen Farben einer Klosterschülerin die Treppe herunterkam. Auf meine Frage, ob sie immer noch Nonne werden wolle, vielleicht in einem hübschen Kloster hier in der Nähe, erntete ich beharrliches Schweigen.

Während ich bereit war, zu akzeptieren, dass Lydia mit ihrem Leben machen konnte, was sie wollte, schließlich war sie volljährig, war mir der Gedanke, dass sie es möglicherweise aufs Spiel setzte, unerträglich.

Man konnte in Bussen und am Strand meditieren ... im Grunde überall, erklärte ich ihr bei jeder sich bietenden Gelegenheit. Sie musste dazu nicht nach ... ich brachte kaum noch den Namen des Landes über die Lippen.

Meine Bemühungen, sie mit Freunden, »netten Buddhisten vom nebenan«, zusammenzubringen, hätte ich mir sparen können. Bärte und selbstgeflochtene Sandalen waren nicht ihr Ding. Lydia starrte über ihre Köpfe hinweg an die Wand und demonstrierte auch sonst ein an Unhöflichkeit grenzendes Desinteresse.

Einmal kam ihre alte Schulfreundin Angelique zu Besuch, um mit uns Mittag zu essen und sich das Kätzchen vorführen zu lassen. Lydia und Angelique hatten zu den Jahrgangsbesten in der Schule gehört und waren beide ein Jahr jünger als die meisten ihrer Klassenkameraden gewesen.

Jonah hüpfte auf Angelique zu und machte sich sofort über ihre Schuhschnallen her.

»Wie süß!«, rief Angelique, hob ihn hoch und drückte ihn an ihre Wange.

Mit ihren blonden Locken sah Angelique aus wie Marilyn Monroe, und ihr Designeroutfit war das glatte Kontrastprogramm zu Lydias Klosterkluft. Angelique hatte gerade das Physikum abgelegt, aber da sie Kinderärztin werden wollte, hatte sie noch einen langen Weg vor sich.

Bei einer Schüssel Salat brachten sich die Mädchen gegenseitig auf den neuesten Stand. Angeliques Freund, der sie offensichtlich anbetete, hatte gerade eine Stelle in einer Anwaltskanzlei angetreten. Die beiden kicherten über einige ehemalige Lehrer, über andere sprachen sie voller Bewunderung. Als Lydia von ihren spirituellen Plänen erzählte, sah Angelique sie verständnislos an.

Zum Abschied gab sie Lydia einen Kuss und stöckelte in einer Parfümwolke zur Tür hinaus. Alles, was ich jetzt sagte, würde falsch sein. Aber ich konnte es dennoch nicht sein lassen.

»Angelique sah sehr hübsch aus«, sagte ich beim Geschirrabtrocknen.

Lydia wischte den Tisch ab und wechselte das Thema. »Ich wollte dich fragen«, sagte sie und es klang irgendwie drohend, »ob du vielleicht Lust hättest, mir einen Schal zu stricken?«

Ich fühle mich immer geschmeichelt, wenn mich jemand um eine Kostprobe meiner dürftigen Handarbeitskünste bittet.

»Ja natürlich! Welche Farbe?«

Sie schüttelte den Lappen über dem Abfalleimer aus und ein paar Krümel fielen auf den Boden.

»Rotbraun«, sagte sie und warf mir einen trotzigen Blick zu.

Mein Herz setzte einen Schlag aus. Rotbraun war die Farbe der Klosterkleidung.

»Nachts kann es im Kloster ziemlich kalt werden«, fügte Lydia hinzu.

Ich legte das Geschirrtuch neben die Spüle. »Meine Tochter die Ärztin« klang so völlig anders als »meine Tochter die Nonne«.

Dennoch, ich würde mich wohl oder übel mit dem Gedanken anfreunden müssen, dass Lydia wahrscheinlich in nicht allzu langer Zeit in das Kloster in Sri Lanka zurückkehrte. Meine Krankheit hatte uns einander so nahe wie noch nie gebracht. Ich würde sie sehr vermissen. Aber sie hatte sich mir gegenüber so selbstlos verhalten, dass es an der Zeit war, ihre Entscheidung zu akzeptieren und zu respektieren, wie wichtig ihre Spiritualität für sie war. Sie hatte nie versprochen, auf Dauer zu bleiben. Außerdem kam ich inzwischen wieder ganz gut zurecht, auch wenn ich noch längst nicht wieder die Alte war.

Ich hatte sogar schon ein paarmal den Mut aufgebracht, mich nackt vor den Spiegel zu stellen. Vor mir sah ich zwar Umrisse meines gewohnten Körpers, aber ich fühlte mich merkwürdig fremd in ihm. Ich sehnte mich nach dem unvollkommenen, wundervollen Zellkonglomerat, das mich mehr als fünf Jahrzehnte durch die Welt getragen hatte. Jetzt zierten ihn die Narben eines Feldzugs.

Die Narbe quer über meinen Bauch war immer noch feuerrot und sah schlimm aus. Nach wie vor war die Schwellung da. Von der Seite sahen meine gelifteten neuen Brüste jugendlich aus, aber die künstliche hing ein wenig tiefer als die andere. Greg hatte die Nähte wie versprochen weitgehend unter den Brüsten oder an den Seiten verborgen, aber die eine verbliebene Brustwarze war von roten Stichen umkränzt. Dort, wo an meiner falschen Brust die Brustwarze sein sollte, starrte mich wie ein riesiges Auge ein Kreis blasser Haut an.

Die meiste Zeit versteckte ich diesen fremden neuen Körper vor der Welt und zog mir die Decke bis ans Kinn, wenn Philip mir morgens eine Tasse Tee ins Schlafzimmer brachte. Er war außerordentlich taktvoll und versicherte mir, ich sehe besser aus als zuvor. Da ich aber nun mal nichts weniger als einem Playmate des Monats glich, fragte ich mich, was er wirklich dachte. Tief innen drin wollte ich die Antwort gar nicht wissen – für den Fall, dass sie vernichtend ausfiel.

Manchmal wurde ich von einer schier unbezwingbaren Müdigkeit überfallen. Dann legte ich mich ins Bett und schlief ohne Ende. Durch den Tag zu kommen war schon anstrengend genug, da musste ich mir nicht noch Gedanken um die Zukunft machen. Jeder Moment kam mir wertvoll vor. Wie viel Zeit verbrachte ich damit, die Staubpartikel in einem Lichtstrahl zu betrachten oder das Bild einer Mohnblume an der Wand gegenüber unserem Bett. Eingehüllt in den roten Blütenschimmer genoss ich das Wunder, zu leben und zu atmen.

Im Vergleich zu den massiven körperlichen Veränderungen war die Entscheidung, nach dreißig Jahren meine Kolumnen aufzugeben, geradezu ein Klacks. Ohne den montagmorgendlichen Abgabetermin fühlte ich mich wunderbar befreit. Ich vermisste zwar den Kontakt mit meinen Lesern, aber viele schrieben mir weiterhin. Sie hatten mir massenhaft E-Mails ins Krankenhaus geschickt. Einige schrieben, nach all den Jahren, in denen sie meine Kolumne gelesen hatten, sei ich wie eine Freundin für sie. Zwei luden mich sogar ein, mich bei ihnen zu Hause zu erholen. Die Großzügigkeit dieser sogenannten Fremden berührte mich tief.

Ich erhielt auch Post von Frauen, die ihren Brustkrebs besiegt hatten. Die meisten machten mir Mut, nur ein paar verrieten Angst. Sie stammten von Frauen, die erst kürzlich die Diagnose erhalten hatten und plötzlich vor einer ungewissen Zukunft standen. Eine hatte Sorge, dass sie ihre kleinen Kinder würde zurücklassen müssen. Ich hoffte, in meinen Antworten an diese verängstigten Frauen den richtigen Ton zu treffen. Sie gemahnten mich schmerzhaft daran, nichts als selbstverständlich zu nehmen.

Vielleicht war in Lydias Bitte um einen braunen Schal mehr Weisheit, als mir bewusst war. Stricken war womöglich die ideale Beschäftigung, um mich zu entspannen, wieder zu Kräften zu kommen und nachzudenken.

Aber ich hatte eben die Hoffnung gehegt, dass irgendetwas sie veranlassen würde, ihre Pläne aufzugeben. Vielleicht sogar das Kätzchen …

»Wann brichst du wieder auf?«, fragte ich mit gespielter Gelassenheit.

Jonah tänzelte über den Küchenboden und maunzte zu ihr hoch. Mit einem Lächeln nahm Lydia ihn auf den Arm.

»Na, Kleiner!«, sagte sie und küsste ihn auf die Stirn. »Zuerst mal müssen wir dich an das Leben in der freien Wildbahn gewöhnen.«

Wie Lydia hegte auch Jonah eine entschiedene Abneigung dagegen, im Haus eingesperrt zu werden. Er wartete vor Türen und Fenstern, um hinauszuschlüpfen, sobald sie geöffnet wurden. Und die Gewohnheit von Katzen, nicht zu kommen, wenn sie gerufen werden, trieb er ins Extrem. Wann immer er seinen Namen hörte, rannte er in die entgegengesetzte Richtung davon.

Selbst das Wort »Kätzchen« hatte diesen Effekt. Er drehte sich um, funkelte einen an, streckte den Schwanz in die Höhe und war weg. An manchen Tagen sah ich von Jonah nichts als die Rückansicht seiner übergroßen Hinterbeine und den Schwanz, der über die flache Rosette wischte, wenn er davongaloppierte.

Vielleicht verstand Lydia sein Bedürfnis herumzustreifen so gut, weil es bei ihr ähnlich war. Während sie zu Hause lebte und (zumindest finanziell) noch auf längere Zeit an uns gekettet war, sehnte sie sich nach Freiheit. Das konnte ich ihr kaum zum Vorwurf machen. In ihrem Alter war ich verheiratet gewesen und hatte zwei Kinder gehabt. Das war zwar eine andere Art des Eingesperrtseins, aber es gab mir wenigstens die Illusion, unabhängig zu sein. Vielleicht betrachtete sie das Kloster in Sri Lanka als eine Art Fluchtweg.

Laut dem Tierarzt bestand der erste Schritt zu Jonahs Unabhängigkeit darin, ihn kastrieren zu lassen.

Ich hätte nie gedacht, dass Philip diese Angelegenheit so persönlich nehmen würde.

»Wie kann es das Leben eines Tiers verlängern, wenn man ihm die Hoden entfernt?«, grummelte er.

Angeblich sind Männer ja das logischer denkende Geschlecht, aber sobald es um ihre Eier geht, ist es mit der Logik vorbei.

Ich versicherte Philip, dass die Kastration das Infekt- und Krebsrisiko senken würde und dass der seines Sexualtriebs beraubte Kater nicht so oft in Kämpfe verwickelt sein und damit weniger Verletzungen davontragen würde. Außerdem nahm es ihm die Lust, herumzuziehen und überall Duftmarken zu setzen (auch wenn das wohl vor allem Wildkatzen taten, wie ich – damals noch – dachte).

Wenn man es so betrachtete, war zu überlegen, ob der Tierarzt vielleicht bereit wäre, uns einen Nimm-zwei-zahl-eins-Sonderpreis zu geben.

»Tut es denn nicht einfach eine Vasektomie?«

»Die Kastration dauert nur fünf Minuten. Für Weibchen ist die Operation viel schlimmer«, sagte ich und fragte mich, warum das eigentlich bei allen Spezies so sein musste.

Am Tag von Jonahs Kastration musste Philip früh raus. Katharine hatte einen Termin bei ihrem Mathelehrer (»Und es macht mich nervös, wenn er in seiner Transportbox miaut«), was Lydia und mir die Rolle der Vollstreckerinnen übertrug.

Als wir Jonah am späteren Nachmittag aus der Tierarztpraxis abholten, schien ihm buchstäblich nichts zu fehlen. Seine Hoden waren offenbar nicht entfernt, sondern nur geplättet worden.

»Achten Sie darauf, dass er nicht zu viel an den Stichen herumleckt«, sagte die Tierarzthelferin, als sich eine niedliche Pfote aus der Transportbox streckte und nach meinem Gürtel angelte. »Meine Güte, der hat wirklich Persönlichkeit, was?«

Jonah erholte sich rasch von der Operation. Zu Philips großer Erleichterung war er fast der Alte geblieben. Es genügt wohl zu sagen, dass die Hoden zwar eingeebnet worden waren, der Eiffelturm jedoch weiterhin stand. Gerne schockierte Jonah unsere weiblichen Gäste damit, dass er das rosa Prachtstück aus seinem Versteck holte und es mit Hingabe und großer Detailverliebtheit leckte.

Jedes »Iiih! Jonah! Das ist ekelhaft!«, brachte ihn nur dazu, noch inbrünstiger zu lecken.

Nachdem wir zu der Überzeugung gelangt waren, dass Jonah ganz wiederhergestellt war, beschlossen wir, ihn im

Garten hinter dem Haus sein Debüt als Freigänger geben zu lassen.

Ich war ziemlich ruhig, obwohl ich noch nicht wieder imstande war, hinter ihm herzujagen. Wenn er erst einmal den Ruf seines Namens mit dem Klappern eines Löffels gegen eine Dose Thunfisch assoziierte, würde er schon folgen.

Philip setzte Jonah auf die Terrasse. Unser Kätzchen saß unschuldig da und blinzelte neugierig in den Himmel.

»Na, siehst du!«, sagte ich. »Überhaupt kein Problem. Bist ein kluges Kerlchen, was, Fellbruder?«

Ein Windstoß fuhr durch die Olivenbüsche. Jonah hob die Nase. Er spannte die Beinmuskeln an und reckte den Schwanz in die Höhe. Das Geräusch des Windes war neu für ihn – und zutiefst beunruhigend. Gerade als Philip sich bücken wollte, um ihn wieder auf den Arm zu nehmen, schoss der Kater los und mit rasender Geschwindigkeit einen Baum hoch. Wir hatten nicht damit gerechnet, dass Jonah wusste, wie man auf Bäume kletterte.

Auf einen Ast gekauert, legte er die Ohren an, als der Wind durch den Baum fuhr wie der Sturm über ein Schiff auf hoher See. Jonah klammerte sich an seinen Mast und wirkte ein wenig seekrank.

Lydia rannte los und holte die Leiter. Philip lehnte sie gegen den Baum und stieg zu dem Flüchtling hinauf. Aber kaum hatte er Jonah gepackt, entwand sich dieser seinem Griff und kletterte höher hinauf. Vorsichtig erklomm er auf schokobraunen Pfoten die oberen Äste. Verärgert gurrend und flügelschlagend machte sich eine Taube aus dem Staub.

»Dann bleibt er eben oben«, sagte Philip.

»Aber wenn er nicht weiß, wie er wieder runterkommt?«, jammerte Katharine. »Oder wenn er beim Nachbarn runterklettert und sich verläuft?«

Genervt schwang sich Philip von der Leiter nach oben und stieg erstaunlich behende auf einen Ast. Atemlos sahen die Mädchen und ich zu. Mit jedem Ast, den Philip erklomm, kletterte Jonah seinerseits einen weiter nach oben. Je höher sie stiegen, desto dünner und weniger vertrauenswürdig wurden die Äste. Wenn Philip den falschen erwischte, würde er runterfallen.

»Ich hab ihn!«, rief er.

Die Mädchen und ich seufzten im Chor auf, als Philip sich mit Jonah im Arm von dem Baum abseilte. Aber kaum hatten Philips Füße den Erdboden berührt, entwand sich der Kater seiner Umklammerung und sauste los.

»Versperrt ihm die Fluchtwege!«, rief Philip. »Er versucht zu entkommen!«

Die Mädchen nahmen schnell ihre Positionen auf der linken Seite des Hauses ein, während ich die hintere Terrasse besetzte und über die Narbe an meinem Bauch strich.

Jonah verwandelte sich in einen hellbraunen Tornado, der immer schneller in immer größeren Kreisen das kleine Rasenstück umrundete. Philip hechtete ihm nach, aber der Kater wich ihm in Windeseile aus und Philip landete mit leeren Händen auf dem Boden.

»Aufpassen!«, brüllte er den Mädchen zu und klopfte sich die Erde von den Ellbogen. »Er ist gleich bei euch!«

Die Mädchen gingen in die Hocke und bildeten mit ausgestreckten Armen eine menschliche Mauer, als der Kater auf sie zuflitzte. Mit einer geschickten Drehung seines Hinterteils bog er ab … und verschwand in dem schmalen Durchgang neben dem Haus.

Irgendwie kam mir das alles bekannt vor. Die Jagd, der Versuch, ihm den Weg zu versperren, die schnelle Fußarbeit, gefolgt von einem überraschenden Ausbruch. Wie oft hatte ich während einer von unzähligen Rugby-Übertragungen neben Philip auf dem Sofa sitzend mit dem Schlaf gekämpft und nichts verstanden. Genau, das war's! Sie spielten Rugby. Jonah kam ganz nach seinem Namensvetter Jonah Lomu.

Wir spähten um die Ecke. Hierher wagte sich kein Lebewesen, außer ein paar Spinnen und dem Klimaanlagentechniker. Nichts von Jonah zu sehen und zu hören.

Philip flüsterte den Mädchen zu, sie sollten die Stellung halten, während er um das Haus nach vorne lief und am anderen Ende der Schlucht wartete. Ich folgte in gemächlicherem Tempo, um Unterstützung zu leisten.

»Könnt ihr ihn sehen?«, rief er.

»Nein! Du?«

Stille, bis auf das Rauschen des Windes. Jonah hatte sich in Luft aufgelöst.

Inzwischen war auch ich vorne angelangt und fing an mich zu fragen, ob sich das Kätzchen für immer aus unserem Leben verabschiedet hatte, als ein Kugelblitz aus dem Durchgang schoss. Wie in Zeitlupe sah ich, dass Philip zur Seite hechtete und sich dabei elegant in der Luft drehte. Er streckte die Arme aus, legte die Hände um das Geschoss und lüpfte es vom Boden.

Einen Moment lang hingen Mann und Fellbündel in der Luft … dann wurde die Zeitlupe wieder ausgeschaltet und die beiden plumpsten auf die Erde, Philip landete mit ausgestreckten Armen auf dem Bauch, in den Händen das unverletzte Kätzchen. Ein perfektes Tackling.

»Der arme Jonah!«, rief ich. Aber als Philip sich das Blut von den Knien wischte und mir den Kater reichte, sah ich, dass Jonah putzmunter und unverletzt war. Er schnurrte begeistert und streckte Philip eine Pfote entgegen, ein echter Sportsmann.

17.

Hauskatze

Das einzige, was noch beunruhigender ist,
als Katzen und Töchter zu sehr an sich zu binden, ist,
sie in die Welt hinausziehen zu lassen.

Unsere Tochter und unser Kater sehnten sich nach wie vor nach Freiheit. Lydia zog es zurück in ihr Kloster. Jonah wollte die Straße hinunterrennen. Beide waren blind für die lauernden Gefahren. Daher war ich nicht bereit, ihnen ihren Wunsch zu erfüllen – wenigstens noch nicht.

Ich hatte gehofft, dass Jonah irgendwann dieselbe Schlauheit an den Tag legen würde, mit der Cleo bereits auf die Welt gekommen war. Cleo hatte ihr ganzes Leben neben vielbefahrenen Straßen gewohnt und einen siebten Sinn für die Gefahren des Verkehrs gehabt. Jonah dagegen hielt das Versteck hinter den Reifen eines geparkten Autos für den sichersten Platz der Welt.

Während seiner Testphase als Freigänger erwies sich Jonah als Nervenprobe für andere und Bedrohung für sich selbst. Er konnte auf alles hinaufklettern, sei es ein Baum oder ein Laternenpfosten, aber beim Herunterkommen gab es regelmäßig Probleme.

Eines Tages klopfte ein Nachbar an unsere Haustür, um uns mitzuteilen, dass unser Kater auf seinem Dach festsaß. Freundlicherweise stellte er Lydia und Katharine eine Leiter zur Verfügung, mit deren Hilfe sie Jonah aus seiner misslichen Lage befreien konnten.

Ein anderes Mal brachte ihn eine andere Nachbarin nach Hause, zitternd in ihren Armen, nachdem er sich mit ihren beiden schwarzen Katern angelegt hatte. Ich hatte diese beiden Monster schon öfter die Straße entlangpatrouillieren gesehen. So groß wie kleine Panther, stellten sie die örtliche Katzenmafia dar. Die Nachbarin erzählte, die beiden hätten Jonah in die Enge getrieben und sie habe ihn gerade noch retten können. Er könne von Glück reden, sagte sie, dass er noch beide Augen habe.

Jonahs Versuche, Vögel zu erlegen, waren ein Trauerspiel. Kaum erblickte er eine Taube, erstarrte er und ließ sich auf den Boden sinken. Langsam näher rückend, folgte er jedem ihrer Trippelschritte und jedem Kopfnicken, bis er fast mit seiner Beute verschmolz.

Seine Tarnfarbe ermöglichte Jonah, die gesamte Vogelwelt zu terrorisieren – bis er das Maul öffnete und ein lautes »Heh! Heh!« von sich gab, so dass die Taube Gelegenheit hatte, ihr Gefieder glattzustreichen und nach ein paar tadelnden »Grugrus« über den Zaun davonzuflattern.

Was das jeder anderen Katze angeborene Talent, mühelos über Zäune zu balancieren, anging, war Jonah ein hoffnungsloser Fall. Die Vögel lachten ihn jedes Mal aus, wenn er es versuchte. Die linke Vorder- und Hinterpfote auf der Oberkante der Latten, die Pfoten der rechten Seite über den Querbalken nachziehend, humpelte er daher wie ein zweibeiniger Mutant.

Jonah besaß glasfaserfeine Nerven. Beim kleinsten Geräusch zuckte er zusammen und warf sich auf den Boden. Das Zuschlagen eines Mülleimerdeckels veranlasste ihn, eiligst in Deckung zu gehen.

Hundegebell hingegen kam einem Schlachtruf gleich. Egal wie groß und gefährlich ein Hund war, Jonah griff ihn mit wehendem Schwanz an, überzeugt, sein Gegner würde allein unter seinem glühenden Blick zusammenbrechen.

Vom Kämpfen selbst hatte er keine Ahnung und hing eher höfischen Idealen der Kriegsführung an. Dazu gehörte lautes Miauen und Herumstolzieren; seine Klauen fuhr er hingegen nie aus. Seine Taktik erschöpfte sich in psychologischer Kriegsführung, ein stahlharter Blick musste genügen, um dem Feind klarzumachen, dass er absolut unwürdig war und besser daran tat, sich zu schleichen.

Ständig befanden wir uns auf Jonah-Safaris, spurteten an Katze-vermisst-Zetteln die Straße entlang, riefen seinen Namen, durchkämmten heimlich die Gärten der Nachbarn. Gelegentlich konnte man ihn ohne größere Umstände wieder einfangen, aber die meiste Zeit ließ er sich erst dazu herab, sich in den Schoß der Familie zurückzubegeben, wenn wir alle eine gute halbe Stunde herumgerast waren.

Trotz all seiner Freiheitsbestrebungen war er jedoch hoffnungslos anhänglich. Immer stand er im Fenster und wartete darauf, dass wir nach Hause kamen, und er war der Erste an der Tür, der Philip und die Mädchen begrüßte. Als wir ihn einmal übers Wochenende in eine Katzenpension brachten, weil wir uns die Räumlichkeiten für die Hochzeitsfeier von Rob und Chantelle ansehen wollten, ging es ihm elend. Vivienne, eine der Betreuerinnen, hatte Jonah ins Herz geschlossen. Sie erzählte uns, sie habe eine Stunde am Tag mit ihm gespielt und er habe sie mit seinen Kapriolen ständig zum Lachen gebracht. Vivienne war eine ruhige, sanftmütige Frau. Ich mochte sie auf Anhieb. Mit einer gewissen Sorge berichtete sie, dass Jonah sehr verängstigt gewesen sei und sich zweimal übergeben hatte. Sie meinte, dass er in einer Pension nicht gut aufgehoben sei. Wenn wir wieder mal wegfahren wollten, würde sie ihn gerne bei uns zu Hause sitten.

Ich ging noch einmal in die Tierhandlung und bat Nathan um Rat zu unserem Möchtegern-Flüchtling. Er empfahl mir ein rotes Katzengeschirr mit Glöckchen und Leine. Katzen würden diese Dinger lieben, behauptete er. Überzeugt, dass das Rot Jonah ausgezeichnet stehen würde, kaufte ich auch noch die Messingmarke, auf die ich seinen Namen und unsere Telefonnummer gravieren ließ.

Anfangs hasste Jonah das Geschirr. Wie ein Hund ausgeführt zu werden, war unter seiner Würde. Es dauerte Monate, bis er kapierte, dass das Geschirr ein gewisses Maß an Freiheit für ihn bedeutete.

Kurz nachdem wir die Marke daran befestigt hatten, schaffte er es, sich aus dem Geschirr zu winden, was zu einer weiteren Rugby-Einlage von Philip führte. Eines Morgens ließ ich Jonah in seinem Geschirr ein paar Minuten im Garten allein, und er verhedderte sich derart in den Pflöcken der Olivenbäume, dass er sich beinahe stranguliert hätte.

Die ständigen Auseinandersetzungen mit unserem Kater strapazierten meine Nerven. Ich brauchte dringend eine entspannende Beschäftigung zum Ausgleich. Daher ging ich in den Wollladen und kaufte ein paar Knäuel rotbrauner Wolle. Lydia freute sich, als sie mich vor *Deal or no Deal* stricken sah, so als bedeutete das Stricken des braunen Schals, dass ich ihre religiösen Ambitionen akzeptierte. Ich versuchte es. Obwohl ich gegenüber verschiedenen Formen von Spiritualität offen war, konnte ich nicht aufhören, mir darüber, was sie alles aufgab, wenn sie sich in ein Kloster in Sri Lanka zurückzog, Sorgen zu machen. Es blieb genug Wolle übrig, um die hässlichste Mütze der Welt daraus zu stricken, was ich pflichtschuldig tat.

Mit Schal und Geschirr versuchte ich ein Band zu Tochter und Kater zu knüpfen, das sie daran hindern sollte, ihr Leben zu zerstören. Trotzdem half ich Lydia gerne bei ihren Bestrebungen, aus Jonah einen Freigänger zu machen.

Bis Geoffrey auftauchte.

Unser Freund Geoffrey ist Fachmann für fast alles. Wenn man wissen will, wie man Wein aus Schuhleder macht oder Eiskrem aus Regenwasser, muss man nur ihn fragen. Als er hörte, dass bei uns ein neues Kätzchen eingezogen war, ließ er es sich nicht nehmen, uns sofort einen Besuch abzustatten.

»Jonah«, sagte er und musterte unseren Kater eingehend. »Ist das nicht ein etwas unglücklich gewählter Name?«

»Warum?«, fragte Lydia.

»Ach, nur so ein Aberglaube«, erwiderte Geoffrey. »Jonah war der Dämon der Seeleute.«

Ich versicherte ihm, dass wir Jonah in nächster Zeit nicht auf eine Seereise mitnehmen würden.

»Ihr solltet ihn im Haus halten«, fuhr Geoffrey fort. »Die durchschnittliche Lebenserwartung einer Stadtkatze beträgt achtzehn Monate. Wenn ihr ihn rauslasst, wird er mit Sicherheit überfahren, vergiftet, von Hunden zerfleischt oder gestohlen.«

Unser Schoko-Sahne-Kater war so gebannt von einer Hausfliege, die über seinem Kopf kreiste, dass er die schwarze Wolke gar nicht bemerkte, die sich über Geoffreys Kopf zusammengeballt hatte.

»Bei den Männchen ist es noch schlimmer«, fügte Geoffrey hinzu und biss in ein Stück Bananenkuchen. »Sie verteidigen ihr Revier. Sie lassen sich auf Kämpfe ein. Wenn sie nicht gleich umgebracht werden, bezahlt man horrende Tierarztrechungen. Und sie können sich bei anderen Katzen Aids holen.«

»Katzen kriegen Aids?«, fragte Philip. »Du machst Witze!«

»Mitnichten. Es gibt eine eigene Katzenform, die sich vom

menschlichen Aids unterscheidet. Unter den Stadtkatzen ist sie weit verbreitet.«

Lydia starrte ihn mit offenem Mund an. Geoffreys Prognosen hatten etwas Zwingendes.

Jonahs Kopf drehte sich immer schneller mit der Fliege mit. Gleich würde er anfangen zu schielen oder ihm würde so schwindlig werden, dass er umkippte. Aber eine Fliege war nun einmal ein Drache mit Flügeln, soweit es Jonah betraf. Der selbsternannte weltbeste Hausdrachentöter war immun gegen kleinere Irritationen wie Schwindelgefühle.

»Schade dass ihr kein Weibchen genommen habt«, seufzte Geoffrey und leckte die Krümel von seinen Fingern. »Die sind viel besser zu handhaben.«

»Hört sich ein bisschen sexistisch an«, sagte Lydia.

»Stimmt aber trotzdem«, sagte Geoffrey und klang dabei unangenehm selbstzufrieden.

Jonah sprang in die Luft und erwischte die Fliege einen Meter über dem Boden. Der Angriff war höchst elegant ausgeführt. Wer wollte nicht sein Zuhause mit einem so wunderbaren Wesen teilen? Geoffrey war nur neidisch, dachte ich.

»Ich sage nur, wie es ist«, fügte er hinzu und leerte seine zweite Tasse Kaffee.

»Du lebst auf dem Land und hast eine uralte Katze, oder?«, fragte ich.

»Ja, aber sie ist ein Weibchen und geht nicht gerne raus. Eine offen stehende Tür interessiert sie überhaupt nicht. Und außerdem ist sie so groß wie ein Tiger.«

Jonahs Fell glänzte in der Sonne, während er versuchte, die Fliege durch aufmunternde Stupser ins Leben zurückzuholen. Sie lag auf dem Rücken und strampelte halbherzig mit den Beinchen in der Luft, was mich an eine Yogastellung erinnerte, die ich nicht besonders mochte.

»Wir sollen Jonah also die ganze Zeit im Haus halten, damit er eine Chance hat, zwei Jahre alt zu werden?«, fragte ich.

»Nachts darf man ihn sowieso nicht rauslassen«, erwiderte Geoffrey und warf einen Blick auf sein Handy. »Katzen jagen Vögel. Sie bringen Possums um.«

Ach nein, nicht wieder die Leier, dachte ich. Wenn es jemals zwischen Australien und Neuseeland zum Krieg kommen sollte, dann wegen der Possums. Possums stammen ursprünglich aus Australien und wurden in den 1830er Jahren in Neuseeland angesiedelt, weil man auf das Pelzgeschäft hoffte. Da die Tiere in Neuseeland allerdings keine natürlichen Feinde hatten und es so gut wie keine feinen Leute gab, die sich in Possumpelz hüllen wollten, vermehrten sie sich ungehindert. Sie richten nach wie vor furchtbare Verheerungen in Neuseelands Wäldern an.

Während die Australier also jedem Possum auf der Straße ausweichen, treten die Neuseeländer aufs Gas und halten direkt darauf zu. In Australien ist es verboten, ein Possum zu töten. In Neuseeland ist dieselbe Tat ein Grund, eine Dose Bier zu öffnen – nicht, dass Philip oder ich jemals etwas mit dem Ableben eines dieser Beuteltiere zu tun gehabt hätten. Sich mit Geoffrey über Possums zu streiten, hatte keinen Sinn.

Jonah zeigte sowieso kein Interesse daran, etwas anderes als seinen Hausdrachen zu vernichten. Mit weit zurückgezogenen Lippen, falls die Fliege beißen oder stechen sollte, verspeiste er sie laut schmatzend – nachdem er sich versichert hatte, dass alle ihm bewundernd zusahen.

»Es ist grausam, eine Katze im Haus einzusperren«, sagte Lydia und erhob sich, um den Tisch abzuräumen. Ich war noch immer nicht wieder ganz sicher auf den Beinen, obwohl der letzte Drainageschlauch und die hässliche Flasche entfernt worden waren. Lydia sagte, ich solle sitzen bleiben, während sie abräumte. Es war mir unbegreiflich, wie ich zu einer Tochter mit solchen hausfraulichen Qualitäten kam.

»Grausamer, als sie vom Auto überfahren zu lassen?«, fragte Geoffrey.

Ich war fast erleichtert, als Geoffrey in seinen Parka schlüpfte und zum Gartentor ging.

Lydia und ich wechselten einen Blick.

»Er hat recht«, seufzte ich. »Jonah wird länger leben, wenn er drinnen bleibt.«

»Aber das ist Freiheitsberaubung!«, rief sie. »Stell dir nur vor, wie er sich fühlen muss, wenn er niemals Gras unter seinen Pfoten spürt.«

Das schien eine weitere unserer Sri-Lanka-Streitereien zu werden.

»Wir führen ihn an der Leine spazieren«, sagte ich.

»Er hasst die Leine!«, gab Lydia zurück.

Ich suchte mit Lydia und Katharine erneut die Tierhandlung auf, wo wir einen Katzentunnel kauften, durch den Jonah flitzen konnte, einen Kratzbaum, Tischtennisbälle, die er durch ein Gewirr von Plastikrinnen schieben konnte (»für die geistige Entwicklung«), kleine Bälle mit Glöckchen darin, große Bälle mit Batterien, die auf mysteriöse Weise in Papiertüten herumrollen konnten, mit Katzenminze imprägnierte Spielzeugmäuse und einen ganzen Schwung Angelruten. Das Haus verwandelte sich in einen Katzenspielplatz.

Ich hatte ein schlechtes Gewissen, weil Jonah eine Wohnungskatze war, aber er liebte es, durch seinen Tunnel zu schießen und jeden anzufallen, der gerade arglos daran vorbeiging. In der Mitte des Tunnels war ein Loch, was für ein zusätzliches Überraschungsmoment sorgte. Katharine stellte fest, dass der Tunnel auch als Unterseeboot zu gebrauchen war. Wenn sie ihn mit Jonah an Bord durch die Diele zog, streckte er den Kopf aus dem Loch und genoss die vorbeiziehende Szenerie.

»Ich glaube, das war's«, seufzte Lydia eines Tages und wickelte sich ihren neuen Schal um den Hals. »Mehr kann ich hier nicht tun.«

Wir wussten beide, was das bedeutete. Zum einen passte ihr Jonahs Hausarrest nicht, zum anderen lag meine Operation nun sechs Wochen zurück, in denen sie mir eine wunderbare Hilfe und eine wunderbare Tochter gewesen war.

Jetzt würde ich auch ohne sie auskommen.

Eine Woche später schwebte Lydia reisefertig in einer Wolke aus Weiß die Treppe herunter. Die Farbe der Reinheit und – weit weniger beruhigend für die sorgenvolle Mutter – die Farbe des Märtyrertums. Die Segelhosen und der Schal verliehen ihr einen *Vogue*-trifft-Aschram-Look. Ich musste ihren Mut bewundern, mochte er auch noch so fehlgeleitet sein.

Jonah spürte, dass sie uns verlassen wollte, und strich unablässig miauend um ihre Knöchel. Sie nahm ihn hoch und küsste ihn auf die Nase, während Philip ihren Rucksack zum Auto trug. Er hob sich dabei keinen Bruch. Sie hatte nicht viel mehr dabei als ihren rotbraunen Schal, eine Duftkerze für den Mönch und Geschenke für die Nonnen und die Waisen. Ich schob mich seitwärts wie eine Krabbe auf den Beifahrersitz. Das Ein- und Aussteigen war immer noch schwierig.

Lydia saß auf der Fahrt zum Flughafen auf der Rückbank. Zum x-ten Mal versicherte sie uns, dass der Mönch und die Nonnen sie am Flughafen von Colombo abholen und auf direktem Weg ins Kloster bringen würden. Sie müssten einige Militärposten passieren, sagte sie, aber Mönche und Nonnen würde man in Sri Lanka mit Respekt behandeln. In ihrer kleinen Gemeinschaft in den Hügeln wären sie geschützt. Ihr würde nichts passieren.

»Keine Sorge«, fügte sie hinzu. »Zu Robs Hochzeit bin ich wieder hier.«

Robs und Chantelles Hochzeit sollte in drei Monaten stattfinden. Das kam mir wie eine Ewigkeit vor, um auf einem Fels zu sitzen und zu meditieren.

Wir verfielen in Schweigen, aber nicht aus Ärger oder Groll. Was auch immer geschehen mochte, ich hatte akzeptiert, dass ich nur einen geringen Einfluss auf sie hatte, auch wenn ich von Ängsten um sie geplagt wurde, während sie einen unbekümmerten Eindruck machte.

Lydia hatte keinerlei Interesse für den Bürgerkrieg in Sri Lanka oder die Lage der tamilischen Separatisten gezeigt. Die paar Bücher, die ich zu dem Thema gefunden hatte, hatte sie nicht angerührt. Vor meinem inneren Auge lief wieder und wieder derselbe Film ab – Lydia entführt oder Opfer eines Terroranschlags. Verzweifelt bemühte ich mich, den Film anzuhalten. Es hatte keinen Sinn, mit ihr deswegen zu streiten oder ihr zu erzählen, das sri-lankische Militär habe gerade verkündet, dass es die wichtige Marinebasis der tamilischen Separatisten in Vidattaltivu im Norden besetzt hatte.

Meine Brustkrebserkrankung und unsere vielen Auseinandersetzungen hatten immerhin ein Gutes – Lydia hatte mir gezeigt, dass die Liebe zwischen Mutter und Tochter keine Einbahnstraße war.

Im Laufe der Jahre hatte ich viel Unsinn geredet, meist ging es dabei um irgendwelche Äußerlichkeiten. Meine Mutter hatte dasselbe bei mir gemacht und damit mein Selbstbild geprägt. Ich konnte mich noch immer nicht im Spiegel ansehen, ohne ihre Stimme zu hören – »Du solltest ein Korsett tragen«, »Was hast du nur mit deinen hübschen Locken gemacht?« Ihre letzten Worte an mich waren gewesen: »Was weißt du denn schon?« Zugegeben, daran war ich selbst schuld.

Als ich meiner Mutter in ihren letzten Stunden zusehen musste, wie sie von schrecklichen Schmerzen gequält wurde, rang ich um die richtigen Worte. »Du machst das gut«, sagte ich dummerweise. Meine Mutter hatte ihr Gebiss und die Kontrolle über fast alle Körperfunktionen verloren, aber um eine gepfefferte Antwort war sie nach wie vor nicht verlegen. Sie hatte ja auch recht. Ich wusste tatsächlich nicht, was sie durchmachte.

Auf der Fahrt zum Flughafen hoffte ich, dass Lydia klar war, wie viel Liebe zu ihr in jeder meiner dummen Bemerkungen gesteckt hatte. Das Ganze war einfach ein Fall von mütterlichem Tourette-Syndrom.

»Dein Hemd ist zu kurz. Du wirst dich erkälten.« (*Ich wünsche dir ewige Gesundheit.*)

»Du bist zu dünn.« (*Du hast es nicht nötig, dich mit den Vogelscheuchen aus den Zeitschriften zu vergleichen. Du bist schön, so wie du bist.*)

»Du könntest dir mal wieder die Augenbrauen zupfen.« (*Genieße deine Sinnlichkeit. Mach das Beste aus deiner Schönheit und Jugend, solange du sie hast.*)

»Du hast eine Laufmasche.« (*Ich bin für dich da.*)

»Viel Spaß!« (*Schenk dir selbst Blumen. Trink Champagner. Öffne anderen dein Herz. Lebe deine Träume. Du kannst mit deinem Leben machen, was du willst.*)

»Pass auf dich auf.« (*Genieße es, dass du eine so wunderbare Frau bist. Stell dich nicht in den Schatten eines Mannes. Sorge für dich. Du bist ungeheuer kostbar.*)

Am Check-in-Schalter nahm Philip einen Gepäckanhänger, holte einen Stift aus seiner Tasche und schrieb Lydias Adresse darauf. Dann befestigte er den Anhänger sorgfältig an ihrem Rucksack.

Ich küsste sie auf ihre roten, erhitzten Wangen und dankte ihr dafür, dass sie sich nach der Operation so liebevoll um mich gekümmert hatte.

Lächelnd versprach sie, anzurufen, SMS zu schicken und öfter zu schreiben.

Dann schwebte sie wie eine Schneeflocke zum Abflug-Gate und die Mutter in mir dachte: Weiß ist so anfällig für Flecken. Hoffentlich kleckert sie sich nicht mit Tomatensoße voll.

Sie drehte sich um und winkte, dann verschwand sie durch die Tür.

18.

Eifersucht

In jeder engelsgleichen Katze
steckt ein Teufel.

Der Apfelbaum vor dem Fenster meines Arbeitszimmers hielt seinen Winterschlaf. Ohne Blätter war er ein knorriges Skelett, voller Narben an den Stellen, an denen Äste abgesägt worden waren. Der Baum und ich hatten beide Bekanntschaft mit dem Skalpell des Chirurgen gemacht.

Eine befreundete Gärtnerin schätzte den Baum auf knapp hundert Jahre, was ungefähr dem Alter des Hauses entsprach. Sie zeigte uns möglicherweise gefährliche Verwachsungen und Pilze an seinen Ästen und bot an, das nächste Mal mit einer Säge zu kommen, um sie zu entfernen. Der Winter sei dazu die beste Jahreszeit, sagte sie. Der Baum tat mir leid. Er hatte schon genug mitgemacht. Ich dankte ihr und schlug vor, erst einmal ein Jahr zu warten, bevor wir ihn neuerlichen Operationen unterzogen.

Gerade als ich den Baum aufgeben wollte und überlegte, wer ihn fällen könnte, besann er sich eines Besseren und trieb ein neues Blatt. Das junge, zarte Blatt klammerte sich an den alten Zweig. Als es sich vor einem blassen Himmel aufrollte, dachte ich mit Staunen über den Rhythmus der Natur nach.

Das Leben manifestiert sich in Wellen – auf eine Konzentration von Energie folgt Loslassen. Das geschieht bei der Geburt, wenn die Wehen kommen und gehen. Dasselbe gilt für das Meer mit seinem unablässigen Wechsel von Ebbe und

Flut. Der menschliche Atem folgt einem ähnlichen Muster, füllen und entleeren. Selbst das Universum weitet sich aus und zieht sich wieder zusammen.

Oberflächlich, wie wir sind, würdigen wir nur das Offensichtliche. Das Heranwachsen hat mehr Reiz als der Rückzug. Den Sommer mögen wir lieber als die kalte Jahreszeit, den Tag lieber als die Nacht. Aber im Winter wächst mehr, als man sich vorstellt. Kreativität liegt im Dunkeln verborgen.

Bald nach dem ersten Blatt brachen hunderte weitere hervor. Gegen alle Prophezeiungen drängte der Apfelbaum mit aller Macht zurück ins Leben.

Auch ich stolperte ins Leben zurück. Ich keuchte dabei zwar wie eine Dampflok, aber ein Spaziergang ans Ende der Straße kam mir inzwischen nicht mehr wie ein Marathon vor, und nach der herkulischen Aufgabe des Hosenanziehens musste ich mich auch nicht mehr hinlegen.

Ich war Lydia dankbar, dass sie ihr Versprechen hielt und mich regelmäßig aus ihrem Dschungelkloster anrief. Bei diesen Gesprächen mieden wir beide das höchst konfliktträchtige Thema des Gelübdes.

Während Lydia also in Sri Lanka ihre Freiheit genoss, stand Jonah unter Stubenarrest. Wir hatten an einigen Fenstern Sicherheitsnetze anbringen lassen, so dass wir sie öffnen konnten, ohne dass er entwischte. Die Terrassentüren blieben geschlossen. Irgendwann gewöhnten wir uns daran, Mitgefangene unseres Sträflings zu sein.

Jonah übernahm einige der pflegerischen Aufgaben von Lydia, folgte mir auf Schritt und Tritt durchs Haus, schnaubte ungeduldig und drängte mich dazu, mich hinzulegen und auszuruhen.

Wenn ich ihm endlich gehorchte, sprang er aufs Bett und machte es sich auf meinem Bauch bequem, als wollte er sagen:

»So ist es gut. Genau das sollten wir tun. Ein kleines Nickerchen halten.«

Ich spürte sein Schnurren in meinem ganzen Körper und wusste, endlich hatte ich den Freund gefunden, den ich bislang vermisst hatte. Jemanden, der mir zuhörte, mich umhegte und begleitete, ohne dabei jemals zu urteilen. Eigentlich hatte ich immer nur eine Katze gebraucht. Vielleicht hatte unsere frühere Nachbarin recht gehabt, und Cleo hatte uns eine Engelskatze geschickt.

Jonah verschönerte das Haus allein durch seine Anwesenheit. Es gab keinen Teppich und kein Kissen, die er mit seinen Farben nicht zum Leuchten brachte. Er war zu einer großartigen Katze herangewachsen; fast zu glamourös, um zu uns zu gehören. Sein Fell war den Winter über dunkler geworden und jetzt nicht mehr milchkaffee-, sondern cappuccinofarben. Die Schnurrhaare standen von seinem espressofarbenen Gesicht ab wie helle Nylonfäden. Seine saphirblauen Augen sahen hinter einer dunklen Maske hervor. Unglaublich lange Ohren schwebten wie Fledermausschwingen über seinem schmalen Gesicht. Seine lange Nase verlieh ihm das Profil eines ägyptischen Pharaos.

Er hatte nur einen Makel – zwei seiner oberen Zähne schoben sich wie Fänge über seine Unterlippe.

Jonah war so gertenschlank, als ob seine Vorfahren aus einer Tube gequetscht worden wären. Wenn er auf seinen langen Beinen angestakst kam, schien er um einige Zentimeter größer, als es bei Katzen üblich war.

Er verbrachte Stunden damit, seinen Schwanz zu putzen, eine zuckende Schlange mit eigenem Willen. Er trug ihn meist wie eine Antenne in die Höhe gereckt, so dass er leicht zu orten war. Wir folgten einfach der Schwanzspitze, wenn er hinter einem Stuhl verschwand. Kauerte er sich dagegen hin, um in der Sonne zu dösen, dann schlang er ihn um seine Vorderbeine und schob ihn zwischen die Pfoten.

Wenn er auch ein treuer Begleiter war, so war er doch ständig auf der Suche nach einem Fluchtweg – ein offen stehendes Fenster, ein Spalt in der Tür. Jeden Nachmittag legten wir ihm sein Geschirr um, damit er im Garten auf Käferjagd gehen konnte, und immer zerrte er an der Leine und wollte weiter, als sie ihm erlaubte.

Philip meinte, dass Jonah sich bestimmt an sein Dasein als Hauskatze gewöhnen würde. Von den weltweit zweihundert Millionen Katzen war ein großer Teil glücklich und zufrieden mit einem häuslichen Dasein, erklärte er.

Jonahs Quieken verwandelte sich in ein tiefes, kehliges Jaulen, das sagte: *Ich will mehr! Tut endlich, was ich will! Jetzt gleich! Jetzt gleiiiiiich!*

Unser junger Kater schien alles hundertmal besser zu spüren, zu sehen und zu hören als wir. Selbst wenn er zusammengerollt und mit geschlossenen Augen auf meinem Schoß lag, schlief nur ein kleiner Teil von ihm. Die Muskeln zuckten unter seinem seidigen Fell. Ein Knacken im Dachstuhl oder das ferne Rattern der Straßenbahn, die die High Street hinunterfuhr, genügten, damit er sofort hellwach war.

Seit Lydia nicht mehr da war, war es tagsüber sehr still im Haus. Eines Morgens kratzte Jonah an der Tür meines Arbeitszimmers und ich legte ihn mir über die Schulter und trug ihn hinein. Begleitet von seinem sanften Schnurren setzte ich mich hinter den Schreibtisch und fuhr den Computer hoch.

Das ist genau der richtige Platz für uns zwei, schien er zu sagen. *Und jetzt lass uns einen Blick auf das alte* Cleo-*Manuskript werfen.*

Mutlosigkeit überkam mich, als ich las, was ich vor meiner

Krebsoperation geschrieben hatte. Meine Prognose war zwar gut, aber es konnte dennoch sein, dass dies das letzte Buch war, das mir zu schreiben blieb. Das Manuskript kam mir zu selbstmitleidig und deprimierend vor. Mehr denn je wollte ich das Wunder des Lebens feiern. Mit Jonah auf den Knien holte ich tief Luft und drückte auf Löschen. Tausende von Wörtern, ein halbes Buch, verschwanden im Cyberspace.

Danach starrte ich in die dunkle Höhle meines Bildschirms. Und fing noch einmal von vorne an.

Langsam gewann ich den Eindruck, dass Jonah die geborene Schriftstellerkatze war. Jeden Morgen tappte er an die Tür meines Arbeitszimmers, bis ich kam und sie öffnete und mich an den Schreibtisch setzte. Auf meinem Schoß schnurrte er sich in den Schlaf und lag stundenlang so da, ohne sich zu rühren. Immer wenn ich mich erhob, um meine Beine zu strecken, schüttelte er sich, bis er wach war, und dehnte sich dann genüsslich.

Am Nachmittag war mein Kopf so leer, dass ich zu nichts anderem mehr imstande war, als in die Glotze zu starren, aber auch das war Jonah recht. Am liebsten guckte er Tiersendungen und rätselhafterweise Modern Dance. Sein Favorit war allerdings *Kommissar Rex*. Kaum erschien der Schäferhund auf dem Bildschirm, sprang Jonah auf den Fernsehtisch und folgte aufgeregt jeder Bewegung des Hundedetektivs. Wenn ich mir Quizshows wie die *Antiques Road Show* ansah, dann gähnte er, als wolle er sagen: *Miauuu! Schalt um!*

Als würdiger Vertreter des männlichen Geschlechts liebte Jonah alles Mechanische. Das Einzige, was ihn noch mehr interessierte als die Klospülung, war der Drucker. Wann immer das Gerät zu drucken anfing, sprang er darauf und tätschelte die Blätter, die es ausspuckte.

Als Abwechslung zum Teppichzerfetzen oder Sich-von-den-Vorhängen-Abseilen genoss er seine Aufgabe als Cheflektor. Wir kamen prächtig miteinander aus.

Ich hätte wissen müssen, dass es so schön nicht bleiben konnte.

Tagsüber beschränkte sich mein Kontakt zu anderen Menschen weitgehend auf Bronte, Stevan oder wer sonst gerade an der Espressomaschine auf der anderen Straßenseite stand. Sie erkundigten sich höflich, wie es mit meinem Buch voranginge, dann reichten sie mir einen Styroporbecher mit dem Schriftsteller-Treibstoff.

Als ich eines Morgens mit meinem Kaffee nach Hause zurückkam, war mein Arbeitszimmer verwüstet. Der Papierkorb war ausgeleert, die Fotos auf dem Bücherregal waren umgefallen. Der Rahmen mit dem Empfehlungsschreiben von dem Zeitungsredakteur aus dem Jahr 1949, in dem es hieß, meine Mutter sei fast so gut wie ein Mann, lag auf dem Boden.

Aber am meisten hatte die Tastatur gelitten. Vier Buchstaben waren herausgerissen worden und lagen verstreut auf dem Boden. Eine Taste nach der anderen hob ich sie auf und besah sie mir – Z, F, P. Die vierte und am stärksten beschädigte Taste war das E – der am meisten gebrauchte Buchstabe, natürlich.

»Jonah!«, knurrte ich.

Ein schmales Fellgesicht erschien in der Tür. Er funkelte mich mit kobaltblauen Augen an – und knurrte zurück.

Die Botschaft war klar. Ich hatte zu viel Zeit am Computer verbracht. Er brauchte meine Aufmerksamkeit dringender als die dumme Maschine.

Unser engelsgleicher Kater hatte sich in einen kleinen Teufel verwandelt.

19.

Täuschung

Die samtene Diktatur.

Nachdem Jonah mein Arbeitszimmer verwüstet hatte, ließ ich ihn nicht mehr hinein. Allerdings war sein Jammern vor der Tür, während ich arbeitete, kaum zu ertragen.

Ausgehend von der Hypothese, dass sein Bedürfnis nach Aufmerksamkeit nicht unerschöpflich war, ersann ich einen Plan. Jeden Morgen würde ich ihm so viel Aufmerksamkeit zukommen lassen, dass er den Rest des Tages eine ganz normale, entspannte Katze war.

Jonah liebte es, wenn man ihm den Rücken streichelte. Ich wollte großzügig sein. Die optimale Zahl an Streicheleinheiten lag bei zweihundert, beschloss ich. Jonah erschauerte vor Wonne und schmiegte sich tief in meinen Schoß, während ich ihm seine Tagesdosis verabreichte.

»Das war's, mein Kleiner«, sagte ich, wenn ich fertig war, und setzte ihn wieder auf den Boden.

Nur waren zweihundert nicht genug. Er sprang zurück auf meinen Schoß und verlangte nach mehr.

Er wusste genau, was ich im Sinn hatte. Jedes Mal wenn ich ihn auf den Boden setzte, raste er zur Tür meines Arbeitszimmers und versuchte vor mir hineinzuschlüpfen.

Mein Leben wurde von einer Katze beherrscht. Wenn nur Lydia hier gewesen wäre, sie hätte bestimmt gewusst, was man mit einer so eigensinnigen Katze machte.

Meine Tage waren angefüllt mit Schreiben, Hochzeitsvorbereitungen und Kochen, und dennoch vermisste ich den Geruch von Räucherstäbchen, der sonst aus Lydias Zimmer gedrungen war. Beinahe erwartete ich, dass sie um die Ecke bog und »April, April!« rief. Nur war nicht April. Es war November.

Im Laufe der Wochen hatten wir uns an die erratischen Anrufe aus Sri Lanka gewöhnt. Wenn ein Gespräch unterbrochen wurde, musste das nicht unbedingt heißen, dass Lydia beleidigt aufgelegt hatte. Besonders nach heftigen Regenfällen funktionierte das Klostertelefon oft über Tage nicht richtig.

Hätte es doch eine Möglichkeit gegeben, einen Teil des über Sri Lanka niedergehenden Wassers in Tanks zu pumpen und nach Australien zu schaffen. Die Dürre hier wurde immer schlimmer und für den Sommer rechnete man mit verheerenden Buschfeuern.

Als Lydia endlich wieder einmal durchkam, fragte ich sie, was sie die ganze Zeit über gemacht hätte. Es war das Übliche: Englischunterricht für die Mönche, Besuche im Krankenhaus und im Waisenhaus und natürlich Meditieren. Meine Versuche, mir ihr Leben dort vorzustellen, scheiterten jedoch daran, dass ich keine konkreten Anhaltspunkte hatte. Wie roch es dort? Mochten die Menschen sie oder nutzten sie sie aus? Oder umgekehrt, nutzte sie die Leute aus? Sie versicherte mir, dass sie Miete zahlte.

»Es ist wunderschön hier«, sagte sie. »Du solltest mich mal besuchen.«

Mein Lachen hallte von den Küchenwänden wider. Ich hatte genug von der Dritten Welt durch verschiedene Klobrillen gesehen. Die Namen exotischer Reiseziele rufen in mir keine Erinnerungen an sich im Wind wiegende Palmen wach, sondern an fürchterliche Übelkeit. Wenn ich wieder irgendwohin reisen würde, so hatte ich mir vorgenommen, vor allem nach dem Kampf gegen den Brustkrebs, dann musste es dort blitzende Badezimmer, Haute Cuisine und blütenweiße Bettwäsche geben.

»Wie viele Stufen führen noch mal zum Kloster hinauf?«, fragte ich, um nicht gleich abzulehnen.

»Einige, aber wir würden dein Gepäck tragen.«

»Kath hat mir erzählt, dass du in deinem Zimmer eine Ratte gesehen hast«, schob ich nach. Katharine war eine ausgezeichnete Quelle für Geheiminformationen.

»Ach, vielleicht war es überhaupt keine Ratte«, sagte Lydia abwiegelnd. »Ich habe nur einen Schatten gesehen. Und der hat einen weiten Bogen um mich gemacht.«

Mittlerweile zählte ich die Tage, bis Lydia zurückkam. Meiner Berechnung nach musste ich nur noch drei Wochen abends beim Einschlafen den Gedanken verdrängen, dass sie entführt, in ein Gemetzel geraten oder ernsthaft krank werden könnte, Letzteres wahlweise durch eine Lebensmittelvergiftung, Malaria oder irgendeine andere tropische Krankheit. Nicht zu vergessen die Möglichkeit, dass sie von einer der achtundneunzig Schlangenarten auf Sri Lanka gebissen wurde oder dass ein Skorpion, wild gewordener Elefant, Leopard, Wasserbüffel, Mungo oder Schakal sie angriff.

Was die in Sri Lanka omnipräsenten Affen anging – nachdem mir ein befreundeter Arzt ein paar Zahlen über Todesfälle infolge von Affenbissen genannt hatte, betrachte ich sie nicht mehr als harmlose Beinahe-Menschen.

Noch mehr als wegen all der physischen Gefahren, in denen Lydia schwebte, machte ich mir Sorgen über das, was in ihrem Kopf vor sich ging. Vielleicht hatte das stundenlange Meditieren bei ihr ja zu religiösem Eifer geführt. Meine diesbezüglichen Fragen wurden mit Schweigen beantwortet, gefolgt von einem »Ach, schwer zu erklären«. Sie zu fragen, ob sie immer noch vorhatte, dem Westen und seiner fleischlastigen, oberflächlichen Konsumkultur den Rücken zu kehren, wagte ich erst gar nicht.

Sobald wir über Robs Hochzeit sprachen, klang ihre Stimme fröhlich und aufgeregt. Dann hörte ich die alte Lydia durch – das kleine Mädchen, das im Elfenkostüm auf einem Trampolin herumhüpfte; die Anderthalbjährige, die in roten Schuhen durch den Park wackelte und darauf beharrte, dass Schwäne Enten waren. Sie war schon damals ziemlich starrköpfig.

Wenn Lydia von »uns« sprach und damit ihre Familie meinte, musste ich jedes Mal mit den Tränen kämpfen. Vielleicht würden die drei Monate in dem Kloster ja dieselbe Wirkung haben wie die zweihundert Streicheleinheiten bei Jonah und ihr die Flausen austreiben. Aber dann fiel mir ein, dass die zweihundert Streicheleinheiten bei Jonah ein Riesenreinfall gewesen waren, und ich beschloss, mich nicht weiter als Amateur-Verhaltensforscherin zu versuchen.

Nach einem dieser Telefonate wanderte mein Blick zufällig in der Küche herum. Im Vergleich zu der farbenprächtigen Welt, in der Lydia offenbar gerade lebte, versanken wir in einer Palette von Beigetönen. In ihrer Farblosigkeit machte Shirley innen wie außen einen müden Eindruck. Robs Hochzeit war in sechs Wochen und wir wollten am Abend vor dem großen Tag dreißig oder vierzig Leute zu einem Grillfest unter dem Baum in unserer Gartenwüste einladen. Bis dahin musste das Haus dringend einer Verjüngungskur unterzogen werden.

Ich überlegte, was meine Mutter in dieser Situation gemacht hätte. Putzen hatte sie genauso gehasst wie ich. Die Fettschichten auf dem Küchenregal übermalte sie lieber, als dass sie sie wegschrubbte. Ihre Lieblingsfarbe war ein hellblauer Lack, in dem vermutlich genug Blei war, um einen Teil der in unserer Familie herrschenden Exzentrik zu erklären. Sie fand, die Farbe wirke »hygienisch«, und besonders gefiel ihr der Glanz. Die Farbe »decke so gut«, meinte sie. So kam es, dass die blaue Farbe dicke Tropfnasen an den Kanten der Regalbretter bildete.

Als ich nun mein Auge über Shirleys schäbige Kücheneinrichtung wandern ließ, fiel mir sofort Farbe ein. Ich rief David, den Inneneinrichter, an und er kannte genau die richtigen Leute, die uns im Handumdrehen aus der Patsche helfen konnten.

Ich freute mich nicht gerade auf die Maler. Der Gestank würde mich beim Schreiben stören, von dem unvermeidlichen Geplärre aus dem tragbaren Radio gar nicht zu reden.

Das Leiterklappern und Herumtrampeln würde darüber hinaus Jonah in Angst und Schrecken versetzen. Sie würden die Türen und Fenster nicht schließen, so dass er abhauen konnte, und in der wertvollen Zeit, in der ich an meinem Buch hätte arbeiten können, würde ich die Nachbarschaft nach ihm absuchen müssen.

Am ersten Tag standen die Maler kurz nach sieben Uhr vor der Tür. Ich hatte eigentlich mit dem Universum einen Vertrag abgeschlossen, dass ich nicht vor halb acht aufstehen musste, aber da Philip joggen war, blieb mir nichts anderes übrig, als aus dem Bett zu klettern. Mit Jonah auf dem Arm, im Nachthemd und mit zerzaustem Haar öffnete ich die Haustür einen Spaltbreit.

»Tut mir leid, aber unser Kater ist eine Siamkatze und ein wenig nervös«, sagte ich. »Er darf keinesfalls raus. Wenn Ihnen das recht ist, sperre ich ihn einfach in eines der Zimmer, in denen Sie gerade nicht arbeiten.«

Der Chefmaler nickte. Ich war sicher nicht seine erste

komplizierte Kundin. Dass ich nicht angezogen war und meine Haare aussahen, als hätte ich gerade einen Stromschlag erhalten, schien er gar nicht zu bemerken.

»Schöne Katze«, sagte er bewundernd und musterte Jonah durch den Spalt. »Aber das ist keine Siamkatze. Das ist ein Tonkanese.«

»Meinen Sie?«, erwiderte ich und trat einen Schritt zurück, damit er und seine beiden Helfer, allesamt in weiße Overalls gekleidet, hereinkommen konnten. »Der Mann in der Tierhandlung sagte uns, er sei eine Siamkatze.«

Ich spürte, wie Jonah jeden Muskel anspannte, als die Maler ihre Farbeimer und Pinsel und Abdeckfolien auf dem Boden verteilten. Bestimmt würde er jeden Augenblick aus meinen Armen springen und wie geisteskrank herumrasen.

»Nie im Leben!«, sagte der Maler und streichelte Jonahs Stirn. »Das ist ein Tonkanese. Dafür lege ich meine Hand ins Feuer. Ich habe zwei Katzen, die genauso aussehen, und die sind beide Tonkanesen. Für eine Siamkatze ist er viel zu dunkel. Er ist garantiert ein Tonk.«

Erleichtert stellte ich fest, dass Jonah schnurrte, als der Maler ihn streichelte. Vielleicht würden sie ja doch miteinander auskommen. Wenn der Maler recht hatte, hatte Jonah nicht nur die eine oder andere Schraube locker, sondern war auch noch ein Hochstapler. Ich lächelte unseren Kater an, ohne einen Gedanken an seine Rasse zu verschwenden. Er hatte Ego genug, um eine ganz neue Rasse zu begründen. Aber der Gedanke gefiel mir, dass seine Herkunft noch rätselhafter war, als wir angenommen hatten.

Ich ging zum Computer und googelte Tonkanese. Tonkanesen waren halb Siamese und halb Burmese und vereinten angeblich das Beste aus beiden Züchtungen. Interessanterweise stammte der Name aus *South Pacific*, dem Lieblingsmusical meiner Mutter. Die Figur, die sie gespielt hatte, Bloody Mary, war Tonkanesin und kam von einer Insel, auf der keine Vorurteile gegenüber Mischlingen herrschten.

Wenn der Maler meinte, Jonah sei Tonkanese, dann hatte ich nichts dagegen, besonders weil Tonkanesen angeblich »weniger anspruchsvoll und empfindlich« waren als Siamkatzen. Wenn sich Jonah erst einmal auf sein Tonkanesensein eingestellt hatte, dann würde er sich vielleicht auch daran gewöhnen, dass er eine »leise Stimme« hatte und »weniger hyperaktiv als verspielt« war.

Jonah bewunderte die Maler, ja, er verehrte sie geradezu. Jeden Morgen wartete er an der Haustür auf sie. Wenn sie vom Boden aus arbeiteten, dann spähte er in ihre Eimer und spielte mit ihren Pinseln. Wenn sie auf Leitern stiegen, saß er aufgeregt darunter oder sprang auf ein Fensterbrett, um ihnen Gesellschaft zu leisten.

Mit ihren weißen Overalls, gleitenden Bewegungen und Kletterkünsten hielt er sie wahrscheinlich für menschliche Katzen. Tranken sie in der Küche ihren Morgenkaffee, sprang Jonah auf den Tisch, blinzelte ihnen zu, miaute verführerisch und streckte eine lange Pfote aus, um ihre Gesichter zu tätscheln. Glücklicherweise mochten sie ihn auch.

Maler sind nicht mehr das, was sie mal waren. Löslicher Kaffee ist nicht mehr gut genug für sie. Sie bevorzugen Kaffee aus der Cafétiere oder besser noch den Cappuccino von Spoonful. Sie wissen Porzellantassen auf einem hübschen Tablett zu schätzen. Wenn die Kekse nicht selbstgebacken aussehen, lassen sie sie auf dem Teller liegen, wo sie in der Sonne weich werden. Diejenigen, die keinen Kaffee mögen, trinken stattdessen frisch gepressten Orangensaft aus einem Glas (nicht aus dem Plastikbecher) mit Eiswürfeln.

Maler kriegen alles in einem Haus mit. Neugierig spähten sie durch das Fenster meines Arbeitszimmers, während ich mit den letzten Kapiteln des Cleo-Buchs rang. Ich wappnete mich dagegen, dass einer von ihnen auch ein Buch schrieb oder zumindest einen Freund oder Verwandten hatte, der das tat. Jeder schrieb ein Buch oder (noch schlimmer) plante es, sobald er oder sie in Rente war.

»Wird das ein Kinderbuch?«, fragte einer von ihnen.

Ich war in einem Stadium, in dem sich mein Selbstvertrauen auf der Höhe der Dielenbretter befand. Vielleicht war es ja tatsächlich ein Kinderbuch, was an sich nichts Schlechtes wäre – gegenüber Kinderbuchautoren hege ich den größten Respekt. Andererseits war der Tod eines Kindes nicht gerade ein geeignetes Thema für ein Kinderbuch. Vielleicht hatten die Agenten und Verleger, die es abgelehnt hatten, ja recht gehabt. Als ich schließlich den letzten Satz geschrieben und das ersehnte »Ende« daruntergesetzt hatte, kam es mir unpassend vor. Das Leben ist ein Kreislauf. Cleos Tod war der Beginn einer neuen Phase. Ich löschte »Ende« und tippte stattdessen »Anfang« – und drückte mit bebendem Finger auf »Senden«.

Während die Maler sich durch das Haus arbeiteten, half ich ihnen beim Einräumen der Zimmer, die sie fertig gestrichen hatten, und bereitete diejenigen vor, die als Nächstes drankommen sollten. Da ich nach wie vor nichts Schweres heben oder schieben durfte, übernahm das Philip, wenn er abends nach Hause kam.

Sobald der eine Haufen von Büchern, Bildern und Möbeln wieder an seinem Platz war, wurden die Wände im nächsten Zimmer freigeräumt und die Einrichtung unter Abdeckfolie in die Mitte verbannt. Wie eine Wanderdüne.

In der Waschküche bemerkte ich in der Nähe von Jonahs Fressnäpfen blasse Flecken, die sich in fast parallelen Streifen die Wand herunterzogen. Ich bat die Maler, sie noch mal zu überstreichen.

Ein paar Tage darauf waren die Streifen rätselhafterweise wieder da. Ich beugte mich vor und inspizierte sie genauer. Sie sahen aus wie frei gezogen und erinnerten an die Bilder von Jackson Pollock. Daneben hatten sie etwas Wildes, so als hätte ein Raubtier seine Krallen an der Wand geschärft. Irgendwie unheimlich. Fast symbolhaft. Ich fragte mich, was sie bedeuteten.

20.

Liebe

Katzen und Töchter kehren nur heim,
wenn sie Lust dazu haben.

Zwei Wochen vor der Hochzeit stand Chantelle mit vor Aufregung geröteten Wangen vor unserer Haustür. Ihr Kleid war endlich fertig. Es lag im Auto. Sie wollte es nicht in ihrer Wohnung aufbewahren. Selbst wenn sie es in der Abstellkammer versteckte, würde Rob es bestimmt finden. Ihre Bitte, auf das kostbare Stück aufzupassen, freute mich.

Unter dem wachsamen Blick der Maler trugen wir das Kleid, das zu seinem Schutz in einem Kleidersack steckte, durch den Garten. Jonah sah uns mit gespannt gespitzten Ohren von seinem Beobachterposten am Wohnzimmerfenster aus zu. Er eilte uns entgegen und heftete sich an unsere Fersen, als wir in mein Arbeitszimmer gingen. In der Aufregung vergaß ich, ihn auszusperren. Chantelle öffnete die Hülle und zum Vorschein kam ein Hochzeitskleid, das einer Prinzessin würdig gewesen wäre. Die Korsage war mit Perlen bestickt, die auf der hellrosa Seide schimmerten. Es war einfach das …

»*Jonah!*«, kreischte Chantelle.

Wir waren so sehr damit beschäftigt gewesen, das Kleid zu bewundern, dass wir nicht mitbekommen hatten, welche Wirkung es auf Jonah hatte. Mit nach vorne geklappten Ohren und blaue Blitze schießenden Augen machte er einen Satz und verschwand unter dem Saum des Kleides. Aus

Angst, er könnte sich in der Seide festkrallen, wagten wir nicht, ihn herauszuziehen.

»Jonah, komm da raus«, rief ich, aber er vergrub sich nur noch tiefer in den Falten des Tüllunterrocks.

Entzückt von der Weichheit des schimmernden Stoffs, war Jonah nicht bereit, seinen Platz aufzugeben. Ein Riss würde einen ungeheuren emotionalen und finanziellen Schaden nach sich ziehen. Chantelle hatte sich bislang als äußerst vernünftige zukünftige Ehefrau gezeigt, aber wenn Jonah ihr Kleid zerfetzte, würde sie sich mit gutem Grund in die Braut, die um sich haut, verwandeln.

Ich schnappte mir eine seiner Spielzeug-Angelruten und schaffte es, ihn so lange damit abzulenken, bis Chantelle ihr Kleid von ihm befreit, es wieder in dem Sack verstaut und den Reißverschluss zugezogen hatte. Ich kritzelte »NICHT SCHAUEN!!!« auf einen Zettel und befestigte ihn mit Klebeband an der Hülle.

Nicht jede Schriftstellerin darf ein Hochzeitskleid in dem Schrank in ihrem Arbeitszimmer aufbewahren. Ich fühlte mich geehrt, dass Chantelle es mir anvertraute, obwohl ein Abendkleidfetischist im Katzenfell bei uns hauste.

Jeden Tag, wenn ich Jonah aus dem Arbeitszimmer ausgesperrt hatte, öffnete ich den Schrank und warf einen andächtigen Blick auf das Kleid. Ein, zwei Mal widersetzte ich mich meiner eigenen Anweisung und öffnete den Reißverschluss, um es wie einen Schmetterling in seinem Kokon zu bewundern.

Das Hochzeitskleid, Symbol der Liebe und Hoffnung, schimmerte voller Vorfreude. Es kam mir vor wie ein Glücksbringer. Erst recht, als eine E-Mail von Louise von Allen and Unwin eintraf, in der sie ihre Begeisterung für *Cleo* zum Ausdruck brachte. Wobei ich natürlich annahm, dass Louise höflich sein und meinem empfindlichen Autoren-Ego schmeicheln wollte. Jude, die *Cleo* lektorieren sollte, schickte eine ähnlich lautende E-Mail – und der Verdacht verflüchtigte sich. Vielleicht war das Buch ja doch nicht so schlecht.

Als mir Jude fünfzehn Seiten mit Änderungsvorschlägen schickte, zogen sich meine Herzmuskeln zusammen. Aber als mir klar wurde, mit wie viel Aufmerksamkeit und Fingerspitzengefühl sie den Text durchgegangen war, war ich mehr als bereit, ihre Anweisungen zu befolgen. Ich sollte mich auf die emotionalen Abgründe einlassen, meinte sie, die ich erst kürzlich aus meiner ersten Version von *Cleo* getilgt hatte.

Bei der Überarbeitung durchlebte ich noch einmal die Tage nach Sams Tod und war überrascht, an wie viele Einzelheiten ich mich erinnerte. Aber erinnerter Schmerz ist nicht so schlimm wie unmittelbar erfahrener.

Ich hoffte, damit Eltern erreichen zu können, die einen ähnlichen Verlust erlitten hatten – und dass *Cleo* nicht nur in Neuseeland ein paar Leser fand, sondern auch in Australien.

Mit Näherrücken des Hochzeitstermins verwandelte sich das Haus in einen Bienenstock. Jeder Anruf und jedes verfrühte Hochzeitsgeschenk, das vor unserer Haustür abgestellt wurde, vergrößerte die Vorfreude. Die Tatsache, dass ich vor sechs Monaten noch Angst gehabt hatte, diesen Tag vielleicht gar nicht mehr miterleben zu dürfen, machte alles noch schöner. Dennoch musste ich vorsichtig sein. Ich fühlte mich zwar schon stärker, war aber noch längst nicht wiederhergestellt. Immer wenn ich mir zu viel abverlangte, büßte ich das mit schrecklicher Erschöpfung. Frustriert brach ich manchmal in Tränen aus und zweifelte daran, jemals wieder ganz zu Kräften zu kommen. In solchen Momenten stellten sich zerstörerische Gedanken ein. Was, wenn diese Erschöpfung nicht normal war und der Krebs immer noch in mir wütete?

Ich konnte kaum glauben, dass Rob bald heiraten würde. Ich sah in ihm immer noch den Sechsjährigen, der mit Cleo Verstecken spielte, oder den kleinen Seepfadfinder, der liebend gerne segelte. Dann war da der Vierzehnjährige, der in seiner blauen Schuluniform und einer Wolke aus Testosteron nach Hause gestapft kam. Wir waren alle begeistert gewesen, als der Junge, der unter »Lernschwierigkeiten« gelitten hatte, ein Stipendium für sein Ingenieursstudium bekam. Und am Boden zerstört, als er mit neunzehn schwer erkrankte.

Rob und ich hatten so vieles gemeinsam durchgestanden. Als ich ihn an dem Tag, an dem Cleo starb, anrief, hatte er geseufzt und gesagt: »Das war unsere letzte Verbindung zu Sam.« Unsere Trauer würde immer ein unsichtbares Band zwischen uns sein. Immer noch sehen wir uns, wenn wir eine ruhige Minute zu zweit haben, alte Fotos an und sprechen über Sam.

Rob sagt immer, dass man die guten Zeiten erst richtig zu schätzen weiß, wenn man schlechte durchlebt hat. Und tatsächlich, wenn ich an die Ungewissheit und die Schmerzen der letzten Monate zurückdachte, dann waren mir diese Tage vor der Hochzeit umso wertvoller.

In stilleren, düstereren Momenten googelte ich nach den neuesten Nachrichten aus Sri Lanka. Einen Monat vor Robs Hochzeit hatte ein Selbstmordanschlag in Anuradhapura siebenundzwanzig Menschen das Leben gekostet, unter anderem einem ehemaligen General. Lydia behauptete zwar, das Kloster läge in sicherer Entfernung von solchen Greueln, aber damit konnte sie mein mütterliches Herz nicht beruhigen.

In zwei Wochen würde die Hochzeit stattfinden und wir bereiteten uns auf die ersten Gäste vor. Den wichtigsten Hochzeitsgast erwarteten wir zuerst. Als ich am Flughafen anrief, erklärte eine Automatenstimme, die Landung erfolge zehn

Minuten früher als geplant. Das konnte nicht sein. Flugzeuge kamen nie zu früh an.

Philip und ich sprangen ins Auto und brausten über die Autobahn.

»Sie hat bestimmt abgenommen«, sagte ich. »Zwei vegetarische Currys am Tag müssen wie ein Abführmittel wirken. Aber ich werde keinen Ton sagen.«

Philip lächelte, schwieg aber taktvoll. Er ließ mich vor der Ankunftshalle aussteigen und machte sich auf die Suche nach einem Parkplatz. Lydia war nicht zu entdecken unter den Passagieren aus Singapur. Vielleicht hatte sie den Anschlussflug verpasst. Die Fahrt vom Kloster zum Flughafen Colombo hatte sicher mehr als vier Stunden gedauert. Alles Mögliche könnte sie aufgehalten haben – Elefanten, Schlaglöcher, Terroristen. Oder der Flug von Sri Lanka nach Singapur hatte sich verspätet.

Nichts geht über die Ankunftshalle in einem Flughafen, um den Glauben an die Menschheit wiederzufinden. Ein junger Inder umklammerte eine in Folie gewickelte Rose. Eine chinesische Familie starrte wie gebannt auf die Automatiktüren. Überall herrschte gespannte Erwartung. Die Türen glitten auf und ein Mann im Anzug und mit müdem Gesicht trat hindurch. Eine Frau eilte ihm entgegen, ein Kind im Schlepptau. Lachend verknäulten sich die drei ineinander. All die Geschichten von der gesundheitsfördernden Wirkung des Lächelns müssen wahr sein. Auf einmal sah der Mann viel jünger aus, die Spuren des Jetlags waren wie weggewischt.

In den letzten Wochen hatte Lydia nur selten angerufen – entweder weil sie sich in Schweigeklausur befand oder weil die Stromversorgung des Klosters zusammengebrochen war. Einmal hatte sie offenbar geschrieben, aber dem Postamt waren die Briefmarken ausgegangen.

Erneut öffneten sich die Türen. Mein Herz machte einen Sprung. Aber schon beim Anblick des Gepäckwagens wusste ich, dass sie es nicht sein konnte. Teure Koffer und Schnaps aus dem Duty-free-Shop waren nicht ihr Stil.

»Ist sie immer noch nicht da?«, fragte Philip, der nach dem Spurt vom Parkhaus in die Ankunftshalle etwas außer Atem war.

Die Türen taten nicht, was wir wollten. Sie gaben einer schönen jungen Inderin den Weg frei, die von dem Mann mit Rose empfangen wurde, gefolgt von einer alten Chinesin, die sogleich von ihrer Familie umringt wurde. Vielleicht nahmen ja die Zollbeamten Lydia in die Mangel. Ich hatte oft genug *Border Patrol* gesehen, um zu wissen, wie diese Leute vorgingen und dass sie Spinner besonders auf dem Kieker hatten. Vielleicht hatten sie den Räucherstäbchenduft in ihren Kleidern für etwas anderes gehalten.

Selbst wenn Lydia keine Nonne war, hatte sie sicher wie eine gelebt, in einer Zelle geschlafen und mehr als zwölf Stunden am Tag meditiert. Ich machte mich darauf gefasst, dass sie beschlossen hatte, uns mit einem rasierten Kopf und rotbraunen Gewändern zu überraschen.

Eines habe ich in den Jahren, die ich in Ankunftshallen verbrachte, gelernt. Es gibt nur eine Möglichkeit, Leute dazu zu bringen, durch diese Türen zu kommen, und die besteht darin, in ein Café zu gehen und einen Styroporbecher, besser noch zwei, mit kochend heißem Tee zu kaufen. Kaum bahnte ich mir mit meinen Bechern einen Weg durch die wartende Menge, wobei ich mir die Hände mit dem überschwappenden Tee verbrühte, hörte ich Philips Freudenschrei. Sie war da.

Dünner, das ja. Beinahe besorgniserregend. Aber in ihren Augen lag ein warmer, schöner Glanz. Ihre Kleidung war halbwegs normal, Gott sei Dank. Weiße Hosen und eine Ethno-Jacke. Erleichtert stellte ich fest, dass ihre Haare noch dran waren. Die Farbe, die ich ihr vor dem Abflug spendiert hatte, war ein gutes Stück herausgewachsen. Sie wirkte ein wenig zerzaust oder auch wie ein Rockstar, je nach Perspektive.

Ich warf die beiden Teebecher in den nächsten Abfalleimer, lief auf sie zu und nahm sie in die Arme.

»Du siehst …«, sagte ich, *viel zu dürr aus, aber ich werde dich im Handumdrehen wieder aufgepäppelt haben* … »toll aus!«

21.

Verführung

Allen im Haus geht's gut,
wenn eine Tochter um ihre Schönheit weiß.

Anders als Cleo, die mit den Jahren immer unabhängiger geworden war, wurde Jonah immer bedürftiger. Er vermisste die Maler und wartete jeden Morgen sehnsüchtig an der Tür auf sie. Da sie ausblieben, folgte er mir miauend durchs Haus. Er erinnerte mich an meine Kinder, als sie ganz klein waren. Wenn sie gar nicht aufhören wollten zu weinen, trug ich sie in einem Tragetuch mit mir herum. Das funktionierte immer. Meine Wärme und Nähe beruhigte sie.

Dieselbe Technik wendete ich bei unserem unglücklichen Kater an, ich steckte ihn in eine Stofftasche und schob mir die Riemen über die Schulter. In der Geborgenheit der Tasche hörte er auf zu miauen und schnurrte stattdessen. Der Rhythmus meiner Schritte beruhigte ihn. Er streckte den Kopf aus der Tasche und bekam auf diese Weise alles mit, was ihn tröstete.

Jonah hätte Stunden so verbringen können, aber auf Dauer war er mir zu schwer. Meine Arme ermüdeten damals schnell. Selbst wenn ich die Tasche dann auf den Boden gleiten ließ, blieb er eingerollt darin liegen, weil er wohl hoffte, ein anderer würde sich seiner annehmen. Jonah brauchte ständig einen Menschen, der sich um ihn kümmerte – nein, besser gleich mehrere. Da kam es gerade recht, dass sich unser Haus wieder mit Leben zu füllen begann.

Mit hocherhobenem Schwanz kam er in die Diele gespurtet, um Lydia zu begrüßen, bremste dann aber abrupt ab. Die meisten Leute, die das Haus länger als vierundzwanzig Stunden verließen, wurden wie Verräter behandelt und mindestens zwei Tage lang von ihm geschnitten. Nach dreimonatiger Abwesenheit verdiente Lydia eindeutig eine härtere Bestrafung. Er schnüffelte an ihren Sandalen. Der Geruch weckte sein Interesse. Er beschnüffelte ihre Segelhose und den Rucksack, und als sie ihn auf den Arm nahm, auch ihre Haare. Er schien ihren Geruch zu lesen wie ein Mensch ein Buch. Ich fragte mich, ob in den Gerüchen Geschichten von Schlangen und Tempeln, von Räucherstäbchen und Elefanten steckten. Selbst meine viel weniger ausgeprägten menschlichen Sinne hatten Gewürze, Rauch und Staub, kombiniert mit etwas Blumigem an ihr wahrgenommen.

Nachdem Jonah seine Nase zur Genüge in die Falten von Lydias Taschen und Kleidung gesteckt und daran geschnüffelt hatte, war alles vergessen und vergeben. Er vergrub seinen Kopf an ihrem Hals und brummte wie ein Tuk-Tuk. Dann erwies er ihr eine seltene und ausgesprochen großmütige Ehre – er leckte ihr den Handrücken. Fortan ließ er sie nicht mehr aus den Augen. Wo immer sie hinging, Jonah war auf Schnurrhaarlänge hinter ihr. Setzte sie sich, dann vergrub er sich in ihrem Schoß, damit sie bloß nicht mehr aufstand. Meditierte sie, saß er wie eine antike Statue mit geschlossenen Augen zwischen der Kerze und dem Foto ihres Gurus auf dem »Altar« in ihrem Zimmer.

So schön es war, Lydias Schritte wieder auf der Treppe zu hören, schien sie auf einer unsichtbaren Wolke zu schweben, körperlich bei uns, aber geistig in einer ganz anderen Welt. Sie strahlte Güte aus, machte im Übrigen aber einen distanzierten Eindruck. Irgendwie wurde ich das Gefühl nicht los, dass sie ihre fleischfressende, vergnügungssüchtige, nichtbuddhistische Familie als Versager betrachtete.

Erneut überkam mich Widerwille gegen den Mönch, der sein Charisma dazu benutzt hatte, sie uns zu entfremden.

Es kommt nicht selten vor, dass eine Tochter sich ihrer Mutter entfremdet. Das kann zufällig oder mit Absicht geschehen. Ich war selbstsüchtig und gelegentlich auch hartherzig auf Distanz zu meiner Mutter gegangen – um meiner Unabhängigkeit, meiner inneren Ausgeglichenheit und meiner Identität willen. Das schob ich zumindest vor. Die meisten starken jungen Frauen spielen mit dem Gedanken, ihre Wurzeln zu leugnen. Insbesondere wenn sie die Stimme ihrer Mutter im Kopf haben, die ständig all ihr Tun und Lassen beurteilt. Eine Tochter muss herausfinden, ob ihre Stärke echt ist oder bloß eine Leihgabe.

Ich fand mich mit dem Gedanken ab, dass Lydia uns und dem, wofür wir standen, vielleicht eine Zeitlang den Rücken kehren würde. Die Aussicht, dass sie sich dabei selbst verlieren könnte, beunruhigte mich viel mehr. Dieses umherhuschende, vergeistigte Wesen kam mir nicht wie die richtige Lydia vor. Aber welche Argumente sollte ich vorbringen, wenn sie entschlossen war, sich in eine andere zu verwandeln?

Abgesehen davon fühlte ich mich bis zu einem gewissen Maße verantwortlich dafür. Wenn ihr Vater und ich uns nicht hätten scheiden lassen, lägen die Dinge vielleicht anders. Als kleines Mädchen hatte sie sich so sehr bemüht, niemanden zu verletzen, dass sie die Tage, die sie bei ihrem Vater und bei mir verbrachte, gewissenhaft zählte, damit jede Familie gleich viel Zeit bekam. Es geht doch nichts über eine Scheidung, um Kinder in kleine Diplomaten zu verwandeln.

Deswegen hatte sie aber noch lange keine schlechte Kindheit gehabt. Beide Familien, die Eltern und Stiefeltern, ihr Bruder Rob und die Halbschwestern liebten sie von ganzem Herzen.

Ich wünschte, dass sie mit uns darüber reden würde, wenn sie uns nach ihrer Zeit im Dschungel peinlich oder unzulänglich fand. Stattdessen lächelte sie nur rätselhaft mit diesem abwesenden Blick und beantwortete meine diesbezüglichen Fragen mit einem »Schwer zu erklären.«

Ich wusste nicht, wie ich mit ihr umgehen sollte, nun, da sie eine halbe Heilige war. Ich wollte ihr vor Augen führen, wie viel Freude es machen konnte, eine schöne junge Frau in dieser, ihrer Kultur zu sein.

Katharine meinte, vielleicht würde es helfen, uns auf einer gemeinsamen Shoppingtour Kleider für Robs Hochzeit zu kaufen. Anfangs wollte Lydia nicht mitkommen, aber wir schleppten sie einfach mit.

Im Schaufenster einer Boutique entdeckte Katharine ein lila Kleid, das ihr gefiel. Mit seinem schwingenden Rock und dem gerüschten Ausschnitt stand es ihr ausgezeichnet, fanden wir. Die Verkäuferin schlug es in Papier ein und verstaute es vorsichtig in einer Tüte. Katharine strahlte das triumphierende Lächeln der erfolgreichen Käuferin und wir verließen den Laden.

Lydia schien die Vielfalt an Farben und Schnitten zu überfordern. Sie neigte zu schlichten Kleidern in gedeckten Farben. Wenn Katharine und ich sie überredeten, ein Kleid mit tiefem Ausschnitt anzuprobieren, das ihre perfekte Figur zeigte, schüttelte sie verschämt den Kopf. Jedes Mal wenn sie ein ärmelloses Kleid anzog, griff sie sofort nach ihrem Schal, um ihre Schultern zu bedecken.

Nicht viel leichter war es, ein Kleid zu finden, in dem ich mich wohl fühlte. Mit meinem Bauchabnäher und dem neuen

Busen hatte ich eine andere Figur als bei meinem letzten Streifzug nach einer festlichen Garderobe. Ich fühlte mich wie ein Teenager, der nicht wusste, was ihm und seinem neuen Körper stand.

Die Brustrekonstruktion war zwar quälend gewesen, aber ich war froh, mich dafür entschieden zu haben. Dank Gregs Wertarbeit vergaß ich manchmal tagelang, dass ich eine potentiell tödliche Krankheit hinter mir hatte. Was mich persönlich anging, war es gut gewesen, die Rekonstruktion gleichzeitig mit der Mastektomie vornehmen zu lassen. Bei meiner Feigheit hätte ich mich bestimmt geweigert, ein zweites Mal ins Krankenhaus zu gehen und mich unters Messer zu legen.

Angezogen hatte ich sogar eine bessere Figur als vorher. In BH und Slip gab ich eine ziemlich gute Imitation von Normalität ab. Allerdings war es nicht leicht gewesen, den richtigen BH zu finden. In den Wochen und Monaten nach der Operation musste ich weiche, möglichst wenig modellierende BHs tragen. Inzwischen war ich abenteuerlustiger und daher über die begrenzten Möglichkeiten enttäuscht. Bügel-BHs waren tollkühn, wenn man bedachte, dass sie – berechtigt oder nicht – in dem Verdacht standen, das Brustkrebsrisiko zu erhöhen. Allerdings war es fast unmöglich, in den Unterwäscheabteilungen zwischen den Myriaden von Bügel-BHs einen hübschen BH ohne Bügel zu finden. Ich suchte mir eine Verkäuferin, die nicht mehr ganz so jung wirkte, und erklärte, was ich warum suchte, woraufhin sie unter Entschuldigungen einige schäbige Exemplare hervorkramte. Die Unterwäschehersteller schienen nicht bemerkt zu haben, dass Frauen auch nach einer Krebserkrankung sexy aussehen wollten.

Sobald ich die Unterwäsche auszog, war ich mit dem Anblick der riesigen Bauchnarbe und der fehlenden Brustwarze konfrontiert. Immer wenn ich daran zweifelte, dass es klug gewesen war, mir die zusätzlichen Stunden im OP anzutun, nahm Philip mich in die Arme und beruhigte mich. Wie er es schaffte, immer das Richtige zu sagen, ist mir ein Rätsel.

Allerdings gehörte ich zu den eher misstrauischen Menschen. Ich glaubte ihm einfach nicht so ganz, wenn er sagte, ich sei schön. Zu oft hatte ich mitbekommen, wie er anderen Leuten gegenüber seine diplomatischen Fähigkeiten spielen ließ.

Unter massiven Selbstzweifeln leidend, lauerte ich nur darauf, ihn dabei zu ertappen, wie er eine Frau mit makellosem Körper bewunderte. Aber entweder ist er ein Heiliger oder er ist zu schnell für mich. Ich erwischte ihn jedenfalls nie.

Mochten meine Brüste auch in etwa so aussehen, Lust verschafften sie mir nicht mehr. Es dauerte eine Weile, bis ich mich damit abgefunden hatte, in meiner falschen Brust überhaupt kein Gefühl zu haben und in der gelifteten nur noch wenig. Ich gewöhnte mir an, mich zu vergewissern, dass mein Busen bedeckt war, bevor ich bei kühlerem Wetter hinausging. Wegen der Taubheit konnte es leicht passieren, dass ich mich unwillentlich den Elementen aussetzte und mich erkältete – oder, schlimmer noch, mich vor unschuldigen Passanten entblößte.

Meine Töchter ermunterten mich, ein bodenlanges silberfarbenes Kleid anzuprobieren. Ärmellos und mit tiefem Ausschnitt, entsprach es eigentlich nicht meinem Stil. Ein Dekolleté! Was für ein Zeichen des Sieges über die Krankheit! Mit einer schwarzen Stola und ein paar Metern Hollywood Tape fühlte ich mich genügend verhüllt … und überraschenderweise fast glamourös.

Nachdem wir Lydia tagelang durch die Geschäfte geschleift hatten, landeten wir schließlich wieder in der Boutique, in der wir Katharines Kleid gefunden hatten.

»Da ist dieses eine Kleid …«, sagte Lydia und deutete zögernd auf einen Ständer im vorderen Teil des Ladens.

»Meinst du das hier?«, fragte ich und zog ein naturfarbenes Leinenkostüm heraus. In seiner Biederkeit wirkte es fast unsichtbar.

»Nein, das dort«, sagte Lydia und deutete verlegen auf einen bunten Traum aus Seide und Spitze. »Findet ihr die Farben zu kräftig?«

»Überhaupt nicht«, riefen Katharine und ich unisono. »Probier es doch mal an!«

Erwartungsvoll standen Katharine und ich vor der Umkleidekabine. Wir hörten das Scheuern von Sohlen auf dem Boden und das Rascheln von Stoff. Lydia brauchte eine Ewigkeit. Katharine bückte sich und sah unter der Tür durch, aber mehr als zwei nackte Füße konnte sie nicht erspähen. Wir fragten durch die Tür, ob die Größe passte. Lydia war sich nicht sicher.

Als sich die Tür schließlich öffnete, gab sie den Blick auf etwas noch nie Gesehenes frei. Nicht die heilige, gute Lydia, nicht Lydia die Studentin in den Secondhandklamotten. Das war eine neue Lydia, eine faszinierende junge Frau, in leuchtende Farben gehüllt. Mit verführerisch schwingendem Rock trat sie aus der Umkleidekabine. Das schmale Oberteil brachte ihre schlanke Taille zur Geltung. Die dünnen Träger und die schwarze Spitze am, nun ja, eher Brust- als Halsausschnitt betonten den femininen Schnitt des Kleids.

»Du siehst umwerfend aus!«, rief ich.

Lydias Lächeln brachte den Laden zum Leuchten.

»Ich bräuchte noch einen Schal dazu«, sagte sie. »Allerdings ist das Kleid so schon zu teuer.«

Ich schluckte, als ich einen Blick auf das Preisschildchen warf. Trotzdem, für ein Kleid, das ihre Schönheit betonte und sie wieder zu einer der unseren machte, war ich jeden Preis zu zahlen bereit. Also kauften wir das Kleid und nahmen es mit nach Hause, wo die beiden Mädchen sehr zu Jonahs Freude den Nachmittag damit verbrachten, in der Schublade mit meinem Schmuck zu kramen.

Ich hatte angeboten, ihnen auch noch Ohrringe und Ketten zu schenken, aber sie bestanden darauf, etwas vom Familienschmuck zu tragen. Katharine wählte eine Kette mit einer Gemme, die von ihrer Großtante Myrtle stammte, eine der vielen Frauen aus unserer Verwandtschaft, die (nach der damals herrschenden Meinung) in jeder Hinsicht auf zu viele Abenteuer aus gewesen war.

Lydia suchte sich extravagante Ohrhänger aus, die ich in den 1980ern getragen hatte, und dazu Mums Strasskette. Mum hatte diese funkelnde Kette sehr gemocht und in den 1960ern oft zu festlichen Anlässen getragen.

Die Vorfahrinnen ihrer rebellischen Tochter hätten sich geehrt gefühlt, dass ihre Schätze zu einem solch besonderen Familienfest im 21. Jahrhundert hervorgekramt wurden.

Jonah entdeckte aufgeregt einen einzelnen Pfauenfeder-Ohrring in den Tiefen der Schublade. Noch aufgeregter wurde er, als Katharine den Ohrring an einem Band befestigte, das er um den Hals tragen konnte.

Herausgeputzt mit diesem eigens für ihn gefertigten Halsschmuck präsentierte er sich auf dem Küchentisch, was ihm strengstens verboten war, wie er sehr wohl wusste. Er hob eine Vorderpfote und tat so, als sei er völlig versunken darin, sich zu maniküren. Sorgsam leckte er die Zwischenräume zwischen seinen Krallen und sah sich dabei immer wieder verstohlen um, so als warte er auf seine fünf Lieblingswörter: »Jonah, du bist so schön!«

Ich war mir nicht sicher, ob es eine gute Idee war, seiner

Eitelkeit ständig neue Nahrung zu geben, aber in jedem eitlen Wesen steckte für gewöhnlich eine gehörige Portion Unsicherheit. Wenn wir ihm schmeichelten, dann würde er vielleicht irgendwann zu einem selbstbewussten Kater heranwachsen, der es nicht mehr nötig hatte, andere zu beeindrucken.

So schick Jonah auch aussah, bei der Hochzeit würde er nicht dabei sein. Ich rief in der Katzenpension an, aber sie war ausgebucht. Zum Glück hatte ich noch Viviennes Nummer. Sie erinnerte sich an Jonah und als ich sie bat, sich während des Hochzeitswochenendes bei uns zu Hause um ihn zu kümmern, erklärte sie sich sofort dazu bereit.

Es gab nur ein kleines Problem. Auch für Ferdie hatten wir keinen Platz. Vivienne sagte, sie könne sich ohne weiteres in unserem Haus um beide Katzen kümmern. Ein Junggesellenasyl für Kater. Hörte sich nach einer prima Sache an.

22.

Funktionsstörung

Ein Hauch von Freiheit ist besser als gar keine.

»Er frisst Gummibänder? *Und* Merinowolle?«, fragte Vivienne.

Jonah machte genießerisch einen Buckel, als sie ihre Hand über sein Rückgrat gleiten ließ. Sie war der erste weibliche Gast in unserem Haus, den er wirklich zu schätzen wusste. Als ich sah, wie sie mit ihm umging, wie sie ihm die Führung überließ und keine Zuneigungsbekundungen abnötigte, wuchs meine Sympathie für sie noch mehr. Sie hatte zu einem straffen Pferdeschwanz gebundene, knallrot gefärbte Haare – das stand nicht vielen Frauen über fünfunddreißig, aber Rot war ihre Farbe und passte perfekt zu ihren braunen Augen. Aus diesen Augen sprach Sanftheit, besonders wenn es um Tiere ging – und auch ein gewisser Schalk.

»Alpaka mag er auch, aber eher zum Schlafen als zum Fressen«, erwiderte ich. »Wobei, wenn ich es mir recht überlege, hat er auch schon meine Alpakajacke angeknabbert.«

»Das ist Pikazismus«, sagte Vivienne.

»Wie bei Schwangeren, die Appetit auf Kohlestückchen und solches Zeug haben?«

Vivienne nickte.

Da ich nicht wusste, ob ich ihrer Diagnose trauen konnte, fragte ich sie, ob sie selbst auch eine Katze habe. Ihre Augen begannen zu leuchten. Sie hatte neun.

»*Neun?!*«, wiederholte ich und mein Meinungsumschwung

von »ungewöhnlich« zu »katzenverrückt« musste deutlich zu hören gewesen sein. Ich hatte einmal eine Fernsehsendung über Frauen gesehen, die wie verrückt Katzen sammelten. Das ist eine Zwangsstörung.

Sie fragte mich, ob ich mir ein paar Fotos ansehen wolle. Ich hatte zwar keine Lust, mir Fotos der armen räudigen Dinger anzusehen, die überall in ihrem Haus herumkletterten, wollte sie aber auch nicht vor den Kopf stoßen. Vivienne griff sofort in ihre erstaunlich ordentliche rote Handtasche und zog ein kleines Fotoalbum heraus.

»Das sind alles Ihre Katzen?«, fragte ich und blätterte durch die fein säuberlich eingeklebten Fotos, auf denen lauter wohlgenährte Katzen zu sehen waren. Jede einzelne war ein Musterbeispiel für ein geliebtes und bestens versorgtes Tier. »Wie schaffen Sie das nur?«

»Es ist nicht immer leicht«, sagte Vivienne lachend. »Sie kommen alle aus dem Tierheim. Zoe wurde als kleines Kätzchen auf der Straße ausgesetzt. Igor hat ein Auge verloren und da wollte ihn sein Besitzer nicht mehr. Sally wurde geschlagen. Sie haben alle einiges durchgemacht.«

Ich schämte mich. Der Ärger, den wir mit dem löwengroßen Ego unseres Katers manchmal hatten, war sicher nichts im Vergleich zu dem Zusammenleben mit neun Katzen. Vivienne mochte verrückt nach Katzen sein, aber sonst war sie völlig normal. Bei neun Katzen wunderte es mich jedenfalls nicht mehr, dass sie die Frage, ob sie am Hochzeitswochenende nach Jonah und Ferdie schauen könnte, so gelassen bejaht hatte.

Neugierig geworden schenkte ich Vivienne ein Glas Wein ein und fragte sie ein bisschen aus. Sie war nicht nur eine kenntnisreiche Katzenverhaltensforscherin, sondern auch Tierrechtsaktivistin. Ich hatte noch nie mit einem Tierrechtsaktivisten gesprochen und stellte fest, dass meine diesbezüglichen Vorurteile so wenig zutrafen wie die über Katzenverrückte. Ich hatte immer gedacht, dass Tierrechtsaktivisten eigentlich in die Klapsmühle gehörten. Aber als Vivienne davon erzählte, was sie und ihre Freunde so taten, konnte ich sie nur bewundern.

Einer von Viviennes Freunden hatte kürzlich einen Tipp erhalten, dass die Stadtverwaltung vorhabe, einige verwilderte Katzen, die in einem alten Busbahnhof hausten, einzufangen und zu töten. Daraufhin waren Vivienne und ihre Freunde um Mitternacht auf dem Bahnhofsgelände eingebrochen und hatten die Katzen mitgenommen. Das Ganze klang nach einem Actionfilm.

»Ein Großteil der Katzen war überhaupt nicht verwildert«, berichtete sie. »Sie waren sehr freundlich. Ganz normale Hauskatzen, deren Besitzer sie dort ausgesetzt hatten.«

Sie und ihre Freunde transportierten die Katzen in ein Tierheim, in dem sie gut versorgt wurden und das sich bemühte, ein neues Zuhause für sie zu finden. Um Tiere vor der Hinrichtung zu bewahren, bedurfte es tiefer Überzeugung und ausreichender Mittel. Es war beruhigend, dass Tiere solche Schutzengel wie Vivienne und ihre Freunde hatten.

Während wir uns unterhielten, kroch Jonah hinter ihr über die Sofalehne und spielte träge mit ihrem Pferdeschwanz. Schon bald wurde das Spiel lebhafter. Er rollte sich auf den Rücken, schnappte sich mit den Vorderpfoten eine rote Strähne und zog sie wie Zahnseide zwischen seinen Zähnen durch.

Eine Entschuldigung murmelnd, entwirrte ich ihn aus dem Nest, das er sich aus Viviennes Haaren gebaut hatte. Als ich ihn wieder auf den Teppich setzte, bemerkte ich, dass Vivienne mich beobachtete. Ich wartete auf das übliche »Ist der aber niedlich«, aber sie wirkte ernst.

»Das liegt an der Züchtung«, sagte sie. »Orientalen brauchen ständig Aufmerksamkeit. In welchem Alter haben Sie ihn bekommen?«

»Ich weiß es nicht genau. Zwei Monate, vielleicht auch älter. Er war jedenfalls der Größte in der Tierhandlung.«

»Hm, das würde passen«, sagte Vivienne, als Jonah davonsprang, um seine Krallen am Treppenteppich zu schärfen. »Irgendjemand hatte ihn wahrscheinlich nicht gewollt.«

»Was meinen Sie damit, nicht gewollt?«, fragte ich an Jonahs statt beleidigt.

»Wenn er älter als die anderen Katzen war, kann es gut sein, dass ihn schon einmal jemand gekauft hatte. Dann hat er den Leuten womöglich aus irgendeinem Grund nicht gefallen und sie haben ihn zurück in den Laden gebracht. Fällt Ihnen ein Grund ein, warum das jemand getan haben könnte?«

Ich wusste nicht, was ich sagen sollte.

»Der Mann in der Tierhandlung sagte, Jonah hätte eine Bindehautentzündung gehabt, und deshalb hätten sie ihn ein wenig länger behalten müssen.«

»Sie sollten nicht alles glauben, was die Verkäufer in Tierhandlungen sagen«, erklärte Vivienne, und im gleichen Moment schoss laut miauend ein schoko-sahne-brauner Streifen an uns vorbei.

»Na ja, er ist ein Energiebündel …«, sagte ich, als Jonah auf das Fensterbrett sprang und prompt in einem Knäuel aus Beinen und Pfoten wieder runterfiel. »Aber er ist sehr anhänglich. Und er hat mir nach meiner Brustoperation sehr geholfen, und als ich mein Buch geschrieben habe. Er ist einfach … lustig.«

»Er ist lustig«, sagte sie und lächelte, als Jonah an den Schnürsenkeln ihrer roten Schuhe zupfte. »Aber er ist auch gestört.«

»Wie meinen Sie das?«

»Na ja, da ist zum einen der Pikazismus, dann die Trennungsangst und außerdem scheint er an Zwangsstörungen zu leiden«, sagte Vivienne. »Haben Sie mitgekriegt, wie er mich begrüßen kam, als Sie die Haustür öffneten, und gleich danach zur Treppe gelaufen ist, um am Teppich herumzukratzen?«

»Ehrlich gesagt, nein«, sagte ich und dachte, dass ich das letzte Mal unter einem solchen Rechtfertigungsdruck gestanden hatte, als ich in der Elternsprechstunde auf einem zwergengroßen Stuhl saß (»Mein Kind ist kein Störenfried/hat keine Schwierigkeiten beim Lesen/hat keine krakelige Schrift. Das denken Sie nur.«) Keinesfalls würde ich Vivienne von den merkwürdigen Dingen erzählen, die Jonah machte: anderen Leute Hüte und Handschuhe stehlen, Socken und Schlüsselbünde sammeln und sich im Mülleimer im Schrank verstecken.

»In dieser Familie sind alle ein bisschen verrückt«, fügte ich hinzu. »Da passt Jonah perfekt dazu.«

Vivienne meinte, einige von Jonahs Problemen könnten daher rühren, dass er sich langweilte. Ich fragte sie, ob sie meinte, wir sollten ihn hinauslassen, aber davon hielt sie überhaupt nichts. Bei Jonahs Schreckhaftigkeit könnte ein Zusammentreffen mit einem Hund, von einem Auto ganz zu schweigen, böse enden.

Sie fragte, ob der Kratzbaum in der Ecke der einzige war, den wir hatten. Wenn wir nicht wollten, dass er den Treppenteppich ganz vernichtete, dann bräuchten wir noch mehr Kratzbäume, und größere.

»Ist der nicht groß genug?«, fragte ich besorgt, da das Haus ohnehin schon wie eine Tierhandlung aussah.

»Schauen Sie doch mal, wie lang Jonah ist«, sagte Vivienne.

»Der Kratzbaum ist längst nicht hoch genug, damit er sich richtig daran ausstrecken und kratzen kann. Haben Sie schon mal überlegt, ein Freigehege für ihn anzuschaffen?«

»Meinen Sie etwa einen Käfig?«, fragte ich noch entgeisterter.

»Es gibt wirklich schöne Katzengehege«, sagte Vivienne und kritzelte ein paar Telefonnummern auf unseren Küchen-Notizblock. »Schauen Sie doch mal im Internet oder rufen Sie eine dieser Nummern an.«

So kam es, dass Jonah eine Woche vor der Hochzeit zur glücklichsten Katze weit und breit wurde. Eine frische Lieferung von Kratzspielzeug, Bällen und Geduldsspielen und eine Infrarotlampe, die herumwandernde rote Lichtpunkte erzeugte, ließ unser Haus erst recht so aussehen, als führte hier eine Katze das Regiment.

Als der weltgrößte Kratzbaum geliefert wurde, umkreiste ihn Jonah zuerst neugierig, dann begeistert.

Vivienne hatte mit ihrer Einschätzung völlig recht gehabt. Nichts tat er lieber, als sich an dem hohen Kratzbaum auszustrecken oder oben auf der Plattform zu sitzen, von wo aus er wunderbar über unsere Abendmahlzeiten präsidieren konnte. Wenn die Mädchen kochten oder abspülten, schoben sie Jonah auf seinem Baum in die Küche, wo er ihr Tun mit der Autorität eines ägyptischen Sklaventreibers beim Bau einer Pyramide überwachte.

Bald darauf wurde trotz Philips Befürchtung, es könnte zu hässlich sein, in dem Garten hinterm Haus ein aufwendiges Katzengehege errichtet. Durch eine Katzentür in der Waschküche konnte Jonah in einen Turm aus Drahtgeflecht verschwinden und von dort aus durch einen mehrere Meter langen Tunnel über die Schneewittchen-Rosenbüsche hinweg bis zu einem riesigen Turm in der Nähe der Olivenbäume laufen. Dieser zweite Turm war ein großes, mit mehreren Holzsimsen und Katzenhängematten ausgestattetes Gehege. Töpfe mit Katzengras, die Lydia, Katharine und ich unter die Hängematten stellten, verliehen der Luxusunterkunft den letzten Schliff.

Ich war froh, dass meine Mutter nicht mehr unter uns weilte und dieses Katzenkultspektakel nicht miterleben musste.

23.

Freude

Der schönste Moment für eine Mutter ist es,
ihr Kind glücklich zu sehen.

Über dem vorhochzeitlichen Grillfest in unserem Garten wölbte sich ein emailleblauer Himmel. Da Jonah nicht aus seinem Gehege herauskonnte, hatten wir sämtliche Terrassentüren geöffnet. Es war ein wunderbarer Abend, allenfalls ein bisschen zu heiß. Es hatte schon so lange nicht mehr geregnet, dass ich mir nicht die Mühe machte, mich für das staubige Rechteck anstelle von Rasen zu entschuldigen.

Unsere Gäste musterten neugierig das neue Katzengehege und seinen hübschen Bewohner, während Philip Berge von Garnelen, Steaks und Designerwürstchen grillte. Die Mädchen schnippelten in der Küche Salatzutaten. Insgeheim war ich stolz auf Lydias Kochkünste. Wie alle guten Köche konnte sie praktisch im Handumdrehen ein Curry oder ein Blech Maracujaplätzchen zaubern. Sie war eine Zauberin am Herd, von einer gewissen Neigung, auf der Arbeitsfläche ein Chaos zu hinterlassen, einmal abgesehen. Aber das war eine zu vernachlässigende Kleinigkeit, wenn man das große Ganze betrachtete.

Es war schön, Mary wiederzusehen, zusammen mit ihrem Mann Barry und den drei erwachsenen Kindern. Unter viel Gelächter trafen Ginny und Rick de Silva, unsere alten Freunde und Nachbarn aus Wellington, ein. Ginny, Rick und ihr Sohn Jason hatten Rob und mir nach Sams Tod viel Kraft gegeben, und sie auf Robs Hochzeit dabeizuhaben gab mir ein Gefühl von Vollständigkeit – und erinnerte mich daran, eine weitere Flasche Champagner aufzumachen.

Steve, der Vater von Rob und Lydia, traf mit seiner Frau Amanda und ihrer gemeinsamen Tochter Hannah ein, und es war schön zu sehen, dass mein Exmann ein neues Glück gefunden hatte. Als ich ihm erneut dafür dankte, dass er während meines Krankenhausaufenthalts Lydias Rückflug nach Australien bezahlt hatte, ging er nicht weiter darauf ein. Wahrscheinlich fand er es unpassend, dieses Thema gerade jetzt anzusprechen.

Rob saß neben seiner hinreißenden Verlobten auf der halbrunden Bank unter dem Baum und sah so glücklich aus. Ich war gerührt, wie viele seiner ehemaligen Schulfreunde zu diesem Anlass Tausende von Kilometern weit gereist waren. Auch die jungen Männer, mit denen Rob nicht lange nach seiner Operation einen Trip ins Outback unternommen hatte, waren gekommen. Die meisten standen inzwischen im Beruf und waren mit liebenswerten Frauen verheiratet. Andrew, seinen ältesten Freund aus dieser Gruppe, hatte sich Rob als Trauzeugen ausgesucht.

Musik, Gelächter, Träume und Erinnerungen. Als sich der Himmel rosa färbte, gab nur ein Lebewesen deutlich zu erkennen, dass ihm das Fest nicht gefiel. Jonah stand auf der obersten Ebene seiner Fünfsternebehausung und verlangte laut miauend, herausgelassen zu werden.

Am nächsten Morgen standen wir früh auf und packten hastig unsere Koffer. Eine Hochzeit auf dem Land, das klingt so einfach. Wir waren von der Aussicht, in einem Kloster auf einem Hügel zu feiern, so begeistert gewesen, dass wir das eine oder andere Detail vernachlässigt hatten.

Viele Gäste aus Übersee waren mit Jetlag eingetroffen und hatten keine Ahnung, wie sie nach Daylesford kommen sollten. Philip übernahm die Logistik und verteilte sie auf die verfügbaren Autos. Lydia fuhr bei Steve und Amanda mit. Katharine quetschte sich zu den de Silvas und uns ins Auto. Rob und Chantelle bildeten eine Fahrgemeinschaft mit ihren Freunden.

Die mit dem Transport des Brautkleids aus dem Schrank in meinem Arbeitszimmer aufs Land verbundene Verantwortung war so groß, dass außer der Braut niemand bereit war, sie auf sich zu nehmen. Sie kam, um ihr Kleid zu holen, und stellte eine Katzentransportbox im Wohnzimmer ab. Weder aus der Box noch von Jonah, der auf seinem höchsten Kratzbaum saß und alles mit wachsamem Blick verfolgte, war der geringste Laut zu hören.

Unvermittelt öffnete sich die Transportbox und ein silbern schimmernder Blitz schoss heraus. Mit offenen Mündern verfolgten wir, wie Ferdie sich wie ein Flaschengeist in die Lüfte erhob und Jonah ins Gesicht sprang. Jonah ging zum Gegenangriff über und umklammerte den Eindringling mit seinen langen Pfoten. Die beiden Kater plumpsten auf den Boden und balgten sich dort ineinander verkeilt weiter.

Wir hatten keine Zeit, um herauszufinden, ob sie kämpften oder spielten. Ferdie war der Größere und Kräftigere von beiden. Wenn sie sich nicht leiden konnten, würde Jonah den Kürzeren ziehen. Ich hoffte, dass Vivienne mit den beiden klarkam.

Gerade als es so aussah, als hätten wir alles im Griff, wurde die Hochzeitstorte geliefert. Wir hatten mit drei Schichten gerechnet, die man einzeln auf dem Schoß williger Fahrgäste transportieren könnte. Stattdessen waren die Schichten der Torte untrennbar mit Zuckergussrosen zusammengeklebt. In keinem der Autos war genug Platz für eine derart raumgreifende Kreation.

Nach einigen panikerfüllten Telefonaten stellte sich heraus, dass Chantelles Tante Trudy noch Platz auf dem Rücksitz ihres Kombis hatte. Irgendwie war es passend, dass Trudy die Hochzeitstorte mitnahm, da sie es auch gewesen war, die vor fast zehn Jahren das erste Date von Rob und Chantelle bei einem Fußballspiel arrangiert hatte.

Ginny und Rick quetschten sich in unser Auto und wir schlossen uns dem mit Hochzeitsgästen beladenen Konvoi an. Eingekeilt auf der Rückbank mit Katharine zwischen uns, blödelten Ginny und ich wie eh und je herum, während unsere Männer gutmütig die Landschaft betrachteten.

Wir machten Zwischenstopp in Mount Macedon, wo wir mit den Insassen der anderen Autos zum Mittagessen verabredet waren. Der trockene Wind blies wie ein Heizlüfter durch die baumbestandenen Straßen. In ganz Victoria wurde vor erhöhter Brandgefahr gewarnt und für Daylesford waren Temperaturen von weit über dreißig Grad vorhergesagt. In der ersten Zeit in Australien hatte mir die Hitze schwer zu schaffen gemacht. Inzwischen hatte ich keine Probleme mehr damit, trotzdem fragte ich mich, wie die Leute hier vor der Erfindung von Klimaanlagen überlebt hatten. Vielleicht waren diejenigen, die nicht zäh genug waren, einfach geschmolzen. Ich hoffte nur, dass unsere Gäste aus milderen Klimazonen morgen in der Kapelle nicht ohnmächtig werden würden.

Wir flohen aus der Backofenhitze ins Restaurant und ließen uns an einem großen Tisch nieder. Rick fragte, ob es in Australien immer so heiß sei, und bestellte zur Abkühlung eine Flasche Weißwein. Hitze verstärkt die Wirkung von Alkohol – einige unserer Gäste schienen sich dessen bewusst zu sein. Während sie Saft und Mineralwasser tranken, wurden Ginny und ich immer ausgelassener und lauter. Wir taten unser Bestes, den allgemeinen Lärmpegel zu übertönen. Manche Dinge ändern sich eben nie.

Schließlich schwankten wir zum Auto zurück und brachten kichernd und herumalbernd den letzten Teil der Strecke hinter uns.

Wenn je eine Stadt für romantische Zwecke erbaut worden war, dann musste es Daylesford sein. Eingebettet zwischen Vulkanhügeln und Seen, verströmt es eine wunderbare koloniale Atmosphäre. Seine Vergangenheit als Goldgräberstädtchen und Kurort verleiht ihm dazu einen gewissen Glamour. In den im Schatten großer Vordächer liegenden Geschäften findet man alles von handgeschöpfter Schokolade bis zu Alpakapullovern.

Mit seiner reinen Landluft bietet Daylesford schlichte sinnliche Freuden. Wenn man nicht gerade an einer Hochzeitsfeier teilnimmt, kann man um den See spazieren und ein Bad in den heißen Quellen nehmen. Gutes Essen und Wein in Hülle und Fülle. Der Kaffee ist auch ganz annehmbar.

Am Abend trafen wir uns mit einer größeren Gruppe zum Essen im Farmers Arms. Tische voller lächelnder Gesichter versprachen ein fröhliches Gelage. Ich hätte liebend gern daran teilgenommen, aber die Buchstaben auf der Speisekarte begannen vor meinen Augen zu verschwimmen. Mich überfiel eine unbezwingbare Müdigkeit, verstärkt durch den Exzess beim Mittagessen.

Diese schwarzen Löcher der Erschöpfung waren etwas Neues. Früher hatte ich verborgene Kräfte mobilisieren und solche Anfälle von Müdigkeit überwinden können. Doch jetzt, wo ich es mir am meisten gewünscht hätte, waren meine

Kraftreserven aufgebraucht. Ich musste mich ausruhen. Es war eine Mahnung, dass man länger als fünf Monate braucht, um sich von einer großen Operation zu erholen. Verlegen entschuldigte ich mich und ging zurück zu unserem Cottage, wo ich vom Whirlpool aus zusah, wie sich die Hügel zuerst purpurrot färbten und dann plötzlich indigo.

Am nächsten Morgen weckte uns Donnergrollen. Über den Hügeln ballten sich Unheil verkündend dunkle Wolken zusammen. Auch wenn der Boden ausgedörrt war und die Bauern um Regen flehten, hoffte ich, dass er nicht ausgerechnet heute Rob und Chantelle ihren großen Tag verdarb. Ich hätte mir keine Sorgen zu machen brauchen. Die Wolken wichen wenig später einem strahlend blauen Himmel und das Thermometer kletterte rasch in die Höhe.

Dass wir uns ein Cottage mit Ginny und Rick teilten, erwies sich als Vorteil. Ginny hatte eine Auswahl an Accessoires eingepackt, mit der sich jede Krise meistern ließ. Als Katharine feststellte, dass sie den Gürtel zu ihrem lila Kleid vergessen hatte, holte Ginny eine schwarze Schärpe aus ihrem Koffer und drapierte sie so kunstvoll um Katharines Taille, dass es sogar noch hübscher aussah als mit dem Originalgürtel.

Rob und Andrew, frisch rasiert und nervös, klopften an die Tür. Sie mussten irgendwo ihre Hemden bügeln.

Ich spürte einen Kloß im Hals, als ich mir der Bedeutung dieses Ereignisses bewusst wurde. Niemand *muss* mehr heiraten. Als man das Ehegelübde erfand, rechnete keiner damit, sehr viel älter als dreißig zu werden. Das gemeinsame Leben dauerte mit großer Wahrscheinlichkeit nicht mehr als zehn oder zwanzig Jahre. Heutzutage können selbst Paare, die erst mit über dreißig heiraten, darauf hoffen, goldene Hochzeit miteinander zu feiern. Einem einzigen Menschen fünfzig

Jahre Liebe und Treue zu schwören, ist in der heutigen Zeit geradezu tollkühn.

»Weißt du, wie man das festmacht?«, fragte Rob und hielt mir eine cremefarbene Rose mit einem grünen Band um den Stiel und einer langen Nadel hin.

Ihm eine Rose an den Hochzeitsanzug zu stecken war das Letzte, worum er mich als unverheirateter Mann bat. Wir hatten uns immer nahegestanden, aber jetzt trat ich offiziell zurück. Es war an der Zeit, dass er seine Zukunft mit Chantelle gestaltete.

Ich spürte nichts von der Eifersucht und der Unsicherheit, mit denen Mütter bei einer solchen Gelegenheit angeblich zu kämpfen haben. Alles, was ich empfand, war riesengroße Freude für Rob. Er war erst Anfang dreißig, aber nach dem Tod seines Bruders hatte er genug Kummer für ein ganzes Leben durchgemacht. Mit der Hilfe liebevoller Freunde und seiner Familie, nicht zu vergessen Cleo, war er zu einem wunderbaren Mann herangewachsen. Er hatte eine lebensgefährliche Krankheit überstanden und war inzwischen ein erfolgreicher Ingenieur. Was noch wichtiger war, er hatte treue Freunde – und jetzt auch eine Liebste. Dieser Tag verdiente es, mit allem Pomp gefeiert zu werden.

Das Einzige, was mich mit einem Hauch Wehmut erfüllte, war Sams Abwesenheit. Wenn er nicht so früh hätte sterben müssen, dann wäre er jetzt hier bei uns in dem Cottage gewesen.

Sam, der Extrovertierte, der Spaßvogel, hätte sein Vergnügen daran gehabt. Er hätte seinen Bruder aufgezogen, lachend den Kopf in den Nacken geworfen und später eine Rede gehalten, mit der er Rob gewaltig in Verlegenheit gebracht hätte. Wenn er noch gelebt hätte, wäre er jetzt vielleicht selbst verheiratet und hätte eine Familie – obwohl ich mir kaum vorstellen konnte, dass er sich an irgendwelche Konventionen gehalten hätte.

Ich musste auch an meine Eltern denken und daran, wie gerne sie gefeiert hatten. Dad hätte mit funkelnden Augen das Büfett geplündert. Mum, in einem atemberaubenden, eigens für diesen Anlass zusammengestellten Outfit, hätte wild gestikulierend mit einer fantastischen Geschichte eine Schar von Bewunderern um sich versammelt.

Aber sie waren auch so alle bei uns, legten sich um uns wie ein schimmerndes Band. Sie steckten in unserem Lachen, in unseren Macken, unseren Gesichtszügen. Sie würden immer ein Teil von uns sein. Wenn ich die Augen zusammenkniff, konnte ich beinahe eine kleine schwarze Katze sehen, die um Robs Knöchel strich. Ja, auch Cleo war bei uns.

Lydia sah in ihrem Blumenkleid und dezentem Make-up einfach hinreißend aus und brachte etwas von Mums Glamour mit, als sie durch die Tür trat. Und als ich Katharine dabei zusah, wie sie in ihrem lila Kleid herumwirbelte und ihre frisch aufgedrehten Locken fliegen ließ, musste ich an Mums Hang zu theatralischen Auftritten denken.

Im Vorbeigehen erhaschte ich einen Blick auf Rob, der vor dem Badezimmerspiegel den Sitz seiner goldfarbenen Krawatte überprüfte, und sah meinen stilvollen, feinfühligen Vater. Vergangenheit und Gegenwart feierten ein gemeinsames Fest.

Stattlich wie ein junger Prinz, gab Rob mir einen feuchten Kuss auf die Wange. Unser Sohn war zu geerdet, um sich darüber im Klaren zu sein, dass er wie ein Filmstar aussah. Er und Andrew stiegen in eins der Autos, um dem alten Brauch folgend als Erste in der Kapelle zu sein.

»Fertig?«, fragte Philip und nahm meine Hand. Katharine und Lydia waren es noch nicht. Obwohl sie so frisch und hübsch wie Sommerblumen aussahen, mussten beide unbedingt noch einen Hauch Lipgloss auftragen. Taschentücher, Lippenstifte und Puderdosen wurden in Abendtäschchen verstaut. Ich überprüfte meine wasserfeste Wimperntusche. Endlich fiel die Tür des Cottage hinter uns ins Schloss.

24.

Feier

Segen hat viele Formen.

Der Gesang einer Feldlerche erfüllte die Luft, als Philip, Katharine, Lydia und ich den grasbewachsenen Weg zum Kloster hinaufkletterten, das mit seinem von einer Kuppel gekrönten Turm hoch über uns aufragte. In den Lavendelbüschen summten Bienen. Petunien blühten leuchtend rot und weiß. Unter uns lagen die Dächer von Daylesford und verschmolzen mit den golden schimmernden Feldern und blauen Hügeln.

Rob und Andrew kamen in ihrem Auto ein paar Sekunden nach uns an. Zu Fuß wären sie schneller gewesen. Von einem Balkon winkten uns Gäste zu. Sie hatten sich zeitig eingefunden. Wir waren nicht die Einzigen, die aufgeregt waren.

Der Fotograf begrüßte uns und ließ uns Aufstellung für Familienfotos nehmen. Er tat so, als würden ihn die Amateure, die direkt neben ihm eifrig auf den Auslöser drückten und ihm seine Bilder klauten, nicht stören. Seine Fotos würden auf jeden Fall besser, meinte er.

Ich fragte mich, wie hundert Leute in die winzige Kapelle passen sollten, aber sie quetschten sich jeweils zu viert oder fünft auf eine der einfachen Holzbänke. Das Innere der Kapelle war schlicht, ein hoher Raum mit Holzfußboden. Die honigfarbenen Wände waren durchdrungen von Gebeten aus mehr als hundert Jahren. Auf dem Altar brannten neben einem riesigen Strauß cremefarbener Rosen drei Kerzen.

Gott sei Dank gab es außer den Buntglasscheiben über

dem Altar keine Fenster. So waren wir vor der Hitze geschützt. Mit etwas Glück würden auch unsere empfindlicheren Gäste die Trauung unbeschadet überstehen.

Die Luft knisterte vor gespannter Erwartung, während zwei Gitarristen ein Stück von Cole Porter spielten. Wie Rob da in seinem eleganten Anzug mit auf dem Rücken verschränkten Händen am Altar stand, hätte man ihn für einen Thronfolger halten können. Seine Zähne blitzten strahlend weiß, wenn er hin und wieder ein paar Worte mit seinem Trauzeugen wechselte.

»Ich habe eigentlich nie vorgehabt zu heiraten« flüsterte Lydia, holte ein Taschentuch aus ihrem Täschchen und betupfte sich damit die Augen. »Und wenn doch, dass ich zumindest nicht so ein Trara darum mache. Aber Hochzeiten sind schon etwas Besonderes.«

In meinem Brustkorb schmolz etwas. Die Freude darüber, Rob am Traualtar stehen zu sehen, wurde einen Moment lang von der Vorstellung überlagert, dass Lydia vielleicht nicht völlig abgeneigt war, ihr Glück auf konventionellem Weg zu finden. Ich sah ein Bild vor mir, wie sie mit zwei Kindern und einem liebevollen Ehemann vor einen Flachbildfernseher saß – aber das ging dann wohl doch etwas zu weit. Vielleicht, wie sie mit einem Architekten-Verlobten Möbel für eine Wohnung am Montmartre aussuchte? Oder mit einem hingebungsvollen Doktor der Philosophie in einer Dachwohnung in Berlin Prosecco trank? Alles war möglich.

Ich hatte die Ereignisse in Sri Lanka weiterhin verfolgt. Gerade erst hatten Regierungstruppen die Stadt Kilinochchi im Norden eingenommen, zehn Jahre lang Verwaltungssitz der von den tamilischen Separatisten kontrollierten Gebiete. Der sri-lankische Präsident sprach von einem wichtigen Sieg und drängte die Rebellen zur Kapitulation.

Eine Welle der Aufregung erfasste die Anwesenden, als die Musiker die unverkennbaren ersten Töne des Pachelbel-Kanons anstimmten. Das getragene Stück, bei dem oft Trompeten und andere »ernsthafte« Instrumente eingesetzt werden, klang so, von zwei Gitarren gespielt, munterer. Jeder wusste, was es bedeutete. Köpfe drehten sich. Erwartungsvolle Blicke richteten sich auf die Tür am Ende der Kapelle. Durch die bernsteinfarbenen Glasscheiben drang goldenes Licht. Hinter dem Glas bewegte sich etwas. Die Musiker setzten zu einer zweiten, noch etwas lebhafteren Runde an. Die Gäste verstummten. Die Tür blieb zu.

Die Hochzeitsgesellschaft wurde unruhig, während die Temperatur von angenehm warm auf stickig stieg. Selbst Rob, mit dem Rücken zu uns, begann mit dem rechten Bein zu zucken. Hatte die Braut irgendeinen schrecklichen Schaden an ihrem Kleid entdeckt, verursacht durch unsere ungestüme Katze?

Noch eine Runde des Pachelbel-Kanons ertönte, jetzt klang er nicht mehr ganz so fröhlich. Die Gäste begannen zu flüstern, dann immer lauter miteinander zu reden. Sie standen kurz davor, die Hoffnung aufzugeben, dass dieser modernisierte Hochzeitsmarsch zu irgendeinem Höhepunkt führen würde. Und falls die Braut doch noch auftauchen sollte, dann bestimmt erst zu einer weiteren Runde von …

Die Tür ging auf. Eine dunkelhaarige Brautjungfer, deren Lippen genauso rot leuchteten wie ihr Kleid, schritt den Gang entlang. Ihre Beine, gebräunt und durchtrainiert, näherten sich dem Altar. Eine umwerfende junge Frau, aber alle Augen waren auf die Erscheinung ein paar Meter hinter ihr gerichtet.

Ein Seufzen ging durch die Kapelle, als Chantelle am Arm ihres Vaters an uns vorbeischwebte. Das Kleid, das Jonah so fasziniert hatte, schimmerte rosa und pfirsichfarben. Das weiche Licht ließ den Perlenbesatz der Korsage schimmern, als wäre dieses Kleid extra für diese Kapelle entworfen worden. Mit ihren von einer einzelnen Rose geschmückten hochgesteckten Haaren sah Chantelle einfach hinreißend aus.

Rob hielt es keine Sekunde länger aus und drehte sich um, um seine Braut zu bewundern. Sein Lächeln wurde von den Wänden zurückgeworfen, als Chantelle ihn mit ihren blauen Augen anstrahlte. Kein Sonett wäre diesem Augenblick gerecht geworden – eine vibrierende Nanosekunde, im Nu vorbei, aber so unvergänglich wie die Sonne. Jeder im Raum spürte die Liebe zwischen diesen beiden Menschen.

Vor meinen Augen verschwamm alles. Der Erfinder von wasserfester Wimperntusche war ein Genie. Der Erfinder von Papiertaschentüchern belegte knapp dahinter den zweiten Platz. Im Lauf der Jahre musste hektoliterweise Wasser aus meinen Augen geflossen sein. Dieses Mal waren es Freudentränen.

Nach der Trauung strömten die Gäste in den Festsaal und suchten sich ihre Plätze. Die Türen zur Terrasse wurden geöffnet. Die warme Abendbrise war wie ein sanfter Kuss. Auf Essen, Champagner und Gelächter folgten mehr Essen, Champagner und Gelächter. Und Reden.

Obwohl ich Andrew, den Trauzeugen, kannte, seit er ungefähr vierzehn war, hatte er nur selten mehr als zwei Sätze auf einmal mit mir gesprochen. Er machte auf mich einen so schüchternen Eindruck, dass ich mich gefragt hatte, wie er mit seiner Rolle als Trauzeuge zurechtkommen würde. Doch als Andrew sich erhob, um den traditionellen Toast auszusprechen, verwandelte er sich in den Seinfeld der Südlichen Hemisphäre.

Andrew zerrte ein paar Dinge ans Licht, von denen Rob es

vorgezogen hätte, wenn sie im Dunkeln geblieben wären – einschließlich der unerlaubten Entfernung einer Neonröhre aus einem Pissoir. Chantelles Bruder hielt eine Rede im Namen seiner Familie. Philip erhob sich und sprach ein paar Worte, anschließend Steve.

Nach den Reden griffen die Gäste zu Gabeln und Löffeln, um sich über das Dessert herzumachen, Chantelles Onkel, seines Zeichens Moderator, gebot ihnen jedoch Einhalt. Es gebe noch eine Rede, erklärte er.

Wir blickten uns neugierig um, um herauszufinden, wer der Überraschungsredner war. Ein Stuhl wurde zurückgeschoben und Lydia trat so anmutig vor, wie es ihre ungewohnten Stöckelschuhe zuließen.

Lydia lächelte uns an und sagte, sie wolle weniger eine Rede halten als vielmehr einen Segen sprechen. Genauer gesagt handle es sich um einen Gesang, um himmlische Wesen einzuladen, unser Glück mit denen zu teilen, die nicht mehr bei uns waren. Die Gäste verstummten, als die unbekannten Laute über sie hinwegschwebten. Es war derselbe Singsang, den ich im Krankenhaus gehört hatte.

Als er verklungen war und Lydia auf ihren Platz zurückkehrte, blieb es still, die Leute fragten sich offensichtlich, was sie jetzt tun sollten. Meine Wangen brannten vor Scham. In der Abgeschiedenheit eines Krankenzimmers zu singen, war eine Sache. Wenn sie mich vorher gefragt hätte, hätte ich gesagt, dass es nicht angemessen war, die Gäste einer Hochzeitsfeier damit zu konfrontieren. Glücklicherweise überspielten die Musiker das betretene Schweigen. Mit einem neu hinzugekommenen Schlagzeuger verwandelten sie sich in eine Tanzkapelle. Das frischgebackene Ehepaar Brown, das auf einen Brautwalzer verzichtete, forderte alle Anwesenden auf, ihm auf die Tanzfläche folgen.

Beflügelt von dem Champagner und der romantischen Stimmung, ließen sie sich nicht lange bitten. Ein älteres Paar drehte sich bedächtig im Kreis und legte einen halb vergessenen, zeitlupenartigen Quickstep aufs Parkett. Die Brautjungfer durchquerte den Raum und griff nach der Hand eines halbwüchsigen Jungen. Seine Verlegenheit wich rasch dem Entzücken, von der zweitschönsten Frau im Raum auserwählt worden zu sein.

Die Stimmung wurde immer ausgelassener, als Teenager anfingen, den Shimmy zu tanzen und Fremde einander aufforderten. Ich sah mich um und stellte fest, dass fast alle Menschen, die wir liebten, hier in einem Raum versammelt waren, tanzten, sich küssten … und, oh nein, die Braut packte mich, drehte sich um und legte meine Hände links und rechts um ihre Taille – zu einer Conga-Line! Im nächsten Augenblick legten sich von hinten zwei Hände um meine Taille. Als ich einen Blick über die Schulter warf, strahlte mich Lydia an. Ich konnte mich nicht erinnern, wann ich sie das letzte Mal tanzen gesehen hatte.

Ich hatte gedacht, Conga-Lines gäbe es nur noch in Filmen aus den Fünfzigern. Aber je mehr Leute sich der menschlichen Schlange anschlossen, sich im gleichen Rhythmus wiegten und mit den Füßen stampften, umso stärker wurde das Gefühl von Zusammengehörigkeit. Die Fremdheit, die wir als Einzelwesen empfunden hatten, löste sich in Luft auf. In dieser Nacht, auf dieser wunderbaren, fröhlichen Feier waren wir eine pulsierende Einheit, eine Gemeinschaft. Wenn es nach mir gegangen wäre, hätte die Conga-Line niemals ein Ende gefunden.

Nachdem die Torte angeschnitten war und den Gästen vom vielen Tanzen die Füße weh taten, zog sich ein Teil in die Bar einen Stock tiefer zurück. Ich machte es mir auf einem

Sitzsack gemütlich und zu mir gesellte sich eine Verwandte, die überzeugte Katholikin war und zu jener Sorte Menschen gehörte, die einer unkonventionellen Hochzeitsfeier wie dieser hier wenig abgewinnen können.

»Weißt du, was für mich heute Abend etwas ganz Besonderes war?«, fragte sie und nippte an einem hellgrünen Cocktail. »Der Segen, den Lydia gesprochen hat. Sie hat die gesamte Atmosphäre verwandelt. Hast du es auch gespürt?«

Im Lauf des Abends hörte ich das noch von einigen anderen Gästen. Ich war erleichtert, dass sie Lydias Segen in dem Geist verstanden hatten, in dem er gegeben worden war. Ich hätte ihr mehr vertrauen sollen.

Ich hätte nicht sagen können, wie spät es war, als wir in unserem Cottage schließlich ins Bett fielen. Philip und ich waren uns einig, dass wir eine wunderschöne Hochzeit erlebt hatten, vielleicht die schönste, auf der wir jemals gewesen waren – abgesehen von unserer eigenen.

An dem Tag, als ich durch den Gang einer mittelalterlichen Kirche auf den Altar zugeschritten war, vor dem mein attraktiver zukünftiger Ehemann auf mich wartete, hatte ich mein Glück kaum fassen können. »Bis dass der Tod uns scheidet« war uns leicht über die Lippen gekommen. Dass wir uns eines Tages würden trennen müssen, war das Letzte, woran wir dachten. Aber die Mastektomie hatte uns beide gezwungen, uns damit auseinanderzusetzen – einer von uns, der in einem leeren Bett schlafen musste, während der andere davonschwebte und zu Sternenstaub wurde. Diese eindrückliche Mahnung an die Zerbrechlichkeit unserer Beziehung hatte unsere Gefühle füreinander noch stärker werden lassen, uns die Scheu genommen, unsere Zuneigung offen zu bekunden. Ein seltsamer Gedanke, dass Krebs eine Ehe bereichern konnte.

Rob und Chantelle hatten ihre Hochzeitsreise nach Vietnam auf später im Jahr verschoben. Am nächsten Morgen gab es im Café des Klosters Brunch für alle, die sich noch nicht dazu entschließen konnten, abzureisen. Erstaunlich viele Gäste fanden sich ein und versuchten sich ein schattiges Fleckchen zu sichern, um sich an Croissants und Tee gütlich zu tun. Die Sonne brannte ein Loch in den Himmel und die Luft war erfüllt von Geschichten aus der Nacht zuvor.

Schließlich gaben uns unsere Gäste einer nach dem anderen einen Abschiedskuss auf die Wange und traten die Heimreise an. Wenn sie sich auf dem Weg den Hügel hinunter umdrehten, um uns noch einmal zuzuwinken, verspürte ich jedes Mal Wehmut in mir aufsteigen … aber nur, weil die glücklichsten vierundzwanzig Stunden meines Lebens vorüber waren.

25.

Geisel

Wenn Blicke töten könnten.

Am späten Nachmittag hielten wir vor unserem Haus, gespannt darauf, zu erfahren, ob Jonah und Ferdie ihr Gruppenseminar heil überstanden hatten. Rob und Chantelle, die es kaum erwarten konnten, ihr geliebtes Katzenbaby abzuholen, waren nur zehn Minuten hinter uns. Wir wollten ihnen bei ihrer Ankunft ein Bild vollkommener kätzischer Harmonie präsentieren.

Auf dem Weg zum Haus hörten wir hinter der Tür hartnäckiges Miauen. *Gut*, dachte ich, *wenigstens eine Katze lebt noch.* Philip schloss auf und öffnete vorsichtig die Tür. Jonah schob den Kopf durch den Spalt und blickte finster zu uns hoch. (*Ihr habt euch ja ganz schön Zeit gelassen!*, schien er sagen zu wollen.)

Im Haus herrschte eine merkwürdig angespannte Stille, als wäre es Schauplatz eines schrecklichen Dramas gewesen. Lydia nahm Jonah auf den Arm und suchte ihn nach Verletzungen ab. Augen, Ohren, Nase und Pfoten waren unversehrt. Nicht schlecht nach zwei Tagen mit einem Kater, der doppelt so viel wog wie er. Wir riefen nach Ferdie. Keine Antwort.

Wahrscheinlich hatte Vivienne die Jungs getrennt und Ferdie in das Gehege gesteckt, dachte ich. Wir gingen in den Garten, spähten in die Türme und in den Tunnel. Nicht ein Haar von einem silbernen Fell.

Auf dem Boden verstreut lagen uns unbekannte Katzenspielsachen, darunter einige selbstgebastelte wie sechs leere

Klopapierrollen, die mit Klebeband zu einer Pyramide verbunden waren.

Unter dem Hausschlüssel auf dem Küchentisch fand Lydia eine Nachricht.

Hallo. Ich hoffe, Sie hatten eine schöne Hochzeitsfeier. Die Jungs sind gut miteinander ausgekommen, obwohl Ferdie zusätzlich zu seinem Futter auch noch das von Jonah fressen wollte! Jonah hält sich immer noch für den Boss. Ich sollte mich die ganze Zeit nur mit ihm beschäftigen. Jedes Mal, wenn ich Ferdie gestreichelt habe, wurde er eifersüchtig, deshalb musste ich Ferdie knuddeln, wenn Jonah nicht hergesehen hat. Ich habe den beiden ein paar Spielsachen geliehen und dazu noch ein paar gebastelt. Ich hoffe, Sie haben nichts dagegen.
Vx
PS: Jonah spielt gerne Verstecken mit Leckerbissen in den Klopapierrollen.

Ferdie war während Viviennes Aufenthalt offensichtlich hier gewesen. Aber wo steckte er jetzt? Die Mädchen suchten im oberen Stock nach ihm, während ich mich laut seinen Namen rufend im Erdgeschoss auf die Suche machte. Jonah thronte derweil wie ein Prinz auf seinem Kratzbaum und leckte sich anmutig die Pfoten.

»Was hast du mit Ferdie angestellt, Kleiner?«, fragte ich.

Jonah fuhr mit seinem Schwanz über die Plattform und kniff die Augen zusammen, als wollte er sagen, das ginge mich nichts an.

»Glaubst du, er ist durch die Tür entwischt, als wir aufgeschlossen haben, und wir haben es nur nicht gemerkt?«, fragte Lydia.

Unmöglich. Einem von uns wäre es aufgefallen. Außerdem

hatte Jonah die gesamte Diele ausgefüllt, sowohl physisch als auch mit seinem Ego.

»Rob und Chantelle werden gleich da sein«, sagte Katharine. »Was sollen wir ihnen sagen – dass Ferdie eine Tarnkappe aufhat?«

Falls ihre geliebte Katze verschwunden war, wäre das ein schreckliches Hochzeitsgeschenk. Ich würde mich für den Rest meines Lebens dafür verantwortlich fühlen. Nein, schlimmer. Schuldig.

»Hast du das gehört?«, fragte Philip, dessen Ohren auf eine andere Frequenz eingestellt sind als meine.

»Nein. Was denn?«

»Miauen. Es kam ... von dort drüben«, sagte er und deutete auf den Kamin.

»Du meinst, dieses erstickte ...«

»Da ist er!«, sagte Philip, der sich auf alle viere niedergelassen hatte und in den Kamin spähte.

»Er versteckt sich da oben!«

Ich hatte davon gehört, dass der Weihnachtsmann durch den Kamin kam, und hin und wieder ein Vogel und der Schornsteinfeger mit seinem Besen. Aber eine Katze?

Die Mädchen und ich sahen verblüfft zu, wie Philip in das dunkle Loch griff. Nach einigem Seufzen und Ächzen kam Ferdie zum Vorschein. Sein Fell war voller Ruß, und sein Stolz hatte einen ziemlichen Dämpfer erlitten. Abgesehen davon war er unverletzt.

Im Vergleich zu Ferdie war Jonah ein Leichtgewicht und ein schlechter Kämpfer. Es war ein Rätsel, wie er es geschafft hatte, seinen temporären Mitbewohner den Kamin hochzujagen.

Ferdie war außer sich vor Freude, als das frischgebackene Ehepaar eintraf, um ihn abzuholen. Wir wollten eigentlich nichts sagen, aber Chantelle bemerkte die Rußspuren auf seinem Fell. Mit großen Augen hörte sie zu, als Philip ihr von der Rettungsaktion berichtete. All unseren Bemühungen zum Trotz konnte Ferdie es kaum erwarten, der Psychofolter Jonahs zu entkommen. Ich hatte noch nie eine Katze so bereitwillig in ihre Transportbox springen gesehen.

Rob und Chantelle stiegen mit ihrer kostbaren Fracht ins Auto. Wir standen auf der Veranda und winkten ihnen nach.

»Was für ein tolles Wochenende!«, sagte ich mit einem Seufzer, als Philip den Arm um mich legte und wir wieder ins Haus gingen.

»Abgesehen vom Finale«, ergänzte er.

26.

Helden in Rollstühlen

Eine Katze kennt kein Selbstmitleid.

Ich hatte gehofft, Robs Hochzeit könnte ein Wendepunkt für Lydia gewesen sein. Wie jede hübsche junge Frau hatte sie die bewundernden Blicke und die Komplimente, die sie auf der Feier bekommen hatte, genossen. Zu meiner Enttäuschung kehrte sie jedoch schnell wieder zu den weißen Hosen, farblosen Oberteilen und schulterbedeckenden Schals zurück.

Drei Tage nach der Hochzeit hielt ich es nicht länger aus und fragte Lydia, ob sie wieder nach Sri Lanka gehen würde. Zu meiner Erleichterung erwiderte sie, sie habe sich entschlossen, eine Zeitlang in Australien zu bleiben und sich für Psychologie einzuschreiben.

Ich nutzte die Gelegenheit, etwas für ihr Aussehen zu tun, und schleppte sie in verschiedene Geschäfte. Meine Versuche, ihr Interesse an Friseurbesuchen und Kleidern zu wecken, schlugen jedoch meistens fehl. Wann immer ich sie dazu überreden wollte, sich von mir ein Kleid kaufen zu lassen, das ihre Figur zur Geltung brachte, musterte sich Lydia mit schief gelegtem Kopf im Spiegel und sagte, es sei hübsch, aber sie wolle wirklich nicht, dass ich Geld für sie ausgäbe.

Die Verkäuferinnen schüttelten den Kopf, wenn wir mit leeren Händen wieder gingen. Einige sagten, sie hätten noch nie erlebt, dass eine Mutter ihre Tochter anflehte, ihr etwas kaufen zu dürfen, und nicht anders rum.

Abends ging sie oft zu Meditationssitzungen oder zu Treffen der Buddhistischen Gesellschaft, nie irgendwohin, wofür Lippenstift und hohe Absätze erforderlich gewesen wären. Die Abwesenheit von Männern, passend oder nicht, war anfangs etwas befremdlich, aber nach und nach gewöhnten wir uns daran. Als ich Lydia fragte, was aus Ned geworden sei, antwortete sie, er habe sich in eine Schauspielerin verliebt. Ich suchte in ihrem Gesicht nach irgendeiner Gefühlsregung, konnte jedoch keine entdecken.

Manchmal spähte ich durch ihre Tür und sah sie im Schneidersitz und mit geschlossenen Augen vor ihrem Hausaltar sitzen, unter dem lachenden Blick des Mönchs und dem nachdenklichen Jonahs.

Auf der verzweifelten Suche nach irgendeinem Hinweis darauf, was in ihrem Kopf vor sich ging, verlegte ich mich aufs Spionieren und horchte ihre Schwester aus. Katharines Antworten waren nicht besonders befriedigend. Sie sagte, Lydia denke immer noch darüber nach, Nonne zu werden. Oder ein Buch zu schreiben, oder ein Meditationszentrum zu eröffnen. Ich hatte Lydia zwar immer dazu ermutigt, zu träumen, aber diese Ideen kamen mir so wenig fassbar vor wie ein Bild von Chagall.

Gleichzeitig mit dem Studium nahm Lydia auch die Behindertenarbeit wieder auf und erweiterte ihren Kreis von Schützlingen. Regelmäßig hielt ihr Bus vor unserem Haus. Eines Tages rief sie mich nach draußen, um mir ein paar halbwüchsige Jungen vorzustellen. Ich machte mich auf eine geballte Ladung Testosteron gefasst und folgte ihr zum Bus, wo sie die Tür aufschob. Auf den Sitzen schwankten drei magere Gestalten wie Schilfgras hin und her, die Münder offen, die Finger zu Krallen gekrümmt.

»Sagt Hallo zu meiner Mutter«, sagte sie in einem Ton, als spräche sie mit ihren Freunden. Einer der Jungen schaukelte daraufhin heftig vor und zurück. Ein anderer rollte mit den Augen. Ich fühlte, wie stolz ich auf Lydia war.

Als ich sie fragte, wie sie diese Arbeit bewältigte, erwiderte sie, ihre Schützlinge würden ihr zeigen, wie man leben sollte. Sie versanken nicht in Selbstmitleid und lebten ganz und gar in der Gegenwart. Nicht damit belastet, einen bestimmten Eindruck aufrechterhalten zu müssen und sich Sorgen um die Zukunft zu machen, konnten sie einfach sie selbst sein. In ihrer Gesellschaft war sie glücklich – auch wenn ihr vom Heben manchmal der Rücken weh tat. Es machte ihr nichts aus, Spucke wegzuwischen oder jemanden über eine Sonde zu füttern, nur Windeln wechseln fand sie nicht so toll.

Je mehr meine vegetarische, meditierende, fürsorgliche Tochter zur Heiligen wurde, desto unzulänglicher und egoistischer kam ich mir vor. Wenn sie mit uns am Tisch saß und die Sauce Bolognese (Spuren von Fleisch) zugunsten von Nudeln und Salat mied, war die Angespanntheit auf beiden Seiten des Tischs manchmal mit Händen zu greifen.

Philip und ich fühlten uns kritisiert, weil wir unser Haus nicht verkauften und den Erlös einem afrikanischen Dorf spendeten. Philip rutschte auf seinem Stuhl herum, wenn Lydia sagte, vielleicht fände er in seinem Beruf mehr Befriedigung, wenn er für eine Non-Profit-Organisation arbeiten würde. Mir bereitete es in gleicher Weise Unbehagen, wenn Andeutungen fielen, dass ich mehr gemeinnützige Arbeit leisten könnte.

Natürlich betrachteten wir auch sie mit kritischen Augen. Manchmal fanden wir, sie stelle sich selbst auf ein Podest unantastbarer Reinheit. Dann wieder schienen Lydia und ich uns ein Schachduell zu liefern – bei dem sie mir drei Züge voraus war. Ihre Selbstlosigkeit machte sie unempfindlich für Kritik. Ihre Ideale waren unangreifbar. Die Arbeit, die sie leistete, war von unschätzbarem Wert, unterbezahlt und von der Gesellschaft viel zu wenig gewürdigt.

Und dennoch fragte ich mich hin und wieder in düsteren Momenten – und das wirft ein derart schlechtes Licht auf mich, dass ich zögere, es niederzuschreiben –, wenn ich beobachtete, wie sie ihren an den Rollstuhl gefesselten Schützlingen den Mund abwischte, sie herumfuhr, trug und mit ihnen redete, ob es ihr vielleicht ein Gefühl von Macht verschaffte, sich um die Schwachen zu kümmern.

»Und, wo wollen wir heute hin?«, fragte sie munter, wohl wissend, dass die Mehrzahl der unglücklichen Geschöpfe in ihrer Obhut nicht antworten konnte. »Ich kenne da einen Laden, in dem sie die besten Muffins im ganzen Land verkaufen. Es sind nur zwei Stunden Fahrt. Also, los geht's!«

Ihre behinderten Schützlinge waren nicht in der Lage zu protestieren. Sie mussten es hinnehmen, in den Bus verfrachtet und herumgekarrt zu werden. Aber durfte ich mir ein Urteil darüber erlauben? Wenn die einzige Alternative darin bestand, dass sie den ganzen Tag in irgendeiner Einrichtung vor dem Fernseher saßen, war eine Muffin-Odyssee geradezu fantastisch.

Einige von Lydias Schützlingen gingen mir auf die Nerven, aber ihr Mut und, in manchen Fällen, ihre Lebenslust waren ein Vorbild. Im Vergleich mit ihnen kam es mir albern vor, mir Gedanken über Kurzatmigkeit zu machen und darüber, ob irgendwo in meinem spätmittelalterlichen Körper noch Krebszellen lauerten. Sie waren Superhelden auf Rädern. Wenn ich Lydias jüngere Schützlinge sah, empfand ich tiefes Mitgefühl für deren Eltern.

Gleichwohl ärgerte ich mich manchmal über die Art, wie mich Lydia für ihre gute Taten einspannte. An einem glühend heißen Samstag zwei Wochen nach Robs Hochzeit fragte sie, ob sie mit einer Gruppe älterer Behinderter zum Tee kommen dürfe.

»Wie viele?«, fragte ich.

»Fünf oder sechs. Wir bringen Essen und Getränke mit, mach dir also keine Umstände«, sagte sie fröhlich. »Wir können auch in einen Park gehen und dort Picknick machen, wenn du keine Zeit hast«, fügte sie hinzu, als sie mein Zögern bemerkte.

Im Freien zu essen kam bei Temperaturen von über vierzig Grad wohl kaum in Frage.

Katharine verdrehte die Augen. Besuche von Lydias Schützlingen konnten ziemlich anstrengend sein.

Ich buk Pancakes. Sie rollten sich in der Pfanne ein und verwandelten sich in etwas, das die Menschheit bis dahin nicht gekannt hatte. Es läutete an der Tür. Ich öffnete. Die Hitze schälte mir sofort die Haut vom Gesicht.

Mein Herz zog sich zusammen, als ich das elende Häuflein auf der Veranda sah. Rasch bat ich sie ins Haus, wo sich ohne viel Erfolg die Klimaanlage abrackerte. Lydia stellte mir unsere Gäste nacheinander vor. Lawrence' Körper war so steif und zusammengesunken, dass er kaum gehen konnte. Die dicke Agatha konnte sich bewegen, aber in ihren Augen war kein Leben. Ellie, weißhaarig und im Rollstuhl, redete wie ein Wasserfall. Sofia sprach nicht, nickte und lächelte dafür geradezu beängstigend oft. Bert stellte sich irrtümlich als der Boss vor.

Jonah schoss die Treppe hoch.

Ich war erleichtert, dass Lydia zur Unterstützung Emma dabeihatte. Zusammen mit Katharine halfen sie unseren Besuchern ins Wohnzimmer, wo Teller mit Kuchen und Sandwiches bereitstanden. Die Pancakes kamen überraschend gut an. Im Bewusstsein, dass die eine oder andere der Frauen früher vermutlich eine gute Hausfrau gewesen war, entschuldigte ich mich dafür, dass ich das Backpulver vergessen hatte, aber es schien niemanden zu stören.

Die Unterhaltung war nicht gerade lebhaft. Ellie plapperte zwar ununterbrochen, aber völlig unzusammenhängend. Mitten im Satz wechselte sie von Strickmustern zu Straßenbahnfahrplänen.

Ich stieß Katharine an und sagte, sie solle ihre Geige holen. Widerstrebend folgte sie meiner Aufforderung. Lawrence griff an sein Hörgerät, als er die Geige sah. Musik tat seinen Ohren weh. Katharine stellte ihren Notenständer am anderen Ende des Zimmers auf.

»Musik!«, rief Sofia und lief zu ihr. Sie klopfte auf den Notenständer, deutete auf Katharine und sagte: »Spiel ›Stille Nacht‹.«

Weihnachten war vor zwei Monaten gewesen, aber Zeit war für unsere Gäste relativ.

Als die ersten Töne durch den Raum schwebten, fielen sie krächzend in die Melodie ein, die sie seit frühester Kindheit kannten.

Wie Gespenster hingen Weihnachtserinnerungen aus nahezu fünfhundert Jahren über dem Tisch. Die Zahl an Weihnachtsfesten, die noch kommen würden, war eher gering. Ich griff nach einem Taschentuch, um mir die Tränen abzuwischen.

Nachdem sie noch ein paar Weihnachtslieder gesungen hatten und zum Mittagessen geblieben waren (weil sie es sowieso in ihrem Picknickkorb dabeihatten), wurden unsere Gäste unruhig. Bert forderte Katharine zu ein paar Jazzimprovisationen auf. Er wiegte sich verwirrt hin und her, als sie ihm erklärte, sie habe Unterricht in klassischer Musik. Lydia und Emma führten die anderen der Reihe nach zur Toilette.

»Wo haben wir denn Eimer und Lappen?«, flüsterte Lydia. »Agatha ist ein kleines Missgeschick passiert.«

Als es Zeit zum Gehen war, versammelte Lydia ihre Schützlinge in der Diele. Sie mussten so schnell wie möglich zum Bus und einsteigen. Inzwischen war Wind aufgekommen und im Freien war es kaum auszuhalten. In der Luft hing ein unheilvoller Brandgeruch.

Lydia versicherte mir, sie werde alle umgehend nach Hause fahren und vor der Hitze in Sicherheit bringen. Bevor sie die Tür öffnete, nahm sie noch rasch eine Durchsuchung von Agathas Handtasche vor und entdeckte einen unserer Kerzenhalter und eine Tube meiner Gesichtswaschlotion von Lancôme. Lydia lachte und meinte, da wären wir noch gut weggekommen. Auf ihren Ausflügen in die Stadt hatte Agatha die Angewohnheit, anderen Leuten das Essen vom Teller zu stehlen.

Ich umklammerte das Taschentuch und winkte unseren Gästen nach. Lydias Schützlinge gaben stets mehr, als sie nahmen.

27.

Dem Feind ins Auge sehen

Eine Katze ist nicht immer
ein guter Gastgeber.

»Du wirst es nicht glauben!«, rief Lydia und ihre Stimme klang ungewohnt fröhlich.

Diesen Ton kannte ich. Für gewöhnlich bedeutete er, dass ich zu irgendetwas überredet werden sollte, und ich war im Moment nicht in der Stimmung.

»Was?«, fragte ich geistesabwesend. Ich quälte mich gerade mit einem Kreuzworträtsel mit »Allgemeinwissensfragen« ab, in dem dauernd nach den Vornamen von irgendwelchen Rocksängern gefragt wurde, von denen ich noch nie im Leben etwas gehört hatte.

»Mein Lehrer kommt zu Besuch.«

»Das ist schön«, sagte ich. »Wo wohnt er denn?«

Ich mag es überhaupt nicht, wenn ich eine Antwort im Lösungsteil des Rätselhefts nachschlagen muss. Aber wie sollte ich sonst herauskriegen, wie das »Metall mit der Ordnungszahl 22« hieß? Ach ja. Titan.

»Bei uns.«

Mein Stift fiel klappernd auf den Boden. Jonah schnappte ihn sich und verschwand damit.

Ihr Mönch? Dieser Typ! Bei uns *wohnen*? Ich öffnete den Mund. Aber es kam kein Ton heraus …

»Das geht nicht«, sagte ich schließlich. »Wir haben keinen Platz.«

»Er kann mein Zimmer haben«, erwiderte sie. »Ich schlafe auf dem Sofa.«

Das hier war unser Zuhause, kein religiöses Meditationszentrum.

Allerdings war es auch Lydias Zuhause.

»Wie lange soll er denn bleiben?«

»Ich dachte, einen Monat«, erklärte sie nüchtern.

Einen *Monat* einen Mann beherbergen, der sich für einen Gott hielt?

»Das ist zu lang«, sagte ich.

In der Annahme, damit wäre das Thema erledigt, machte ich mich auf die Suche nach Jonah und meinem Stift.

»Drei Wochen?«, rief sie mir nach.

Wenn Lydia etwas von mir wusste, dann, dass ich keine begeisterte Gastgeberin bin. Falls überhaupt jemals jemand einen ganzen Monat bei uns wohnen sollte, fielen mir tausend andere Leute ein, in deren Gegenwart ich mich wohler gefühlt hätte, als in der des lächelnden Mannes auf dem Foto in ihrem Zimmer.

»Wohnen Mönche nicht in Klöstern?«, fragte ich.

»Na ja, er hat auch schon eine Einladung in ein großes Kloster auf dem Land, wo sie extra für ihn ein Haus gebaut haben, aber er wäre lieber in der Stadt.«

Wenn dieser Guru bei uns wohnte, würde sein Einfluss auf Lydia noch größer werden. Vielleicht würde er sogar versuchen, auch den Rest von uns zu bekehren. Außerdem war ich immer noch wütend auf ihn, weil er sie nach Sri Lanka gelockt hatte, als ich krank gewesen war.

»Es geht nicht«, sagte ich.

»Ich *will* aber, dass er kommt!«, sagte Lydia und sah mich mit großen feuchten Bambi-Augen an. »Er wird dir keine Umstände machen. Ich kümmere mich um ihn und koche ihm sein Essen. Nicht, dass er viel essen würde. Kann er denn nicht wenigstens ein, zwei Nächte bleiben?«

Meiner Stier-Tochter zu widersprechen ist seit jeher zwecklos gewesen. Wenn ich mich weigerte, den Mönch über unsere Schwelle zu lassen, würde sie sich ihm aus reinem Trotz noch enger anschließen.

»Gut, eine Nacht kann er bleiben«, sagte ich seufzend.

»Zwei.«

»Meinetwegen«, erwiderte ich und konnte selbst kaum glauben, dass ich das sagte.

Die Vorstellung, einen Mönch zu beherbergen, wenn auch nur für zwei Nächte, ist unheimlich. Ein Mönch ist zu heilig, um ein Badezimmer mit gewöhnlichen Sterblichen zu teilen. Er braucht Badewanne, Dusche und Toilette für sich allein. Während Lydia das Bad im oberen Stock mehr als bereitwillig für ihn zur Verfügung stellte, hielt sich die Begeisterung ihrer Schwester in Grenzen.

»Ich dachte, Mönche hätten es eher mit dem asketischen Leben«, grummelte Katharine, als sie ihr Handtuch und ihre Toilettensachen ins untere Bad brachte. »Wie kommt es, dass der so anders ist?«

Jonah, der empfindlich auf jede Veränderung reagierte, war in höchster Alarmbereitschaft. Wie aufgezogen raste er durchs Haus und miaute ununterbrochen. Er wich Lydia nicht von der Seite und sprang dauernd auf ihr Bett und wieder herunter, während sie es frisch bezog und saubere Handtücher bereitlegte. Ich untersuchte ihr Zimmer auf Gegenstände, die unseren vergeistigten Gast möglicherweise in Verlegenheit bringen könnten. Ein Foto von Lydia und ihren Schulfreundinnen im Bikini am Strand, das Bild einer barbusigen Frau, Ausgaben von *Madame Bovary* und *Anna Karenina* aus ihrer Schulzeit.

Die Essgewohnheiten des Mönchs erforderten spezielle Vorkehrungen. Er würde zweimal am Tag eine vegetarische Mahlzeit zu sich nehmen – allein in seinem Zimmer. Und wie es die religiösen Vorschriften verlangten, würde nichts Essbares mehr über seine Lippen kommen, nachdem die Sonne ihren Höchststand überschritten hatte.

Wir durften ihn auch keinesfalls anfassen. Händeschütteln, Arm-um-die-Schulter-Legen und Umarmen waren absolut tabu. Der rotbraun Gewandete war noch nicht einmal da und beanspruchte bereits jetzt mehr Aufmerksamkeit als unser verrückter Kater.

Ich bin nicht stolz auf meine Unfähigkeit, mich an Regeln zu halten. Je mehr ich mich bemühe, niemandem zu nahe zu treten, umso schlimmer wird es. Zum Beispiel entwischt mir, wenn ich einem gläubigen Christen vorgestellt werde, bei jedem zweiten Satz ein »Teufel noch mal!« oder »Du lieber Gott!« Es wäre besser gewesen, wenn Lydia mir nicht verboten hätte, den Mönch anzufassen. Meine Hände zuckten jetzt schon und verlangten danach, sich um ihn zu legen.

Ich begann mich zu fragen, ob es nicht einfacher wäre, wenn wir ins Hotel zogen, solange er da war. Aber Philip ließ sich nicht erweichen. Er würde sich von niemandem aus seinem Haus vertreiben lassen! Ich schlug Rob und Chantelle vor, das gemeinsame sonntägliche Mittagessen ausfallen zu lassen, aber sie waren neugierig auf den Mann, der Lydia in seinen Bann gezogen hatte.

Selbst unsere aufgeschlosseneren Freunde zogen die Augenbrauen hoch. Eine Tochter, die zum Buddhismus konvertierte, war gerade noch interessant. Einen Mönch zu Besuch zu haben war unheimlich. Ich wischte Staub, saugte (sehr zu Jonahs Missfallen) und wurde immer nervöser.

»Was ist mit Katzen?«, fragte ich Lydia.

»Mag er nicht besonders.«

Jonah warf ihr von seinem Kratzbaum aus einen verächtlichen Blick zu.

»Aber lieben die Buddhisten denn nicht alle Tiere?«, fragte ich. »Sind sie nicht deshalb Vegetarier?«

Sie war zu beschäftigt damit, Pakete mit Tofu und Nudeln auszupacken, um mir zu antworten.

Am Abend traf der Mönch, Charisma verströmend, ein. Die Hände hinter dem Rücken verschränkt, stand ich lächelnd in der Tür und nickte wie einer dieser Dackel, die früher auf den Hutablagen von Autos standen.

Philip war hinter mir, deshalb konnte ich nicht sehen, was er tat – zweifellos irgendetwas Unverbindliches. Katharine stand seitlich von uns und lächelte verhalten. Jonah schoss an uns vorbei auf den Mönch zu und ließ dabei ein trommelfellzerfetzendes Miauen ertönen.

Zu meinem Erstaunen machte Lydia eine tiefe Verbeugung. Ich hätte nicht gedacht, dass meine willensstarke, widerspenstige Tochter über die erforderlichen Muskeln zur Ausführung einer solch übertriebenen Respektsbekundung verfügte. In der Gegenwart dieses Mannes wurde ihr Rücken kerzengerade und ihr Verhalten demütig und unterwürfig.

Der Mönch lächelte uns durch seine Goldrandbrille gütig an. Sein Gesicht war noch genauso glatt wie vor fünf Jahren. Er behauptete zwar, er sei über sechzig, aber genauso gut hätte er fünfunddreißig sein können. Als Anti-Aging-Programm war ein religiöses Leben eindeutig wirkungsvoller als die plastische Chirurgie.

Gefolgt von Jonah und dem Rest der Familie segelte unser Gast durch den Flur. Mir lag sehr viel daran, diesen Mann, der für meine Tochter so wichtig war, zu verstehen. Ich hätte ihn gerne nach seiner Meinung zu dem Krieg in seinem Land gefragt und welche Pläne, wenn überhaupt welche, er mit Lydia hatte.

Nachdem er es sich in einem Sessel am Kamin bequem gemacht hatte, erzählte der Mönch von seinen Reisen. Er war charmant, selbstsicher und in jeder Hinsicht unnahbar. Ein Mann aus einer anderen Welt, sprach er Lydia auf nervtötende Weise als seine Schülerin an. Ich machte mir Sorgen, dass wir ihn nicht mit der gewohnten Ehrerbietung behandelten. Lydia, die mit den Händen im Schoß neben ihm auf dem Boden kniete und zu ihm aufsah, machte das jedoch zweifellos wieder wett. Jonah schien ebenfalls völlig fasziniert von ihm.

Ich war froh, dass es bereits dunkel war, so brauchten wir uns keine Gedanken darüber zu machen, was wir unserem Gast zu essen vorsetzten. Während der Mönch von Spendenaktionen und Vorträgen berichtete, die er während seines Aufenthalts in Melbourne geplant hatte, umkreiste Jonah seinen Stuhl, miaute und versuchte seine Aufmerksamkeit auf sich zu ziehen. Ob es nun an dem beeindruckenden Faltenwurf der Gewänder lag oder an den exotischen Gerüchen aus fernen Ländern, Jonah war hingerissen – und wollte offenbar eine Charmeoffensive starten. Beunruhigt sah ich zu, wie er unter dem rotbraunen Saum verschwand.

»Schhh!«, zischte der Mönch und teilte einen gezielten Tritt aus.

Jonah schoss unter dem Gewand hervor. Er blinzelte verwirrt und schüttelte sich. Nachdem er die Fassung wiedergewonnen hatte, sprang er auf seinen Kratzbaum und begann mit lautem Schmatzen seine intimen Stellen zu lecken.

Wenn Leute nichts essen und nichts trinken, gibt es keinen Grund, lange aufzubleiben. Lydia begleitete ihren Lehrer nach oben, während wir uns besorgt zu Bett begaben. Mit etwas Glück war Lydias Zimmer mönchisch genug, damit er sich wohl fühlte – wenn auch hoffentlich nicht zu wohl.

Am nächsten Morgen wachte ich früh auf und fand Lydia in der Küche, wo sie im Kühlschrank kramte. Auf einem Tablett stand ein Teller mit Reis und Gemüse, den sie dem Guru nach oben bringen wollte. Daneben stellte sie eine zweite Schüssel mit Essen.

»Für wen ist das?«, fragte ich.

»Das ist für den Buddha«, erwiderte sie feierlich.

»Der Buddha isst das?«, fragte ich ungläubig.

»Das ist eine Opfergabe«, sagte sie und blickte mich streng an.

Da, schon wieder. Dieses Gefühl, minderwertig und im Unrecht zu sein. Dabei wollte ich mich gar nicht über ihren neuen Glauben lustig machen. Ich war durchaus bereit, meine Unwissenheit einzugestehen. Aber einen Mönch unter meinem Dach zu haben, war einfach ein bisschen zu viel.

Ein Strom von Schülern, meistens westlicher Herkunft, floss durch unser Haus und ließ sich zu seinen Füßen nieder, um den Neuigkeiten über den Klosterbau zu lauschen. Die Nonnen freuten sich über eine neue Küche, aber er hatte noch viel größere Pläne. Er hoffte, eines Tages auf dem Hügel hinter dem Kloster eine gewaltige Statue errichten zu können.

Zwischen den Audienzen fragte ich den Mönch nach seiner Herkunft aus. Er erzählte mir, er sei in einem armen Dorf aufgewachsen und habe sich später einem bedeutenden Lehrer angeschlossen. Er zeigte mir Fotos des Mannes, ein würdevoll aussehender Mönch, der über neunzig geworden war, wie er sagte.

Als junger Mönch hatte unser Gast mehrere Jahre meditierend in einer Höhle verbracht, an deren Eingang schließlich ein kleines Haus gebaut worden war. Danach war er in eine etwas bequemere Unterkunft weiter oben auf dem Hügel umgezogen. Das Höhlenhaus wurde derzeit von einem jüngeren Mönch bewohnt, der ebenfalls viel Zeit mit Meditieren verbrachte. Die Höhle war weiterhin der Mittelpunkt des Klosters.

Am diesem Nachmittag fuhren wir mit dem Mönch in den Botanischen Garten. Während wir auf den See blickten, fragte ich ihn, wie sich der Buddhismus in Sri Lanka und in Tibet voneinander unterschieden. Seine Antwort war lang und verworren und enthielt nicht besonders schmeichelhafte Bemerkungen über Philips Potential zur Erleuchtung, von denen ich hoffte, dass man sie auf die Sprachbarriere schieben konnte. Glücklicherweise befand sich Philip außer Hörweite und war in ein Gespräch mit einem schwarzen Schwan vertieft.

Ich wechselte das Thema und erzählte dem Mönch, dass ich ihn kurz nach meiner Operation am Fußende meines Bettes hatte sitzen sehen. Er warf den Kopf zurück und lachte entzückt.

»Das habe ich getan!«, sagte er und wedelte mit der Hand durch die Luft. »Ja! Das habe ich getan!«

Aha, zu seinem Repertoire gehörte also auch globale Teleportation. Ich war mir nicht sicher, wer von uns beiden verrückter war – er, weil er dachte, er hätte das getan, oder ich, weil ich ihn gesehen hatte.

Am zweiten Tag wurde eine außergewöhnliche Abweichung vom üblichen Tagesablauf bekanntgegeben. Der Mönch wollte uns die Ehre erweisen, gemeinsam mit uns an einem Tisch zu Mittag zu essen, vorausgesetzt natürlich, das Essen war vegetarisch und fand vor zwölf Uhr statt.

Da Sonntag war, erwarteten wir Rob und Chantelle zum Essen. Ich hatte ihnen eine SMS geschickt und sie vorgewarnt, dass sie früh kommen mussten, wenn sie etwas zu essen haben wollten.

Ich muss zugeben, dass ich schon gemütlichere Familienzusammenkünfte erlebt habe. Ein Mönch am Kopfende des Tisches brachte doch eine etwas andere Atmosphäre mit sich. Nichtsdestoweniger tat jeder sein Bestes, reichte höflich Schüsseln mit Salat, Brot und Bohnen an seinen Nachbarn weiter. Irgendwann ertappte ich Rob dabei, wie er mit sehnsüchtigem Blick nach einer Platte Schinken im Kühlschrank schielte.

Jonah schien Gott sei Dank von seiner Besessenheit vom Vortag geheilt zu sein und verhielt sich halbwegs normal.

Nachdem sich jeder bedient hatte, griffen wir zu unserem Besteck und wollten anfangen zu essen, als uns der Mönch daran erinnerte, dass es an der Zeit für einen Segen war. Wir legten Gabeln und Messer klappernd auf den Tisch zurück und senkten die Köpfe.

»Heißt das, er will ein Tischgebet sprechen?«, flüsterte ich Lydia zu, der unser schlechtes Benehmen peinlich war. Aber mal ehrlich, woher sollten wir denn wissen, dass Buddhisten Tischgebete sprachen? Obwohl, wenn ich so darüber nachdenke, ist es wahrscheinlich in allen Religionen üblich, dass das Essen gesegnet wird.

Der Segen des Mönchs war besonders ausführlich. Er segnete die Erde, die unser Essen an diesem Tag hervorgebracht hatte, den Regen und die Sonne und die Bauern, die es angebaut hatten. Wir nickten zustimmend und hoben die Gabeln, aber er war noch nicht fertig mit seinem Segen. Wir senkten die Gabeln und betrachteten unsere Teller, während er die Menschen segnete, die das Essen in die Stadt gebracht hatten.

Über dem Tisch hing verlegenes Schweigen. Es dehnte sich aus wie ein Ballon, bis es schließlich das ganze Zimmer füllte und gegen die Terrassentüren drückte. Rob warf mir von der anderen Seite des Tischs einen Blick zu. Philip, rechts von ihm, schien im Kopf eine komplizierte mathematische Gleichung zu lösen. Neben mir presste Katharine das Kinn auf die Brust und schaute weder nach links noch nach rechts. Nur Lydia und den Mönch schien das Fehlen von jedwedem Geräusch nicht im Geringsten zu stören.

Dann fing es an. Ein Scharren in der Waschküche, gefolgt von einem Scheppern. Ich fing Katharines Blick auf. Wir wussten beide, was das war. Jonah hatte sich ausgerechnet diesen heiligen Moment ausgesucht, um sein Katzenklo zu benutzen. Das Scharren wurde lauter und schwoll zu einem entschlossenen Kratzen an. Jonah grub tief in seinem Katzenklo herum, offenkundig hatte er Spaß an dem Geräusch seiner Krallen auf dem Plastikboden. Er grub weiter, immer schneller, bis es klang, als wäre ein Zimmer weiter ein Straßenbauarbeiter zugange.

Der Mönch holte Luft und begann die Menschen zu segnen, die unser Essen gelagert hatten, und die Ladenbesitzer, die es in ihre Regale gestellt hatten. Ein durchdringendes Kratzgeräusch tat kund, was Jonah davon hielt. Katharines Schultern begannen unter einem albernen Schuldmädchenkichern zu beben. Kindisch, aber nicht zu unterdrücken … und unter den gegebenen Umständen äußerst ansteckend.

Ich weiß nicht, woran es lag – vielleicht eine Reaktion auf den Stress –, aber bevor ich mich's versah, kicherte ich ebenfalls. Ich warf einen Blick auf Robs und Chantelles unbewegte Mienen. Philip war ebenfalls so ernst wie der Direktor eines Beerdigungsinstituts. Sie beherrschten sich so krampfhaft, dass es mich nur noch mehr zum Lachen reizte. Von dem fruchtlosen Bemühen, mein Kichern zu unterdrücken, taten mir die Rippen weh. Je mehr ich mich anstrengte, desto lauter wurde es, bis es dem Schrei eines Esels ähnelte. Es war mindestens dreißig Jahre her, dass mir so etwas passiert war. Ich tat so, als müsste ich husten, aber davon ließ sich niemand irreführen, am allerwenigstens Lydia, deren Wangen so rot leuchteten wie das Gewand ihres Lehrers.

Als das Essen endlich vorüber war, entschuldigte sich der Mönch und zog sich zurück. Lydia klapperte in der Spüle mit dem Geschirr und warf Katharine und mir einen Blick zu, der flüssige Lava hätte gefrieren lassen.

Am nächsten Morgen verabschiedeten wir uns unter Verneigungen und Verbeugungen von dem Mönch und winkten ihm nach, Scheiden tat … gut.

28.

Sehnsucht

Glück ist ein neues rosa Satinband.

Kurz nach dem Besuch des Mönchs fuhr mich Lydia ins Krankenhaus, wo ich eine neue Brustwarze bekommen sollte. Greg hatte mir versichert, das sei lediglich eine kleine »Ausbesserung«, eine Sache von vierzig Minuten und nichts im Vergleich zu den umfassenden Arbeiten, die er sieben Monate zuvor an mir ausgeführt hatte. Mit einer neuen Brustwarze, sagte er, könnte ich wieder hauchdünne Oberteile tragen. Offenbar lebten wir auf verschiedenen Planeten.

Ich konnte verstehen, warum manche Frauen nach einer Brustrekonstruktion auf eine neue Brustwarze verzichteten. Mir selbst war nur zweimal mit einem schmerzhaften Stich bewusst geworden, dass sich an der Stelle, wo früher eine Brustwarze gewesen war, jetzt ein Miniaturhubschrauberlandeplatz befand – das erste Mal, als eine Frau in meine Umkleidekabine geplatzt war, und das zweite Mal, als Philip wegsah, als ich aus der Dusche kam. Aber nach allem, was ich für eine neue Brust auf mich genommen hatte, erschien es mir nur logisch, jetzt auch den letzten Schritt zu tun. Und Greg war ganz wild darauf, noch das Tüpfelchen auf das i zu setzen, sozusagen.

Wenn es etwas gibt, womit man jedes Gespräch zum Verstummen bringt, dann ist es die Ankündigung, dass man sich eine neue Brustwarze machen lässt. Wenn man erklären würde, man bekäme demnächst ein neues Ohrläppchen oder eine neue kleine Zehe, würden die Leute höfliches Interesse zeigen. Nimm das Wort Brustwarze in den Mund, und sie wissen nicht, wohin sie gucken sollen. Brustwarzen haben mit Sex zu tun.

Denjenigen, die den Mut aufbrachten, zu fragen, erklärte ich, dass Greg ein paar Zentimeter Haut aus dem rechten Warzenhof schneiden, auf den Hubschrauberlandeplatz transplantieren und dabei in der Mitte einen kleinen Knubbel formen würde. Und wo er schon einmal dabei war, würde er sich auch den kleinen Hautlappen an meiner Bauchnarbe, der wie ein Hundeohr aussah, »vornehmen«.

Was für Greg eine vormittägliche Routinebeschäftigung war, sah für mich am anderen Ende des Skalpells ganz anders aus. Leute, die sich damit auskennen, sagen, so etwas wie einen einfachen Eingriff gibt es nicht. Ein Ausrutscher mit dem Messer oder ein Schlauch an der falschen Stelle und …

Mit dem Prozedere inzwischen vertraut, legte ich Kleidung und Schmuck ab, zusammen mit meiner Würde und allem anderen, was mich mit der Welt draußen verband, und verstaute meine Habseligkeiten in einem Schließfach. Krankenhäuser sind so. Man ergibt sich ihnen. Es hilft, wenn man sich sagt, dass Chirurgen und Krankenschwestern hochqualifiziert sind. Sie wissen, dass das Leben des Patienten ein zitternder Spatz in ihrer Hand ist.

Wenn ein Operationsteam eine Rockband wäre, dann wäre der Chirurg der Leadgitarrist und die Krankenschwestern gäben den Backgroundchor. Der Typ, der die Trage schiebt, säße am Schlagzeug. Und der Anästhesist? Der wäre der Bassist. Wie alle guten Bassisten neigt der Anästhesist zu einem eher bescheidenen Ego, jedenfalls verglichen mit dem des Chirurgen. Der Anästhesist weiß, dass er wichtig ist, aber er fühlt sich unterbewertet. Es lohnt sich, ihm in den wenigen Augenblicken, die man in wachem Zustand mit ihm verbringt, ein bisschen zu schmeicheln und eine Beziehung zu ihm aufzubauen, weil er die meisten Möglichkeiten hat, dich umzubringen.

Flach auf dem Rücken liegend und mit einer blauen Duschhaube auf dem Kopf, versuchte ich meinen Charme spielen zu lassen, aber der Brustwarzenanästhesist reagierte nicht darauf.

»Das ging aber schnell«, sagte ich, als er mir lediglich drei Fragen stellte und dann ein Zeichen gab, dass man mich in den OP schieben könnte.

»Beim letzten Mal haben Sie sieben Stunden überstanden«, erwiderte er ziemlich kühl. »Da werden Sie die vierzig Minuten wohl auch schaffen.«

Ein Nadelstich. Kalte Flüssigkeit in meinem Arm. Gute Nacht.

Das Aufwachen dauerte lange. Bauchschmerzen. Kopfweh. Übelkeit. Rauer Hals. Schlimmer noch, ein Schild an der Tür, auf dem »Unterlagen für die Labor's hierlassen« stand. Eine Krankenschwester fragte mich, ob es mir gutginge. Nicht mit einem falschen Apostroph im Raum. Niemals hätte ich ihnen mein Leben anvertraut, wenn ich gewusst hätte, dass sie die Verwendung von Apostrophen nicht beherrschten.

Zu Hause weinte ich vor Schmerz, wenn ich die blutigen Verbände wechselte. Wieder wie eine »richtige« Frau auszusehen brachte übermäßiges Leiden mit sich.

Manchmal fragte ich mich, was meine Mutter an meiner Stelle getan hätte. Für eine Frau ihrer Generation war sie sehr auf ihr Äußeres bedacht gewesen. Mit ihrem sicheren Stilempfinden hatte sie es noch als über Siebzigjährige geschafft, dass man sich nach ihr umdrehte. Sie hatte versucht, etwas davon an mich weiterzugeben. Als wir gemeinsam meinen ersten

BH kaufen gingen, war ich überrascht, wie sehr so ein Ding kniff und in die Haut schnitt. Kurze Zeit später quetschte sie mich in Hüfthalter und Strümpfe, einen Bindengürtel mit riesigen Sicherheitsnadeln und einer surfbrettgroßen Binde, und als Krönung ein Korsett (*Das ist nur ein ganz leichtes, Schatz.*) Es war die reinste Folter, eine »richtige« Frau zu sein.

In meiner Situation hätte sich meine Mutter zweifellos für das volle Wiederaufbauprogramm einschließlich Brustwarze entschieden. Außerdem musste ich auch an Philip denken. Nicht zu vergessen ein Rest eigener Eitelkeit.

Meine Rekonvaleszenz verlief schleppender, als »ein Routineeingriff« vermuten ließe. Lydia schaltete wieder in den Pflegemodus, sorgte für ständigen Nachschub an Kaffee von Spoonful und kümmerte sich um das Essen. Jonah schien ebenfalls zu begreifen, dass ich Schmerzen hatte und schmiegte sich im Bett an mich, als wollte er sagen: *Na, wie wär's mit einem gemütlichen kleinen Nickerchen?* Ich schöpfte Trost aus dem Wissen, dass ich die Brustwarze in ein paar Monaten, wenn alles verheilt war, nur noch ein bisschen dunkler tätowieren lassen musste.

Der Anblick von Philip mit einem Blumenstrauß in der Diele schien unserem Kater einen Stromstoß zu versetzen. Seine Augen wurden zu zwei schillernden Untertassen, er spitzte die Ohren, seine Schnurrhaare ähnelten straff gespannten Drahtseilen.

Unter heftigem Miauen stellte Jonah sich auf die Hinterbeine und streckte sich bis zu Philips Oberschenkeln. Mit den Vorderpfoten trat er bettelnd gegen Philips Hüften.

Jonah interessierte sich nicht für die Blumen, auch nicht für das Zellophan oder das Papier, in das sie eingewickelt waren. Er wollte das Band.

Jonahs Leidenschaft galt jedoch nicht wahllos allen Bändern. Es musste das *richtige* Band aus dem *richtigen* Blumenladen sein, das hieß, eine bestimmte Art von Satinband aus einem Laden namens »Sag es mit Blumen« in der Nähe unseres alten Hauses. Wann immer jemand mit dem falschen Band um einen Blumenstrauß herum aufkreuzte, gab Jonah eine theaterreife Vorstellung. Nach der ersten Aufregung untersuchte er den Strauß und stellte fest, dass sie mit einem steifen Polyesterband zusammengebunden waren oder einem breiten Seidenband, oder irgendetwas anderem Inakzeptablen. Angewidert kniff er die Augen zusammen, ließ den Schwanz hängen und verzog sich beleidigt.

Wenn die Blumen jedoch aus dem *richtigen* Blumenladen stammten und mit dem *richtigen* Band zusammengebunden waren, geriet Jonah in Ekstase. Kaum dass die Blumen auf dem Tisch abgelegt wurden, stürzte er sich darauf und begann an dem Band zu zerren und zu kauen. Für gewöhnlich versuchte ihn der zu dem Strauß gehörige Mensch zu verscheuchen und wickelte – zu Jonahs großer Freude – die Blumen aus. Sobald das Band gelöst war, machte Jonah einen Satz, packte es mit den Zähnen und trug es triumphierend davon wie ein Roulettespieler, der gerade die Bank gesprengt hatte.

Voll Stolz und Freude schleppte er das Band Tag und Nacht mit sich herum und bettelte jeden an, mit ihm »Jonah und das Band« zu spielen. Es gab unzählige Varianten dieses Spiels. Das Band konnte eine Schlange sein, die sich auf dem Teppich wand, ein Vogel, der durch die Luft glitt, eine Maus, die sich unter einem Kissen versteckte. Manchmal lief er damit so lange um einen Stuhl herum, bis dessen Beine gefesselt waren.

Wochenlang waren Jonah und sein Band unzertrennlich, bis das Objekt seiner Begierde an beiden Enden auszufransen begann und nur noch ein Fetzen war. Doch selbst dann weigerte sich unser Kater, von seinem Schatz abzulassen.

Besorgt, dass verschluckte Fäden seiner Verdauung schaden könnten, wartete ich, bis seine Aufmerksamkeit von einem Falter oder einem Schatten auf dem Küchenboden abgelenkt wurde, und entsorgte sein geliebtes Spielzeug im Mülleimer.

Jonah hinterher dabei zuzusehen, wie er nach seiner verlorenen Liebe suchte, war herzzerreißend. Ich ging heimlich in den Blumenladen und fragte, ob ich ein paar Meter Band ohne Blumen haben könnte. Die Frau hinter dem Ladentisch sah mich an, als hätte ich sie nicht mehr alle. Indem ich ihr von Jonahs Liebesleid erzählte, entlockte ich ihr immerhin ein Lächeln.

»Hat Ihre Katze eine Lieblingsfarbe?«, fragte sie und strich über die Bänder, die verführerisch glänzend an einem Haken an der Wand hingen. Wenn Jonah das gesehen hätte, wäre ihm die Erfahrung religiöser Ekstase zuteilgeworden.

»Rosa«, erwiderte ich. »Obwohl er ein Kater ist. Ein Siamese, was es vielleicht erklärt. Manche Leute behaupten allerdings, er sei ein Tonkanese …«

Die Frau starrte mich an. So genau hatte sie es wohl nicht wissen wollen. Immerhin war sie freundlich genug, mir das Band zu geben und in regelmäßigen Abständen Nachschub zu liefern. Ich versuchte, Jonahs Leidenschaft unter Kontrolle zu halten und gab ihm immer nur ein kürzeres Stück, bis er es aufgerieben hatte.

Doch schon bald ließ die Disziplin nach. Überall im Haus tauchten Bänder in verschiedenen Stadien des Gebrauchs auf, vor allem in unserem Schlafzimmer, wo sie Boden, Bett und Nachttischchen zierten. Ich fragte mich, was die Putzfrau dachte. Vermutlich glaubte sie, wir würden sie für ausgefallene Sexspiele benutzen.

Obwohl Jonah immer noch sehr anhänglich war und sein allmorgendliches Spiel mit Philip mit Angelrute und Bändern genoss, wirkte er irgendwie unzufrieden mit seinem Leben. Nicht einmal sein exklusives, mit Katzengras und Katzenminze ausgestattetes Gehege im Freien genügte ihm mehr. Nach einer halben Stunde in einer der Hängematten, in der er der Häme der fetten Tauben auf dem Zaun ausgesetzt war, kam er ins Haus getrottet und wollte gestreichelt oder auf den Arm genommen werden.

Wenn ihm seine menschlichen Hausgenossen nicht genug Aufmerksamkeit schenkten, patrouillierte er durchs Haus, glitt wie ein Haifisch von Zimmer zu Zimmer und suchte nach Fluchtwegen. Es verletzte mich, dass Jonah immer noch davonlaufen wollte. Manchmal war es ziemlich peinlich, wenn er sich eine seiner Eskapaden leistete und wir auf der Suche nach ihm die Straßen durchkämmen mussten.

Eines Abends, als er sich durch die einen Spalt offen stehende Tür gequetscht hatte und Katharine, Lydia und ich uns wieder einmal auf die Jagd nach ihm begeben mussten, entdeckten wir ihn, wie er die Straße hinuntertrottete. Vom anderen Ende her kam ihm an der Leine seines Besitzers ein großer schwarzer Hund entgegen. Überzeugt davon, dass er im Handumdrehen mit dem Hund fertigwerden würde, erhöhte Jonah sein Tempo. Die Mädchen und ich schrien auf, als sich die beiden Tiere immer näher kamen. Eine Konfrontation war unvermeidlich. Jonah würde als Hundefutter enden.

Nicht zum ersten Mal fragte ich mich, wie es einem an sich klugen Tier so sehr an grundlegender Einsicht fehlen konnte. Was ließ Jonah glauben, er könnte es mit einem Hund aufnehmen, der siebzehnmal so groß war wie er? Ich schloss die Augen, um das Drama nicht mit ansehen zu müssen.

Ein tiefes Bellen ertönte. Der freudige, zuversichtliche Laut, den Jagdhunde von sich gaben, wenn sie wussten, dass sie einen Fuchs erwischt hatten.

Plötzlich spürte ich einen Lufthauch an meinen Füßen. Ich öffnete die Augen und sah einen schoko-sahne-farbenen Blitz zwischen meinen Beinen durchschießen und unter meinem Auto verschwinden. Ihm auf den Fersen folgte ein Zentner wild entschlossener Hund, seinerseits gefolgt von einem verwirrten Besitzer. Bei dem Versuch, seiner Beute auf direktem Weg zu folgen, warf mich der Hund beinahe um. Dann schlug er einen Bogen um mich und rannte weiter auf mein Auto zu.

»Ist das Ihre Katze?«, fragte der Hundebesitzer ein wenig außer Atem. »Spike will nur spielen. Sehen Sie? Er wedelt mit dem Schwanz.«

Das Bellen nahm eine ohrenbetäubende Lautstärke an, während ich versuchte, Jonah zu einem Tête-à-Tête aus seinem Versteck hervorzulocken. Jonah zeigte jedoch wenig Neigung. Er blieb, wo er war, und gab ein tiefes, heiseres Muhen von sich.

Der Hund wich überrascht zurück.

»Ich habe noch nie gehört, dass eine Katze wie eine Kuh muhen kann«, sagte der Hundebesitzer.

Nach wie vor teilten Jonah und Lydia die Sehnsucht nach einem weiteren Horizont. Der Besuch des Mönchs hatte unsere ältere Tochter erneut rastlos gemacht.

Mein Herz zog sich zusammen, wenn sie davon sprach, nach Sri Lanka zurückzukehren. Ich spitzte besorgt die Ohren, wenn sie mit dem Kloster telefonierte. Jedes Mal wenn sie mit einem Fremden am anderen Ende der Leitung sprach, war ich verblüfft zu hören, wie ihre Stimme in die melodische Sprache wechselte, die sie für ihre Gesänge benutzte.

Sie hatte seit jeher ein gutes Ohr für Sprachen gehabt, aber es war wirklich erstaunlich, wie schnell sie Singhalesisch gelernt hatte. Ihre Sätze klangen flüssig und ihr Gesprächspartner, wer immer es war, konnte sie offenbar problemlos verstehen. Je häufiger ich Lydias geheimes Leben belauschte, desto rätselhafter erschien es mir.

Wenn sie sich die Mühe machte, die Sprache zu lernen, glaubte sie offensichtlich, irgendeine Art von Zukunft in Sri Lanka zu haben. Ich verfolgte weiterhin die Nachrichten. Noch immer wurde das Land von Gewalt beherrscht, und jetzt näherte sich der seit fünfundzwanzig Jahren andauernde Krieg einem blutigen Ende. Am 16. Mai 2009 verkündete der sri-lankische Präsident den Sieg über die tamilischen Separatisten. Eher eine Atempause als ein Waffenstillstand, meinten einige.

Ich hoffte jedoch, es könnte bedeuten, dass ich mir in Zukunft keine so großen Sorgen mehr machen musste, falls Lydia beschloss, wieder nach Sri Lanka zu gehen.

Eines Nachts klingelte kurz vor zwölf das Telefon, und ich tastete beunruhigt nach dem Hörer. Seit Sams Unfall reagierten meine Nerven empfindlicher und unerwartete Anrufe stellten sie jedes Mal vor eine Zerreißprobe. Wenn ich gefragt wurde, was ich mir zum Geburtstag wünsche, antwortete ich stets, alles außer einer Überraschung.

Zu meiner Verblüffung war am anderen Ende Louise, meine Verlegerin in Sydney. Sie klang aufgeregt. Ich holte tief Luft und machte mich auf schlechte Neuigkeiten gefasst.

Louise sagte, ihre Kollegen hätten *Cleo* auf die Londoner Buchmesse mitgenommen – und das Buch sei ein Riesenerfolg. Genau in diesem Moment würden sich fünf britische Verlage um die Rechte für Großbritannien bemühen, und Verlage aus mindestens zehn anderen Ländern rissen sich darum, das Buch in ihre Sprache übersetzen zu dürfen.

Ich hatte eine Methode entwickelt, mit schlechten Nachrichten umzugehen – einen Schritt zurück, den Denkprozess verlangsamen, versuchen, nichts Dummes zu sagen. Aber gute Neuigkeiten? *Unfassbar* gute Neuigkeiten? Es war kaum zu glauben, dass unsere seltsame Geschichte über Verlust, Liebe und eine kleine schwarze Katze in die Welt hinausziehen sollte.

Inzwischen war ich hellwach, aber meine Lippen schafften es lediglich, zwei Worte zu formen, die ich dafür mehrmals wiederholte. Wow und danke.

»Sie haben einen internationalen Bestseller geschrieben«, sagte Louise. »Das wird Ihr Leben verändern.«

Nachdem ich aufgelegt hatte, schienen sich in der Dunkelheit unseres Schlafzimmers all jene einzufinden, die ich mit diesem Buch hatte ehren wollen. Sam und meine Mutter hüllten mich in ihre Liebe ein, und auch Cleo war da. Zu guter Letzt hatte ich eine Möglichkeit gefunden, Eltern, Fremden und Freunden, die uns über unseren Verlust hinweggeholfen hatten, Dank und Anerkennung zu erweisen – und dem Mann, der in Sams letzten Minuten bei ihm gewesen war. Das Buch hatte mir außerdem die Möglichkeit gegeben, die Autofahrerin, die unseren Sohn überfahren hatte, wissen zu lassen, dass ich ihr aufrichtigen Herzens verziehen hatte.

29.

Sternenstaub

Eine Katze erobert die Welt.

Das Buch *Cleo* betrat die Bühne auf leisen Pfoten mit einer Präsentation in einer Melbourner Buchhandlung. Ich freute mich, unter den etwa fünfzig Leuten, die sich eingefunden hatten, auch einige unserer treuesten Freunde zu sehen, die lächelten und mich großzügigerweise baten, ihr Exemplar zu signieren. Julie, meine Yogalehrerin, David, der Inneneinrichter, Katharines Geigenlehrerin …

Auch weniger enge Freunde hatten sich von den Abendnachrichten losgerissen, um zu kommen – die Psychologin, die mir geholfen hatte, mit dem Brustkrebs fertigzuwerden, Robert, der meine Website gestaltet hatte und dem ich bisher nie persönlich begegnet war.

Professor Deirdre Coleman, eine wunderbare Frau, mit der ich mich über Lydias Uni angefreundet hatte, hielt eine Rede, die so klug und liebevoll war, dass mir beinahe die Tränen kamen.

Das Wichtigste war jedoch, dass Philip und ich unsere beinahe erwachsene Familie um uns hatten. Rob und Chantelle strahlten, wie es nur Liebende tun. Lydia und Katharine hatten einige ihrer Freunde mitgeschleppt und sahen an diesem Abend beide besonders hübsch aus.

Manchmal werde ich gefragt, wie sie es finden, dass ich so viel über sie schreibe. Dazu kann ich nur sagen, dass sie unglaublich großzügig und tolerant damit umgehen. Rob, Lydia und Katharine kennen es nicht anders, sie waren damit aufgewachsen. Ich schrieb schon über sie, als sie noch gar nicht geboren waren, und anschließend durch alle Höhen und Tiefen unseres Lebens bis zur Gegenwart. Dabei kam mir der Umstand zugute, dass sie die längste Zeit überzeugt gewesen waren, niemals würde jemand auf die Idee kommen, die Ergüsse ihrer Mutter lesen zu wollen.

Für Philip war es möglicherweise nicht immer so einfach. Er brauchte eine Weile, bis er sich daran gewöhnt hatte, einer Autorin Futter zu liefern, allerdings hatten wir eine Vereinbarung, dass er vor der Veröffentlichung alles lesen durfte, worin er vorkam.

Eine Woche nach der Lesung in Melbourne flog ich nach Neuseeland zu einer weiteren, noch bewegenderen Präsentation in Wellington, wo ein Großteil der in meinem Buch geschilderten Ereignisse stattgefunden hatte. Ich fühlte mich geehrt, dass Louise Thurtell dazu eigens aus Sydney anreiste. Sie und Roderick Deane, der mich vor einigen Jahren als einer der Ersten dazu ermutigt hatte, das Buch zu schreiben, hielten wunderbare Reden, denen ein tränenreiches Wiedersehen mit alten Freunden und Nachbarn folgte.

Einladungen zu Talkshows und Vorträgen in Australien und Neuseeland deuteten darauf hin, dass es mir nicht länger bestimmt war, das Leben einer unsichtbaren Frau mittleren Alters zu führen. Vielleicht würde ich doch nicht Kreuzworträtsel lösen und *Der Schwächste fliegt!* anschauen, bis man mich in meinem Schaukelstuhl aus dem Haus trug.

Halb rechnete ich damit, dass meine Familie Zeichen des Unmuts zeigen würde, stattdessen leuchteten ihre Augen jedes Mal, wenn gute Neuigkeiten über das Buch eintrafen. Und das war oft.

Jeden Morgen, wenn ich an meinen Computer eilte,

konnte ich anhand der über Nacht eingegangenen fremdsprachigen E-Mails von Lesern nachverfolgen, wo das Buch zuletzt veröffentlicht worden war. In der einen Woche Russland und Taiwan, in der nächsten Italien. Bis dato hatte ich nicht gewusst, wie praktisch die Übersetzungsfunktion auf einem Computer sein konnte. Der Erfolg von *Cleo* lehrte mich, dass sich die Menschen überall auf der Welt ähnlich sind. Wir lieben unsere Haustiere und wir würden unser Leben für unsere Kinder geben. In Anbetracht der Ähnlichkeiten ist es umso schlimmer, dass wir so viel Zeit damit vergeuden, uns auf die Unterschiede zu konzentrieren.

Lydia krempelte die Ärmel hoch und sprang stillschweigend ein, wenn sich im Spülbecken das Geschirr stapelte oder ich vergessen hatte zu kochen. Unter ihrer Anleitung wurde auch Katharine zu einer echten Hilfe. Ich musste nie darum bitten, dass der Tisch gedeckt oder abgeräumt wurde.

Durch meine Krebserkrankung hatten unsere Töchter gelernt, Verantwortung zu übernehmen, und sie waren zu wunderbaren jungen Frauen geworden. Wenn ich ihnen dabei zusah, wie sie miteinander lachten und plauderten, wurde ich manchmal von Dankbarkeit schier überwältigt. Wenn es anders gelaufen wäre und ich die Mammographie aufgeschoben hätte, wäre ich nur noch eine Erinnerung für sie gewesen.

Unzählige E-Mails tauchten auf meinem Bildschirm auf. Einige davon, in denen es um die besondere Natur von Katzen und ihrer Bedeutung im Leben der Menschen ging, waren sehr berührend. Eine Frau, deren Mann Selbstmord begangen hatte, schrieb, ihre Katze (die normalerweise Angst vor Fremden hatte), sei keine Sekunde von der Seite ihres Mannes gewichen, während die Sanitäter versucht hatten, ihn wiederzubeleben. Eine andere E-Mail kam von einer Frau, die nach einer Fehlgeburt an einer scheinbar unheilbaren klinischen Depression litt – bis eine Katze namens Cleo in ihr Leben trat. Dann gab es da noch Wilson, die Katze, die sich keinen Schritt vom Bett eines vierjährigen Jungen mit Leukämie wegbewegte. In der Nacht, in der der Junge starb, rannte Wilson auf die Straße und wurde von einem Auto überfahren. Ein Tierarzt, der die Verzweiflung der Familie erkannte, tat alles, um die Katze zu retten, und Wilson überlebte und stand ihr in ihrer Trauer bei.

Diese und viele andere Geschichten berührten mich so tief, dass ich oft weinend vor meinem Computer saß. Ich bemühte mich, jede E-Mail so gut ich konnte zu beantworten, aber oft kamen mir meine Worte unzulänglich vor. Hin und wieder, wenn ich keine passende Antwort zustande brachte, bat ich Katharine oder Lydia um Hilfe. Lydia war besonders gut im Umgang mit ungewöhnlichen Menschen. Bei einer Frau, die in ihrem Haus mit zweiundsiebzig Katzen, einem Esel, einer Eule und drei Pfauen zusammenlebte, riet sie mir, professionelle Hilfe zu empfehlen. Ich begann zu begreifen, dass ihr die Aufenthalte in Sri Lanka in Verbindung mit dem Psychologiestudium zu einem tiefgehenden Verständnis verholfen hatten, wie man es bei jemandem ihres Alters selten fand.

Cleo öffnete mir die Welt auch noch auf andere Weise. Eine Produktionsfirma erwarb die Filmrechte und ich wurde zu einer Lesereise rund um die Welt eingeladen. Nach fast zwei Jahren, die ich in Klausur mit meiner Krankheit und dem Schreiben eines Buchs verbracht hatte, wollte ich der Öffentlichkeit einen passablen Anblick bieten. Meine Jogginganzug-Kollektion wanderte auf den Müll. Gefolgt von dem John-Wayne-Outfit.

Die Vorstellung, von ausländischen Journalisten interviewt zu werden, machte mir Angst. Obwohl ich drei Jahrzehnte lang für verschiedene Medien gearbeitet hatte und ziemlich genau wusste, wie man einem Reporter brauchbares Material lieferte, machte ich mir Sorgen, ob mein biederer Antipoden-Stil gut ankommen würde. Ich dachte darüber nach, mich ein bisschen »aufzupolieren«, um weltgewandter zu wirken. Zu guter Letzt entschied ich mich jedoch für Ehrlichkeit. Wenn sich die Autorin von *Cleo* im echten Leben als Enttäuschung erwies, dann sollte es eben so sein.

Anders als bei den Fahrten zum Flughafen, wenn Lydia ins Kloster zurückkehrte, herrschte dieses Mal freudige Erregung im Auto. Als ich Philip und den Mädchen versprach, Postkarten und SMS zu schicken, wurde mir bewusst, dass diese Reise ins Ungewisse eine Seniorenversion dessen war, was Lydia gemacht hatte.

Lydia stand abseits, als ich Philip und Katharine zum Abschied küsste. Einen Moment lang dachte ich, sie würde mir überhaupt keinen Abschiedskuss geben wollen. Ich war schon im Begriff, mich umzudrehen und durch die Sperre zu gehen, als Lydia zu mir trat.

»Ich bin so stolz auf dich«, sagte sie und umarmte mich fest.

Lydias bedingungslose Unterstützung beschämte mich. Ich fühlte mich wie ein Schaf. Im Vergleich dazu war mein Verhalten, was ihre Aufenthalte in Sri Lanka anging, ziemlich unrühmlich gewesen.

Beim Anflug auf Wien, wo ich Werbung für die deutsche Ausgabe des Buchs machen sollte, wirbelte ein Strauss-Walzer in meinem Kopf herum. Ich verrenkte mir den Hals, um einen Blick auf den Wienerwald zu erhaschen. Jetzt im Oktober sah er kahl und öde aus und schien sich endlos über verschneite Hügel auszudehnen.

Martina, meine österreichische Verlegerin, hatte mir ganz genaue Anweisungen gemailt, wo ich am Wiener Flughafen ein Taxi fand. Nach der Zollabfertigung rechts, dann durch die Automatiktüren nach draußen, dort nach einem kleinen roten Häuschen Ausschau halten. Der Mann, der dort saß, würde mir ein Taxi besorgen.

Alles war genau so, wie sie es mir beschrieben hatte. Es ging nur noch einfacher und schneller. Ich wünschte, ich würde Deutsch sprechen. Es erschien mir nicht richtig, geradezu unhöflich, mich auf den fabelhaften Ruf zu verlassen, den die Bewohner deutschsprachiger Länder für ihr Englisch genießen. Der Taxifahrer und ich schwiegen, während im Radio Lady Gaga irgendwelche Anzüglichkeiten von sich gab. Als ich ihn fragte, was er von ihr halte, lieferte er eine professionelle Analyse dazu, wie sie künstlerisches Talent mit gefälligem Mainstream verbinde. Und das in perfektem Englisch.

Mary Poppins hätte sich in meinem Hotelzimmer wohl gefühlt. Ein Traum in Weiß, und alles so ordentlich und sauber. Ich verteilte den Inhalt meines Koffers auf Boden und Stühlen und sofort sah es mehr nach zu Hause aus.

Um dem Jetlag etwas entgegenzusetzen, besuchte ich das Mozarthaus gleich nebenan. Wie es heißt, befindet sich hier die einzige erhalten gebliebene Wohnung Mozarts in Wien, und es war einfach entzückend. Während ich durch die lichterfüllten Räume schritt, konnte ich geradezu sehen, wie das viel zu früh verstorbene Genie in einer seiner Brokatjacken durch den Flur eilte.

Seine bronzene Totenmaske war faszinierend. Offenbar war Mozart ein ausgesprochen gutaussehender Mann gewesen, und mit den aus der Stirn zurückgekämmten Haaren hatte er eine gewisse Ähnlichkeit mit Elvis.

In *Cleo* hatte ich über eine champagnertrinkende Freundin

geschrieben. Offenbar ging deshalb jeder ausländische Verleger davon aus, dass ich nichts anderes trank, und das in rauen Mengen. Ich gab es auf, dagegen zu protestieren, wenn man mir um elf Uhr vormittags oder um drei Uhr nachmittags Champagner einschenkte.

In Martina fand ich eine Seelenverwandte. Sie besaß selbst zwei Katzen und sie hatte sich Satellitenaufnahmen von Wellington angesehen, um zu prüfen, ob die Beschreibungen im Buch damit übereinstimmten. Beim Abendessen erzählte sie mir, welches Ansehen Künstler und Autoren in Österreich und Deutschland genossen.

»Sie meinen, wie Rugbyspieler?«, fragte ich. Sie schien es nicht zu verstehen. Ich sollte wirklich Deutsch lernen, dachte ich. Oder vielleicht nach Wien ziehen.

Als ich an einem Abend auf dem Weg zu einer Lesung in der Dunkelheit über das Kopfsteinpflaster stakste, stellte ich beunruhigt fest, dass ich verfolgt wurde – nicht nur von einer Gestalt, sondern gleich von mehreren. Wenn ich meine Schritte beschleunigte, wurden sie schneller, ging ich langsamer, verringerten sie ihr Tempo ebenfalls. Ich konnte sie atmen hören. Schließlich blieb ich stehen und drehte mich um, um meine Verfolger zur Rede zu stellen. Das Herz schlug mir bis zum Hals, als sie sich mir näherten, um mich auszurauben oder etwas noch Schlimmeres zu tun.

»Mrs. Brown?«, sagte eine höfliche Stimme. »Ich finde Ihr Buch einfach wunderbar. Könnte ich bitte ein Autogramm haben?«

In einem zauberhaften Raum, in dem Mozart oft gespielt hatte, aus meinen Buch vorzulesen, war sicher eine der größten Ehren, die mir in meinem Leben bisher zuteilgeworden sind. Ich konnte schwer einschätzen, was die Zuhörer von der grobknochigen Autorin vom anderen Ende der Welt hielten. Wie Martina mir später zu meiner Verblüffung berichtete, meinten einige, ich hätte wie eine Königin gewirkt. Vielleicht hatte es etwas mit der Betonfrisur zu tun, die man mir ein paar Stunden zuvor in einem Wiener Friseursalon verpasst hatte.

Ich wusste Philip bei Lydia und Katharine in guten Händen. Trotzdem schickte ich, sooft ich konnte, Fotos und SMS nach Hause. Lydia antwortete meist sehr schnell mit einem »Toll!« oder sie schickte mir ihre neuesten, fast ausnahmslos sehr guten Beurteilungen. Allmählich begriff ich, dass ich ihr jeden Schmerz, den sie mir zugefügt hatte, mit Zinseszins zurückgezahlt hatte. Das tat mir von Herzen leid.

In London, wo *Cleo* es gleich in der ersten Woche in die Bestsellerliste der *Sunday Times* geschafft hatte, erwartete mich in meinem Hotelzimmer ein wahres Blumenmeer. Zuerst hielt ich es für einen Irrtum, sie waren jedoch allesamt von Lisa Highton, meiner großartigen, großzügigen britischen Verlegerin. Bei BBC I steckte man mich in eine schalldichte Kabine und verpasste mir Kopfhörer für mehrere Radiointerviews hintereinander. Ich merkte schnell, wer von den Moderatoren das Buch gelesen hatte und wer bloß Sendezeit füllen wollte. Später lud Lisa zum Fünfuhrtee im Büro von Hodder and Stoughton in Euston ein, wo ich die etwa dreißig Leute kennenlernte, die an der englischen Ausgabe meines Buchs mitgearbeitet hatten. Mindestens drei davon waren Neuseeländer. Nach dieser Entdeckung floss wieder reichlich Champagner.

Ich hatte angenommen, in Lissabon würde es ruhiger zugehen als in London. Der portugiesische Verleger von *Cleo* war unglaublich charmant. Er holte mich vom Flughafen ab und fuhr mich in ein hippes Sechzigerjahrehotel. Lissabon mit seinem Meerblick und dem weißen Kopfsteinpflaster gefiel mir ausnehmend gut.

»Würde dir hier gefallen«, simste ich Lydia. »Die Leute sind locker & freundlich. Wie Australasien mit Geschichte.« Ich verkniff mir den Kommentar, wie gut die Meeresfrüchte waren, um ihre vegetarische Seele nicht zu verletzen.

Spätabends, in Australien frühmorgens, telefonierte ich mit Philip. Er berichtete, dass es ihm, den Mädchen und Jonah bestens gehe. Ich fragte, ob wieder die Rede von Sri Lanka gewesen sei, und war erleichtert, als er verneinte, auch wenn Lydia immer noch viel meditierte und Schriftführerin der Buddhistischen Gesellschaft an der Uni geworden war. Von dem Mönch gab es ebenfalls nichts Neues. Wir hofften, dass sie das Psychologiestudium noch ein Jahr in Melbourne halten würde.

In Portugal hatte das Buch großen Anklang bei einer jungen Leserschaft gefunden, deshalb war ich eingeladen worden, eine ganze Stunde lang in einer Aula vor Schülern zu sprechen. Nachdem ich festgestellt hatte, dass sie auch nicht anders waren als Katharines Schulkameraden, kam ich gut mit ihnen klar. Sie entpuppten sich als fantastisches Publikum, nachdem ich sie davon überzeugt hatte, dass ich eigentlich gar keine richtige Erwachsene war. Hinterher belagerten sie mich, jeder von ihnen wollte mir etwas erzählen oder einen persönlichen Kummer loswerden. Allmählich wurde ich heiser und begann mir Sorgen zu machen, dass meine Gesundheit internationalen Lesereisen vielleicht nicht gewachsen war.

Nach dem Besuch in der Schule ging es mit Interviews für eine landesweit erscheinende Zeitung und eine Zeitschrift weiter. Die Zeit in Portugal war herrlich, aber beileibe kein Erholungsaufenthalt. Einige der Interviews liefen besser als andere. Ich war verblüfft über die intellektuelle Tiefe der Fragen, die mir eine bebrillte Journalistin in Lissabon stellte, und genervt von den Freudschen Analyseversuchen hinsichtlich der Beziehung zu meiner Mutter auf der Buchmesse in Wien.

Zu dem Zeitpunkt, als ich in den Betonschluchten von New York ankam, brannte mein Hals wie ein Buschfeuer. Ich bemühte mich, meine Erschöpfung vor meinen begeisterten New Yorker Verlegern zu verbergen. Sie luden mich zum Essen in eines der angesagtesten Restaurants in Manhattan ein und verkündeten, auf dem Cover von *Cleo* würde »Nr. 1 der internationalen Bestsellerlisten« stehen. In dieser von Stil und Eleganz bestimmten Umgebung schienen Krebs und Mastektomie Lichtjahre entfernt. In weniger als vierundzwanzig Monaten war mein Leben komplett umgekrempelt worden.

Trotz des wunderbaren Empfangs in den Vereinigten Staaten bekam ich Fieber und Husten. Ich sehnte mich nach zu Hause und meinem Bett. Ein Arzt kam zu mir ins Hotel und erklärte, es sei kein Wunder, dass ich mich in diesem Zustand befand. Eine Lesereise sei extrem anstrengend und Krebs schwäche das Immunsystem.

Er stellte mir Fragen zu dem Buch und meinte, in der heutigen Zeit seien Haustiere sehr wichtig. Zwei seiner Patienten hätten nach dem Tod ihrer Katze eine schwere Depression entwickelt. Er stellte mir ein Rezept für Antibiotika aus und gab mir einen Inhalator für den Flug. Ich signierte ein Exemplar von *Cleo* für ihn und wünschte, ich könnte ihn in mein Handgepäck schmuggeln.

Nach meiner Rückkehr nach Australien genoss es Jonah, die Katze einer Berühmtheit zu sein. Jeden Morgen schlenderte er hinter mir her in mein Arbeitszimmer. Ich traute ihm zwar noch immer nicht genug, um ihn dort allein zu lassen, aber er rollte sich freudig auf meinem Schoß zusammen und leistete mir beim Lesen der neu eingegangenen Mails Gesellschaft. An dem Tag, als ein französisches Fernsehteam zu uns kam, um einen Beitrag für eine in Frankreich sehr beliebte Tiersendung mit dem Titel *30 Millions des Amis* (Dreißig Millionen Freunde) zu drehen, war er völlig aus dem Häuschen.

Man sollte meinen, es wäre kein Problem, eine Hauskatze in ihrer gewohnten Umgebung zu filmen, aber Jonah hatte nicht die Absicht, es dem Kameramann leichtzumachen. Als ich versuchte, ihn auf den Schoß zu nehmen und zu streicheln, um die Zuneigung zwischen einer Katze und ihrem menschlichen Sklaven zu demonstrieren, legte er die Ohren an, entwand sich wie ein Aal meinem Griff und galoppierte den Flur hinunter.

Gelassen erklärte der Kameramann, er würde gern ein paar Aufnahmen machen, wie ich Jonah hinaus in den Garten trage. Meine Kehle schnürte sich zusammen. Aus Jonahs Sicht bot jeder Schritt durch die Haustür eine Gelegenheit, abzuhauen und den schwarzen Katzen weiter unten in der Straße die Beleidigungen zukommen zu lassen, die sie verdienten.

Nervös hob ich unseren Hausgenossen hoch, während der Kameramann seinen Posten draußen auf dem Weg bezog. Ich spürte, wie sich Jonah in meinen Armen versteifte, als ich mit möglichst entspannter Miene die Tür öffnete und auf die Veranda trat. So weit, so gut. Jonah und ich boten ein Bild perfekter Harmonie zwischen verschiedenen Spezies.

Doch dann schlug die Tür hinter uns zu und das aus nichts als angespannten Muskeln bestehende Tier in meinen Armen sprang einen halben Meter hoch in die Luft. Ich stieß einen Schrei aus und versuchte ihn wieder zu packen. Glücklicherweise beförderte ihn die Schwerkraft zurück in meine Arme.

Ich war erschöpft und ein bisschen verlegen, weil sich unser Kater so unkooperativ zeigte, aber der Kameramann ließ sich nicht aus der Ruhe bringen. Er hatte Erfahrung mit dem Filmen von Tieren in freier Wildbahn – unter den gegebenen Umständen ziemlich passend –, daher zuckte er nur mit den Schultern und nahm ein Interview mit Rob auf, der sich eine Stunde von der Arbeit freigenommen hatte.

Unsicher, was ich als Nächstes tun sollte, deckte ich den Tisch zum Mittagessen für das Filmteam. Ich nahm an, dass ihre Arbeit für diesen Tag beendet war. Aber der Kameramann gab sich nicht so schnell geschlagen. Den Nachmittag verbrachte er damit, hinter Jonah herzulaufen, über den Boden zu kriechen und Jonahs Kapriolen zu filmen, wenn dieser wie ein Känguru durch den Flur sprang oder wie der Blitz die Treppe hinauf- und hinuntersauste.

Selbst nachdem Jonah sich erschöpft auf ein Sofakissen hatte plumpsen lassen, filmte er weiter, wobei der Kater hin und wieder ein Auge öffnete, um sich zu vergewissern, dass er noch im Mittelpunkt der Aufmerksamkeit stand.

Zugegeben, der Tiere-in-freier-Wildbahn-Ansatz wurde Jonah mehr als gerecht, aber ich hatte so meine Zweifel, wie das Ergebnis aussehen würde. Ich hätte mir keine Gedanken zu machen brauchen. Es wurde ein toller Beitrag. Den Zwischenfall mit der zuschlagenden Tür hatte man diskret herausgeschnitten. Jonah kam als das exaltierte Geschöpf herüber, das er ist, obwohl die Synchronisation mein Schulfranzösisch überforderte.

30.

Neues Leben

Kaum etwas ist schöner als das Eintreffen einer neuen Generation.

Seit *Cleo* hatte sich viel in meinem Leben verändert. Auch unser Familienleben bekam neue Facetten. Bei einem der sonntäglichen Mittagessen bemerkte ich, dass Chantelle keinen Wein trank. Es bestand natürlich die Möglichkeit, dass sie Diät hielt, auch wenn sie das nicht nötig hatte. Die Alternative war viel zu aufregend, um sie in Erwägung zu ziehen.

Lydia und Katharine räumten gerade den Tisch ab, als Chantelle mit der freudigen Nachricht herausplatzte. Das Baby sollte Anfang Juni zur Welt kommen. Philip, die Mädchen und ich überschütteten sie mit Küssen, während Rob stolz wie Oskar danebensaß.

Mit geröteten Wangen erzählte uns Chantelle, dass sie eigentlich noch hatten warten wollen. Eine Wahrsagerin hatte ihr erklärt, sie würde frühestens in drei Jahren ein Kind bekommen, daher hatten sie es mit der Verhütung nicht so genau genommen. Ich freute mich natürlich sehr über die Neuigkeit, auch wenn ich zugeben muss, dass ich Probleme damit hatte, mir Rob, meinen kleinen Jungen, als Vater vorzustellen. Oder Lydia und Katharine als Tanten. Oder Philip, meinen jugendlichen Liebhaber, als gealterten Großvater. Und ich – eine *Großmutter*?!

Jetzt wurde mir auch klar, warum meine Mutter wenig Begeisterung für die verschiedenen für Großmütter reservierten

Titel gezeigt hatte – Nana (hörte sich nach Ziege an), Grandma (hörte sich zu sehr nach Märchenstunde an), Granny (also wirklich). Ein Maori-Freund erzählte uns, dass er seine Großmutter Kuia nannte, was geschrieben sehr gut aussah, aber in australischem Englisch wie »Queer«, Tunte, ausgesprochen wurde. Wenn ich schon einen neuen Namen brauchte, dann konnte es genauso gut etwas Unbestimmtes, Nettes sein, also nahm ich mir die Teletubbies zum Vorbild und entschied mich für Lala.

In den folgenden Monaten entwickelte Jonah ein besonderes Interesse an Chantelles zunehmendem Körperumfang. Jeden Sonntagmittag machte er es sich auf ihrem Bauch bequem und presste seinen Kopf dagegen, als lausche er einem Herzschlag.

Die Monate rauschten an uns vorbei und ehe wir's uns versahen, war das Kind eine Woche überfällig. Es hatte ein paar Fehlalarme gegeben, und jedes Mal wenn es so aussah, als wäre es jetzt endlich so weit, hörten die Wehen wieder auf. Chantelle reichte es langsam. Rob war mit den Nerven am Ende. Und mir ging die Wolle aus.

Mittwochabend, fünf Tage nach dem errechneten Termin, schlossen wir Wetten ab, wann der/die kleine Brown kommen würde. Als Optimistin setzte ich auf Freitag. Lydia und Chantelle votierten für Samstag. Als Philip auf Sonntag setzte, erklärte ich ihm, dass die armen Eltern keinesfalls so lange durchhalten würden.

Freitagmorgen schickte Chantelle eine SMS, dass die Wehen regelmäßig kämen und sie bald ins Krankenhaus fahren würden. Nachdem ich einige Stunden nichts gehört hatte, schrieb ich eine SMS: »?« Die Antwort kam umgehend: »Nix. Keine Wehen mehr.« Samstag das Gleiche.

Sonntagnacht rappelte ich mich aus dem Bett hoch, um aufs Klo zu gehen. Es war Viertel nach drei. Kaum hatte ich mich wieder hingelegt, fing mein Handy an zu piepsen. Mit zitternden Fingern öffnete ich die SMS. Sie war von Rob. Annie war soeben auf die Welt gekommen, sie wog neun Pfund. Mutter und Tochter (und Vater!) wohlauf. Zimmer A24.

Ich knipste das Licht an und weckte Philip. Er war Großvater geworden! Ich fragte ihn, wie er genannt werden wollte. Doch sicher nicht Pop oder Grandad? »Wie wär's mit Papa?«, schlug ich ihm vor und küsste ihn auf die stoppelige Wange. »Papa und Lala klingt doch gut.« Philip nickte schläfrig lächelnd.

Da an Schlaf ohnehin nicht mehr zu denken war, stand ich auf und stellte den Wasserkessel an. Ein neues Sternenkind war auf die Erde gekommen. Es war nicht unseres, aber mit etwas Glück würde es Teil unseres Lebens werden und wir würden die Freuden des Elternseins ohne dessen Unannehmlichkeiten genießen können. Kein nächtliches Aufstehen und keine Elternsprechstunden mehr, aber tausend Gelegenheiten, um in den Zoo zu gehen, sich *Disney on Ice* anzusehen und so richtig albern zu sein.

Als ich Lydia und Katharine mit der Neuigkeit weckte, sprangen sie aus dem Bett und zogen sich schnell an. Auch Jonah war sofort hellwach und wie aufgedreht, nachdem er von seinem Lieblingsschlafplatz verjagt worden war – Katharines Arm. Wie immer, wenn wir morgens etwas unternahmen, wollte er dabei sein. Er warf sich gegen die Haustür, rannte mit dem Kopf gegen die Paneele und miaute laut. Ähnlich den Clowns beim Stierkampf lenkten wir ihn der Reihe nach ab, so dass wir einer nach dem anderen aus der Haustür schlüpfen konnten.

Ich war die Letzte und übertrug Jonah die gewichtige Aufgabe, auf das Haus aufzupassen, dann warf ich schnell die Tür hinter mir zu. Beim Losfahren warfen wir einen Blick zum Wohnzimmerfenster, wo sich eine wohlbekannte Silhouette an die Fensterscheibe presste. Zwei scheinwerferhelle Augen funkelten wütend zu uns herunter.

Bewaffnet mit Kameras schlichen wir durch die grauen Krankenhauskorridore. Ich erwartete halb, von einer der streitlustigen Krankenschwestern, wie sie früher gerne mit einer Stoppuhr in der Hand über die Einhaltung der Besuchszeiten auf der Entbindungsstation wachten, aufgehalten zu werden. Aber diese alten Jungfern waren zusammen mit ihren Klistierbeuteln längst verschwunden.

Das Krankenhaus befand sich im frühmorgendlichen Dämmerzustand. Kein Klappern von Rollwagen oder Frühstückstabletts war zu hören. Raschen Schrittes näherten wir uns Zimmer A24. Um die Ecke sahen wir einen alten Inder auf einem Stuhl sitzen, auf den Knien einen kleinen Jungen. Die Augen in dem von Falten zerfurchten Gesicht waren trübe vom Alter, aber er strahlte. Mit weit über achtzig blieben ihm nicht mehr viele Jahre, aber seinem Alter war alle Traurigkeit genommen durch den kleinen Menschen, um den sich hinter einer dieser Türen seine Tochter (oder vielleicht auch Enkelin) kümmerte. In dem Moment wurde mir bewusst, wie schön eine Entbindungsstation im Vergleich zu den trostlosen anderen Stationen eines Krankenhauses war.

Vor Aufregung schon ganz ungeduldig fanden wir endlich Zimmer A24 und platzten in eine bezaubernde Krippenszene. Chantelle wirkte erschöpft, genau wie Rob, aber sie lächelten voll Stolz und Zärtlichkeit, als wir uns über den winzigen Korbwagen beugten. Mit einem Büschel brauner Haare auf dem runden Köpfchen und den weit gespreizten spitzen

Fingerchen war Annie unter ihrer rosa-weißen Decke eine kleine Schönheit.

Ich nahm das federleichte Bündel das erste Mal auf den Arm, studierte sein Gesicht und dachte, dass viele hunderttausend Menschen Teil dieses neuen Menschen waren. Einige von Annies Zügen kamen mir bekannt vor: ihre mandelförmigen Augen ähnelten denen von Rob nach seiner Geburt, und ihren kleinen Kussmund konnte sie glatt meiner Mutter gestohlen haben. Gleichzeitig sprach jedoch auch Stärke aus ihren Zügen – ein Erbe der vielen Frauen in meiner Familie, die keine Angst gehabt hatten, gegen die Strömung zu schwimmen.

Wie gebannt von dem kleinen Gesichtchen, hätte ich sie stundenlang betrachten können, aber hinter mir wartete eine ganze Schlange von Leuten, die Annie unbedingt auf den Arm nehmen und in ihrem Leben willkommen heißen wollten. Ich küsste sie auf die Stirn und gab sie vorsichtig ihrer Tante Lydia weiter.

»Pass auf, dass du sie richtig hältst«, sagte ich. »Du musst …«

»Ja, ich weiß«, erwiderte Lydia und lächelte ihre Nichte zärtlich an. »Ihren Kopf stützen.«

Meine ältere Tochter überraschte mich doch immer wieder. Woher wusste sie, wie man ein Baby hielt? Vielleicht hatte sie auch das bei ihrer Arbeit mit Behinderten oder in dem Waisenhaus in Sri Lanka gelernt.

Während Lydia den Säugling betrachtete und ihm zärtlich über den Kopf streichelte, musste ich an mein Lieblingsbild von Leonardo da Vinci denken, den Karton, den er um 1500 herum gezeichnet hatte und den man in der National Gallery in London sehen kann. In Lydias Miene erkannte ich die der Jungfrau Maria und der heiligen Anna wieder, die das Christuskind bewundern.

Das Motiv von Leonardos Bild war göttlicher Natur, aber er hatte ganz normale Frauen als Modell gehabt. Mir wurde warm ums Herz, als ich sah, wie ebendiese Mütterlichkeit, die er in den beiden Schönheiten vor sechshundert Jahren zum Ausdruck gebracht hatte, sich auf dem Gesicht einer jungen Frau in einem Krankenhaus des 21. Jahrhunderts widerspiegelte. Bei all den sogenannten Fortschritten hatte sich der Mensch im Grunde nicht verändert.

Versunken wiegte Lydia das kleine Bündel in ihren Armen. Letztlich hatte ein ausgeprägter Mutterinstinkt sie dazu gebracht, sich um die Schwachen und Kranken zu kümmern, die Welt besser machen zu wollen. Vielleicht war sie eines Tages bereit dazu, diese großen Ideale hintanzustellen und sich einen verständnisvollen Mann zu suchen und ein eigenes Kind zu haben.

Während ich mir noch diese mönchs- und klosterfreie Allerweltszukunft für Lydia ausmalte, drehte sie sich zu den erschöpften Eltern um.

»Habt ihr etwas dagegen, wenn ich für sie singe?«, fragte sie.

31.

Dankbarkeit

Urteile nicht über Katzen und Töchter –
wenn du es vermeiden kannst.

Während sich Rob und Chantelle an das rigorose Programm des nächtlichen Stillens und Enträtselns der Bedürfnisse ihrer winzigen Tochter gewöhnten, dachte ich über die Unglaublichkeit des Elternseins nach. Wer es nicht selbst erlebt hat, kann nicht begreifen, wie grundlegend es Menschen verändert, wenn sie Eltern werden. Annie wuchs und gedieh und ihre Mutter und ihr Vater verwandelten sich in ernsthafte Erwachsene, denen ihre Tochter wichtiger war als sie selbst.

Lydia studierte nun schon seit knapp zwei Jahren Psychologie und hatte weiterhin nur beste Noten. Regelmäßig stand der graue Bus vor unserem Haus, und daneben sammelte sie Spenden für die Buddhistische Gesellschaft an der Universität. Ihr Leben erschien mir allzu ernsthaft. Die unzähligen Stunden, die sie meditierend in ihrem Zimmer im oberen Stock verbrachte, machten sie zu einem von der Welt gelösten, vergeistigten Wesen. Manchmal hatte ich den Eindruck, wir wohnten mit einem Phantom zusammen und nicht mit einer Fünfundzwanzigjährigen. Meine Sorge über ihre tiefe Hingabe an die Religion wurde noch überboten von der, dass sie dadurch ihre Identität verlieren könnte. Ich hatte Angst, dass unsere Tochter uns wie ein Luftballon entschweben könnte. Gelegentlich hörte ich sie lebhaft auf Singhalesisch telefonieren. Sie stand also nach wie vor mit dem Kloster in Kontakt.

Ungefähr zu dieser Zeit war meine Nachsorgeuntersuchung fällig. In der Nacht davor wachte ich auf und konnte nicht mehr einschlafen. Seit der Mastektomie und seit Jonah in unser Leben geplatzt war, waren bereits unglaubliche zwei Jahre vergangen. Jonah war mittlerweile ein ausgewachsener Kater. Wenn ich jetzt die Angelrute zu schnell schwang, fauchte er.

Was meine Gesundheit anging, war ich in den letzten zwei Jahren häufig von irgendwelchen Wehwehchen geplagt worden, denen ich vor meiner Krebserkrankung keinerlei Beachtung geschenkt hätte. Gelegentlich litt ich auch unter einer kaum zu bezwingenden Müdigkeit. Allerdings war ich auch dumm genug gewesen, während der akuten Krankheitsphase ein Buch fertig zu schreiben.

Mit meiner eigenen Sterblichkeit konfrontiert worden zu sein machte mir mehr zu schaffen, als ich gedacht hätte. Zwar war der Gedanke an mein Lebensende längst nicht so schrecklich wie der Verlust von Sam, aber ich stellte überrascht fest, dass ein winziger Teil von mir wider alle Vernunft überzeugt war, ich würde ewig leben. Dieses Überbleibsel aus jüngeren Tagen, in denen ich nie übers Sterben nachgedacht hatte, war nicht gerade hilfreich. Nachdem mir klargeworden war, wie schnell das Leben vorbei sein konnte, gewann es an Intensität. Durch den Krebs hatte ich gelernt, wie eine Katze zu leben und jeden Moment zu genießen.

Ich hatte unglaublich schöne Dinge erleben dürfen, Robs Hochzeit, den großen, auch internationalen Erfolg des Buchs über Cleo, und die Freude, eine Enkelin auf der Welt willkommen zu heißen. Mein Glas war randvoll.

Ich war mit Philip am Krankenhaus verabredet und versicherte vor meinem Aufbruch Katharine und Lydia, dass sicher alles in Ordnung sei – auch wenn ich selbst nicht ganz überzeugt davon war. Mit einem Kreuzworträtselbuch zur Beruhigung in der Handtasche parkte ich vor dem Krankenhaus und fuhr mit dem Aufzug in den vierten Stock. Nach der chinesischen Zahlensymbolik ist vier eine Unglückszahl. Acht dagegen ist eine ausgesprochene Glückszahl. Mir war mulmig zumute, als der Aufzug nach oben glitt, daher verdoppelte ich die vier im Stillen und tat so, als würde ich in den achten Stock fahren.

Im Wartezimmer harrten meiner dieselben Architekturzeitschriften wie vor zwei Jahren. »Marrakesch trifft auf Malibu«. Die Leute wohnen auch deswegen in schönen Häusern, weil sie meinen, sie wären dadurch geschützt vor den hässlichen Schlägen, die das Leben austeilt.

Mut, so musste ich leider feststellen, gehört nicht zu meinen vorherrschenden Charakterzügen. Zwei Jahre zuvor war es mir jedenfalls leichter gefallen, keine Angst vor Brustkrebs zu haben, da wusste ich nämlich noch nicht, wovor ich keine Angst hatte.

Ich nahm mir einen Pappbecher und entlockte einem Hahn ein wenig heißes Wasser, in das ich einen Beutel Pfefferminztee tauchte. Wenigstens war ich gesundheitsbewusster geworden. Eine rothaarige Frau in Armeeuniform trat aus dem Aufzug. Eine alte Griechin mit lila geäderten Beinen ließ sich ächzend auf dem Stuhl neben mir nieder. Ein paar Stühle weiter saß eine verbittert aussehende Frau, deren gefärbte Haare zu einem Igelschnitt gestutzt waren. Eine junge Inderin kam, um ihre Verbände wechseln zu lassen. Der Brustkrebs ist nicht wählerisch. Sie sagte zu der Krankenschwester, letzten Donnerstag sei sie um hundert Jahre gealtert.

Dass die meisten Frauen hier im Wartezimmer dem Tod in die Augenhöhlen blickten, schien den Mann, der »Was machst'n heute Abend?« in sein Handy brüllte, kein bisschen zu interessieren. Ich hätte ihn erwürgen können.

Eine große Frau mit blonden Haaren und hängenden Schultern kam herein und setzte sich neben die Igelschnitt-Frau. Wie ein zu lange verheiratetes Paar wechselten die beiden kein Wort miteinander und sahen sich nicht einmal an, auch wenn sie zweifellos zusammengehörten. Vielleicht hatten sie gestritten.

Ich hatte selbstverständlich angenommen, dass die Verbitterte zur Nachsorge gekommen war, aber als die Krankenschwester in der Tür erschien, sprang die Blonde auf und folgte ihr. Eine Weile starrte die Freundin mit unbewegter Miene vor sich hin, dann fingen ihre Lippen an zu zittern und sie wischte sich mit der Hand eine Träne weg.

Ein Mann vergrub sich im Sportteil der Zeitung. Philip fragte, ob ich noch einen Pfefferminztee haben wolle. Ich sagte ja. Es ist gut, Männern etwas zu tun zu geben.

Dann trat eine Krankenschwester auf mich zu. »Kommen Sie bitte mit«, sagte sie.

Dankbar, das Wartezimmer verlassen zu dürfen, folgte ich ihr den Korridor hinunter.

Ich betrat das Untersuchungszimmer. Ich wusste, was ich zu tun hatte. Von der Taille aufwärts entkleiden und einen weißen Bademantel anziehen, der mich in eine Patientin verwandelte. *Es ist einfach furchtbar hier*, dachte ich, als ich meine rote Jacke auszog und die Ohrringe abnahm.

Am liebsten wäre ich weggelaufen, aber schuld an meinem Zustand war ja nicht dieser Ort oder dieser spezielle Tag. Heute war einfach nur der Tag, an dem überprüft werden sollte, welche Fortschritte ich in den letzten zwei Jahren gemacht hatte. Oder nicht. Greg hatte gesagt, dass es fünf Jahre dauern würde, bis ich »aus dem Schneider« sei.

Wie ein Hund beim Tierarzt beäugte ich misstrauisch die chinesische Röntgenassistentin und machte sie darauf aufmerksam, dass meine rechte Brust nicht echt war und es daher reichte, wenn sie meine linke in die Maschine quetschte. Aua.

Die Röntgenassistentin sagte, sie wäre gleich zurück und machte sich mit den Aufnahmen auf den Weg zur Radiologin. Fünf Minuten vergingen, fünfzehn, zwanzig. Ich fragte mich, wo sie blieb. Ich bekam Angst. Hatten sie etwas gefunden?

»Ach, Sie sind noch da«, rief sie mir fröhlich von der Tür aus zu. »Wir haben tief in Ihrer Brusthöhle einen Schatten entdeckt, aber er sieht nicht verdächtig aus.«

Danke. Als Journalistin waren mir Verdächtigungen grundsätzlich verdächtig, daher war ich erleichtert, dass sich nichts Verdächtiges in meiner Brust festgesetzt hatte. Ich wechselte in das Ultraschallzimmer und danach zog ich mich wieder an, um im Sprechzimmer der Ärztin Philip zu treffen. Sie machte mir ein Kompliment zu meiner Bluse und sagte, dass die Mammographie keinen Befund ergeben habe.

Bester Laune verließen wir das Krankenhaus und ich küsste Philip und schickte ihn zurück ins Büro. Über dem Park hingen riesige Baiserwolken. Schwer von Regen, erinnerten sie mich an die Wolken aus meiner Kindheit, die an den Rändern dunkel wurden, bevor sie sich über die Viehweiden ergossen.

In meiner Nase kitzelte es. Der auffrischende Wind führte den feuchten, metallischen Geruch nach Regen mit sich. Dann fing es an – nicht das traurige Tröpfeln, mit dem wir uns seit Monaten begnügen mussten, sondern ein richtiger, satter Regen. Er prasselte herunter, bis die Gullys zu gluckern begannen.

Lachend streckten die Leute ihre Gesichter dem Himmel entgegen. Die Dürrezeit war zu Ende.

Ich drehte den Schlüssel im Zündschloss und das Radio ging an und spielte »Joy to the World« von Three Dog Night.

Ich drehte es auf volle Lautstärke und fuhr »Jeremiah was a bullfrog!« grölend nach Hause. Die Scheibenwischer kamen gegen die Wassermassen nicht an. Der Regen trommelte auf das Autodach, und in meiner Tasche steckte die Bescheinigung, dass ich gesund war. Das Leben hatte mich zurück.

Zur Feier des Tages hätte ich die Sektkorken knallen lassen sollen. Stattdessen fuhr ich nach Hause, wischte die Küchenschränke aus und dachte darüber nach, einen Garten anzulegen. Einen Garten der Dankbarkeit.

Seit wir Shirley gekauft hatten, verwandelte sich der Vorgarten immer mehr in eine Dünenlandschaft. Wir hätten dort Kamele züchten können. Aber auch das Unkraut gedieh prächtig, so wie das Seegras, das seine hungrigen Finger unter dem Zaun durchsteckte.

Bei dem schlechten Boden und dem extremen Klima würde er nie ein Vorzeigegarten werden, außerdem war er nicht viel größer als ein Katzenkorb. Das hieß allerdings nicht, dass er nicht etwas Spirituelles haben könnte. Lydia war begeistert, als ich ihr von meiner Idee mit dem Garten der Dankbarkeit erzählte, besonders, als ich hinzufügte, dass er zum Meditieren einladen sollte.

Gemeinsam blätterten wir ein paar Gartenbücher durch. Die meisten konzentrierten sich auf protzige Grillplätze und Tauchbecken. Sie zielten mehr darauf, das Auge zu beeindrucken, als die Seele anzusprechen.

Zuerst hatte ich vor, eine spiralförmige Hecke als Meditationsweg anzulegen. Aber der Garten war zu klein für eine derart kunstvolle Anlage. Wir mussten uns mit etwas Einfachem begnügen – einem Kreis vielleicht, mit sorgfältig ausgewählten Pflanzen und einem hervorgehobenen Zentrum. Ein solches Zentrum würde den Kreis der Frauen symbolisieren. Und wir brauchten Wasser, das für Leben, Reinheit und Vergebung stand.

Lydia und ich schleppten die alte halbkreisförmige Bank aus dem hinteren Garten nach vorne und stellten sie so unter den Apfelbaum, dass sie sich zur Straße hin öffnete. Wir setzten uns und sahen auf Strommasten und Ziegeldächer. Diesem Anblick ließe sich mit ein paar Pflanzen bestimmt leicht abhelfen.

»Ist das aufregend!«, rief Lydia. »Und jetzt schauen wir uns Springbrunnen an.«

Wir fuhren zu einem weit vor der Stadt liegenden Gartencenter, das Gartenfiguren und Springbrunnen verkaufte, die meisten von zweifelhaftem Geschmack. Wir spazierten an lüsternen Putten vorbei, die sich in kleine Teiche erleichterten. Lydia blieb in der Abteilung mit Buddhas und geflügelten asiatischen Gottheiten stehen. Ich zog sie weiter.

Wir wollten schon aufgeben und nach Hause fahren, als uns eine große wassergefüllte Schale neben der Kasse auffiel. Vermutlich war sie aus Beton, aber man hatte sie auf antik getrimmt, so als sei sie gerade erst aus der Erde gebuddelt worden. In der Mitte der Schale befand sich eine grob behauene Steinkugel, die etwas größer als ein Fußball war. Durch ein Loch in der Kugel quoll Wasser und gurgelte beruhigend an ihr herunter. Die Schale musste nur auf einen Sockel gestellt werden, dann wäre sie perfekt, darin waren wir uns sofort einig.

»Meinst du, der Platz da drin reicht für einen Goldfisch?«, fragte Lydia.

»Du willst einen Goldfisch?«

»Als Symbol des Friedens«, sagte sie und nickte.

Zwei Tage später wurde der Brunnen in Einzelteile zerlegt angeliefert und neben unserer Haustür deponiert. In der Hoffnung, mit dem Ding nicht übers Ziel hinausgeschossen zu sein, rief ich Warren an, einen begnadeten Landschaftsgärtner. Dank jahrelanger Arbeit an der Sonne tiefgebräunt und muskulös, gehörte Warren nicht zu den redseligsten Menschen. Er sah die Wasserschale an und nickte. Während ich ihm auseinandersetzte, wie ich mir den Vorgarten vorstellte, musterte er mit kritischem Blick die Betonplatten auf dem leicht ansteigenden Weg. Im Vergleich zu dem, was sonst noch so getan werden müsste, sei es das geringste Problem, den richtigen Platz für den Brunnen zu finden, sagte er. Erde müsste verschoben und planiert werden, vor dem Zaun müsste eine Stützmauer eingezogen werden. Außerdem bräuchten wir drei Stufen und einen neuen Weg zur Haustür.

Warum musste alles Einfache eigentlich immer so kompliziert sein?

Größe und Kosten des Projekts explodierten, aber ich vertraute Warren. Dieses Vertrauen wurde ziemlich erschüttert, als er und seine Kumpel anfingen, sich wie Riesenmaulwürfe durch unseren Vorgarten zu buddeln. Die Nachbarn blieben neugierig am Zaun stehen. Einer beschwerte sich, dass der nächtliche Regen den Schlamm aus unserem Garten in seinen gespült hätte. Also trabte Warren die Straße hinunter und schaufelte das Objekt des Anstoßes geduldig weg.

Ähnlich wie es bei den Malern der Fall gewesen war, verliebte sich Jonah in Warren. Jeden Morgen wartete er am vorderen Fenster auf ihn und drückte sich verführerisch miauend gegen die Fliegengittertür. Wenn Warren und seine Männer ihren Vormittagskaffee auf der Terrasse tranken, schoss er durch den Tunnel des Katzengeheges in seinen Turm und warf ihm von einer Hängematte aus bewundernde Blicke zu. Jonah entwickelte sich zum Arbeiterstiefelfetischisten. Er liebte es, sich zwischen muskulösen Beinen durchzuschlängeln und an dreckigen Schnürsenkeln zu kauen.

Als ich das frisch ausgehobene riesige Loch und die mächtige Stützmauer sah, bekam ich es mit der Angst zu tun. Mein schlichter Garten der Dankbarkeit nahm die Züge eines Atombunkers an. Ganz die ewig meckernde Kundin, die ich an sich natürlich verabscheute, fragte ich Warren, ob er auch wirklich wisse, was er da tue.

Aus den Tiefen seiner Grabungsstätte richtete er sich auf, sah mich an und hob eine Augenbraue. Wie gesagt, kein Mann großer Worte.

»Sind wirklich so … einschneidende Veränderungen notwendig?«, fragte ich noch einmal.

Seufzend stützte Warren sich auf seine Schaufel und beruhigte mich, dass schon alles seine Richtigkeit habe. Narren und Kindern sollte man nie halbfertige Sachen vorführen.

Nachdem neue Erde geliefert und das Loch damit gefüllt worden war, gewann der neue Garten rasch an Form. Die Ebenen, die Warren mit so viel Mühe gegraben und aufgeschüttet hatte, waren perfekt. Der zu nichts zu gebrauchende kleine Hang unterhalb des Apfelbaums hatte sich in eine einladende Terrasse verwandelt, die nur noch mit Rasen bedeckt werden musste. Warren hatte auch einen schönen Gartenweg aus alten Ziegeln mit kleinen Flusskieseln dazwischen angelegt. In der Mitte der Terrasse baute er einen Sockel und zementierte die Wasserschale darauf. Ich schämte mich, jemals Zweifel an ihm gehabt zu haben.

Glücklicherweise war Warren nicht nachtragend und forderte mich auf, in seinen Kleinlaster zu steigen, um ein Gartencenter aufzusuchen. Die Dürrezeit war zwar offiziell vorbei, aber ich wollte mit den Pflanzen dennoch kein Risiko eingehen. Unser Garten musste Wochen, vielleicht sogar Monate ohne Regen und Bewässerung auskommen können. Widerstandsfähigkeit war daher oberstes Gebot, gefolgt von Duft.

Darüber hinaus sollten die Pflanzen auch eine persönliche Bedeutung für mich haben.

Jahrelang hatte ich Olivenbäume als etwas Selbstverständliches betrachtet. Ich hatte wegen ihrer Zähigkeit und ihrer engen Beziehung zu den Menschen zwar einen gewissen Respekt vor ihnen gehabt, aber letztlich waren sie nichts weiter als knorrige graue Bäume für mich gewesen. Dann sah ich ein Bild von van Gogh, auf dem Olivenbäume als weise, silbrige Wesen dargestellt waren. Wie van Gogh selbst war diesen Olivenbäumen Leid nichts Fremdes, aber gleichzeitig zeigte er sie stark und kraftvoll schimmernd. Als ich dann endlich die Gelegenheit hatte, den Olivenhain in der Nähe von Saint-Rémy-de-Provence zu besuchen, weinte ich beinahe. Ist es nicht das schönste Vermächtnis eines Künstlers, wenn er uns die Welt mit anderen Augen sehen lässt?

Olivenzweige sind ein Friedenssymbol. Jahrtausendelang ernährten die Bäume die Menschen mit ihren Früchten. Frieden und Nahrung: genau das Richtige für einen Garten der Dankbarkeit. Warren bestellte mehrere größere Olivenbäume, die als Blickschutz am Zaun vorne und an den Seiten gepflanzt werden sollten.

Rosmarin wird viel zu gering geschätzt. Er ist widerstandsfähig, erfüllt einen Garten mit seinem Duft, bietet Bienen Nahrung und verleiht Lammbraten ein besonderes Aroma. Bei Shakespeare steht Rosmarin für Gedenken. Meine Mutter hatte im Gedenken an die Verstorbenen immer eine Vase mit Rosmarinzweigen auf dem Tisch stehen gehabt. Als die Jahre ins Land zogen und immer mehr ihrer Verwandten und Freunde starben, musste sie sich eine größere Vase anschaffen. Ihr und vielen anderen zu Ehren pflanzten wir an Warrens neuem Weg eine Rosmarinhecke.

Unter das Wohnzimmerfenster, von dem aus Jonah gerne

sein Reich überwachte, kamen tiefrote Rosen. An Sommerabenden würden sie ihren betörenden Duft verströmen.

Katharine wünschte sich Lavendel, der sowohl die Geruchs- als auch die Widerstandfähigkeitsprüfung spielend meisterte. Die Bienen standen bereits Schlange, als Warren mehrere große Büsche vor die Rosen setzte.

In Erinnerung an meine Heimat kaufte ich mehrere Stöcke bronzefarbenen Neuseeländer Flachs, die ich an einem der seitlichen Zäune des Hauses einsetzte. Sie dürsteten allerdings nach dem feuchten Klima unserer Heimat und wuchsen nicht so üppig wie die einheimischen Gräser am Zaun zur Straße hin – nicht einmal wie die Gardenien, die Warren unterhalb der Bank gepflanzt hatte. Als meine Mutter im Sterben lag, hatte ich ihr eine Gardenienblüte mitgebracht, deren Duft sie einsog, als sei er das Leben selbst.

Die Töpfe mit Sukkulenten, die die Haustür flankierten, wirkten effektvoll. Mit ihren exzentrischen lila, grünen und kupferfarbenen Formen hoben sie sich wunderbar vom roten Backstein des Hauses ab.

Blieb nur noch eine Aufgabe. Das Herzstück des neuen Gartens musste anfangen zu sprudeln. Lydia und ich sahen vom Fenster meines Arbeitszimmers aus zu, wie Warren die Schale mit Wasser aus dem Gartenschlauch füllte und die Pumpe anschloss. Wir hielten die Luft an. Nichts. In aller Seelenruhe ging Warren um das Haus, um etwas an der Elektrik zu machen.

Wenig später ertönte ein Brummen, gefolgt von einem Gurgeln, und schon plätscherte das Wasser munter über die Kugel.

Jetzt mussten wir nur noch der Tierhandlung einen Besuch abstatten und einen Goldfisch kaufen. Jeder, der sagt, Goldfische hätten ein schlechtes Gedächtnis, hat keine Ahnung.

Jeden Morgen warteten an immer derselben Stelle drei orangefarbene Streifen darauf, gefüttert zu werden. Sie wuchsen in ihrem neuen Zuhause zu großen, dicken Fischen heran – und darüber hinaus zu geschickten, denn nie kamen sie den herabschießenden Tauben, die ein Bad nehmen wollten, in die Quere.

Wenn ich von meinem Computerbildschirm aufblickte, sah ich oft Lydia auf der Bank in unserem fertigen Garten sitzen. Gelegentlich gesellte ich mich zu ihr und wir betrachteten die frisch getriebenen Blätter mit der Zufriedenheit derer, die gemeinsam etwas geschaffen hatten.

Unsere Gespräche hier im Garten waren nicht mehr ganz so unergiebig wie sonst, trotzdem hatte ich den Eindruck, dass meine Tochter mir ihre innersten Gedanken vorenthielt.

32.

Durchgedreht

Vor verschmähten Katzen sollte man sich in acht nehmen. Sie werden Rache nehmen.

Mit einem Designergehege, einer Heerschar menschlicher Groupies und einem Haus, das schier platzte vor Angelruten, Bändern und Kratzbäumen, gehörte Jonah zu den Katzen, die alles hatten. Als eines Nachmittags ein hübsches rotes Reisekinderbett mit Edelstahlfüßen und einem Netz auf beiden Seiten im Wohnzimmer auftauchte, nahm unser Kater selbstverständlich an, dass es ein weiteres Stück für seinen Vergnügungspark war. Den erhobenen Schwanz zu einem Fragezeichen gekrümmt, steckte er den Kopf hinein, schnüffelte daran und schnurrte.

»Das ist nicht für dich, Jonah«, sagte ich und sah zu, wie er das Kinderbett in immer schnellerem Tempo umkreiste.

Als hätte er mich nicht gehört, hüpfte er hinein und stolzierte über die weiche Matratze.

»Komm sofort da raus«, rief ich und versuchte, ihn zu packen. Er entwand sich jedoch meinem Griff und sprang heraus auf den Boden. Gerade als ich ihn für seinen ganz und gar untypischen Gehorsam loben wollte, segelte er an meiner Nase vorbei erneut in das Kinderbett. Rein, raus, rein, raus … Ein neues Spiel, das, wäre es nach Jonah gegangen, ewig so hätte weitergehen können.

»Das ist ein *Kinderbett*!«, rief ich und hob ihn wieder und wieder aus seinem netzbespannten Vergnügungspalast.

Die Vorstellung, dass etwas Neues und Lustiges in diesem Haus auftauchen könnte, das nicht für ihn gedacht war, war Jonah völlig fremd. Beleidigt änderte er seine Vorgehensweise. Nachdem das Ding offenbar nicht zum Rein-und-raus-Springen diente, war es vielleicht wirklich nur ein Bett. Nun nutzte er jede Gelegenheit, in das Kinderbett zu springen und sich auf der Matratze zusammenzurollen. Ich hob ihn wieder heraus und erinnerte mich daran, wie entsetzt meine Mutter reagiert hatte, als Cleo vor Lydias Geburt in ihre Wiege geklettert war. Katzen könnten Babys erdrücken, sagte sie.

Erfreut stellte ich fest, dass man mit einem Reißverschluss ein Netzdach an dem Kinderbett befestigen konnte – vermutlich, um Insekten fernzuhalten. Aber selbst das nutzte nichts. Jonah schlief fast ebenso gerne auf dem Dach, wie er unter dem Dach spielte. Für ihn war sonnenklar, das Kinderbett war seins.

Ich ging dazu über, das Kinderbett in einem der Zimmer zu verstecken, aber er bekam es immer irgendwie mit und kratzte dann laut miauend an der Tür.

Jonah spürte, dass es zu einer Machtverschiebung in unserem Haushalt gekommen war – und nicht zu seinen Gunsten. Die Spannung rund um das rote Bettchen steigerte sich.

Und dann passierte es. Nach einem Nachmittagsschläfchen auf Katharines Bett wachte Jonah auf und tappte die Treppe hinunter in seinen schlimmsten Albtraum. Das tragbare Bettchen – *sein* Spielplatz – war von einem merkwürdigen fremden Wesen besetzt. Der Eindringling war praktisch haarlos, ein dickliches Etwas, das aussah wie ein rosa Gummibärchen. Jonah erschauerte. Und nicht nur, dass das Gummibärchen sich seines Spielplatzes bemächtigt hatte und dort jetzt tief und fest schlief, alle Menschen im Haus plus Rob und Chantelle – die mit Annie zu Besuch gekommen waren – beugten sich entzückt darüber und riefen Oooh und Aaah, was Jonah, seit er ausgewachsen war, nicht mehr gehört hatte.

Ich konnte förmlich sehen, wie er sich in seinem Fell verkroch und versuchte, sich über die neue Situation klarzuwerden. Er traute seinen Ohren kaum, als er »Ist sie nicht entzückend?« und »Ach, wie süß!« hörte.

Entzückend und süß waren für ihn reservierte Vokabeln. Ungläubig musterte er seine Menschen mit zusammengekniffenen Augen. Sie waren durchgedreht. Hatten sie etwa vergessen, dass er der Einzige war, bei dem es Oooh und Aaaah zu rufen galt?

Das erste Mal in seinem Leben hatte Jonah einen Rivalen. Die Lösung des Problems lag auf der Hand. Eine schnelle Attacke und das Gummibärchen würde entthront sein. Mit zitternden Hinterbeinen bereitete er sich auf den Angriff vor. Rob und Chantelle, in höchster Alarmbereitschaft, gingen in Stellung, um sich schützend über ihr Baby zu werfen.

»Nein Jonah!«, rief ich, packte ihn und sperrte ihn in die Waschküche.

Wir fuhren damit fort, das Baby zu bewundern, zählten seine Fingerchen und strichen über seinen Kopf, als plötzlich ein schreckliches Geheul ertönte. Langsam und klagend wie eine Sirene. Jonah weinte.

»Er muss sich an Annie gewöhnen«, sagte Rob, als er das Heulen nicht mehr ertrug. »Lass uns mal nachsehen, wie's ihm geht.«

Ich befreite Jonah aus seinem Gefängnis und setzte ihn auf die Plattform ganz oben auf seinem Kratzbaum, wo er sich immer sicher fühlte und den Überblick hatte. Damit ihm nicht langweilig wurde, gab ich ihm mehrere Satinbänder. Aber das interessierte ihn alles nicht. Statt seine übliche majestätische Pose einzunehmen, kauerte er sich hin, den Blick auf das Baby geheftet.

Das Gespräch wandte sich wieder Babyschuhchen und Säuglingsnahrung zu, und Jonah unterzog sich einer ausführlichen Wellness-Behandlung. Pfoten, Ballen, die Ritzen zwischen den Ballen. Vorderseite der Ohren, Rückseite der Ohren, die Falte hinter den Ohren. Er übersah nicht einen Quadratmillimeter. Ein Hinterbein in die Höhe gestreckt, machte er einen völlig relaxten Eindruck – aber sein Hirn lief auf Hochtouren.

Lydia reichte gerade einen Teller mit Keksen herum, als ein Schatten an ihr vorbeiflog und ihr den Teller aus den Händen riss. Ein Vogel? Ein Flugzeug? Nein, es war Super-Jonah mit einem orangenfarbenen Band zwischen den Zähnen, das wie ein Banner hinter ihm herflatterte.

»Mann!«, rief Lydia, als die Kekse über den Teppich rollten. Das war so ziemlich der schlimmste Fluch, den sie damals im Repertoire hatte. Wir anderen sahen mit offenem Mund zu, wie Jonah auf die Kekse plumpste, einen halben Meter neben dem Bettchen.

»Jetzt reicht's, Jonah«, fuhr ich ihn an. »Ab in die Waschküche.«

»Warte mal«, sagte Lydia. »Ich glaube, er hat was vor.«

Mit einem ungeduldigen Seufzer setzte ich mich wieder. Das Band nach wie vor zwischen den Zähnen, kroch Jonah vorsichtig auf die schlafende Annie zu. Die Ohren nach vorne gerichtet, robbte er an sie heran und musterte sie durch das Netz. Er hob eine Pfote und tätschelte vorsichtig das Netz neben ihrem Kopf. Dann trat er einen Schritt zurück und verneigte sich graziös. Ich traute meinen Augen nicht. Mit gesenktem Kopf legte er das Band in einer geraden Linie auf den Teppich neben das Kinderbett und zog sich zurück.

»Siehst du? Es ist ein Geschenk«, flüsterte Lydia. »Er macht Annie ein Geschenk.«

Unser Kater und unsere Tochter. Zwei Wesen, die stets einen eigenen Weg wählten. Und mich immer wieder überraschten mit den vielen Facetten ihrer Liebe.

Jonah bemühte sich zwar nach Kräften, sich mit Annie anzufreunden, aber das änderte nichts an seiner Besessenheit, was das Kinderbett betraf. Egal in welchem Zimmer ich es versteckte, er folgte seiner Spur und fing an zu miauen und um Zutritt zu betteln. Sobald die Tür auch nur einen winzigen Spalt geöffnet wurde, zwängte er sich durch, flitzte zum Bett und sprang, wenn es offen war, hinein oder sonst auf das Dach. Er rieb sich seitlich daran und betatzte die Edelstahlfüße, bewundernd, als ob es Kunstwerke wären.

Gerade als Jonah sich an die Vorstellung gewöhnte, Unterkatze für ein Baby zu spielen (zumindest solange es zu Besuch war), zeichnete sich ein weiteres beunruhigendes Ereignis am Horizont ab.

Eines Morgens trottete Jonah in das Marquis-de-Sade-Kabinett, wo Philip gerade seinen Koffer packte. Jonah hasste Koffer. Sie standen für ihn für Verlassenwerden. Allein der Anblick einer kleinen Reisetasche führte zu panischen Sprints durch die Diele, der Weigerung, seine Hausgenossen auch nur eine Sekunde aus den Augen zu lassen, und natürlich unablässigem Miauen, das unser Trommelfell so lange in Schwingungen versetzte, bis es zu einem diskordanten Dauerton wurde. Jonahs Ohren ragten in die Höhe wie zwei Stück dunkler Toblerone, als er den dunkelgrünen Koffer erblickte. Er war riesig, der größte, den wir besaßen, und noch ganz staubig von der Lagerung auf dem Dachboden. Philip packte für eine sechswöchige Fortbildung an der Stanford University in den USA.

Philip, der ordentlichste Kofferpacker der Welt, schichtete fein säuberlich gefaltete Hemden und Unterhosen in seinen Koffer. Ich sah zu, wie er seine frisch geputzten Schuhe in dafür vorgesehene Schuhbeutel schob, und fragte mich nicht zum ersten Mal, wie wir eigentlich zueinandergefunden hatten und wie es kam, dass wir nicht schon längst wieder auseinandergegangen waren. In diesem Moment sprang Jonah in den Koffer und Philip schrie auf. Eng zusammengerollt, grub Jonah seine Krallen in Philips Unterhosen und blickte flehentlich zu ihm hoch.

»Tut mir leid, Fellbruder«, sagte Philip und hob ihn heraus. »Du kannst leider nicht mit.«

Kaum dass seine Pfoten den Teppich berührten, sprang Jonah erneut in den Koffer und wieder einmal ging es rein und raus, rein und raus … Genervt sperrte Philip Jonah schließlich aus. Unter dem Türspalt quetschten sich eine Nase und zwei Pfoten durch.

Ein Taxi fuhr vor. Philip schloss den Reißverschluss und schleppte den Koffer zur Haustür. Verzweifelt warf Jonah sich dagegen und krallte sich daran fest. Philip nahm Jonah hoch, gab ihm einen Kuss auf die pelzige Stirn und erklärte ihm, er solle sich keine Sorgen machen, er käme bald wieder heim. Der Kater streckte eines seiner langen Vorderbeine aus und presste die Pfote auf Philips Brust. So als wolle er einen Abdruck in Philips Herz hinterlassen.

Nachdem wir es geschafft hatten, uns und den Koffer durch einen Türspalt nach draußen zu schieben, standen wir auf dem Bürgersteig und küssten uns zum Abschied. Wir schauten schuldbewusst zum Wohnzimmerfenster. Keine Spur von Jonah.

»Er vermisst dich nicht mal«, sagte ich.

»Leider doch«, sagte Philip und deutete auf ein Fenster im

ersten Stock, aus dem eine einsame Katze auf uns herunterstarrte.

Jonah litt unter dem Fluch der Extrovertierten. Er konnte nicht allein sein. Wenn niemand da war, der sich von seiner schillernden Persönlichkeit bezirzen ließ, verzweifelte er. Wie andere die Luft zum Atmen brauchen, brauchte er Bewunderung, Spiele mit Angelruten und Satinbändern, lange Stunden auf menschlichen Knien und die eine oder andere lustige Jagd durch die Straßen, wenn er einen seiner streng verbotenen Ausflüge in die Nachbarschaft unternahm. Trennungsangst hatte Vivienne das genannt.

Zum Teil konnte ich seine Verunsicherung nachvollziehen. Zu Beginn unserer Ehe hätte ich auch Ärger gemacht, wenn Philip sich einfach für sechs lange Wochen verabschiedet hätte. Aufs Leben hochgerechnet sind anderthalb Monate jedoch ein Klacks. So viele Folgen von *The Daily Show* (meine neueste Droge) sind es nicht, auch nicht mehr als sechs Episoden von *My Life on the D-List* (auch wenn Kathy Griffins Sendezeiten ziemlich kapriziös waren) und, ja, vielleicht ein paar hundert Tassen Kaffee. Wie im Flug würden die Wochen vergehen, in denen er interessante Dinge lernen und Bekanntschaften schließen würde (nur hoffentlich nicht mit schönen Frauen mit Zweite-Ehefrau-Ambitionen).

Auch für mich hatte dieses Arrangement Vorteile. Abgesehen davon, dass natürlich alle meine Freundinnen sich in Mitleid ergingen, würden die Mädchen und ich jeden Tag früh zu Abend essen. Wir würden Nudeln vom Italiener futtern und uns dabei *How I Met Your Mother* ansehen (bis Lydia sich entschuldigte und nach oben ging, um zu meditieren).

Ich würde auch öfter Gelegenheit haben, Lydia davon zu überzeugen, welche Vorzüge es hatte, eine schöne junge Frau zu Beginn dieses Jahrtausends zu sein. Nicht, dass es irgendeinen Effekt gehabt hätte. Wenn Katharine und ich es schafften, Lydia zu einer Liebeskomödie im Kino zu überreden, dann nur unter tiefen Seufzern ihrerseits. Die »heißen« männlichen Stars ließen sie kalt. Maniküre interessierte sie nicht. Wenn ich Zeitschriften kaufte, die Frauen zwischen zwanzig und dreißig als Zielgruppe hatten, landeten sie praktisch umgehend im Müll.

In Philips Abwesenheit schlief ich ohne Ohrstöpsel, blieb, wenn ich Lust dazu hatte, den ganzen Tag im Morgenmantel und löste im Bett Kreuzworträtsel, ohne erklären zu müssen, dass das wichtig für meine kleinen grauen Zellen war.

Außerdem war es Katharines letztes Schuljahr. Obwohl meine Verleger mich drängten, ein neues Buch zu schreiben, hatte ich beschlossen, alles andere zurückzustellen, um eine letzte Schicht als Vollzeitmutter einzulegen.

Katharine war eine fleißige Schülerin und entschlossen, ein gutes Abschlusszeugnis zu bekommen. Sie verdiente jede Unterstützung, die sie kriegen konnte, besonders in der berüchtigten letzten Phase vor den Prüfungen. Ich wollte für sie da sein, und das nicht nur als Haushaltshilfe.

Ein paarmal in der Woche erhielt ich von Katharine eine SMS mit der Bitte, ihr doch irgendein vergessenes Buch oder das Mittagessen in die Schule zu bringen. Nach der Schule wurde sie von einem Becher heißer Schokolade und Jonah empfangen, der sich um ihren Hals wickelte und ihr (in Katzensprache) versicherte, dass sie das alles ganz prima machte.

Die Dinge begannen schiefzugehen, als Jonah am Morgen nach Philips Abreise wie üblich in aller Frühe an die Schlafzimmertür klopfte. Ich kletterte aus dem Bett und öffnete. Mit einer seiner Angelruten zwischen den Zähnen hüpfte Jonah freudig aufs Bett – nur war da kein Philip. Nicht einmal ein warmes Kissen als Zeichen für seine kurze Abwesenheit, während er in der Küche Tee und Toast zubereitete. Jonah starrte verwirrt auf das kalte, glattgestrichene Kissen. Geknickt ließ er die Angelrute auf die Decke fallen und starrte traurig aus dem Fenster.

»Alles in Ordnung, Junge«, sagte ich. »Ich spiele mit dir.«

Jonah kniff verächtlich die Augen zusammen. Was Angelsport anging, war ich eine absolute Niete. Weder schwang ich die Angelrute wild genug noch hoch genug. Ich reagierte zu langsam und machte ihm das Fangen zu leicht. Er hüpfte vom Bett, verschwand durch die Tür und kehrte mit einem Stück rosa Band zurück, das er auf meine Hand legte. Aha, ich gehörte also in die Rosa-Band-Liga, dachte ich, und ließ das Band schnalzen, um das Spiel möglichst aufregend für ihn zu gestalten. Aber mein Mangel an Technik frustrierte ihn. Ich spielte einfach nicht wie ein Mann. Schon bald verzog er sich mit einem enttäuschten Miauen. Seit Ingrid Bergman in *Casablanca* Humphrey Bogart verlassen hatte, hatte es keine theatralischere Trauerszene mehr gegeben.

Ein paar Tage später war ich gerade dabei, mit Peter, meinem Fitnesstrainer, im Marquis-de-Sade-Kabinett unvernünftig schwere Gewichte zu stemmen, als ein beißend scharfer Geruch mir die Nasenschleimhaut verätzte. Peter behauptete, er könne nichts riechen.

Nachdem er gegangen war, sah ich in den Schränken und hinter dem Lüftungsgitter nach, ob sich irgendwo ein totes Tier verbarg. Der stechende Geruch schien von den Fenstern herzukommen, aber ich konnte nichts entdecken. Vielleicht hatte Peter recht und ich bildete es mir nur ein.

Als Peter am Donnerstag wiederkam, hatte sich der Geruch verschlimmert. Ich fragte ihn erneut, ob er irgendetwas bemerkte. Peter leugnete es noch vehementer. Er schwor, er könne Ü-B-E-R-H-A-U-P-T nichts riechen … kurz gesagt, es musste stinken.

Wieder allein, suchte ich das Zimmer mit geschlossenen Augen ab. Es ist erstaunlich, wie effektiv die Nasennavigation ist, wenn man erst einmal die Augen geschlossen hat. In der Nähe des Fensters wurde der Geruch stärker, noch stärker in der Nähe des Vorhangs und … er kam direkt vom Vorhang! Ich öffnete die Augen und sah den oberen Teil des Vorhangs mit seinen unschuldigen Falten vor mir. Dann ging ich auf die Knie und hob den auf dem Boden aufliegenden Saum an. Der Gestank wurde so heftig, dass ich zurückzuckte. Mit ausgestrecktem Arm hielt ich den Stoff von mir weg, während ich einen großen, verdächtig gelben Fleck musterte. Er roch nach etwas, das der Teufel als Raumspray benutzen könnte.

Während ich den Fleck eingehender untersuchte, fiel mir ein, dass ich etwas Ähnliches schon mal gesehen hatte – die Streifen an der Wand in der Waschküche! Ich hatte die Maler gebeten, sie noch einmal zu überstreichen, und gedacht, sie hätten es vergessen, als die Flecken nicht verschwanden. Weil die Maler so nette Kerle waren, hatte ich mich nicht beschweren wollen. Nie wäre ich auf die Idee gekommen, dass sie die alten Flecken überstrichen und böse Mächte sie durch neue ersetzt haben könnten.

Die Flecken waren nämlich keine moderne Kunst, sondern etwas, von dem ich nie im Leben angenommen hätte, dass eine zivilisierte Katze dazu imstande wäre.

Die Vorhänge wanderten umgehend in die Reinigung und wurden wieder aufgehängt. Binnen kurzem tauchten neue Flecken auf. Die Vorhänge wanderten erneut in die Reinigung und Jonah bekam offiziell Zutrittsverbot zum Fitnessraum – eine harte Strafe, da er mit großer Begeisterung zweimal die Woche auf der Matratze herumrollte und sich von Peter den Bauch streicheln ließ oder Stretching-Übungen vor ihm machte.

Unser Haustier sann auf Rache. Er nahm sich alle Orte im Haus vor, wo er maximalen Schaden anrichten konnte – Lydias Bett, Katharines Regal mit ihren Lieblingsbüchern, ihre Geige und den Boden unter meinem Schreibtisch. Und dann – Schrecken über Schrecken – das Reisekinderbett!

Meine Töchter und ich verwandelten uns in Katzen, krochen durchs Haus und schnüffelten in den Ecken. Es zeigte sich, dass Katharine über eine besonders feine Nase verfügte. Wir kauften eine Lampe mit UV-Licht, extrastarkes Desinfektionsmittel und eine erstaunliche Menge an biologisch abbaubaren Reinigungsmitteln.

Beim Tierarzt besorgten wir uns einen Spezialreiniger. Sein süßlicher Geruch war fast so ekelerregend wie derjenige, den er neutralisieren sollte. Als ich entdeckte, dass man ihn kanisterweise kaufen konnte, verlor ich einen Moment lang den Mut. Ich fragte mich, wer solche Mengen von dem Zeug brauchte. Leute mit Tausenden von Katzen? Oder blieb das jetzt etwa für alle Zeiten so?

»Er markiert«, erklärte Vivienne, als ich sie wegen Jonahs neuem Problem anrief.

»Cleo hat das aber nie gemacht«, sagte ich. »Ach doch, ein Mal.«

»Sie war ja auch ein Weibchen. Es sind die Kater, die markieren. Deshalb wollen die meisten Leute ja auch lieber eine Katze. Vielleicht hat Jonah deshalb als Letzter aus dem Wurf ein Zuhause gefunden.«

»Der Verkäufer hat gesagt, dass er eine Bindehautentzündung hatte«, erinnerte ich sie.

»Wie schon gesagt, ich vermute eher, dass ihn jemand als ganz kleines Kätzchen gekauft hat, aber nicht mit ihm fertiggeworden ist und ihn deswegen in den Laden zurückgebracht hat«, erwiderte Vivienne. »Oder er stammt aus einer Inzucht. Sie haben doch bestimmt schon mal von Welpenfabriken gehört?«

»Sie meinen die Hundezüchter, die Hunde unter den schlimmsten Bedingungen halten und die Weibchen am laufenden Band und wahllos schwängern lassen?«, fragte ich.

»Ja, solche Fabriken gibt es auch für Katzen. Die Tiere werden zur Fortpflanzung zusammengesperrt, manchmal eben auch Geschwister, und die Jungen dann an Tierhandlungen verkauft. Das kann einer der Gründe sein, warum Ihre Tierhandlung Jonah ohne Papiere verkauft hat.«

Ein Ergebnis von Inzucht und ein Markierer? Viviennes Worte waren hart, aber ich vertraute ihr. Vivienne liebte Katzen und verstand sie in einem Maße, das für mich völlig unerreichbar war.

»Wird sich das wieder auswachsen?«, fragte ich.

»Nicht zwangsläufig«, erwiderte sie.

Mich verließ der Mut. Ich fragte sie, warum er gerade jetzt damit angefangen hatte.

»Vermutlich gibt es mehrere Auslöser«, erwiderte Vivienne. »Jonahs kleine Welt ist völlig durcheinandergeraten. Nach dem, was Sie erzählen, ist er eifersüchtig auf das neue Baby und er vermisst Philip. Es ist durchaus möglich, dass er sich überfordert fühlt, weil er nun die Rolle des Alphamännchens im Haus einnehmen muss.«

Alphamännchen? Welche Aufgaben hatte ein Alphamännchen heutzutage, außer faul herumzuliegen und darauf zu warten, gefüttert zu werden?

Vivienne mailte mir eine lange Liste mit Ratschlägen und

Informationen über die drei Hauptursachen für unerwünschtes Markieren. Die Gründe waren 1. medizinischer Natur; 2. solche, die mit dem Katzenklo zu tun hatten, und 3. Angst/Stress. Vivienne war zwar ziemlich sicher, dass Jonahs Problem mit Letzterem zu tun hatte, aber sie meinte, wir sollten dennoch zum Tierarzt gehen, um körperliche Ursachen ausschließen zu lassen. Darüber hinaus musste das Katzenklo absolut sauber gehalten und in genügend großem Abstand zu seinen Fressnäpfen aufgestellt werden. Aber was der Grund auch sein mochte, sagte sie, es hätte keinen Sinn, mit ihm zu schimpfen und ihn zu irgendetwas zu zwingen.

Das Fenster der Tierarztpraxis war mit Fotos von vermissten Katzen zugepflastert. Die Frau am Empfang sagte, meistens stelle sich heraus, dass sie überfahren oder getötet worden waren. Wir hatten also völlig recht, Jonah im Haus zu halten, mochte es uns auch Nerven kosten.

Jonah stand wie ein kleiner König mit in die Höhe gestrecktem Schwanz auf dem Untersuchungstisch der Tierärztin und wartete auf die Huldigungen. *King of the World*, nannte ihn die Tierärztin, was ihm gut gefiel – bis sie anfing, an ihm herumzudrücken und zu ziehen. Jonah entblößte die Zähne und fauchte sie an. Im nächsten Augenblick brach er wie ein jämmerlicher Feigling zusammen und miaute und wimmerte so laut, dass ich mich für ihn schämte.

Die Tierärztin brachte ihn »nach nebenan«, um ihn weiteren Tests zu unterziehen. Einige Zeit später kehrte sie mit einer halb so großen Version des Katers, den wir kannten und liebten, zurück. Da sie keine körperliche Ursache feststellen konnte, gab sie mir den gleichen Rat wie Vivienne und verkaufte mir eine Flasche Wunderspray. Wenn man die Flasche in eine Steckdose stecke, gebe sie beruhigende Pheromone ab, die in den Katzen dasselbe Gefühl von Behütetsein wachriefen, das sie als kleine Kätzchen empfunden hätten. Fast alle ihrer Katzenpatienten hätten gut darauf reagiert, sagte sie.

Voller Hoffnung, dass unsere Probleme damit ein Ende finden würden, eilte ich nach Hause. Ich steckte die Flasche in eine Steckdose in der Ecke, an der Jonah einige Male seinen Rachedurst gestillt hatte, und rief die Mädchen, um das neue Wundermittel zu bestaunen. Fassungslos sahen wir zu, wie er der Flasche den Rücken zuwandte und ausgiebig draufpinkelte.

Die Mädchen und ich taten alles, wozu Vivienne, das Internet und die Tierärztin geraten hatten – von konservativen Therapiemethoden bis hin zu obskuren. Wir kauften (noch) mehr Spielzeug, flößten dem armen Tier Rescue-Tropfen ein, legten Kristalle unter sein Kissen und führten ihn abends an der Leine spazieren. Nichts funktionierte. Wir versuchten es mit einem anderen Tierarzt und dann noch einem. Der dritte Tierarzt empfahl Medikamente. Katzen-Prozac. Kam gar nicht in Frage. Ich würde Jonah doch nicht unter Drogen setzen.

Es fiel mir schwer, sein Verhalten nicht persönlich zu nehmen, besonders an dem Tag, als ich entdeckte, dass er Dads Klavier entweiht hatte. Mit Tränen in den Augen säuberte ich es so gut es ging und wickelte das Familienerbstück in Frischhaltefolie ein.

Ich überlegte es mir mittlerweile dreimal, bevor ich jemanden zu uns nach Hause einlud. Die meiste Zeit aber war Jonah charmant und liebenswert wie eh und je. Manchmal fühlte ich mich wie eine der Frauen, die von ihrem attraktiven Ehemann geschlagen werden und genau wissen, einen Tag nachdem er ihnen ein blaues Auge verpasst hat, wird er sie mit Liebe und Schokolade überschütten.

Lydia fand die Telefonnummer einer Katzenwahrsagerin

in Queensland heraus. Da ich dafür zahlte, hatte ich kein allzu schlechtes Gewissen, dass ich das Gespräch in meinem Arbeitszimmer mitverfolgte. Die Stimme der Katzenwahrsagerin klang fest und heiter. Ich stellte mir vor, wie sie in einer Wohnung am Meer saß und auf Katzenwellenlänge ging.

»Jonah spricht gerade mit mir«, sagte sie. »*Ach du meine Güte!* Ein solches Gejammere habe ich ja noch nie gehört! Für den ist nichts gut genug. Ihr Kater trägt seine Nase aber ganz schön hoch. Sie sollten ihn weniger wie einen König und mehr wie ein Tier behandeln.«

Nachdem wir aufgelegt hatten, stellten die Mädchen und ich übereinstimmend fest, dass sich das plausibel anhörte. Zur Schlafenszeit wurde Jonah also auf ein Leopardenfell-Kissen in die Waschküche verbannt und die Tür geschlossen. Er nahm die Demütigung klaglos hin. Im Gegenteil, er hatte eine aufregende Nacht, in der er durch sein Gehege tobte und mit den Possums Beleidigungen austauschte.

Jonah während der Nachtstunden von unseren Möbeln wegzusperren, hielt seine Exzesse zwar ein wenig in Grenzen, aber viel nützte das Teilzeit-Exil nicht.

»*Was* macht er?«, grollte Philip, als er von seinem Apartment in Stanford aus anrief, das nach den gemailten Fotos zu urteilen stets picobello aufgeräumt und völlig geruchsfrei war.

»Ist nicht so schlimm«, log ich. »Bis du zurück bist, wird es sich gegeben haben.«

Was ungefähr so klang wie »Zu Weihnachten ist der Krieg bestimmt zu Ende.«

33.
Zurückweisung

Wie man eine Katze wieder eingewöhnt.
Oder einen Ehemann.

An dem Abend, an dem Philip aus Stanford zurückkehren sollte, tigerte Jonah unruhig durchs Haus – wie immer spürte er genau, dass etwas Besonderes anstand. Wenn er nicht gerade auf seinen schokoladenbraunen Beinen herumstakste, hockte er am Wohnzimmerfenster und suchte die dunkle Straße mit seinem Blick ab. Vielleicht finden Wissenschaftler eines Tages heraus, woher Tiere wissen, wann einer ihrer menschlichen Hausgenossen heimkommt. Hat es mit der Kraft der Liebe zu tun oder einem eigenen Sinnesorgan, mit dem sie feinste Energieschwankungen aufnehmen können – oder einer Kombination aus beidem?

Er miaute mehrmals laut. Ich trat zu ihm ans Fenster und gemeinsam sahen wir zu, wie die leuchtenden, katzenaugengleichen Scheinwerfer eines Taxis größer wurden. Noch bevor das Taxi hielt, flitzte Jonah zur Haustür und reckte sich zur Türklinke.

Lydia nahm ihn auf den Arm, öffnete die Tür und wir gingen hinaus, um Philip willkommen zu heißen. Jonah wusste sich vor Freude nicht zu lassen. Er schnurrte laut wie ein Hubschrauber und vergrub sein Gesicht in Philips Hand. Wollüstig maunzte er, als ihm gleichzeitig die Ohren nach hinten gestrichen, das Kinn gekitzelt und die Nase gerieben wurden.

Jetzt, wo unser Alphatier wieder zu Hause war, würde alles

gut werden, davon war ich überzeugt. Der hellste Stern an Jonahs Himmel war zurück und er konnte sich wieder auf seine Rolle als Betamännchen konzentrieren. Dennoch ließen wir ihn in dieser Nacht sicherheitshalber noch einmal in der Waschküche schlafen.

Am nächsten Morgen kehrten wir zu der Alltagsroutine zurück, die unser Kater so sehr schätzte. Jonah platzte mit der Angelrute zwischen den Zähnen ins Schlafzimmer und Philip stand auf, um Tee zu kochen. Schnell hüpfte Jonah auf Philips Kissen und wartete darauf, dass das Spiel begann.

Aber es war Samstag und Philip hatte es nicht eilig, ins Büro zu kommen. Abgesehen davon litt er unter dem Jetlag. Nur damit Jonah sich auf seinem Platz breitmachen konnte, wollte sich Philip nicht aus dem Bett vertreiben lassen und auf einem Sessel daneben frühstücken. Er schob Jonah also sanft zur Seite und legte sich wieder neben mich.

Jonah miaute beleidigt, wie er es immer machte, wenn er sich zurückgesetzt fühlte, und sprang auf den Boden.

»Keine Sorge«, sagte ich. »Er wird sich bald daran gewöhnt haben, dass du wieder zurück bist.«

Jonah fixierte Philip mit einem stählernen Blick, reckte den Schwanz in die Höhe und näherte sich drohend den Vorhängen. Fassungslos sah ich zu, wie sein Schwanz leicht zu beben begann.

»Nein!«, rief ich. »Halt ihn auf! Er will ...«

Zu spät. Jonah sah Philip geradewegs ins Gesicht, während er sich erleichterte.

Philips ist einer der gelassensten Menschen, die ich kenne. Das ist einer der Gründe, warum ich mich in ihn verliebt habe. Eigentlich bringt ihn nichts so leicht aus der Ruhe.

»*Jetzt reicht's!*«, brüllte er, sprang aus dem Bett und jagte Jonah zur Tür hinaus. »*Dieser Kater geht!*«

Ich rannte den beiden hinterher und sah gerade noch, wie Jonahs Schwanz im Wäscheschrank verschwand, von wo aus er sich in sein sicheres Gehege flüchtete.

»Was soll das heißen?«, fragte ich mit zitternder Stimme.

Schwer atmend strich sich Philip über den Kopf. »So können wir nicht die nächsten zehn Jahre weitermachen«, sagte er mit eisiger Stimme und wandte sich von mir ab. »Wir werden ein neues Zuhause für ihn suchen müssen.«

Plötzlich wehte mich ein kalter Lufthauch an, so als hätte jemand die Kühlschranktür geöffnet.

»Und was, wenn wir kein neues Zuhause für ihn finden?«

»Dann kommt er auf eine Farm.«

Eine Farm? Das Wort hallte aus meiner Kindheit wider. Das sagten Erwachsene, wenn sie erklären wollten, wohin ein Haustier verschwunden war. Es hatte Jahre gedauert, bis mir klar wurde, dass das nicht hieß, das betreffende Tier streunte in Gesellschaft von Kühen und Ziegen über grüne Weiden.

»Sieh dir doch an, was er angerichtet hat«, fuhr Philip fort. »Er hat den neuen Teppich zerfetzt, wir mussten die Vorhänge zigmal reinigen lassen. In Lydias Zimmer stinkt es fürchterlich ... Nein, er muss weg.«

Mir lief eine Gänsehaut über den Rücken. Das erste Mal in zwanzig Jahren empfand ich so etwas wie Furcht vor Philip. Wie konnte der Mann, der meinen zwei älteren Kindern sein Herz geöffnet und sie wie seine eigenen aufgezogen hatte, der ein so wunderbarer Ehemann und Vater war, so herzlos sein?

Jonah war nicht perfekt, aber das waren wir auch nicht. Er war mit all seinen Fehlern und Ticks Teil unserer Familie.

Kaum war Philip ins Büro aufgebrochen, schnappte ich mir das Telefon und wählte Viviennes Nummer. Wir hatten es mit jeder möglichen Therapie probiert – konventionellen und ausgefallenen. Unser Haus roch wie eine Müllkippe. Mein Klavier war in Frischhaltefolie gewickelt und meine Ehe hing über dem Abgrund eines emotionalen Grand Canyon. Als Vivienne abnahm, kam mir ein Gedanke.

»Gibt es so etwas wie Katzenwindeln?«, fragte ich.

Nach einem, wie ich annahm, Moment belustigten Schweigens sagte Vivienne, sie wüsste es nicht. Philips Ultimatum überraschte sie nicht.

»Sie haben so gut wie alles ausprobiert«, sagte sie. »Ich weiß, dass es hart ist. Markieren ist einer der Hauptgründe dafür, warum Katzen eingeschläfert werden.«

Ein Felsen senkte sich auf meine Brust, als ich sah, wie sich Jonah genüsslich in der Sonne zusammenrollte. Er schien genau zu wissen, wie gut sein Fell sich auf dem grünbraunen Muster des Wohnzimmerteppichs machte. Er streckte sich graziös, dann blinzelte er mich an und gähnte. Ich liebte diesen höchst affektierten, lustigen, verrückten Kater einfach. Das taten wir alle – nun ja, fast alle. Niemals könnte ich ihn einschläfern lassen.

Zu einer von Viviennes vielen Aufgaben gehörte es, für Katzen ein neues Zuhause zu finden. Die herzergreifenden Fotos von verlassenen Kätzchen und Streunern auf ihrer Webseite taten immer ihre Wirkung. Ich sprach mit Vivienne darüber, wo sich Jonah wohl fühlen würde. Sicher nicht in einer Familie mit lärmenden kleinen Kindern, und eine kleine alte Dame würde er in den Wahnsinn treiben. Eine Farm wiederum, selbst wenn es eine richtige war, würde ihn physisch und psychisch mit Sicherheit überfordern.

»Wissen Sie was«, sagte Vivienne boshaft kichernd. »Ich könnte auch ein Foto von Philip auf meine Webseite stellen und schauen, ob ich nicht für ihn ein neues Zuhause finde.«

Als ich den Mädchen von Philips Ultimatum berichtete,

starrten sie mich entgeistert an. Katharine nahm Jonah auf den Arm und vergrub ihr Gesicht in sein Fell.

»Er darf nicht gehen«, sagte sie. »Wir lieben ihn doch.«

Ohne etwas von dem Drama zu ahnen, das sich um ihn entspann, schnurrte Jonah heiser. Wie sehr hätte ich mir gewünscht, Töchter und Kater in eine Art magische Mutterschürze wickeln und ihnen versprechen zu können, dass alles wieder gut wird. Aber das lag leider nicht in meiner Macht.

Katharine und Lydia versprachen, das Katzenklo noch gewissenhafter zu kontrollieren, Jonah von den regelmäßig von ihm aufgesuchten Ecken fernzuhalten und auf die feinste Geruchsspur zu achten.

Nachdem die beiden zum Unterricht aufgebrochen waren, beschloss ich, meinen Kopf auf einem Spaziergang auszulüften. Nackte Bäume reckten ihre Äste in den Winterhimmel. Über den Gebäuden hingen graue Wolkenfetzen. Unwillkürlich schlug ich den Weg zur High Street ein, an der Tierarztpraxis vorbei zur Tierhandlung.

Plötzlich kam es mir wie ein Riesenfehler vor, Jonah damals zu uns geholt zu haben, als ich zu schwach und verletzlich gewesen war, um eine vernünftige Entscheidung mit all ihren Konsequenzen zu treffen. Wenn es unbedingt eine Katze hatte sein müssen, hätten wir uns kundig machen und von der Tierhandlung fernhalten sollen. Wir hätten klugerweise in ein Tierheim gehen und eine Mischlingskatze retten sollen, die sich über ein neues Zuhause gefreut hätte. Wie dumm wir gewesen waren, uns von Jonahs Schönheit und seinem Kätzchencharme verführen zu lassen.

Ehe ich mich's versah, stand ich vor dem Schaufenster der Tierhandlung. Ein neuer Wurf Katzen war hereingekommen. Sie sahen aus wie Jonah damals – blaue Augen, zierlich, cappuccinofarbene Clowns, die auf Gummibeinen herumhüpften. Unwiderstehlich. Eines der Jungen tänzelte durch den Käfig, während ein anderes sich hinkauerte und vor Erwartung bebend auf den Moment wartete, in dem es sich auf sein Geschwisterchen stürzen konnte. Ein paar Leute hatten sich vor dem Fenster versammelt, um dem Spektakel zuzusehen.

Neben mir stand ein junges Paar, das sich zum Schutz gegen die Kälte aneinanderschmiegte. Sie waren völlig hingerissen, genau wie wir damals.

»Komm, lass uns reingehen und fragen, ob wir die Kleine dort nachher nicht gleich mitnehmen können!«, sagte die junge Frau mit leuchtenden Augen und deutete auf das Kätzchen, das gerade durch die Luft segelte, um sich wie ein Tiger auf seinen Kumpel zu stürzen.

Ich drehte mich zu dem Paar um, das offenbar so verliebt war, dass es glaubte, nur ein Kätzchen könnte sein Glück noch vergrößern. Düster sagte ich: »Tun Sie's nicht. Kaufen Sie sich einen Hund, schaffen Sie sich ein Kind an. Alles, nur nicht eine dieser Katzen.«

Sie sahen mich überrascht an. Sie mussten mich für ein böses, verbittertes altes Weib halten oder auch für bekloppt. Ich wickelte mir meinen Schal um den Kopf und eilte zurück zum Tierarzt. Auf dem Regal stand nur noch eine Riesenflasche des Katzenurin-Neutralisierungsmittels. Wir waren nicht die Einzigen mit dem Problem.

Ich wusste, dass Jonah am Fenster sitzen würde, wenn ich nach Hause kam. Er würde mich an der Haustür in Empfang nehmen und zu meinen Füßen miauen. Meine Nase würde in Alarmbereitschaft sein und jede neu hinzugekommene unangenehme Geruchsnote wahrnehmen. Ich würde das Haus nach verräterischen Flecken auf Fensterbrettern oder am Treppengeländer absuchen.

Wie erwartet sah ich beim Öffnen des Gartentors seine Silhouette hinter dem Bleiglasfenster. Der edle Kopf, die schmalen eleganten Gliedmaßen, der würdevolle lange Schwanz – wie konnte ein so schönes Geschöpf so viel Unheil anrichten? Seine Augen funkelten und er riss sein rosafarbenes Maul auf und miaute anklagend, als er mich entdeckte. Noch war ich nicht bereit, ihm in die Augen zu schauen. Ich schleppte die große Flasche Neutralisierer den Gartenweg hoch, stellte sie auf der Veranda ab und flüchtete mich über die Straße zu Spoonful.

Die Stimmung an diesem Abend war auf einem Allzeittief. Wie betäubt nahm ich wahr, dass Lydia die hässliche Mütze trug (ich nahm mir vor, den richtigen Moment abzupassen, um sie taktvoll wissen zu lassen, dass ihr Kopfbedeckungen mit Krempe besser standen).

Als Philip aus dem Büro kam, wurde das Thema Rauswurf weiträumig umgangen. Die Mädchen und ich stellten Jonahs Tag im schönsten Licht dar. Er hatte nirgendwo hingepinkelt. Wir logen sogar und sagten, er sei die Ruhe selbst gewesen. Er hätte eine Fliege gefressen und mehrere Stunden geschlafen, ohne jemanden zu belästigen oder anzuraunzen. Sämtliche beunruhigenden Teile meines Gesprächs mit Vivienne auslassend, erklärte ich, das morgendliche Fehlverhalten sei nur eine nervöse Reaktion auf die Rückkehr von Jonahs allerliebstem Menschen auf Erden gewesen. Es würde nicht mehr vorkommen.

Nach dem Abendessen setzten wir uns zu viert vor den Fernseher, nachdem wir drei Frauen Jonah sicherheitshalber des Wohnzimmers verwiesen hatten, falls er sich wieder danebenbenehmen wollte. Wir schauten Nachrichten und ich versuchte, Lydias rotbraune Mütze und das beständige Miauen vor der Tür zu ignorieren. Durch den unteren Spalt schoben sich zwei Pfoten. Das jämmerliche Miauen wurde von Klopfen abgelöst. Die Mädchen und ich sahen uns an. Philip blickte mit grimmigem Gesicht starr geradeaus. Lydia stand auf und öffnete die Tür. Sofort galoppierte Jonah herein. Zwischen seinen Zähnen steckte ein Handschuh, dessen Finger uns munter entgegenwedelten. Mit gesenktem Kopf und eingeklemmtem Schwanz lief er zu Philip und legte den Handschuh unterwürfig vor ihm ab.

»Siehst du«, sagte Lydia an Philip gerichtet. »Er entschuldigt sich.«

Jonah hüpfte auf Philips Schoß und leckte ihm die Hand. Mein Mann senkte den Blick. Einen Moment lang fürchtete ich, er würde Jonah verscheuchen. Zögernd, so als begegnete er Jonah das erste Mal, hob Philip die Hand und strich ihm über den seidigen Rücken. Jonah gähnte und rollte sich auf seinem Knie zusammen. Zuneigung stahl sich in Philips Blick. Seine Lippen verzogen sich zu einem kleinen Lächeln. Vielleicht war der Kampf ja doch noch nicht verloren.

Am nächsten Morgen führte mich mein neu entwickelter Nasenradar schnurstracks zu Lydias Altar. Ein dunkler Fleck hatte sich Richtung Boden ausgebreitet.

So konnte es nicht weitergehen.

34.
Reinigung

Nicht alle Pillen sind bitter.

Viviennes Stimme klang freundlich und mitfühlend.

»Wenn Jonah mein Kater wäre, würde ich ihm ein Medikament geben, Prozac zum Beispiel«, sagte sie am Telefon.

»Aber …«, setzte ich an und hörte meine Mutter aus ihrer Plastikurne kreischen: *Prozac? Für eine KATZE???!*

»Ja, tut mir leid. Ich weiß, dass wir bereits darüber gesprochen haben und dass Sie dagegen sind, aber Jonahs Probleme sind verhaltenstherapeutisch offenbar nicht zu lösen. Er hat ein Muster entwickelt, das Sie auf diesem Weg nicht durchbrechen können.«

Ich fühlte mich als völlige Versagerin. Wenn es stimmte, dass Katzen die Persönlichkeit ihrer Besitzer widerspiegeln, was für Psychos waren dann wir?

»Es ist nicht Ihr Fehler«, fuhr Vivienne fort. »Orientalen sind einfach anfällig.«

Ich holte zitternd Luft. Langsam gingen mir die Ideen aus. »Wird er es sein Leben lang nehmen müssen?«, fragte ich.

»Nicht unbedingt. Nach ein paar Monaten wird sich vielleicht die Chemie in seinem Hirn ändern und er verhält sich wieder normal.«

Ein paar Monate?!

Als ich mit der Tierärztin sprach, sagte sie, es gebe keinen Grund, ein schlechtes Gewissen zu haben, wenn man in die biochemischen Vorgänge im Körper seiner Katze eingriff. Sie habe selbst zwei Siamkatzen zu Hause und würde ihnen ab und an Prozac verabreichen.

Zurück zu Hause, versteckte ich schuldbewusst eine halbe gelbe Pille in Jonahs Lieblingsthunfisch. Als ich einige Stunden später nachsah, war der Thunfisch weg. Der Napf war leer bis auf eine glänzende gelbe Pillenhälfte.

Die andere Hälfte zerstieß ich zu feinem Pulver und vermengte sie mit der nächsten Mahlzeit – die rührte er nicht einmal an. In meiner Verzweiflung löste ich die nächste in Milch auf, zog sie auf eine Pipette und versuchte, sie Jonah einzuflößen. Er legte den Kopf in den Nacken und spuckte alles wieder aus.

Vivienne stattete uns einen Blitzbesuch ab und zeigte mir, wie ich Jonah hielt, seine Kiefer auseinanderdrückte und die Pille schnell und schmerzfrei in seinem Schlund verschwinden ließ. Bei ihr sah das alles ganz leicht aus, aber als ich es am nächsten Tag versuchte, wand sich Jonah wie ein Aal und würgte die Pille wieder heraus. Beim nächsten Versuch tat er so, als schluckte er sie, nur um sie heimlich auf ein Kissen fallen zu lassen. Nach einem verbissenen Kampf bezwang ich ihn endlich und drückte die Pille sanft seine Speiseröhre hinunter, wie Vivienne es mir gezeigt hatte. Jonah schlich mit eingeklemmtem Schwanz davon, es brach mir beinahe das Herz.

Im Laufe der nächsten Tage wurde Jonah zu einer ruhigeren, netteren Katze. Das Markieren stellte er praktisch auf der Stelle ein. Ich traute ihm bald so weit, dass ich ihn wieder in die Zimmer ließ, aus denen er zwischenzeitlich auch tagsüber verbannt gewesen war (das Klavier blieb allerdings in seiner Frischhaltefolie). Den größten Teil des Tages verbrachte er im Wohnzimmer, wo er auf dem Alpakateppich in der Sonne döste. Noch immer rannte er zur Tür, um die Heimkehrenden zu begrüßen, und schreckte bei jedem unvermittelten Geräusch zusammen, aber insgesamt war er ausgeglichener und längst nicht mehr so anstrengend. Er ruhte mehr in sich und damit ging es uns allen besser.

Von Lydia hätte ich erwartet, dass sie am vehementesten Einwände gegen die Medikation erheben würde. Ich dachte, sie würde mich dazu drängen, es noch einmal mit einer Wahrsagerin oder vielleicht einem Tierschamanen zu versuchen. Aber sie arbeitete seit kurzem auf einer psychiatrischen Station. Medikamente, sagte sie, könnten viel Gutes bewirken.

In der Hoffnung, dass wir am Anfang eines neuen, geruchsfreien Lebens standen, machte ich mich an einen gründlichen Hausputz. Katharine half mir und spürte mit ihrer feinen Nase die winzigen Flecken an Fußleisten und Treppengeländer auf, die mir entgangen waren.

Wir waren bereit für einen neuen Lebensabschnitt.

35.

Heiligkeit

Wenn deine Tochter sich unbedingt an einen Altar klammern will, lass sie!

Im Oktober legte Lydia ihr Examen mit Bravour ab. Ich ging davon aus, dass sie den Sommer über ihre Pflegetätigkeiten fortsetzen würde, bevor im März ihr letztes Studienjahr in Psychologie begann. Das war doch ein großartiger Plan! Ich war überrascht, als ihre Reaktion darauf so lauwarm ausfiel.

Eines Abends saßen Philip, Katharine, Jonah und ich vor dem Fernseher und sahen uns *Big Bang Theory* an, als Lydia hereinkam, um uns gute Nacht zu sagen. Fernsehen war ihr zu gewöhnlich. Ich respektierte das. Sie ging nach oben, um mit höheren Mächten zu kommunizieren. Als sie sich zur Tür drehte, bemerkte ich, dass sie immer noch die rotbraune Mütze trug – das Ding, das ich vor ewiger Zeit aus Wollresten für sie gestrickt hatte.

»Musst du diese Mütze Tag und Nacht tragen?«, fragte ich.

»Nein, eigentlich nicht«, sagte sie und zog sie vom Kopf. »Auch wenn es ohne ziemlich kalt ist.«

Die Geräusche aus dem Fernseher waren plötzlich nicht mehr als ein Hintergrundrauschen. Die Wohnzimmerwände verblassten zu Grau. Philips Hand auf Jonahs Rücken erstarrte. Uns allen klappte der Unterkiefer herunter. Meine schöne Tochter war völlig kahl. Ihr Gesicht wirkte ohne Haare auf einmal winzig.

Sie hatte in letzter Zeit so hübsch ausgesehen. Wir hatten

gutes Shampoo gekauft. Ich hatte ihr meinen Föhn geliehen und jeden Morgen sein beruhigendes Brummen aus dem Bad gehört.

»Deine Haare!«, keuchte ich schließlich.

Ich fragte mich, ob sie damit ein Statement abgeben wollte – oder ob es etwas Schlimmeres war.

»Cool!«, zirpte Katharine, wie immer bemüht, keinen Unfrieden aufkommen zu lassen. »Hat's weh getan?«

Lydia schüttelte das blasse hartgekochte Ei, zu dem ihr Kopf geworden war. Vulkanartig brachen wieder die alten Ängste in mir hervor.

Was sie auch dazu gebracht haben mochte, ich wusste, dass ich mich zügeln musste. Jede heftige Reaktion von meiner Seite würde sie nur weiter in die einmal eingeschlagene Richtung treiben.

»Wow!«, sagte Katharine und strich über die Glatze ihrer Schwester. »Wie hast du das gemacht?«

»Ich habe mir einen elektrischen Rasierapparat ausgeliehen.«

»Hat dir jemand geholfen?«, fragte Kath.

»Nein. Ich hab's selbst gemacht.«

»Von wem hattest du den Rasierapparat?«, fragte ich, als hätte das irgendeine Bedeutung.

»Von einem Freund«, erwiderte Lydia ausweichend und machte damit deutlich, dass sie keine Lust hatte, weitere Fragen zu beantworten. Ich stellte mir vor, wie ein wahrer Wasserfall goldglänzender Haare auf den Boden der Wohnung »Von einem Freund« fiel.

»Viele Männer haben einen elektrischen Rasierapparat, oder, Lyds?«, kam Katharine ihrer Schwester zu Hilfe.

»War es der von Ned?«, fragte ich und hoffte fast, dass sie wieder mit ihm zusammen war.

»Nein, er wird bald heiraten.«

Kaum hatte ich begonnnen, die Möglichkeit zu erwägen, dass sie sich den Kopf in Reaktion auf seine Hochzeit geschoren haben könnte, fügte Lydia, als hätte sie meine Gedanken gelesen, hinzu, ich solle mir keine Sorgen machen. Sie sei erleichtert, sogar froh, dass er jemanden gefunden hatte.

Das letzte Mal hatte ich ihren Kopf in seiner ganzen nackten Schönheit gesehen, als sie ein Baby war und den ersten dunklen Flaum verloren hatte, mit dem sie zur Welt gekommen war. Sie besaß einen wohlgeformten Kopf, rund, mit einem hübschen Knick am Hals und flach anliegenden Ohren. Aber selbst damals hatte ich sehnsüchtig darauf gewartet, dass sie Haare bekam.

Jetzt glänzte der Kopf meiner Tochter unter den Halogenlampen. Sie erinnerte mich an die Büste der Nofretete. Sie wirkte so … verletzlich.

»Hast du das wegen einer Spendenaktion gemacht?«, fragte ich, bemüht, locker zu klingen.

»Nein. Ich gehe zurück ins Kloster.«

Es war, als würde mir der Boden unter den Füßen weggezogen. Durch meine Krankheit und die Gartenaktion waren Lydia und ich uns wieder nähergekommen. Die Intensität ihrer spirituellen Neigungen hatte mich zwar beunruhigt, aber bis zu einem gewissen Grad verstand ich sie. Diese Ankündigung jedoch weckte alle meine alten Ängste, dass ich sie verlieren könnte, und schlimmer noch, dass Lydia sich selbst verlieren könnte.

Philip zeigte keine Reaktion. Jonah blinzelte von seinem Schoß hoch. Katharine las plötzlich interessiert in einer uralten Zeitschrift.

Meine Tochter war kahl, strenggläubig und zum dritten Mal auf dem Weg ins Kloster. Das konnte nur eines bedeuten.

»Hast du dich entschieden, Nonne zu werden?«, fragte ich.

»Weiß ich noch nicht«, erwiderte sie. »Ich will es erst mal eine Weile ausprobieren.«

Ich fragte sie, was sie mit »einer Weile« meinte. Ein paar Wochen? Monate? Ein Leben lang?

Sie wisse es noch nicht genau, antwortete sie. Immer dieses »schwer zu erklären« oder »ich weiß nicht«, wie ich das hasste.

»Willst du nicht warten, bis du dein Studium abgeschlossen hast?«, fragte ich.

»Ach, das eilt nicht«, erwiderte sie leichthin.

Ich hatte gedacht, sie hätte ihre rebellische Phase abgeschlossen. Außerdem wusste ich genau, wer hinter diesem Plan steckte. Der Mönch. Warum konnte sie mir gegenüber nicht ehrlich sein?

Ich versuchte, einen klaren Gedanken zu fassen, und überlegte, worum es ihr eigentlich ging. Sich um Behinderte kümmern und vegetarisch ernähren war gut und richtig. Sich den Kopf rasieren und buddhistische Nonne werden war dagegen jenseits dessen, was man noch normal nennen konnte. Wollte sie etwa eine Heilige des angehenden einundzwanzigsten Jahrhunderts werden?

Ich hatte einiges über Heilige gelesen. Oft kamen sie aus wohlhabenden Familien. Buddha, Franz von Assisi und seine Gefährtin, die heilige Klara, stammten allesamt aus begüterten Verhältnissen. Sie alle hatten das bequeme Leben, das ihnen ihre Eltern boten, abgelehnt.

Klaras Eltern waren am Boden zerstört, als sie eine Ehe strikt ablehnte. Ihre Verzweiflung ist auf einem Fresko in der Basilika Santa Chiara in Assisi zu sehen. Die Gesichter darauf sagen nicht viel aus (abgesehen von dem einer Nonne, die

die Mutter der heiligen Klara anfunkelt), der Titel dafür umso mehr – »Klara klammert sich an den Altar, um zu verhindern, dass ihre Familie sie zurück nach Hause bringt«.

So könnte es auch bei uns ausgehen, wenn wir versuchen würden, Lydia von dem von ihr gewählten Altar loszureißen.

Ich sah meine kahle Tochter an und zählte im Stillen die positiven Aspekte auf. Vor allem anderen beruhigte mich, dass der Bürgerkrieg in Sri Lanka vorbei war und ich wenigstens nicht mehr um ihr Leben bangen musste. Auch wenn das seltsam klingt, war Lydia mit ihren gerade mal fünfundzwanzig Jahren eine erfahrene Reisende, die wusste, wie man Gefahrensituationen aus dem Weg ging. Nach den Telefongesprächen zu urteilen, die ich zufällig mitbekommen hatte, sprach sie ganz gut Singhalesisch. Ihr Lehrer und die Nonnen würden sie am Flughafen abholen und gleich zum Kloster bringen, das sie darüber hinaus gut kannte.

Wenn diese willensstarke junge Frau sich wirklich für den Rest ihres Lebens auf einer abgelegenen Insel von der Welt zurückziehen wollte, dann konnte ich sie nicht aufhalten.

Plötzlich war ich todmüde. Ich hatte keine Kraft mehr zu kämpfen. Es hatte keinen Sinn, sich über das ungeheuerliche Verhalten unserer Tochter aufzuregen – und übrigens auch nicht über das unseres Katers. Ich konnte nichts weiter tun, als mein Leben zu leben – und den anderen dieselbe Freiheit zu lassen.

Außerdem hatte Lydia mir während der letzten schweren Monate immer zur Seite gestanden und geholfen. Es war an der Zeit, einen Schritt zurückzutreten und zu akzeptieren, dass sie eine eigenständige Frau war.

»Nun …«, sagte ich und spürte, dass die anderen nur darauf warteten, dass ich zu einer meiner üblichen Tiraden anhob. »Wenn du Nonne werden willst und es das Richtige für dich ist, dann macht mich das zwar nicht gerade glücklich, aber ich werde dich dabei unterstützen.«

Zu meiner eigenen Überraschung meinte ich es das erste Mal auch so.

36.

Genadelt

Der Kratzer einer Katze kann
ein Ehrenabzeichen sein.

Mit jedem Stück, das Lydia in ihren Rucksack packte, wuchs meine Neugier. Nicht wie früher, als ich sämtliche Nachrichten aus Sri Lanka ängstlich verfolgt hatte. Ich wollte die Welt, deren Teil zu werden sie beschlossen hatte, einfach besser verstehen, und fragte mich, wie es wohl wäre, wenn ich das Kloster tatsächlich besuchen würde. Körperliche Anstrengung, sogar Gefahren könnten damit verbunden sein.

Zu Hause musste ich mich in diesen Tagen mit prosaischeren Dingen auseinandersetzen. Während sich Lydia auf ihre Abreise vorbereitete, nahm ich den letzten Schritt der Brustrekonstruktion in Angriff: die Brustwarzentätowierung.

Philip, Sachverständiger in Sachen falsche Brustwarzen, behauptete zwar, dass er mit der jetzigen völlig zufrieden sei, aber neben ihrer Nachbarin sah sie wie ein Albino aus. Nachdem ich schon so weit gekommen war, dachte ich, könnte ich die Sache auch zu Ende bringen.

Nur brachte eine Tätowierung den Einsatz von Nadeln mit sich. Außerdem verfrachtete einen vor der Prozedur kein grünbekittelter guter Geist in einen Zustand der Bewusstlosigkeit.

Während ich das Für und Wider erwog, bestand Jonah auf eine Angelruten-Sitzung. Ich sollte mir von ihm eine Scheibe abschneiden, dachte ich, als ich ihm zusah, wie er durch die

Luft wirbelte. Selbst ein Neurotiker wie Jonah verschwendete keine Zeit damit, sich wegen irgendwelcher Nadeln Sorgen zu machen.

Als er schließlich auf dem Teppich zusammensank, seine bebenden Flanken in der Sonne schimmernd, nahm ihn Katharine auf den Arm.

»Ach, Jonah!«, sagte sie und vergrub ihre Nase in seinem Fell. »Du bist das tollste Antistressmittel!«

Die mütterlichen Alarmglocken fingen an zu schrillen.

»Was stresst dich denn?«, fragte ich.

»Mein Referat über Einwanderung«, erwiderte sie und fuhr mit dem Finger über Jonahs Nase. Unser Kater liebte es, wenn man seine Nase streichelte.

Katharine hatte ihr Herz für Flüchtlinge entdeckt. Am Wochenende brachte sie Kindern aus dem Sudan Englisch bei. Ich hatte mir gelegentlich einen vorwurfsvollen Blick von ihr eingefangen. So wie Lydia meinte, dass wir nicht genug für Behinderte taten, enttäuschte Katharine unser fehlendes Interesse an Flüchtlingen. Sie hatte mir klargemacht, dass Shirley groß genug wäre, um mehreren sudanesischen Familien Unterkunft zu gewähren.

Ich machte mir Gedanken um unsere jüngere Tochter. Sie war blass und schmal und hatte dunkle Augenringe. Das Pflaster an ihrem Ellbogen wurde von Tag zu Tag größer und verbarg entweder eine Pilzinfektion oder einen Ausschlag. Was es auch war, jedenfalls war es ein Indikator für Stress. Ich fragte sie, wann sie am Abend zuvor mit ihren Hausaufgaben fertig gewesen sei. Halb zwölf, antwortete sie, aber ich wusste, dass es viel später geworden war. Sie versprach, heute früher ins Bett zu gehen. Jonah hätte trockene Pfoten, meinte sie und setzte ihn auf seinen Kratzbaum. Ich hob seine Vorderpfote, und er warf mir einen selbstmitleidigen Blick zu. Die

Pfote war rissig wie ein trockenes Flussbett. An Katharines Meinung über mein Desinteresse für Flüchtlinge konnte ich zwar nicht viel ändern, aber am Zustand von Jonahs Pfoten. Neugierig sah er zu, wie ich seine Pfoten nacheinander hob und die ledrigen Ballen mit Handcreme einrieb. Die er sogleich ableckte.

Lydia kam herunter und bot Katharine an, sie zur Schule zu bringen und mich zum Tattoostudio. Wir nahmen beide sofort an.

Das Tattoostudio befand sich in einem heruntergekommenen alten Arbeiterhäuschen mit einem unscheinbaren Schild am Zaun. Lydia wollte auf mich warten, und ich verschwand über den blumengesäumten Plattenweg.

Eine Frau mit blonden Haaren öffnete mir die Tür. Ihr Gesicht wurde durch keinerlei Warzen, Leberflecken oder Falten verunziert, oberflächlich betrachtet war es makellos. Fast so, als hätte jemand ihre Gesichtszüge auf eine leere Leinwand gezeichnet. Ohne die Millionen von Fältchen, die ein Gesicht lebendig machten, sah sie aus wie einer der Stars einer Nachmittags-Soap.

Sie bat mich, mein Oberteil ausziehen und mich auf die Massagebank zu legen.

»Es tut nicht weh, es ziept nur ein bisschen«, versicherte sie mir und breitete ein blaues Plastiklaken über meine entblößte Brust.

Ich vermied es, die Tätowiernadel genauer zu inspizieren. Von ferne erinnerte sie mich an einen Zahnarztbohrer in einer braunen Plastikhülle.

»Ich färbe den Bereich nur ein wenig ein«, beruhigte sie mich. »Sie spüren vielleicht ein kleines Zwicken, wenn die Nervenenden darauf reagieren. Dafür habe ich diese Betäubungscreme.«

Eine *Creme*? Eine Vollnarkose wäre mir lieber. Zu meiner Erleichterung erwies sich die ganze Prozedur als weitgehend schmerzfrei. Einzig die Vibrationen der Maschine waren unangenehm, sie gingen mir durch und durch. Alle paar Minuten hielt sie inne, um ihr Kunstwerk mit Gaze abzutupfen.

»Bluten sollte es nicht«, sagte sie. »Die Kunst besteht darin, mit der Nadel nicht zu tief zu stechen, sonst kommt es zu Gewebeeinblutungen und nach ein paar Jahren verschwimmt das Tattoo, so war es bei meinem Dad. Aber das wussten sie damals im Krieg noch nicht.«

Ich wollte das eigentlich auch gar nicht alles wissen. Ich fragte, ob sie irgendwelche Tätowierungen habe.

»Nein«, erwiderte sie. »Außer im Gesicht.«

»Im Gesicht?«

»Ja, Eyeliner und Augenbrauen. Für meine Lippen habe ich eine natürliche Farbe genommen. Lippen sind heikel. Zu kräftige Farben kommen irgendwann aus der Mode.«

Vierzig Minuten später stand ich vor dem Spiegel und bewunderte ihr Werk. Die gefärbte Brustwarze sah dunkler als ihre Nachbarin aus. Die Frau meinte, das würde bald verblassen. Ich müsste sie vier Tage trocken halten und mit Salbe einschmieren. Außerdem dürfte ich einen Besuch meiner beiden alten Freunde Schwellung und Unwohlsein erwarten.

»Bald können Sie sich wieder oben ohne sonnen«, sagte sie fröhlich.

Und untenrum würde ich das Bikinihöschen tragen, von dem Greg gesprochen hatte. Waren die eigentlich alle verrückt?

Ich fragte sie, welche Tätowierungen fürs Gesicht sie mir empfehlen würde. Sie meinte, ich hätte hübsche Augen, daher würde sie mit Eyeliner anfangen. Ich stellte mir mich als die Cleopatra des Seniorenheims vor und sah in den Spiegel. Die knallroten Äderchen in meinen Augen mussten wohl kaum hervorgehoben werden.

Als Lydia und ich nach Hause kamen, wartete ein Strauß gelber Rosen von Philip vor der Haustür. Der Schatz. Ich klappte die Karte auf und las: »Mein Liebes, ich hoffe, dir geht's besser.« Dem Floristen würde etwas Nachschulung in der Verwendung von Apostrophen auch nicht schaden.

Um meine kaffeefarbene Brustwarze zu feiern, gingen Lydia und ich in ein neues Café in der Chapel Street. Mit dem blanken Betonboden und den roh gezimmerten Bänken, die als Sitzgelegenheiten dienten, ähnelte es einer Notunterkunft. Die Gäste waren extrem hip. Die Männer trugen graue T-Shirts und merkwürdige Haarbüschelchen an Kinn und Wangen, die auf eine Räudeepidemie hinwiesen. Die Frauen beugten sich entweder über ihre Laptops oder pickten wie Vögel mit den Fingern auf ihren Handys herum. Fast alle hatten das Zwangsabzeichen der Jugend im 21. Jahrhundert, mindestens ein Tattoo.

Aus der Espressomaschine kam zischend eine Dampfwolke. Der Mann hinter der Espressomaschine schüttelte seine Dreadlocks und schickte mir eine telepathische Botschaft – »uncool«. Ich antwortete ihm postwendend: »Sohn, ich könnte deine Windeln gewechselt haben.«

»Hübsches Tattoo«, sagte ich und bewunderte den Ring aus roten und blauen Ratten, der sich um seinen Arm wand. »Muss ziemlich weh getan haben.«

»Das hier hat mehr weh getan«, sagte er und deutete auf eine Stelle über seiner rechten Brust.

Beinahe hätte ich ihm gestanden, dass wir Bruder und Schwester in Tinte waren.

»Warum haben Sie es dann machen lassen?«, fragte ich stattdessen.

»Um zu beweisen, dass ich den Schmerz überwinde«, erwiderte er.

»Aha«, sagte ich und starrte auf meinen Kaffee.

Ich hätte ihm erklären können, dass Schmerz viele verschiedene Formen annehmen kann. Der quälendste ist nicht der durch eine Tätowiernadel und wahrscheinlich auch nicht der durch ein Messer oder eine Pistole. Es ist auch nicht die Panik, die einen erfasst, wenn der Arzt das K-Wort gebraucht, oder das Stechen einer Operationswunde. Am meisten tut es weh, wenn deine Kinder Probleme haben.

Aber er hatte mich bereits als alt und langweilig abgestempelt und sah über meine Schulter hinweg den nächsten Kunden an.

Zu Hause liefen im Nachmittagsfernsehen gerade die üblichen Werbeeinblendungen von Bestattungsinstituten und ich schaltete zu einer amerikanischen Sitcom um – eine dieser neuen, in denen es schick ist, schwul zu sein.

Lydia brachte mir eine Tasse Tee und sah auf den Bildschirm.

»Ihr wollt Rebellion!??«, brüllte der Fernsehteenager gerade seine Eltern an, die sich über sein neues pornographisches Tattoo aufregten. »Ich zeig euch, was Rebellion ist. Ich hau ab und werde Mönch in Thailand!«

Als das Lachen vom Band losbrandete, wechselten Lydia und ich einen Blick – und ein kleines Lächeln.

37·

Gesegnet

Ich bin nicht religiös, aber …

Koffer waren Jonahs Feinde. Mindestens so schlimm wie die großen schwarzen Katzen am Ende der Straße. Ein Koffer oder Rucksack bedeutete, dass jemand das Haus verließ.

V. Pr. (vor Prozac) hatte allein ihr Anblick einen Anfall bei ihm ausgelöst. Den Schwanz steil aufgerichtet, raste er durchs Haus und sein Miauen schwoll zu einem mitleiderregenden »Neiiiiin!« an.

Das Vorhaben, ihn zu fangen und zu beruhigen, hätte bei dem Tempo, in dem er die Treppen rauf- und runterflitzte, unweigerlich zu einer Slapstick-Nummer geführt. Rauf, runter, rauf, runter. Geh nicht, geh nicht …

Wenn eine halb gepackte Tasche offen dastand, sprang er hinein, vergrub sich darin und wollte nicht mehr raus. Geschlossenes Gepäck, das darauf wartete, zur Haustür getragen zu werden, war noch stärker gefährdet. Jonah würde die erste sich bietende Gelegenheit ergreifen und daran kratzen und seine Haare hinterlassen, um sicherzugehen, dass dessen Besitzer mehr von unserem Kater mitnahm, als er vorgehabt hatte.

Mit Jonahs Kofferphobie fertigzuwerden war eine echte Herausforderung. Ich wollte nichts tun, was ihn wieder in altes Fahrwasser brachte.

Damals standen unsere Koffer und Taschen auf dem Dachboden oder waren ineinandergestapelt in einem der Schränke in meinem Arbeitszimmer verstaut. Wenn einer von uns für eine Reise packen musste, lenkte ein anderes Familienmitglied Jonah mit einem Band, einer Angelrute oder Schmeicheleien ab. Dann holte der Reisende klammheimlich den Koffer aus dem Versteck, schlüpfte damit in sein Zimmer und schloss die Tür hinter sich.

Sosehr wir auch versuchten, solche Unternehmungen vor ihm zu verbergen, Jonah wusste immer Bescheid, selbst n. Pr. (nach Prozac). Wie auch jetzt, als Lydia für Sri Lanka packte. Hinter geschlossener Zimmertür verstaute sie ihre wenigen Kleidungsstücke und die Geschenke für die Mönche und Nonnen in ihrem Rucksack. Wir hatten einen kleinen Streit über eine hässliche Decke aus grauen und roten Quadraten. Ursprünglich hatte ich sie für eine Spendenaktion an Katharines Schule für eine Obdachlosenorganisation gestrickt, aber dann hatte die Obdachlosenorganisation sie nicht gewollt und ich hatte sie zum Yoga mitgenommen. Kurz war ich beleidigt, als Lydia fragte, ob sie sie für Sri Lanka einpacken dürfe – bis ich beschloss, es als Kompliment zu verstehen. Sie wollte etwas von mir dabeihaben.

Verzweifelt versuchte Jonah Einlass in ihr Zimmer zu finden und schaltete ein paar Gänge hoch, der rosarote Panther auf Speed. Er wirbelte durch das Wohnzimmer im oberen Stock, hüpfte von einem Fensterbrett aufs nächste, über die Sofalehnen und von dort wieder runter auf den Boden. Er warf sich gegen die Tür und streckte eine Pfote nach dem Türgriff aus.

Als Lydia endlich aus dem Zimmer trat, eine Erscheinung in Weiß, gekrönt von einer rotbraunen Mütze, stürzte sich Jonah auf sie und bettelte, auf den Arm genommen zu werden.

»Schon gut, mein Kleiner«, sagte sie lachend und hielt ihn im Arm wie ein unruhiges Baby. »Ich bin nicht weit weg. Ich beame dir jeden Tag goldenes Licht her.«

Jonah hörte auf sich zu winden und blinzelte sie an. Einen kurzen Augenblick schienen Lydia und Jonah auf einer gemeinsamen Wellenlänge zu schweben. Vielleicht konnten sie ja in ihrer Abwesenheit in irgendeiner anderen Dimension miteinander kommunizieren. Wer wusste schon, was während der vielen Meditationsstunden durch Lydias Hirn strömte? Vielleicht war es ja dasselbe abgefahrene Zeug, das Jonah durch den Kopf ging, wenn er auf dem Alpakateppich döste.

Nach wie vor schwieg Lydia sich aus, wenn ich mit ihr über ihre Glaubensüberzeugungen reden wollte. Mehr als dass der Buddhismus Erleuchtung zum Ziel hatte, erfuhr ich nicht von ihr.

Wenn ich sie fragte, ob sie das für sich selbst anstrebte – Erleuchtung –, machte sie dicht. In solchen Momenten musste ich immer den Drang unterdrücken, sie bei den Schultern zu packen und zu schütteln und anzubrüllen, sie solle aufhören zu träumen. Aber ich hatte genügend quasi-spirituelle Bücher gelesen, um zu wissen, wie ihre Antwort darauf ausfallen würde. Sie würde sagen, dass ich es sei, die nicht wach war, in einem Traum gefangen.

Nachdem Lydia Jonah einen Abschiedskuss gegeben hatte, half ich ihr, sich den Rucksack auf den Rücken zu wuchten. Die Rosmarinbüsche hefteten ihren öligen Duft an unsere Kleidung, als wir den Weg hinuntergingen. Ich sah ihre Mütze vor mir auf und ab hüpfen und hätte ihr am liebsten erklärt, dass ich zumindest ansatzweise verstand, warum sie das alles tat, selbst wenn ich nicht religiös war.

Sie verstaute ihren Rucksack im Kofferraum.

Stotternd sprang der Motor an. Leonard Cohen brüllte mit voller Lautstärke »Hallelujah!« aus dem Lautsprecher. Ich brachte ihn schnell zum Schweigen.

Wenn sie es hätte hören wollen, dann hätte ich gesagt: Ich bin nicht religiös, aber:

In alten Kirchen zünde ich immer eine Kerze an, im Gedenken an Freunde in der Not oder liebe Menschen, die nicht mehr bei uns sind.

Lydia musterte ihre Hände. Sie war bereits in einer anderen Welt. Es ist immer leichter, derjenige zu sein, der geht, als derjenige, der zurückbleibt.

Die Straße sauste unter unseren Reifen dahin. Lydia würde ihre Pläne nicht ändern. Nicht jetzt.

Ich bin nicht religiös, aber:

Es gibt Orte, da herrscht eine unglaubliche Atmosphäre. Am Grab des heiligen Franziskus von Assisi habe ich Tränen geweint, die aus meinem Innersten kamen. Vielleicht sind manche Orte wie Portale. Oder sie strahlen dank der Menschen, mit denen sie verbunden sind, Güte aus. Vielleicht weiht es die Ziegel und Steine, dass sie die Menschen an ihre Fähigkeit zur Güte erinnern.

Wir erreichten den Betonschlund des Flughafen-Parkhauses. Es war erstaunlich einfach, einen Parkplatz zu finden. Aber das ist es eigentlich immer, wenn Lydia dabei ist.

Ich wartete im Hintergrund, während Lydia eincheckte. Pass, Zollformular. Sie war geübt darin.

Ich bin nicht religiös, aber:

Sam starb 1983, aber ich habe ihn nie verloren. Je älter ich werde, desto deutlicher erkenne ich, dass man andere nicht verliert. Sie sind immer bei uns.

Genauso werde ich dich nicht verlieren, wenn du tatsächlich buddhistische Nonne in Sri Lanka wirst. Wenigstens nicht ganz.

Wir standen an den blank polierten Abschiedstüren. Sie küsste mich auf die Wange.

»Warum kommst du nicht und besuchst mich im Kloster?«, fragte sie.

In einem Kloster in der Dritten Welt, das von einem Mönch geführt wurde, der mir so viele schlaflose Nächte bereitet hatte? Nicht zu vergessen die primitiven Toiletten, Blutegel und die Ratte.

Die Psychologin hatte gesagt, meine Gesundheit müsse vorgehen. Ich hatte nicht die Absicht, mich ihr zu widersetzen.

Lydia wusste doch, dass ich nur Orte besuchte, an denen es flauschige Handtücher gab.

Wahrscheinlich hatte sie es nicht ernst gemeint.

»Du weißt, ich bin nicht religiös, aber …«, sagte ich und gab ihr ebenfalls einen Kuss. »Ich werde darüber nachdenken.«

38.

Glückliche Zufälle

Wenn du nicht weißt, was du tun sollst,
frag eine Katze.

In der Grundschule hatte ich das erste Mal von Sri Lanka gehört. Die Lehrerin hatte die alte Landkarte über der Tafel entrollt und auf eine Insel gedeutet, die wie eine Träne an der Südspitze von Indien hing. In einem vertrauenerweckenden Rosa, entsprechend einem Großteil der Welt (zumindest die wichtigen Teile). Wie unser Land gehörte es jener ewigen Macht an, dem British Empire.

»Ceylon ist berühmt für seinen Tee und das hier«, sagte die Lehrerin und hielt ihre Hand mit dem Verlobungsring in die Höhe. Der glitzernde blaue Stein sei ein Saphir, erklärte sie uns.

Es war einfach ungerecht. Auf Ceylon gab es wertvolle Edelsteine, und was den Tee anbelangte, hatten wir immer noch genug britisches Blut in den Adern, um zu wissen, dass wir ohne Tee praktisch nicht leben konnten. Ich war neidisch auf Ceylon. Alles, wofür wir Neuseeländer berühmt waren, waren Schafe und Käse.

Bevor die Insel Ceylon genannt wurde, trug sie den weitaus romantischeren Namen Serendip. Das Wort Serendip stammt aus einem Märchen und hat arabische Wurzeln. Interessanterweise wurde der englische Begriff *serendipity* einmal zu einem der zehn am schwierigsten zu übersetzenden Begriffe gewählt. *Serendipity* bzw. Serendipität bezeichnet einen

Glücksfund, das heißt jemand findet etwas, was er gar nicht gesucht hat. Ein glücklicher Zufall.

Für mich war Sri Lanka das glatte Gegenteil. Seit Lydia ihre Leidenschaft für dieses Land entdeckt hatte, ganz zu schweigen von Tsunamis, Krieg und Armut, hatte ich die Insel im Stillen immer Land der Tränen genannt.

Ein Piepton meines Handys meldete eine neue SMS. Sie war von Lydia, die schrieb, in Sri Lanka regne es. Ich antwortete ihr, in unserem Garten der Dankbarkeit würden die Rosen blühen.

Meine Tage waren damit ausgefüllt, Katharine durch die letzten Schulwochen zu bringen. Das arme Kind hatte sich zu viel zugemutet und sich eine chronische Mandelentzündung eingefangen. Ich hatte noch nie jemanden gesehen, dem ein entzündeter Hals dermaßen zusetzte.

Auf jede anfängliche Besserung folgte wenig später ein noch schlimmerer Rückfall. Eine Ärztin sagte, ein solch heftiger Krankheitsverlauf wäre ihr in den vergangenen dreißig Jahren nicht begegnet. Nach einer Weile verloren die Antibiotika ihre Wirkung und Katharine zog sich neben der Entzündung, die sie bereits hatte, weitere Infektionen zu. Nach zwölf Blutuntersuchungen und fünf verschiedenen Ärzten ging sie schließlich zu einem Spezialisten. Er verschrieb ihr Steroide, damit sie die Prüfungen durchstand, und nahm ihr das Versprechen ab, sich gleich nach ihrem letzten Schultag die Mandeln entfernen zu lassen.

Es war furchtbar, mit anzusehen, wie unser fröhliches Kind drei Monate Krankheit und Schmerzen ertragen musste. Zu Beginn des Jahres hatte sie noch gehofft, dass ihre Noten für ein Medizinstudium reichen würden. Nachdem sie krankheitsbedingt häufig in der Schule fehlte, gab sie diesen Traum unter Tränen auf. Außerdem war sie in letzter Zeit bei so vielen Ärzten gewesen, dass sie nicht mehr sicher war, ob sie den Beruf wirklich gut fand. Ärzte hätten so einen beschränkten, auf die Wissenschaft fixierten Horizont, erklärte sie. Sie sähen nicht den ganzen Menschen.

Jedes Mal nachdem ich sie vor einer Prüfung zur Schule gefahren hatte, wartete ich beinahe auf einen Anruf mit der Mitteilung, dass sie umgekippt war. Sie hielt jedoch mit einer unglaublichen Zähigkeit durch.

Jonah wuchs während ihrer Krankheit über sich hinaus, schaltete in den Superhelden-Modus und übernahm die Rolle ihres Beschützers. Wenn sie lernte, hielt er zu den Klängen klassischer Musik von der Stereoanlage Wache neben ihrem Schreibtisch. Ihr bis in die letzte Haarspitze seines Fells treu ergeben, tat unser Kater so, als fände er Bachs Cello-Konzerte eigentlich doch nicht so schlecht.

Wenn Katharine nach einer Prüfung nach Hause kam und sich auf ihr Bett fallen ließ, nicht wissend, ob sie bestanden hatte oder durchgefallen war, sprang Jonah auf ihre Decke, schmiegte sich an ihren Hals und schnurrte ihr sanft etwas vor.

Mir taten die Handgelenke weh vom Orangenauspressen. Die Klingen des Mixers wurden stumpf. Sämtliche Paracetamol-Packungen im Bad waren leer.

Wieder und wieder hielt ich Katharine Vorträge darüber, wie unwichtig Prüfungsnoten waren, und erklärte ihr, sie seien lediglich ein Quadrat in der Patchworkdecke des Lebens. Wenn sie nicht so gut abschnitt, wie sie gehofft hatte, dann konnte sie eine Kochausbildung in Paris machen oder in Florenz Kunstgeschichte studieren und sich nur noch mit den schönen Dingen des Lebens beschäftigen. Mit einem schwachen Lächeln fragte sie, ob ich in diese Liste auch Auftritte in Musicals mit aufnehmen würde.

Natürlich … alles, mein Liebes … Hauptsache, es geht dir wieder gut.

Als sie die letzte Prüfung endlich hinter sich hatte, war ihr nicht danach zumute, mit ihren Freunden zu feiern.

»Ich will einfach nur noch diese Mandeln loswerden«, krächzte sie.

Was im Handumdrehen erledigt war.

»Das war überhaupt nicht schlimm, Mum«, sagte sie, in postoperativer Euphorie in ihrem Krankenhausbett thronend. »Mir geht's prima.«

In ihrer ersten Nacht zu Hause wurden Philip und ich von Jonah geweckt, der in der Diele auf und ab rannte und laut miaute. Wir öffneten die Tür. Mit funkelnden Augen, in der Dunkelheit zwei schwarze Kreise, sah er zu uns hoch. Er führte uns die Treppe hinauf, immer zwei Stufen auf einmal nehmend. Katharine lag im Bett und weinte vor Schmerzen. Die Wirkung der Schmerzmittel hatte nachgelassen. Sie litt Höllenqualen.

»Danke, Kleiner«, sagte ich und streichelte Jonahs seidigen Rücken.

Gesittet setzte sich unser Kater auf Katharines Kissen, während Philip im Krankenhaus anrief und mit irgendjemandem vereinbarte, dass er vorbeikommen und ein stärkeres Schmerzmittel abholen würde. Jonah war keine Teufelskatze mehr, sondern Katharines Schutzengel.

Ein paar Stunden später, nachdem Philip die Medikamente geholt hatte, öffneten wir Katharines Tür einen Spaltbreit. In dem Licht, das aus dem Bad in ihr Zimmer fiel, konnten wir sehen, dass sie friedlich schlief, Jonah zusammengerollt neben ihr.

Jonah hob den Kopf, als wollte er sagen: *Alles in Ordnung. Ich habe alles im Griff. Geht ihr beiden ruhig wieder ins Bett.*

»Willst du ihn immer noch auf eine Farm schicken?«, fragte ich Philip, als wir taumelnd vor Müdigkeit wieder nach unten gingen.

Philip schüttelte den Kopf und legte den Arm um mich. Er musste nicht antworten. Jonah kümmerte sich rund um die Uhr um unsere Tochter. Trotz all der Höhen und Tiefen, die wir mit ihm durchgemacht hatten, von zerstörten Teppichen bis zu Katzen-Prozac, von Eifersucht auf das Enkelkind bis zu Inkontinenz, war er Teil unserer Familie.

Am nächsten Morgen kam eine weitere SMS von Lydia. In Sri Lanka regnete es immer noch. Soviel ich wusste, hatte sie inzwischen vielleicht das Gelübde abgelegt und war jetzt eine richtige Nonne. Aber das würde sie mir natürlich verschweigen, um meine Gesundheit nicht zu gefährden, und lieber Wetterberichte schicken. Ich antwortete mit einem Zitat aus einer Titelstory von *Newsweek*, wonach Meditation die Entwicklung des Gehirns förderte. Keine Antwort. Vielleicht meditierte sie.

Während Katharine sich erholte, wurde es Januar und sie bekam ihre Prüfungsergebnisse. Es war unglaublich. Ihre Noten waren so gut, dass sie sofort mit dem Medizinstudium beginnen konnte, wenn sie wollte. Ich war erleichtert, dass sie sich stattdessen für ein naturwissenschaftliches Studium entschied. Ein paar Jahre eines breiter gefächerten Studiums gaben ihr Zeit, in Ruhe über ihre Möglichkeiten nachzudenken.

Unterdessen hatte sich Sri Lanka wie eine Katze in meine Gedanken geschlichen. Die tränenförmige Insel tauchte überall auf – in meinen Träumen, in den Nachrichten. (Dieses Mal furchtbare Überschwemmungen, die eine Million Menschen zur Flucht zwangen. Lydias Wetterberichte waren nicht übertrieben gewesen.) An dem Abend, als Philip und ich wieder einmal in die Oper gingen, wurden *Die Perlenfischer* gegeben, eine düstere Liebesgeschichte, die ausgerechnet in Sri Lanka spielt. Ich schlug eine Biographie von Virginia Woolfs Ehemann Leonard auf und erfuhr, dass er vor ihrer Heirat als britischer Kolonialbeamter in Ceylon öffentliche Hinrichtungen überwacht und sich mit einheimischen Frauen vergnügt hatte.

Falls Lydia tatsächlich Nonne geworden war, überlegte ich, blieb mir eigentlich nicht viel mehr, als ihr meine Unterstützung anzubieten. Falls sie jedoch noch darüber nachdachte, nun ja, dann war es ihre Entscheidung. Das Mindeste, was ich tun konnte, war, dem Kloster einen Besuch abzustatten und Anteil an ihrem Leben zu nehmen.

Ich hatte bislang wenig Neigung verspürt, die Insel der Tränen zu besuchen, aber Lydia bedeutete es sehr viel. Und wenn es für sie wichtig war …

Eines Nachmittags legte ich mich mit Jonah aufs Bett, und er aalte sich in einem Sonnenstrahl. Ich fasste ihn sanft bei den Vorderpfoten und sah ihm in seine ernsten blauen Augen.

»Was meinst du, was ich tun soll?«, fragte ich und legte meine Stirn an seine.

Ohne zu blinzeln, sah er mich an und sein Blick sagte: *Geh.*

»Aber was ist mit meiner Gesundheit?«, fragte ich und strich ihm über die Nase.

Meine Kraftreserven waren immer noch minimal. Auf Spaziergängen sprintete meine Familie voraus, während ich hinterherschlich und so tat, als würde ich die Landschaft genießen. Ich war langsam, und meine Lunge schien geschrumpft zu sein. Bei der geringsten Anstrengung begann ich zu keuchen.

Ich fing mir dauernd irgendeinen Virus ein und jedes Mal dauerte es länger, ihn wieder loszuwerden. Körperliche Kraft war keine Selbstverständlichkeit mehr für mich. Ich hatte Taubheitsgefühle in beiden Armen, die, wie eine MRT ergab, von einer Stenose in meiner Halswirbelsäule herrührten, aber (so fügte der Arzt fröhlich hinzu) es war kein Tumor.

Die riesige grinsende Narbe auf meinem Bauch war auch nicht ohne. Wenn ich mich zu schnell aufsetzte oder ungeschickt drehte, durchzuckte mich ein stechender Schmerz. Ich googelte die Symptome und fand Beiträge von Leuten, bei denen sie nach der gleichen Operation ebenfalls aufgetreten waren. Manche verglichen sie mit Muskelkrämpfen. Tatsächlich fühlte es sich an, als würde einem ein Pferd in den Bauch treten. Den anderen Googlern zufolge wurde es im Lauf der Zeit noch schlimmer.

Unzählige Fragen, die mit »Was, wenn« begannen, gingen mir durch den Kopf. Mein keuchender, ächzender, von Krämpfen und Infektionen geplagter Körper war Sri Lanka wohl kaum gewachsen. Was, wenn ich es mal nicht die Stufen zum Kloster hinaufschaffte? Oder wenn ich mir einen fürchterlichen Bazillus einfing und im Dschungel elendig starb?

Eines Morgens, ich arbeitete mich gerade durch mein Müsli, blinzelte Jonah mir zu und schickte mir eine Botschaft: *Willst du aufhören zu leben, bloß, weil du dem Tod ins Auge gesehen hast?*

Er hat recht, dachte ich. Ich konnte zu Hause bleiben, grünen Tee trinken, Stress vermeiden und ununterbrochen daran denken, dass ich nicht unsterblich war, oder ich konnte dem Beispiel meiner Tochter folgen und leben.

Ich griff nach dem Telefon und wählte die endlose Nummer des Klosters. Zuerst rauschte es in der Leitung, dann summte es, und dann kam zum ersten Mal auf Anhieb eine Verbindung zustande. Eine melodische Frauenstimme meldete sich. Wahrscheinlich eine Nonne. Im Hintergrund hörte ich tropische Vögel singen und zwitschern, während sie sich auf die Suche nach Lydia machte.

»Regnet es immer noch?«, fragte ich unsere Tochter. »Ist das Kloster von den Fluten weggeschwemmt worden?«

Lydia versicherte mir, es ginge ihr gut. Da, wo sie war, regnete es zwar auch viel, aber die Überschwemmungen waren weiter südlich. Bei ihr klang es so, als gäbe es Probleme immer nur woanders.

»Ich dachte, ich komme im Februar«, sagte ich.

»Hierher ins Kloster?«, fragte Lydia und klang dabei gleichzeitig erfreut und nervös.

Ich holte tief Luft und stellte mir die zweihundert Stufen vor. Und das Loch im Boden, das mir vermutlich als Toilette dienen würde. Und die nicht vorhandenen Handtücher, flauschig oder nicht. (Bettwäsche sollten die Gäste selbst mitbringen.) Dann war da noch das, was Katharine kürzlich in ungewohnter Kleine-Schwester-Häme gepetzt hatte – Lydia hatte einen Blutegel »an ihrer Vagina« entdeckt. (Ich hatte es geschafft, zwei Töchter großzuziehen, die den Unterschied zwischen Vagina und Vulva nicht kannten.)

»Ja.«

Aber drei Nächte im Kloster würden mir reichen, erklärte ich ihr. Danach würde ich in ein Viersternehotel umziehen, sie könne gern mitkommen. Zu meiner Überraschung war sie sehr angetan von der Aussicht, in einem Luxushotel zu wohnen.

Eines der Dinge, vor denen mir bei einer Reise nach Sri Lanka am meisten graute, waren die Impfungen (da war sie wieder, meine lächerliche Nadelphobie). Ich spielte sogar mit dem Gedanken, ganz darauf zu verzichten. Dann erzählte mir meine Nachbarin Heather von einer Freundin, die vor kurzem mit Typhus *und* Malaria aus Sri Lanka zurückgekehrt war. Was mich noch mehr beunruhigte als der Gedanke, in Sri Lanka krank zu werden, war die Vorstellung, anderen zur Last zu fallen.

Ich riss mich also zusammen und ging zu meiner Ärztin. Sie schien verblüfft, als ich ihr erklärte, ich wolle nach Sri Lanka.

Die Liste empfohlener Impfungen war furchterregend lang. Diphterie und Tetanus, Hepatitis A, Hepatitis B, Polio, Tollwut, Typhus, Schweinegrippe, Varizella (für diejenigen, die keine Windpocken gehabt hatten) und dazu noch Malariatabletten. »Typhus«, »Cholera«, »Malaria« – romantisch klingende Namen, die auf Grabsteinen im gesamten Empire standen.

Als die Ärztin meinen Gesichtsausdruck bemerkte, meinte sie, vielleicht könnte ich ja auf einige davon verzichten. Den Blick taktvoll auf ihren Rezeptblock gesenkt, fragte sie mich dann, ob es auf dieser Reise zum Austausch von Körperflüssigkeiten kommen könnte. Ich fühlte mich geschmeichelt, aber in einem Kloster? In meinem Alter? Wahrscheinlicher war, dass ich auf den zweihundert Stufen einen Herzinfarkt erlitt.

Sie überredete mich zu einigen Spritzen und irgendeiner Brause gegen Cholera. Nachdem die Prophylaxemaßnahmen abgehakt waren, fragte ich Lydia, was ich mitbringen sollte. Die Nonnen litten unter rissigen, trockenen Füßen, sagte sie. Sie würden sich über Seife und Kokos-Körperbutter freuen. Süßigkeiten, Stifte und Minitaschenlampen (mit Batterien) für die jungen Mönche. Sie fragte, ob ich ihr für den Hotelpool ihr Trägertop und den Sarong mitbringen könnte. Ich erinnerte mich daran, wie sie nach der Rückkehr aus dem Kloster immer ihre Arme bedeckt gehalten hatte, und schöpfte Hoffnung.

Was ihren Guru/Lehrer anging, könnte er ein neues Paar Slipper aus Schafsleder gebrauchen, Größe 9, sagte sie und schickte mir ein Foto, an welche Art von Slipper sie dabei dachte. Ich konnte nirgends welche in Rotbraun finden, deshalb ging ich mit Katharine zu einem Schuhmacher, der so etwas nach Maß anfertigte. Als ich ihm die näheren Umstände erklärte, nickte er wissend.

»Kenn ich«, sagte er. »Ich habe in Asien viele Klöster besucht, bis mir klar wurde, dass der Buddhismus auch nicht anders ist als die griechisch-orthodoxe Kirche, mit der ich aufgewachsen bin. Knien, Kerzen anzünden, Beten. Überall das Gleiche.«

Er verschwand im Hinterzimmer, um nach rotbraunem Leder zu suchen. Die Farbe war perfekt. Er schlug vor, die Slipper möglichst dunkel zu füttern – »sie gehen ja die meiste Zeit barfuß«. Mönche führten ein entsagungsvolles Leben, sagte er, und mit zunehmendem Alter würde es immer schwerer. Einmal hatte er Schaffellstiefel für einen alten tibetischen Mönch gemacht, der ständig unter kalten Füßen litt.

»Asiatische Mönche sind auf mentale Härte trainiert«, fuhr er fort. »In Thailand hatte ich mal mit einem zu tun, der mich schlug. Er schrie mich an, ich soll mich auf den Boden legen. Man kann mit ihnen nicht streiten. Sie betrachten die Welt aus ihrem Blickwinkel und damit basta. Sie sind nicht offen für andere Sichtweisen.«

Ich sagte ihm, welche Größe wir brauchten, und leistete eine Anzahlung.

»Viele Leute wenden sich vom Buddhismus ab, weil sie erkennen, dass sie nur dasitzen und das Leben beobachten, anstatt es zu leben«, fügte er hinzu. »Machen Sie sich keine Sorgen wegen Ihrer Tochter.«

Er hatte leicht reden.

»Die Slipper sind morgen fertig. Möchten Sie *meinen* Mönch kennenlernen?«, fragte der Schuhmacher, führte uns zu einem Regal ganz vorne in seinem Geschäft und schob eine Reihe von Mokassins im zweiten Fach zur Seite.

Dahinter lag zusammengerollt eine große getigerte Katze.

»Sie ist siebzehn Jahre alt und sie weiß alles. Sie sagt mir, wann ich mich beruhigen soll, und sie weiß, wann ich krank bin. Sie spricht die ganze Zeit mit mir. Wenn sie Hunger hat, zwinkert sie mir zu.«

Gemeinsam bewunderten wir die schlafende Katze eine Weile.

»Solange ich diese Katze habe, brauche ich keinen Mönch«, sagte er.

Ich fragte mich, ob Lydia eines Tages genauso empfinden würde, was Jonah betraf. Wohl kaum.

Dem Rat einer weitgereisten Freundin folgend, stattete ich der Apotheke einen Besuch ab und deckte mich mit orangefarbenen Tabletten gegen Durchfall ein und – sicherheitshalber – mit gelben für den gegenteiligen Fall.

Mein nächster Besuch galt einem Outdoorladen, in dem es nach Zeltleinwand und Insektenschutzmittel roch. Philip liebte solche Geschäfte, aber ich hatte bisher immer einen großen Bogen darum gemacht.

Ein Verkäufer von der Sorte Survival-Experte begrüßte mich. »Sie wollen *wohin*?«, fragte er.

Er bat mich, den Namen meines Reiseziels zu wiederholen, und wirkte verblüfft, als ich ihm sagte, warum ich dorthin wollte.

Er war mit dem Zelt in Namibia unterwegs gewesen und

wir tauschten Informationen über Moskitos aus. Lästige Viecher, meinte er, um mich anschließend zum Kauf eines großen, mit Insektenschutzmittel imprägnierten Moskitonetzes zu überreden plus einem kleineren, das ich mir über den Hut stülpen konnte. Der Survival-Experte war in Namibia froh über seinen Seidenschlafsack gewesen (ebenfalls mit Insektenschutzmittel imprägniert), also kaufte ich davon auch einen. Und wo ich schon einmal dabei war, gleich noch ein Pulver gegen Ungeziefer für meine Kleidung. Eine wahre Pestizidorgie für jemanden, der seit Jahrzehnten immer nur im Bioladen einkaufte.

Lydia hatte mir erklärt, eine Halogen-Stirnlampe wäre nützlich, falls der Strom ausfiel (wichtiger noch, um die Ratten zu vertreiben und nachts aufs Klo zu finden). Ich erstand außerdem ein Campingkissen (keine Bettwäsche bedeutete vermutlich auch kein Kissen), eine hochmodern aussehende Zeckenzange und bunte moskitoabweisende Armbänder.

»Viel Spaß«, sagte der Survival-Experte und verstaute meine Einkäufe in Tüten.

Das meinte er bestimmt nicht ernst.

Jonah war hingerissen, als ich nach Hause kam und meine Schätze auf dem Tisch ausbreitete. Erfreut über die unbekannten Gerüche schnupperte er an den Verpackungen,

Katharine dagegen war entsetzt.

»Bitte sag, dass du nicht vorhast, einen Hut mit einem Moskitonetz aufzusetzen«, stöhnte sie.

»Ich bin in Sri Lanka. Du wirst es nicht sehen.«

»Mum, das ist so was von uncool!«

Den Anweisungen des Survival-Experten folgend, trug ich das Moskitonetz in den Garten und breitete es über den Liegestühlen aus, um es vierundzwanzig Stunden lang auslüften zu lassen.

Jonahs Beruhigungsmittel verlor an Wirkung, je näher meine Abreise rückte. Mit seinem untrüglichen Instinkt für das Kommen und Gehen seiner Menschen entwickelte er sich zur Klette. Katharine nahm ihn an die Leine und ging mit ihm im Garten spazieren. Bei einem Blick aus dem Küchenfenster sah ich das Moskitonetz davonschweben wie eine Geistererscheinung. Jonah hatte es mit den Zähnen gepackt und zerrte es durch den Garten.

In der Nacht des 9. Februar, meinem Abreisetag, flutete Jonah die Vorhänge im Marquis-de-Sade-Kabinett. Mein halb gepackter Koffer wurde gnädigerweise verschont.

Mit finsterer Miene nahm Philip die Vorhänge ab, um sie in der Waschküche in einem Eimer einzuweichen. Jetzt war nicht der richtige Zeitpunkt für ein neues Ultimatum.

Ich erinnerte Philip daran, dass es sich um Jonahs erstes Vergehen seit Weihnachten handelte.

Am Abend ging ich noch einmal meine Checkliste durch – Geschenke, Bettwäsche, Handtücher, Kissen, Kleidung (vorwiegend weiß, den Klosterregeln entsprechend), weiße Kniestrümpfe und Marcel-Marceau-Handschuhe (zum Schutz vor Insekten), Moskitonetze, Taschenlampe, Klopapier, Desinfektionstücher, dazu genug Tabletten und Lotionen, um eine Apotheke damit auszustatten.

Dann erinnerte ich mich an den Speiseplan des Klosters, der aus zwei vegetarischen Currys pro Tag bestand! Ausgeschlossen, dass ich damit überlebte. Spätestens um acht Uhr abends würde ich an den Holzbalken kauen. Glücklicherweise hatte der Supermarkt noch auf. Zwei Packungen Nussriegel und ich war reisefertig.

Am nächsten Morgen quetschte ich mich in meine Kompressionsstrümpfe und legte die Mondsteinohrringe an, die

Lydia mir zum Geburtstag geschenkt hatte. Als Philip meinen Koffer zum Auto rollte, stand Katharine mit Jonah auf dem Arm auf der Veranda und er hob eine seiner Vorderpfoten, um mir zum Abschied zu winken.

»Er schnurrt nicht«, sagte sie.

39.

Insel der Tränen

»Tochter bin ich in meiner Mutter Haus,
doch Herrin in meinem eigenen.«
Rudyard Kipling

Als das Flugzeug abhob, empfand ich eine aufregende Mischung aus Angst und Befreiung. Was immer mich erwartete, sei es, dass ich mit ansehen musste, wie Lydia Nonne wurde, oder dass mich ein vorzeitiger Tod durch eine romantisch klingende Krankheit ereilte, jetzt gab es kein Zurück mehr.

Ich streifte die Schuhe ab und döste vor mich hin, aß ein paar Bissen, sah mir einen Film an und warf einen Blick auf den Monitor. Wir waren immer noch über Australien! Die Landschaft unter mir ähnelte einem Felsbassin – braun mit blauen und grünen Flecken. Sie war überraschend schön.

Es war mir peinlich, wie riesig meine Schuhe neben denen des zierlichen malaysischen Mannes auf dem Nachbarsitz aussahen. Ich musste wie ein Walross auf ihn wirken. Er war jedoch freundlich und zuvorkommend.

Gegen Ende des Flugs reichte mir mein neuer malaysischer Freund seine Karte, vermutlich zum Dank dafür, dass ich nicht im Schlaf auf seinen Sitz gerollt war und ihn erdrückt hatte. Gemeinsam verließen wir das Flugzeug und traten hinaus in die Saunahitze von Kuala Lumpur, wo ich einen vierundzwanzigstündigen Zwischenstopp hatte. Die Wolkenkratzer waren anlässlich des chinesischen Neujahrsfests mit bunten Lichtern geschmückt. Immer wieder erkundigte sich jemand in besorgtem Ton, ob ich allein sei. In den Restaurants eilten die Kellner davon und brachten mir Zeitungen und Zeitschriften, um das nicht vorhandene Unbehagen einer alleinreisenden Frau zu mildern.

Eins der Dinge, die ich bewusst nicht eingepackt hatte, war Lydias altes Trägertop. In einem schicken Laden entdeckte ich ein Top mit einem Calvin-Klein-Logo aus Glitzersteinen. Eine riskante Wahl. Ich hoffte, dass von der alten Lydia noch genug übrig war, um das Glitzern zu würdigen.

Im gleichen Einkaufszentrum suchte ich die Toilette auf. Auf einem Schild stand »Hier anstellen«. Aus den fünf Kabinen war kein Laut zu hören. Als ich schließlich an der Reihe war, fand ich heraus, warum. Das Klo bestand aus einem glänzenden weißen Becken mit einem Lock in der Mitte und Fußstützen links und rechts. Keine Sitzfläche. Die Benutzung schien das Entfernen sämtlicher Kleidungsstücke von der Taille abwärts zu erfordern. Ich kapitulierte gereizt und flitzte zurück ins Hotel. Wenn ich nicht einmal mit einem blitzblanken Klo in Malaysia klarkam, wie in aller Welt würde es mir dann mit den Sanitäreinrichtungen eines sri-lankischen Klosters gehen?

»Hat die Musik die richtige Temperatur für Sie?«, fragte mich im Hotel die hübsche Masseurin, als ich mich für eine dringend benötigte Massage auf die Bank legte.

Wenige Minuten später wünschte ich, ich hätte auf die »traditionelle« Massage verzichtet. Der einzige Grund, warum manche Massagen als »traditionell« bezeichnet wurden, war wohl der, dass sie für den Normalbürger zu brutal waren. Die Masseurin zerrte an meinen Zehen, bis sie aus den Gelenken sprangen. Innerhalb einer von heftigem Schmerz erfüllten Sekunde schnellte meine Schuhgröße eine Nummer höher.

Der Zwischenstopp war mir gegen den Jetlag empfohlen worden, aber als ich um Mitternacht schwankend das Flugzeug nach Colombo bestieg, war ich immer noch reichlich desorientiert. Vor mir saßen einige junge Männer mit Strandhüten und den unvermeidlichen Tattoos, und ich stellte fest, dass ihre Beine behaart waren, in ihren Gesichtern dagegen kaum etwas spross. Sie rochen nach Kaugummi und hatten Plastiktüten mit zollfreiem Wodka dabei. Die Welt war ihr Spielplatz. Während sie in einer unverständlichen Sprache miteinander herumalberten, meinte ich zu hören, wie etwas von Kolumbien durchgesagt wurde. Ich war so benommen, dass ich einen Augenblick lang dachte, ich hätte das falsche Flugzeug bestiegen und wäre auf dem Weg in die Kokainhauptstadt Südamerikas, wo man mich mit meinen Outdoor-Mittelchen bestimmt als Drogenkurier verhaften würde.

Ich sah mir *Secretariat – Ein Pferd wird zur Legende* an, schlief mittendrin ein und wurde vom Pfeifen der Triebwerke beim Landeanflug geweckt. Unter mir zogen sich die Lichter von Colombo wie eine Perlenkette an der Küste entlang. Das Land, das meine Tochter in seinen Bann gezogen hatte und im Lauf der Jahre von so viel Leid heimgesucht worden war, wirkte erstaunlich friedlich.

Der Pilot entschuldigte sich für die holprige Landung. Daran seien die Flutschäden auf der Landebahn schuld. Die waren mir gar nicht aufgefallen, so sehr war ich damit beschäftigt gewesen, mir die anderen Flugzeuge auf dem Flughafen anzusehen. Mit ihrer altertümlichen Bemalung sahen sie aus wie exotische Vögel. In der samtenen Finsternis leuchtete eine hell angestrahlte Buddhastatue. Wir schienen in einem fremdartigen Märchen gelandet zu sein.

Ich stellte meine Armbanduhr auf drei Uhr morgens und wartete darauf, dass die Türen geöffnet wurden. Da es bis zum

Kloster noch vier Stunden Fahrt auf schlechten Straßen waren, hatte ich mit Lydia ausgemacht, dass ich in einem Hotel am Flughafen warten würde, bis sie mich um die Mittagszeit herum abholen kam. Jemand vom Hotel sollte mich in der Ankunftshalle des Flughafens in Empfang nehmen. Ich hoffte, dass der Mann bereits da war und ein Schild mit meinem Namen in die Höhe hielt.

Als ich die Halle betrat, machte ich mich auf Horden von Händlern gefasst, wie sie mich an Orten wie Bali und Mumbai belagert hatten, aber es war überraschend ruhig. Ich ging an stillen, aufmerksamen Gesichtern vorbei – Familien, Frauen in edelsteinfarbenen Saris – und einer weiteren Buddhastatue. Eine Gruppe Männer hielt einen ganzen Wald von Namensschildern in die Höhe. Meiner war nicht dabei. Das Herz rutschte mir in die Hose.

Ein großväterlich aussehender Mann mit einem mächtigen weißen Schnurrbart eilte zu meiner Rettung herbei und führte mich aus dem Gebäude. Es war heiß, aber nicht unerträglich schwül. In Erwartung der betörenden Düfte Sri Lankas sog ich tief die Luft ein. Aber alles, was meine Lunge abbekam, war eine Dieselwolke.

In der Region um Colombo seien die Überschwemmungen nicht so schlimm gewesen, erklärte mir der alte Mann, aber den Osten und Norden des Landes hätte es mit der Wucht eines zweiten Tsunamis getroffen.

»Sie hatten in Queensland auch furchtbare Überschwemmungen, nicht wahr?«, fragte er sanft.

Einen Moment lang war ich beschämt. Sicher, die Überschwemmungen in Queensland waren schlimm gewesen, aber nichts im Vergleich zu denen in Sri Lanka. Es war ungemein liebenswürdig von ihm, Mitgefühl für die Menschen in einem Land, dem es viel besser ging als seinem eigenen, zu zeigen.

»Ja, aber bei uns haben nicht eine Million Menschen ihr Zuhause verloren wie bei Ihnen«, sagte ich.

Es überraschte mich, dass der alte Mann so gut über unseren Teil der Welt informiert war. In den australischen Medien war kaum etwas über die Katastrophe in Sri Lanka berichtet worden.

Er winkte ein Auto heran und ein junger Fahrer sprang heraus und lud mein Gepäck ein.

»Die Hauptstraße ist wegen Bauarbeiten gesperrt«, erklärte mir der alte Mann. »Sie nehmen die Nebenstraßen. Bis zum Hotel sind es ungefähr zehn Minuten. Sie müssen keine Angst haben.«

Ich habe stets eine Liste mit berühmten letzten Worten im Kopf: »Rote Ampel? Was für eine rote Ampel?« »Es ist nicht geladen.« »Diese Schlange ist nicht giftig.« Als ich in das Auto kletterte, fügte ich einen neuen Eintrag hinzu: »Sie müssen keine Angst haben.«

In der Dunkelheit war nicht zu sehen, wohin wir fuhren. Wir passierten eine Militärkontrolle, eine weitere Buddhastatue (was religiöse Wegmarken angeht, können die Italiener den Singhalesen nicht das Wasser reichen) und eine breite Straße, die abgesperrt zu sein schien. Vermutlich war das die Hauptstraße, von der der alte Mann gesprochen hatte.

Wir bogen in eine schmale Straße mit Reklameschildern für Hustenbonbons ab. In der Dunkelheit waren die Hunde und Fahrradfahrer praktisch unsichtbar. Ich fragte mich, wohin sie um diese Zeit alle unterwegs waren.

Der Wagen bog scharf nach rechts ab, in eine weitere schmale, kurvenreiche Straße ohne Beleuchtung. Wir näherten uns einer Brücke – nicht sehr viel breiter als ein Fußweg und halb zerstört. Der Fahrer bremste, als versuchte er das

Risiko einzuschätzen, dann trat er unvermittelt aufs Gas und das Auto machte einen Satz nach vorne. Nachdem wir die Brücke holpernd überquert hatten, warf er einen Blick über die Schulter und lächelte triumphierend. Ich reckte den Hals und blickte auf ein silbernes Band aus Wasser, das sich tief unter uns dahinschlängelte. Offenbar hatten wir eine Schlucht überquert.

Wie ich da so um halb vier morgens in stockfinsterer Nacht mit einem völlig Fremden in einem unauffälligen Auto durch die engen Straßen von Colombo kurvte, schoss mir unwillkürlich der Gedanke an Entführung durch den Kopf. Falls ich verschleppt wurde und mein Leben bald ein Ende finden würde, gab es nicht viel, worüber ich mich beschweren konnte. Ich hatte ein gutes Leben gehabt – in vieler Hinsicht erfüllt und schön. Ich hatte Gelegenheit gehabt, zu lieben, vier wunderbare Kinder auf die Welt zu bringen und Freude und Leid – und Katzen – in all ihrer Vielschichtigkeit zu erleben.

Allerdings würde meine Organe keiner kaufen wollen und abgesehen von einigen Tonnen Moskitoschutz hatte ich nichts dabei, das zu rauben sich gelohnt hätte. Vermutlich war ich sicher.

Vor uns tauchten einladende gelbe Lichter auf. Wir waren zurück in der Zivilisation. Gleich darauf hielten wir vor dem Eingang des Hotels. Für den Fall, dass ich es mit dem Nirwana verwechseln sollte, suchte ein Wachmann das Auto oben und unten mit einem Metalldetektor ab. Dann winkte er uns durch, wir holperten durch ein paar Schlaglöcher und hielten vor dem Eingang zum Foyer.

Zwei Herren hießen mich herzlich willkommen. Omar Sharifs Zwillingsbruder schnappte sich mein Gepäck, während sein Kollege mich darüber informierte, dass man einen Upgrade vorgenommen und mich in einer Suite untergebracht habe. Er begleitete mich zu einer Flucht von Zimmern, von denen jedes die Größe eines kleinen Tennisplatzes hatte. Das Bett bot genug Platz für Hugh Hefner und mindestens sechs Playboy-Häschen. Die Vorhänge ergossen sich über den Boden und hätten ebenso gut in ein Opernhaus gepasst. Das Empire lebte.

Nach ein paar Stunden unruhigen Schlafs wanderte ich von meinem Bett zum Fenster und zog die Vorhänge auf. Der Indische Ozean begrüßte mich mit einem silbernen, hitzeflimmernden Glitzern. Ein solch legendäres Meer hatte ich mir immer blau vorgestellt. Der flache palmengesäumte Strand schien bis zum Horizont zu reichen. Weit draußen tuckerte ein Fischerboot übers Wasser. Unter meinem Fenster reinigten zwei Männer in weißen Uniformen einen türkis leuchtenden Swimmingpool. Dieses Hotel und das Land, das hinter seinen hohen Mauern lag, waren zwei verschiedene Welten.

Ein Piepton meldete eine SMS von Lydia. Sie würden bald da sein.

In der Hoffnung, einen guten Eindruck zu machen, zog ich meine weißesten Sachen an und wartete nervös im Foyer. Während eine Prozession von Taxis und Limousinen an den Eingangstüren vorbeiglitt, bereitete ich mich innerlich auf das Wiedersehen mit Lydia vor.

Ich hoffte, dass sie nicht zu dünn war – obwohl ich klug genug sein würde, nichts zu sagen. Und wenn sie in Nonnengewändern erschien, würde ich *nicht* überreagieren. Das war ihre Welt, oder zumindest eine, von der sie Teil sein wollte. Mütterliche Autorität, was immer das in dieser Phase unseres Lebens sein mochte, hatte hier nichts verloren. Ich war nur eine Besucherin.

Im Foyer brach Hektik aus, als draußen ein verbeulter

Transporter hielt. Eingedellt und mit einer dicken Staubschicht überzogen, entsprach dieses Gefährt ganz bestimmt nicht den Standards des Hotels. Als die Wachleute losspurteten, dachte ich deshalb, dass sie es so schnell wie möglich verscheuchen würden.

Statt zu ihren Waffen zu greifen, strahlten sie zu meiner Überraschung jedoch wie kleine Kinder, klatschten in die Hände und verbeugten sich tief.

Ein Portier streckte die Hand nach dem Griff der Beifahrertür aus, als befände er sich an einer königlichen Kutsche. Hinter den verstaubten Autofenstern sah ich etwas Rotbraunes aufblitzen. Gleich darauf stieg Lydias Lehrer aus, mit fließenden Bewegungen, perfektem Timing und dem Lächeln eines Rockstars.

Der Empfangschef verließ seinen Posten, fiel vor dem Mönch auf die Knie und presste den Saum des rotbraunen Gewands an die Lippen. Ich hatte den Ausdruck »er küsste den Saum seines Gewands« zwar schon mal gehört, ihn aber noch nie in die Tat umgesetzt gesehen.

Der Mönch nahm die Huldigungen würdevoll entgegen. In seinen Gewändern war er eine beeindruckende Erscheinung, und das hier war genau die richtige Kulisse für ihn. In Australien hatte er einige wenige Anhänger, die ihn verehrten, aber im Übrigen wurde er ignoriert oder als komischer Kauz betrachtet, Vertreter einer andersartigen Religion. Hier in Sri Lanka war der Mönch Teil eines Glaubenssystems, das die geistige Nahrung einer Mehrheit der Bevölkerung war. Plötzlich verstand ich, warum er bei seinem Besuch in unserem Haus eine Art von Ehrerbietung erwartet hatte, die ich ihm nicht hatte erweisen können. Man begegnete ihm wie einem Halbgott, während er durch das Foyer schritt und allen, die sich vor ihm verbeugten, gütig zulächelte.

Auch wenn er in der Vergangenheit gemischte Gefühle in mir hervorgerufen hatte, freute ich mich, ihn zu sehen – und ich fühlte mich geehrt, dass er meinetwegen die beschwerliche Fahrt vom Kloster hierher auf sich genommen hatte. Als Nichtbuddhistin und alte Bekannte beugte ich respektvoll den Kopf und hoffte, dass das reichte.

Dem Lehrer folgten zwei Nonnen und nahmen anmutig die (etwas weniger tiefen) Verbeugungen der Hotelangestellten entgegen. Zu guter Letzt kletterte eine vertraute Gestalt von der Rückbank des Transporters und lief auf mich zu. Mit einem strahlenden Lächeln umarmte mich Lydia und küsste mich auf die Wangen. Ich konnte mich nicht daran erinnern, dass sie mich nach ihrer Grundschulzeit jemals wieder so liebevoll begrüßt hatte. All der Groll und die Zwistigkeiten der vergangenen Jahre schienen wie weggeblasen. Irgendetwas an ihren Gefühlen mir gegenüber hatte sich verändert.

Ich erwiderte ihre Umarmung und stellte fest, dass sie noch immer Weiß trug – eine Schülerin, keine Nonne. Und zu meiner Überraschung hatte sie ihre Haare wieder wachsen lassen. Aber natürlich durfte ich daraus keine voreiligen Schlüsse ziehen. Vielleicht hatte sie sich den Eintritt ins Kloster für meinen Besuch aufgespart.

»Unter den Perlen, die es auf dieser Welt gibt, ist Lydia unser Diamant«, sagte ihr Lehrer und strahlte mich an. Ich war nicht sicher, ob er mir mit dieser Bemerkung schmeicheln wollte. Jedenfalls schwang darin etwas Besitzergreifendes mit.

Der Transporter und seine Insassen brauchten vor der langen Fahrt zurück ins Kloster ein wenig Erholung und eine Erfrischung. Glücklicherweise waren sie kurz vor Mittag eingetroffen, so dass Lydias Lehrer und die Nonnen etwas essen konnten. Das Hotelpersonal rückte respektvoll Tische zurecht, damit der Mönch und sein Fahrer an einem davon sitzen konnten, während Lydia und die Nonnen zusammen mit mir am anderen saßen. Als Lydia den Kellner auf Singhalesisch ansprach, riss er überrascht die Augen auf und auf seinem Gesicht erschien ein strahlendes Lächeln.

»Lass dich nicht zu sehr davon beeindrucken«, sagte sie zu mir, als er in die Küche eilte. »Das ist bloß gewöhnliches Alltagssinghalesisch.«

»Du meinst, so was wie ›Lass mal 'ne ordentliche Portion rüberwachsen‹?«, fragte ich.

Lydia führte mich zum Büfett und deutete auf einige landestypische Spezialitäten, die köstlich seien, wie sie mir versicherte. Ich war noch nicht lange genug im Land, um mich auf gastronomische Abenteuer einzulassen, die tagelange strikte Bettruhe nach sich zogen, deshalb verzichtete ich zugunsten eines italienischen Nudelgerichts darauf. Beim Essen fragte ich Lydia, ob sich noch andere Leute aus dem Westen im Kloster aufhielten. Sie sagte, nein, wir wären die einzigen.

Wenig später stiegen der Mönch und seine Entourage unter vielen Verbeugungen und Saumküssen seitens des Hotelpersonals wieder in den Transporter. Er ließ sich auf dem Beifahrersitz nieder, die beiden Nonnen setzten sich in die Mitte und Lydia und ich gingen nach hinten. Keine Sicherheitsgurte. Wir würden uns auf den kleinen Buddha verlassen müssen, der auf dem Rückspiegel thronte, zusammen mit einer Perlenkette, an der ein (christliches?) Kreuz baumelte. Ich schwitzte jetzt schon und blickte hoffnungsvoll zu dem Lüftungsschlitz über uns, aus dem lauwarme Luft drang. Was immer mich erwartete, es war eine Übung in Vertrauen.

Nach einer gewaltigen Fehlzündung sprang der Motor an. Ich erinnerte mich noch gut genug an die Traktoren aus der Zeit meiner Kindheit, um zu wissen, dass das schabende Geräusch auf ein Problem mit der Kupplung hindeutete. Das

Hotelpersonal winkte uns respektvoll nach, als wir keuchend und hustend durch das Tor rollten. Auf einer mit Schlaglöchern übersäten Straße holperten wir an Verkaufsständen mit Kokosnüssen, Bananen, leuchtend bunten aufblasbaren Tieren und (allmählich gewöhnte ich mich daran) Buddhastatuen vorbei.

Ich fragte Lydia, was es mit den Reihen brandneuer Flugzeugsitze auf sich hatte, die den Straßenrand säumten. Sie sagte, die fände man hier überall. Offenbar gab es eine Steuerbefreiung für Kleintransporter, die ohne Fenster und Sitze importiert wurden. Findige Händler nutzten dieses Schlupfloch und importierten Gefährte wie unseres, schnitten Löcher für die Fenster hinein und bauten Flugzeugsitze ein. Sie deutete auf die zusammengeschusterte Ausstattung unseres Transporters.

Einige Dorfbewohner verneigten sich, wenn sie die ehrwürdigen Gestalten in unserem Wagen sahen. Andere gingen weiter ihren Beschäftigungen nach – einkaufen, plaudern oder Lasten auf dem Kopf herumtragen. Wir fuhren an einem hübschen jungen Mann ohne Beine in einem Rollstuhl vorbei, an Soldaten mit nachlässig über die Schulter gehängten Maschinengewehren, an kricketspielenden Jungen, an Mädchen, die mit leuchtend bunten Schirmen an einem Eisenbahngleis entlangliefen, an einem weißen Reiher in einem Fluss. Ein Mann mit einer Kiste auf dem Kopf lächelte uns durch das Fenster an und wollte uns mit Glitzersteinen besetzte Abendschuhe verkaufen.

Die Straßen von Sri Lanka sind nichts für schwache Nerven. Meist zweispurig, haben sie in der Mitte eine unsichtbare dritte Spur, die strittiges Terrain ist. Fahrzeuge aus beiden Richtungen beanspruchten sie jeweils mit der größtmöglichen Geschwindigkeit und Aggressivität, die fahrbarer Untersatz und Zustand der Straße zulassen, für sich. Laut hupend kommen die Fahrer angebraust und fordern jeden zu einem Duell heraus. Nicht einmal einem Elefantenbullen auf der Ladefläche eines Lastwagens wird Vorfahrt gewährt. Das Ganze ist eine Mischung aus Täuschungsmanövern und sekundenschnellen Verhandlungen – ein reines Wunder, dass es nicht alle zwei Minuten zu einem Frontalzusammenstoß kommt.

Ohne Sicherheitsgurt auf der Rückbank dieses Transporters befand ich mich vermutlich in größerer Lebensgefahr als jemals zuvor. Aber wozu sich Sorgen machen. Mit einem Mönch und zwei Nonnen an Bord standen unsere Chancen bestimmt gut.

Auf halbem Weg einen Hügel hinauf hielten wir vor einer Bank, damit ich Geld zur Bezahlung des Miettransporters ziehen konnte. Als der Fahrer den Motor wieder anlassen wollte, gab der keinen Mucks von sich. Hilfsbereite Wachleute der Bank schoben uns bergaufwärts an – Schwerstarbeit und weit über jedes Pflichtgefühl hinausgehend. Widerstrebend sprang der Motor an. Schwitzend und triumphierend winkten uns die Wachleute hinterher.

Dörfer wichen Reisfeldern, Ananasplantagen und Bananenstauden. In alle erdenklichen Grünschattierungen getaucht, von düster bis grell, zog die Landschaft an uns vorbei. Als sich die Straße in steilen Kurven nach Kandy hinaufzuwinden begann, zog sich die ältere Nonne ihre Kapuze über den Kopf und schlief bald darauf wie ein Murmeltier. Der kahle Schädel der anderen glänzte in der Hitze, die inzwischen in unserem Transporter herrschte. Die Klimaanlage hatte den Geist aufgegeben. Es war zwecklos, die Fenster aufzumachen. Drinnen wie draußen war die Luft gleichermaßen heiß und staubig.

Wir fuhren an Bäumen mit Blättern so groß wie Suppenteller vorbei, an einem Lastwagenfriedhof und an einem Schrein, in dem Buddha eine pulsierende Neonaura um sich verbreitete. Trotz der Hitze nahm mich die bunte Lebendigkeit gefangen. Die Werbeplakate am Straßenrand waren auf wohltuende Weise frei von den halbpornographischen Bildern, an die wir uns im Westen inzwischen gewöhnt haben. Frauen wurden in dezenter Kleidung und nicht als Klappergestelle gezeigt. Magersüchtige Models kamen hier nicht an.

Die Kupplung ruckelte heftig, als die Straße noch steiler und kurviger wurde. Während wir uns den Hügel hinauf in ein Dorf quälten, in dem ausschließlich Töpferwaren verkauft wurden, musste ich an meinen ersten Besuch in Ubud auf Bali vor fünfundzwanzig Jahren denken. Die Leute behaupten immer, damals sei auf Bali alles besser gewesen. Wenn sie mal sehen wollen, wie es dort war, bevor es vom Tourismus erobert wurde, sollten sie nach Sri Lanka fahren.

»Die Singhalesen betrachten sich selbst nicht als arm«, sagte Lydia. »Sie finden nur, dass die Leute im Westen absurd reich sind. Wenn du dir mal ein Diagramm zur Vermögensverteilung ansiehst, ist es tatsächlich so.«

Manchmal hat meine spirituelle Tochter so eine Art, Dinge verblüffend klar darzustellen. Sie hatte recht. Verglichen mit den Singhalesen schwimmen wir in Geld, aber wir lassen zu, dass wir geistig verarmen, indem wir immer nur das sehen, was wir nicht haben.

Die Bewohner dieses von Überschwemmungen, Bürgerkriegen und Tsunamis gezeichneten Landes schienen sich eine Menschlichkeit bewahrt zu haben, die dem Westen in seinem Konsumwahn abhandengekommen war. Ich ertappte mich bei dem Wunsch, Sri Lanka mit der Welt zu teilen und es gleichzeitig zu beschützen. Sobald Touristenschwärme nach Sri Lanka strömten, würde das Land in finanzieller Hinsicht gewinnen, aber vielleicht auch sehr viel verlieren.

Der Mönch wies den Fahrer an, an einem Süßwarenladen mit Teeausschank zu halten. Nach der Massage, die die Schlaglöcher meinen inneren Organen verabreicht hatten, war es eine Wohltat, mir die Beine vertreten zu können. Neugierige Gesichter beobachteten, wie der Mönch, die Nonnen, Lydia und ich in den Laden gingen.

Meine Augen brauchten eine Weile, bis sie sich an das Dämmerlicht im Inneren gewöhnt hatten. Der Laden war spärlich eingerichtet, aber es herrschte eine freundliche Atmosphäre. Ich fühlte mich sofort zu Hause. Die Sri-Lanka-Version von Spoonful. An einer Theke neben der Tür suchten wir uns hausgemachte Süßigkeiten aus und setzten uns auf eine Bank. Der Service war erstklassig, wenn auch nach westlichen Maßstäben personell überbesetzt. Eine Bedienung brachte uns die Süßigkeiten, eine zweite goss uns Tee ein und mindestens drei sahen dabei zu.

Von einem Foto hinter der Theke blickte ein ernster, gutaussehender Mann mit Schnauzbart auf uns herab. Eine ältere, noch ehrfurchtgebietendere Version von ihm stand an der Tür. Ich wagte ein Lächeln. Er erwiderte es mit blitzenden Augen.

Wir genossen den starken Tee und die köstlichen Schleckereien. Die wunderbar nussigen Sesamplätzchen waren Weltklasse. Die Kugeln aus unraffiniertem Rohrzucker belegten knapp dahinter den zweiten Platz. In Sachen Kokoseis war ich Expertin, weil mein Vater immer welches für uns gemacht hatte. Das Eis, das sie in diesem Laden verkauften, rosa und weiß geschichtet und mit Früchten bestreut, war das Beste, das ich jemals gegessen hatte.

Danach kletterten wir wieder in den Transporter und unser

Fahrer nahm beherzt die letzten Hügel nach Kandy in Angriff. Er tat sein Bestes, die Kupplung nicht. Sie quietschte, ruckelte und gab schließlich in einer steilen Kurve vollends den Geist auf. Schwitzend und matt trotz des vielen Zuckers, den wir vertilgt hatten, standen wir am Straßenrand, derweil der Fahrer und einige neugierige Passanten in die Eingeweide des Motors starrten.

Ein liebenswürdiger Cafébesitzer lud uns ein, an Tischen mit rot-weiß karierten Tischdecken Platz zu nehmen. Wir bestellten Cola in Dosen und warteten. Der Mönch holte sein Handy heraus und rief einen Mechaniker an. Über unseren Köpfen kreisten Fliegen, unsere Füße wurden von Moskitos umschwirrt. Ich griff nach dem hochwirksamen Insektenschutz in meiner Handtasche und musste feststellen, dass der Sprühkopf fehlte. Das Ding hatte ich den ganzen Weg von Australien hierher mitgeschleppt, und jetzt funktionierte es nicht!

Unter normalen Umständen wäre ich ausgerastet und tausend Fragen wären mir durch den Kopf gegangen: Wie lange würde es dauern, einen Mechaniker aufzutreiben? Würde er das Auto reparieren können? Würden wir in drei Tagen immer noch in diesem Café sitzen? Würde ich eine dieser von Moskitos übertragenen Krankheiten bekommen und sterben? Aber es hatte keinen Sinn, sich Sorgen zu machen oder auf die Uhr zu sehen. Ich hatte keinen Einfluss auf die Situation und trug deshalb auch keine Verantwortung. Diese Erkenntnis war erstaunlich befreiend. Derart frei von jeglichem Zwang hatte ich mich nicht mehr gefühlt, seit ich mit Anfang zwanzig allein durch Samoa gereist war.

Lydia war so liebevoll und offen wie seit Jahren nicht mehr, während wir Cola tranken und uns unterhielten. Sie erkundigte sich ausführlich nach jedem Familienmitglied – sie wollte wissen, ob Annie Fortschritte beim Krabbeln machte und ob uns Jonahs »kleines Problem« immer noch in den Wahnsinn trieb. Ich schöpfte neue Zuversicht, weil mir klar wurde, dass sie uns nicht aufgeben wollte, selbst wenn sie vorhatte, Nonne zu werden und auf Dauer in diesem Land zu leben.

Die Zeit verstrich, während wir in dem Café an der Straße nach Kandy saßen. Stunden und Minuten, rechtzeitig oder zu spät – all das verlor seine Bedeutung. Wenn wir am Abend immer noch festsitzen sollten, würde uns der Besitzer vielleicht freundlicherweise auf dem Boden schlafen lassen. Und das wäre völlig in Ordnung.

Wundersamerweise tauchte der Mechaniker auf und schaffte es, die Kupplung schnell und ohne größeren Aufwand zu reparieren. Der Mönch hatte die ganze Zeit über telefoniert. Dabei hatte er festgestellt, dass er etwas Wichtiges in Kandy zu erledigen hatte. Ein Wagen holte ihn ab, und er verschwand in einer Staubwolke und ließ uns und die Nonnen zurück, um mit unserem sich ein übers andere Mal entschuldigenden Fahrer den letzten Teil der Strecke zurückzulegen. Ich hatte gehofft, der Mönch würde ein bisschen Zeit für mich haben, damit wir ein ernstes Gespräch über Lydias Zukunft führen konnten. Vielleicht morgen.

Sri Lanka liegt nach allgemeiner Ansicht ziemlich weit vom Schuss. Die meisten Einwohner von Colombo halten Kandy für recht abgelegen. Und schon bald sollte ich feststellen, dass die meisten Einwohner von Kandy Mühe hatten, die Lage des bescheidenen Dschungelklosters zu bestimmen, das unser Ziel war.

Nach der Abzweigung nach Kandy wurde die Straße noch schmaler und holpriger und wand sich am Rand einer Schlucht entlang.

»Tu einfach so, als wärst du Touristin und würdest eine Jeeptour unternehmen«, sagte Lydia, als wir von der Straße auf einen senkrecht ansteigenden Weg abbogen. Auf der Weiterfahrt durch dichten Dschungel musste ich mich an der Seitenwand des Transporters festhalten. Wir wurden so heftig durchgeschüttelt, dass ich befürchtete, ich würde wieder Bauchkrämpfe bekommen. Aber Angst war kontraproduktiv. Die Menschen in diesem Land hatten viel größere Probleme.

Unser Fahrer hupte eine Frau mit einem Kind auf der Hüfte an, einen Mann im Sarong und einen zweiten, der einen Sack Mehl auf dem Kopf transportierte. Ihr Lächeln erhellte die dunkelgrüne Finsternis. Wir passierten ein Schild mit der Aufschrift »Computerreparaturen«, das mitten im Dschungel irgendwie deplatziert wirkte. Nachdem wir eine letzte Haarnadelkurve genommen und durch ein besonders großes Schlagloch gerumpelt waren, drehte sich die ältere Nonne mit leuchtenden Augen zu mir um.

»Schauen Sie, Schwester Helen!«, rief sie. »Das ist unser Berg!«

Wenn das ein Film gewesen wäre, hätte sich in diesem Moment ein Engelschor über die Backgroundmusik gelegt. Die Heldin (Doris Day? Julie Andrews? Nein, Meryl Streep!), hätte mit tränenglitzernden Augen das Gesicht zum Himmel gehoben.

40.

Klosterleben

Alte Leute bringen Segen.

Von tropischen Pflanzen überwuchert, erhob sich vor uns Boulder Mountain. Seine Hänge schienen von gewaltigen Felsbrocken zusammengehalten zu werden, viele davon größer als ein Elefant. Ein paar Kletterpflanzen waren so kühn gewesen, den einen oder anderen einzunehmen, aber die meisten waren nackt und vom Alter zerfurcht. Als unbewegliche Dschungelskulpturen sahen die Felsen im abendlichen Dämmerlicht wunderschön und zugleich abweisend aus.

Schon früher hatten Mönche versucht, sich hier niederzulassen, erklärte mir die Nonne, aber sie waren von bösen Geistern verjagt worden. Der derzeitige Mönch, Lydias Lehrer, war aus härterem Holz geschnitzt. Er hatte mehrere Jahre in der Höhle unterhalb des Gipfels meditiert und damit diesen Ort in Besitz genommen.

Die Luft war hier oben zwar kühler als am Meer, dafür aber völlig unbewegt. Ich sehnte mich nach einer Brise, nicht zuletzt deshalb, weil ich wusste, dass sich hinter all dem Grün zweihundert Stufen verbargen. Mein Koffer war absurd groß. Ich wünschte, ich hätte mich für einen Rucksack entschieden.

Wir stiegen aus und der Fahrer wuchtete sich meinen Koffer auf die Schulter und entschwand über ein paar moosbewachsene Stufen meinem Blick. Wir folgten ihm und kletterten immer höher. Der Weg wurde von wild wuchernden Dschungelpflanzen gesäumt, die die Aussicht auf das darunterliegende Tal versperrten. Ich sah immer nur die nächsten paar Stufen. Schon bald brannten meine Augen und ich rang nach Atem. Ich blieb stehen, um kurz zu verschnaufen, und bedeutete den anderen, sie sollten ruhig weitergehen. Zu meiner Erleichterung verschwanden sie zwischen den grünen Falten des Dschungels. Nur Lydia blieb hinter mir stehen und wartete geduldig. Ich entschuldigte mich, dass ich sie aufhielt. Sie erwiderte, kein Problem, sie könne ebenfalls eine Verschnaufpause brauchen.

Auch als meine Lunge wieder normal arbeitete und wir den Aufstieg fortsetzten, blieb Lydia hinter mir, ohne Ärger oder Ungeduld zu zeigen. Die Devise meines Vaters, der ein begeisterter Bergsteiger gewesen war, hatte gelautet: »Immer den Langsamsten vorausgehen lassen.« Genau das tat Lydia jetzt, wie ich dankbar feststellte. Ich verbot es mir, die Stufen zu zählen, und konzentrierte mich stattdessen darauf, eine nach der anderen zu erklimmen, ohne mir Gedanken darüber zu machen, wie viele noch vor uns lagen. Eine gute Übung für das Leben im Hier und Jetzt – geradezu perfekt für den Aufstieg zu einem buddhistischen Kloster.

Die Schatten wurden bereits länger, als wir das einfache zweistöckige Gebäude erreichten, in dem die Nonnen untergebracht waren. Ich zog an der Tür meine Schuhe aus und schleppte mich in einen hell erleuchteten Raum.

»Setzen Sie sich«, sagte die ältere Nonne in einem Ton, der keinen Widerspruch duldete.

Verschwitzt und schmutzig ließ ich mich auf einem Plastikstuhl mit einem goldfarbenen Überwurf nieder. Niemand sagte ein Wort, aber später fand ich heraus, dass dieser Platz ausschließlich für Mönche reserviert war.

Ein rotbraunes Kätzchen tappte zu mir her und rieb sich an meinem Knöchel. Aus bernsteinfarbenen Augen sah es zu mir hoch und ich fragte mich, wie Jonah wohl das klösterliche Leben gefallen hätte. Mit seiner starken Persönlichkeit war mir Jonah ständig präsent, ich sah ihn überall, selbst in den Augen von Rennpferden und wilden Tieren. Seine Schönheit und Intensität schienen Teil eines jeden Tieres zu sein.

»Was für ein hübsches Kätzchen!«, sagte ich.

»Das ist kein Kätzchen, sondern eine ausgewachsene Katze«, erklärte mir Lydia ruhig. »Die Nonnen haben sie vor acht Jahren miauend im Dschungel gefunden. Sie hatte ein paarmal Junge, aber keins davon hat überlebt. Sie ist Vegetarierin.«

Eine vegetarische Katze? Dazu sagte ich lieber nichts. Vielleicht war sie von edler Gesinnung. Oder sie passte sich lediglich den Klosterregeln an.

»Wie heißt sie?«

»Miez. Einfach Miez.«

Der Fahrer verabschiedete sich und verbeugte sich tief vor den beiden Nonnen. Dann brachte er mich in die allergrößte Verlegenheit, indem er sich umdrehte und sich ebenso tief vor mir verbeugte. Mein Nacken wurde heiß. Wahrscheinlich wurde ich sogar rot.

»Das machen wir so bei der ältesten anwesenden Person«, erklärte mir die ältere Nonne.

Ich hätte unmöglich sagen können, wie alt sie war – dreißig oder vierzig? Sie hatte eines dieser faltenlosen Heiligengesichter. Später fand ich heraus, dass sie gerade mal zwei Jahre jünger war als ich– wir waren beide dem Rollator näher, als ich gedacht hätte.

Sich vor jemandem verbeugen – bloß weil er oder sie *alt* war? Das war ja eine komplette Umkehrung der kulturellen Rangordnung.

»Alte Menschen bringen Segen«, sagte sie mit einem strahlenden Lächeln.

Mein erster Tag in Sri Lanka war mit so vielen ungewohnten Erlebnissen angefüllt gewesen, dass ich mir langsam wie Alice im Wunderland vorkam. Da ich aus einem Kulturkreis kam, in dem die Jugend angebetet und graue Haare verachtet wurden, fand ich es am merkwürdigsten, *verehrt* zu werden, nur weil ich ein paar Falten hatte. Nicht, dass ich mich gern als alt betrachtete, lieber gereift mit einer Chance auf etwas Weisheit.

Nachdem der Fahrer sich ein letztes Mal für die Panne entschuldigt hatte und gegangen war, führte Lydia mich über eine Außentreppe nach oben zu unseren Zimmern. In meiner Müdigkeit nahm ich nicht mehr als apricotfarbene Wände, eine nackte Glühbirne, einen Tisch mit einem weißen Plastikstuhl und ein Bett mit einem blauen Moskitonetz darüber wahr.

Die Luft war stickig und heiß. Lydia öffnete die Fenster, Sie sagte, sie habe in ihrem Zimmer nebenan bisher keine Probleme mit Moskitos gehabt. Gerade als sie mir den Weg zum Klo erklärte, wurde es schlagartig stockdunkel. Die ältere Nonne schwebte ins Zimmer, mit einem Heiligenschein von einer brennenden Kerze umgeben.

»Das ist nur ein Stromausfall, Schwester Helen«, sagte sie, stellte die Kerze auf den Tisch und schwebte wieder hinaus. Prompt erlosch die Flamme und die Kerze fiel auf den Boden.

»Hast du eine Stirnlampe mitgebracht?«, fragte Lydia.

Es folgte ein Knall. Lydia versicherte mir, es sei nichts passiert, sie sei nur über die Kerze gestolpert.

Mit den Halogenlampen auf dem Kopf leuchteten wir wie Glühwürmchen. Ich folgte Lydias Schatten hinaus auf den Balkon und dann weiter um eine Ecke über einen möglicherweise heimtückischen kleinen Buckel zu etwas, das sie taktvoll als »französische« Toilette bezeichnete – das heißt, ein paar Fliesen mit einem Loch in der Mitte, dazu ein Eimer und eine Klobürste; eine Spülung gab es nicht. Im Vergleich dazu war die Toilette in Kuala Lumpur ein Höhepunkt der Sanitärtechnologie gewesen. Unfassbar, wie zimperlich und albern ich mich vor kaum vierundzwanzig Stunden benommen hatte!

Ich beschloss, dass ich mit dem Loch im Boden klarkommen würde, vorausgesetzt, dass sich dort nicht gerade Skorpione ein Nest eingerichtet hatten. Aber selbst wenn es so wäre, würde ich sicher nicht hinausgehen und zwischen Schlangen und wer weiß was sonst noch in den Dschungel pinkeln. Für die nächsten Tage war das mein Loch im Boden – und das von Lydia und allen anderen, die Anspruch darauf erhoben. Ich musste einfach nur lernen, den Eimer und die Bürste zu benutzen.

Eine Treppe tiefer duschte ich unter einem Rinnsal lauwarmen Wassers in der Gesellschaft einer großen Kakerlake. Während ich den Schmutz der Reise abspülte, kam ich zu dem Schluss, dass das eine der besten Duschen meines Lebens war.

Es faszinierte mich zu sehen, wie einfach Lydia wochen-, manchmal sogar monatelang gelebt hatte. Mein Zimmer war identisch mit ihrem, das Bett bestand aus einer Matratze auf einer Sperrholzplatte, die gerade lang genug für eine Zehnjährige war. Nachdem ich es mit meinem Reisekissen und der mitgebrachten Bettwäsche hergerichtet hatte, sah es äußerst einladend aus. Nach einem Tag Durchgerütteltwerden in dem Transporter war ich dankbar dafür, dass es sich nicht bewegte.

Lydia kam mit zwei Bechern Tee, so heiß und stark, dass er auch als Suppe durchgegangen wäre. Zögernd holte ich aus meinem Koffer ein kleines Päckchen und überreichte es ihr.

»Wow!«, sagte sie und hielt das Trägertop in die Höhe, so dass die Glitzersteine in der Dunkelheit funkelten. »Calvin Klein! super!«

Ihre Freude über das glitzernde Kleidungsstück war ein gutes Zeichen.

Nach einer Weile gab Lydia mir einen Gutenachtkuss und sagte, ich solle an ihre Tür klopfen, wenn ich etwas brauche. Ich blieb mit meiner Stirnlampe allein in meinem Zimmer zurück und musste lächeln, als von nebenan elektronische Pieptöne zu vernehmen waren. In dieser fremden Umgebung fand ich es beruhigend, dass sie einige ihrer Eigenheiten beibehalten hatte – wie vergessen den Wecker auszuschalten und über Dinge zu stolpern.

Draußen war es inzwischen pechschwarze Nacht. Naiverweise hatte ich angenommen, im Dschungel wäre Dunkelheit gleichbedeutend mit Stille, stattdessen schwebten die hypnotischen Klänge eines Chors von Männerstimmen durch das Tal. Sie versetzten meines Inneres in Schwingung, trugen mich durch die Generationen zurück zu unbekannten Vorfahren, die vor der industriellen Revolution, der Aufklärung und der Renaissance gelebt hatten.

Nachdem der Gesang geendet hatte, ertönten andere, durchdringendere Geräusche. Ich lag auf dem Bett und hörte Grillen (mehrere Arten), Vögel, Frösche, Hunde und eine undefinierbare Ansammlung von Kreaturen, die trillerten, krächzten, quäkten, klapperten, pfiffen, schnatterten und zwitscherten. Sich gegenseitig übertönend, trugen sie mich noch weiter zurück in eine Zeit, in der die Existenz böser Geister plausibel schien.

Nach einer Weile sprang ich genervt von der gruseligen Symphonie aus dem Bett und griff nach meinem iPhone. Auf einen Tastendruck erschien ein verpixeltes Bild von Jonah, der wie eine Baskenmütze auf Philips Kopf thronte. Ich war erleichtert, dass es funktionierte. Einen Augenblick lang hatte ich die Befürchtung gehabt, in ein anderes Jahrhundert gerutscht zu sein.

Im Licht der Stirnlampe holte ich das Ohropax aus meinem Kulturbeutel und dankte allen Göttern des Himmels dafür, dass ich daran gedacht hatte, die rosafarbenen Stöpsel einzupacken. Als Nächstes zählte ich meine Nussriegel. Zwei für jeden Abend. Ich hoffte, dass sie reichen würden. Wenn nicht, müsste ich das Kloster eben als Fastenklinik betrachten.

Beim Durchgehen meines sorgfältig ausgewählten Reisegepäcks kam ich mir albern vor. Beinahe alles, was ich zum »Schutz« mitgebracht hatte, erwies sich als nutzlos. Ich hängte das mit Insektizid getränkte Netz vor das Fenster für den Fall, dass Lydia hinsichtlich der Moskitos zu optimistisch gewesen war. Was Seidenschlafsack, Moskitobänder, Marcel-Marceau-Handschuhe, weiße Kniestrümpfe und Hutnetz anging – das hätte ich mir alles sparen können. Die Durchfall- und Abführtabletten lagen nutzlos in ihren Packungen. Ich hoffte beinahe, dass mir eine Zecke über den Weg laufen würde, damit wenigstens die Zeckenzange nicht unnötig Stauraum in Anspruch genommen hatte.

Die Reise war jedoch noch nicht vorüber, dachte ich, als ich mich wieder ins Bett legte, vorsichtig, falls es doch zerbrechlicher war, als es aussah. Es konnte noch jede Menge schiefgehen. Selbst mit den Stöpseln im Ohr hörte ich die Laute des Dschungels – aber es war mir egal; ich war zu müde.

Kaum war ich eingeschlafen, wurde ich vom Klopfen eines Spechts wieder geweckt. Nach einer Weile begriff ich, dass es kein Specht war, sondern eine Trommel – der morgendliche Weckruf der Mönche. Kurz darauf setzte ihr seltsamer Gesang ein. In Akkorden, die Schönberg nicht einmal im Traum eingefallen wären, schwebten ihre tiefen Stimmen durch den Dschungel. Die Töne kamen aus einer anderen Welt – Musik, wie sie vielleicht ein Schwarm Fische erzeugt hätte, wenn Fische singen könnten.

Rosa Licht drang durch die Vorhänge. Mehr als dreißig Jahre lang hatte mich das Muttersein durch alle möglichen Höhen und Tiefen geführt – von überschäumender Freude auf der Entbindungsstation bis zu tiefster Trauer an einem Grab. In all den Jahren wäre ich jedoch nie auf die Idee gekommen, dass sie mich einmal in ein abgelegenes Kloster in Sri Lanka führen würde.

Ich war froh, dass die Mönche mich nicht zur Teilnahme an den frühmorgendlichen Gesängen eingeladen hatten. Vielleicht durften das ja auch nur Männer. Das Klosterleben schien die Vermischung der Geschlechter nicht gerade zu fördern. Die Mönche waren ziemlich weit entfernt von den Nonnen auf der anderen Seite des Hügels untergebracht.

An Schlaf war nicht mehr zu denken. Ich kroch aus dem Bett und fragte mich, was *Vogue* unter den gegebenen Umständen empfohlen hätte. Eine weiße Hose und ein überwiegend weißes, langärmliges Oberteil erschienen mir vernünftig – und ich war selbstverständlich gerne bereit, die Rolle der Schülerin einzunehmen, was auch immer das bedeuten mochte. Helle Kleidung hielt außerdem Hitze und Insekten ab. Ich zog die Kniestrümpfe hoch und liebäugelte kurz mit den Marcel-Marceau-Handschuhen – dann legte ich sie in den Koffer zurück.

Lydia begleitete mich nach unten in den Speiseraum, ein schlichtes Rechteck mit zwei Tischen mit Plastikdecken, einem Spülbecken und einer Mikrowelle. Eine Fensterfront gab den Blick frei auf die üppige, in der Sonne fröhlich glänzende Pflanzenwelt. Ich konnte eine Bananenstaude und ein paar Kokospalmen ausmachen, sie standen dicht gedrängt und waren größer und grüner als alles, was ich kannte, so als hätte man ihnen Wachstumshormone verabreicht. Die meisten Bäume und Pflanzen waren mir jedoch unbekannt. Nicht zum ersten Mal schämte ich mich für meine Unwissenheit.

Auf einem der Tische standen Fladenbrot, Dhal, köstlich gewürzte Reisbällchen und Bananen. Außerdem ein Becher Margarine mit einer grellbunten Aufschrift und ein Glas Vegemite. Von diesen beiden Importen abgesehen, stammte alles aus dem Kloster selbst. Ein bekömmliches, sättigendes Frühstück. Als ich zu Lydia sagte, dass es einen gesunden Eindruck mache, erklärte sie mir, es basiere auf ayurvedischen Prinzipien, wonach Nahrung Medizin ist.

Offen für alles, was der kommende Tag für mich bereithielt, fragte ich, ob Lydias Lehrer vielleicht Unterricht gab, an dem ich teilnehmen konnte. Seine Geschäfte hatten ihn jedoch über Nacht in Kandy festgehalten und er ließ sich entschuldigen. Lydia erbot sich, mich herumzuführen, und schlug vor, später mit den Nonnen in die Stadt zu gehen. Ach ja, fügte sie hinzu, am späten Vormittag würde auch noch eine Wahrsagerin aus dem Dorf heraufkommen.

Nachdem wir unsere Schüsseln gespült und weggeräumt hatten, zeigte mir Lydia den Meditationssaal weiter oben auf dem Hügel. Hier hatte sie viel Zeit allein verbracht, manchmal mehr als zwölf Stunden am Tag, und im Sitzen und Gehen meditiert. In dem weitgehend kahlen Raum war es stickig und still.

Um besser zu verstehen, was sie hier gemacht hatte, bat ich sie, mich in einer kurzen Meditation zu unterweisen. Mit geschlossenen Augen auf einem blauen Kissen am Boden sitzend lauschte ich ihrer Stimme. Sie klang stark und gebieterisch und wies mich an, auf meinen Atem zu achten. Ich versuchte es, aber der Schweiß lief mir in Strömen über den Rücken und ich begann, mich schwindlig zu fühlen.

Wie ein ungehorsames Schulkind unterbrach ich sie und fragte, ob ich mich vielleicht auch ausgestreckt auf den Boden legen dürfte. Sie nickte gnädig. Doch selbst in der Horizontalen fühlte ich mich unwohl. Mein rechtes Bein fing an zu zucken und mein Hals war trocken. Vielleicht lag es am Jetlag, ich war jedenfalls froh, als die Sitzung vorbei war.

Lydia zeigte mir die Unterkunft ihres Lehrers, ein hübsches Häuschen mit Blick über das Tal. Anschließend gingen wir weiter zur Unterkunft der Mönche, wo an einer Wäscheleine rotbraune Gewänder flatterten. Momentan lebten neun Mönche hier, sagte Lydia. Die meisten davon Jungen im Alter zwischen zwölf und neunzehn. Wir schlenderten am Klassenzimmer vorbei – eine offene Halle mit Bänken und einer Tafel –, wo sie die jungen Mönche in Englisch und Neurowissenschaft unterrichtete. *Neurowissenschaft?*

Einige der Mönche interessierten sich mehr dafür als andere, gab sie zu, aber sie wäre sehr wichtig im Zusammenhang mit Meditation und deren Auswirkungen auf das Gehirn. Offenbar lässt sich Glück an der erhöhten Aktivität des Frontallappens messen. Wissenschaftler hatten herausgefunden, dass der Mensch mit dem glücklichsten Gehirn der Welt zufällig ein buddhistischer Mönch war.

Bevor ich weitere Fragen stellen konnte, mussten wir zurück in den Speiseraum, wo die Wahrsagerin wartete. An diesem unwirklichen Ort schien es nur ein kleiner Schritt von der Neurowissenschaft zum Wahrsagen.

Eine Dorfwahrsagerin hätte ich mir weißhaarig und zahnlos vorgestellt. Stattdessen erblickte ich eine attraktive Frau in den Dreißigern mit großen Augen unter schweren Lidern und langen dunklen Haaren, die ihr über die Schultern fielen.

Sie sah aus wie eine Frau, mit der ich mich vor gar nicht so langer Zeit in einer Spielgruppe angefreundet hätte. Leider sprach sie kein Wort Englisch.

Die ältere Nonne, der sie vor einiger Zeit schon einmal mit erstaunlicher Treffsicherheit die Zukunft vorhergesagt hatte, erbot sich zu übersetzen, während Lydia sich Notizen machte. Die Wahrsagerin wollte nicht in meiner Hand lesen. Stattdessen blickte sie desinteressiert aus dem Fenster.

»Sie verdienen viel Geld, aber Sie verschwenden es«, sagte sie.

Da konnte ich ihr nicht widersprechen.

»Ihre Familie wohnt in Ihrer Nähe. Brüder, Schwestern – einige gleich hinter dem Gartenzaun, andere ein paar Häuser weiter.«

Nun ja, auch die besten Wahrsager lagen manchmal daneben.

»In Ihrem Haus wohnt der Geist eines alten Mannes«, fuhr sie fort. »Er wird treppauf, treppab von einer Katze begleitet. Haben Sie eine Katze?«

Ich nickte.

»Die Katze und der Geist des alten Mannes – ich glaube, es ist Ihr Vater. Die beiden sind gute Freunde.«

Lydia und ich wechselten einen Blick. Vielleicht hatte Jonah uns etwas damit sagen wollen, als er auf Dads altes Klavier pinkelte. Mein Vater hatte Katzen immer gemocht.

»Sie hatten vor kurzem große Probleme mit Ihrer Gesundheit«, fuhr die Wahrsagerin fort. »Aber jetzt ist alles gut. Mit sechzig werden Sie wieder ein Problem haben, aber machen Sie sich keine Sorgen, es ist nichts Ernstes. Sie werden …«

Sie nahm Lydia den Stift aus der Hand und schrieb »82« auf das Blatt Papier.

Damit war ich zufrieden.

»Sie haben eine schreckliche Zeit durchgemacht, alles war sehr schlimm«, sagte sie und die Erinnerung an Schmerz legte sich über ihre Augen wie ein dunkler Schleier. »Sie wollten Ihr Leben beenden, aber stattdessen sind Sie stark geworden. Sie haben jede Angst verloren und ein neues Leben begonnen.«

Es ist nur natürlich, dass man einen Wahrsager auf die Probe stellen will. Ich fragte, in welchem Alter ich diese Erfahrung gemacht hätte. Ohne zu zögern, erwiderte sie »28« – so alt war ich gewesen, als Sam starb. Sie hatte recht. Ich hatte tatsächlich an Selbstmord gedacht.

Ich fragte sie nach meiner Arbeit.

»Ich sehe zwei Bücher«, sagte sie. »Sie werden Sonnenschein in die Welt bringen.«

Ich hoffte, dass die Frau als Nächstes Lydias Zukunft vorhersagen würde, aber sie schien keine Kraft mehr zu haben. Sie sagte nur, Lydia würde drei Kinder bekommen und solle beim Autofahren aufpassen.

Anschließend fragte sie Lydia und mich, ob wir vielleicht daran interessiert seien, Edelsteine zu kaufen, die unser Blut reinigen würden. Ihr Geschäftspartner, der zufällig draußen wartete, verkaufe solche Edelsteine und würde zu einem äußerst günstigen Preis Kettenanhänger für uns daraus machen, viel billiger als in unserem Heimatland. Ich war froh über die Möglichkeit, die einheimische Wirtschaft zu unterstützen, doch Lydia legte mir die Hand auf den Arm. Trotz ihrer spirituellen Neigungen war sie in finanziellen Dingen immer sehr scharfsinnig gewesen. Sie dankte der Wahrsagerin, zahlte ihr ein Mehrfaches des üblichen Preises und sagte, wir würden uns das mit den reinigenden Edelsteinen überlegen.

Nachdem die Wahrsagerin und ihr Partner wieder weg waren, genossen Lydia und ich ein mittägliches Bankett aus Kartoffelcurry, grünem Gemüse, Salat, mit Kurkuma gewürzten Linsen und Sojabohnen. Dank der sri-lankischen Vorliebe für Süßes fiel das Dessert gleichermaßen üppig aus – getrocknete Nudeln mit Joghurt und Honig, darüber Palmzucker gestreut. Für den Fall, dass das nicht genug war, standen auch noch Papayas und Bananen auf dem Tisch. In der Küche des Klosters war ein Poet des Essens am Werk, ein kulinarischer Cezanne. Und ich hatte mir Sorgen gemacht, dass ich verhungern könnte!

Das sri-lankische Tuk-Tuk ist im Grunde ein Mordinstrument auf Rädern. Es besteht aus einem kleinen, an einem Motorrad befestigten Wagen und hält verschiedene Arten von Folter bereit. Wenn man nicht an den Auspuffgasen erstickt, wird man auf der Fahrt über als Straßen verkleidete Trampelpfade entsetzlich durchgeschüttelt. Es verfügt über das Potential, umzukippen und seine Passagiere in einen Fluss zu schleudern, oder ihnen den Kopf an einem Viehtransporter zu zerschmettern. Alternativ kann man versuchen, drei Personen darin unterzubringen, und dabei riskieren, dass eine davon zu Tode gequetscht wird.

»Passen wir wirklich alle drei in das Ding?«, fragte ich und beäugte den Sitz, der gerade mal breit genug für drei Wellensittiche war. Die ältere Nonne und Lydia versicherten mir, wir passten.

»Halt dich einfach gut fest«, sagte Lydia, als der Fahrer hügelabwärts in Richtung Dschungel raste. Wenn die Fahrt in dem Transporter abenteuerlich gewesen war, war die in dem Tuk-Tuk schlicht selbstmörderisch.

Wir holperten durch Schlaglöcher und riesige Pfützen, um gleich darauf am Rand eines Abgrunds entlang um Kurven zu sausen. Als wir schließlich aus dem Tuk-Tuk auf die Dorfstraße taumelten, kam es mir vor, als hätte mein Herz in meinem Unterleib und meine Eingeweide in der Brust Platz genommen.

Auf unserem Weg durch das Dorf starrten uns zwei Mädchen mit Kopftüchern an, als wären Außerirdische gelandet. Einige Frauen in Saris nickten und lächelten neugierig. Es war ein merkwürdiges Gefühl, als Hellhäutige durch ein srilankisches Dorf zu laufen. Fast alle Bewohner, denen ich begegnete, waren freundlich und höflich. Im Stillen hoffte ich, dass sich die Singhalesen gleichermaßen willkommen fühlten, wenn sie in unseren Teil der Welt kamen.

Die Nonne führte uns in einen Supermarkt, wo sie Gelee für ihre kranke Mutter kaufen wollte. Offenbar war der Dreiundachtzigjährigen vor einigen Wochen plötzlich schwindlig geworden. Sie hatte auf ihrem Bett gesessen, war zur Seite gekippt und lag seither so da. Gelee war das Einzige, was sie essen konnte.

Beim Betrachten der Regale stellte ich überrascht fest, dass eine ganze Reihe Cremes und Lotionen zum Bleichen der Haut angeboten wurden, sogar Tabletten gab es. Wieder einmal waren die Prioritäten hier anders verteilt als zu Hause, wo junge Frauen einen Großteil ihres Lebens damit zubrachten, ihre Haut dunkler zu färben, wenn nicht gleich orange.

Lydia suchte das Regal mit den Gelees und die Nonne bat sie, einen Blick auf das Haltbarkeitsdatum zu werfen. Nachdem sie sich vergewissert hatte, dass es noch nicht abgelaufen war, bezahlte sie und führte uns aus dem Supermarkt in einen T-Shirt-Laden.

Entgegen meinen Vorurteilen über Nonnen erwies sich diese als erfahrene Einkäuferin mit einem sicheren Blick. Sie war überzeugt, dass das violette Top mit dem glänzenden Paisleymuster das passende Mitbringsel für Katharine war –

und lag damit richtig. Die Verkäuferinnen waren verblüfft, als Lydia in fließendem Singhalesisch mit ihnen plauderte. Ich trat einen Schritt zurück und tat so, als wüsste ich ganz genau, worüber sie sprachen.

Auf dem Rückweg hielt das Tuk-Tuk vor einem bescheidenen, halb zwischen Bäumen verborgenen Haus. Davor standen einige Leute, die uns zulächelten und winkten. Die Familie der Nonne, wie mir Lydia erklärte.

»Möchten Sie meine Mutter kennenlernen?«, fragte die Nonne. »Sie ist sehr schwach.«

Als wir durch die Tür traten, hatte ich das Gefühl, ein Trauerhaus zu betreten. Frauen saßen beisammen und redeten leise miteinander. Männer standen herum in der Hoffnung, einen nützlichen Eindruck zu machen. Im oberen Stock spielten Kinder. Ganz gleich, aus welchem Kulturkreis, in solchen Zeiten zeigen Menschen stets große Herzlichkeit und Sanftmut. Wenn man sich im Haus eines Sterbenden aufhält, lernt man das menschliche Herz von seiner ernstesten und liebevollsten Seite kennen.

Die Familie hieß uns freundlich willkommen und die Nonne führte uns in einen kleinen dunklen Raum auf der Rückseite des Hauses. Obwohl das Fenster offen stand, bekam man kaum Luft.

Die Frau, die auf dem Bett lag, war so ausgemergelt, dass sie nur noch aus Haut und Knochen bestand. Die Nonne beugte sich über sie und zog ihr behutsam eine Baumwolldecke über die dünnen Beine. An dem mageren, ledrigen Arm ihrer Mutter hing eine primitive Infusion. Die Lippen ihres zahnlosen Mundes waren zurückgezogen, als litte sie permanent Durst.

Ihre Augen jedoch funkelten, als würde sie intensiver leben als jemals zuvor. Ihr Lächeln war so strahlend, dass es den

Raum leuchten ließ. Mit einer verwelkten Hand griff sie nach Lydias Ärmel und sagte etwas auf Singhalesisch zu ihr.

»Sie sagt, sie freut sich sehr, dich kennenzulernen«, übersetzte Lydia. »Und sie wünscht dir ein langes Leben.«

Ich nahm die Hand der alten Frau und strich über die runzlige Haut, die sich überraschend weich und warm anfühlte. Von jemandem, der der Geisterwelt so nahe war, den Segen für ein langes Leben zu erhalten, war eine große Auszeichnung.

Die Nähe, die ich zu ihr empfand, erinnerte mich an den Kreis von Frauen, die mir geholfen hatten, meine Krebserkrankung zu überstehen, und an die ungeheure Fähigkeit, uns gegenseitig Kraft und Licht zu spenden. Ich hoffte, dass ich eines Tages in der Lage sein würde, den Segen, den mir die Mutter der Nonne erteilt hatte, an andere Frauen weiterzugeben, junge und alte – und jeder von ihnen ein langes Leben voller Liebe zu wünschen.

Nachdem wir uns bei der Familie der Nonne bedankt und das Haus verlassen hatten, war ich lange stumm. Ich hatte mich davor gefürchtet, in dieses Land zu kommen, doch in der kurzen Zeit, die ich jetzt hier war, hatte Sri Lanka mich bereits mit unerwarteten Reichtümern überhäuft. Die flauschhandtuchabhängige, angstbesessene Person, in die ich mich verwandelt zu haben glaubte, hatte der lebenslustigen Abenteurerin Platz gemacht, die ich früher gewesen war.

Die herzliche Aufnahme durch die Nonne und ihre Familie war ein kostbares Geschenk. Der Segen ihrer sterbenden Mutter machte den Kreis von Frauen stärker denn je. Ganz gleich, wie alt wir sind oder aus welchem Land wir stammen, Frauen können einander sehr viel Kraft und Unterstützung geben.

Und nicht nur das, ich hatte einen Ort gefunden, an dem

alte Menschen nicht verachtet, sondern als Segensspender betrachtet wurden.

Aber was am wichtigsten von allem war, ich war der Tochter, von der ich glaubte, ich hätte sie verloren, wieder nähergekommen.

Kein Wunder, dass diese Insel früher Serendip geheißen hatte, das Land der glücklichen Zufälle.

41.

Schülerin

Geheime Nonnensache.

Keuchend und stotternd hielt das Tuk-Tuk unterhalb des Klosters, während sich darüber schwarze Schwämme am Himmel ballten. Gesänge schwebten durch das Tal – männliche Stimmen, ein wenig melodischer als diejenigen, die mich vor Sonnenaufgang geweckt hatten.

Lydia sagte, sie kämen aus einer Moschee auf einem nahe gelegenen Hügel. Lächelnd senkte ich den Kopf. Die Menschen in diesem Land gingen völlig in der Religion auf. Zweifel sang man einfach weg.

Die ersten Regentropfen fielen auf Stufen und Bäume. Dann wurden sie größer und schlugen auf tellergroße Blätter, als wären es Trommeln. Hastig liefen wir die Stufen hinauf. Die Wolken zogen sich noch enger zusammen und es begann wie aus Kübeln zu schütten. Das Geräusch ertränkte die fernen Gesänge und jede menschliche oder tierische Stimme.

Die ältere Nonne lächelte freundlich, als wir unsere Schuhe auszogen und schnell in ihre Unterkunft schlüpften. Ich entdeckte einen nicht Mönchen vorbehaltenen Stuhl und setzte mich, um wieder zu Atem zu kommen.

Plötzlich riss die junge Nonne erschreckt die Augen auf. Sie schnappte nach Luft und deutete auf eine Stelle auf dem Boden unweit der Tür. Ein glänzender Skorpion von der Größe eines riesigen Krebses marschierte über die Fliesen, den Schwanz angriffslustig in die Höhe gestreckt.

»Nicht bewegen!«, flüsterte die Nonne und griff nach einem Besen. »Der Regen treibt sie herein.«

Jedes Jahr sterben tausende Menschen an Skorpionstichen. Es heißt, auf jeden Menschen, der von einer Giftschlange getötet wird, kommen zehn, die einem Skorpion zum Opfer fallen. James Bond hatte Angst vor Skorpionen. Diese buddhistische Nonne hier nicht.

Sie schnappte sich einen Besen, beugte sich nach vorne und verfolgte das bis zur Schwanzspitze bewaffnete Spinnentier. In ihrer Konzentration und Körperspannung erinnerte sie mich an Jonah, wenn er auf der Jagd war. Erst dachte ich, sie wollte den Skorpion töten, aber dann wurde mir klar, dass die Sache nicht so einfach war. Ein Lebewesen zu töten, und sei es ein Skorpion, verstieß gegen ihre Religion. Die Frau wollte uns schützen und den Skorpion entfernen, ohne ihn töten zu müssen.

Mit größtmöglichem Abstand stieß sie das Tier mit dem Besen an. Der Skorpion rührte sich nicht vom Fleck und hob drohend eine seiner Scheren. Jetzt war Schnelligkeit angesagt. Den Besen in der einen Hand kehrte die Nonne den Skorpion entschlossen Richtung Tür, mit der anderen Hand öffnete sie die Tür und dann expedierte sie das Tier nach draußen.

Unter dem Beifall der älteren Nonne und von Lydia und mir warf sie die Tür schnell zu. Ein bemerkenswertes Beispiel von Mut und Geschick.

Mit einem bescheidenen Lächeln verneigte sich die Nonne und stellte den Besen weg.

Wir lachten und tranken zur Feier des Tages süßen Tee. Die junge Nonne fragte, ob Schwester Lydia und Schwester Helen Lust hätten zu singen. Nun ja, andere Länder, andere Sitten.

Während die junge Nonne den Gebetsraum vorbereitete, fragte ich die Oberin, wie sie ihre Berufung gefunden habe.

»Ich war eine gute Schülerin«, erwiderte sie. »Mein Vater wollte nicht, dass ich ins Kloster gehe. Er wollte, dass ich mir eine Stelle suche. Aber ich wollte Frieden und Glück in mir finden und anderen Menschen helfen.«

Sie war in keiner Weise unzufrieden mit ihrer Entscheidung. Viel Zeit verbrachte sie bei den Kranken in Krankenhäusern und sie war ein wichtiges Mitglied ihrer Gemeinde, wo sie sich vor allem für die Belange von Frauen einsetzte. Wir waren annähernd gleichen Alters, aber unsere Leben hätten unterschiedlicher nicht sein können.

»Lydia, meine Tochter!«, sagte sie, legte sich die Hand aufs Herz und lächelte sie voller Liebe an.

Lydia erwiderte ihr Lächeln. Vor nicht allzu langer Zeit wäre ich eifersüchtig gewesen, wenn eine andere Frau Lydia als ihre Tochter bezeichnet hätte. Das war vorbei. Eigentlich geht es bei der Elternschaft nur darum, dass man seine Kinder an irgendeinem Punkt gehen lassen *muss*. Wenn eines unserer Kinder außerhalb des engsten Familienkreises Liebe fand, egal welche Form sie annahm, dann freute ich mich mit ihm.

Es war immer noch nicht der richtige Moment gekommen, Lydia zu fragen, was sie auf Dauer vorhatte. Wenn sie Nonne werden wollte, dann, so wurde mir klar, würde sie hier geliebt werden und gut aufgehoben sein.

Die ehrwürdigen Nonnen begleiteten uns zu einem Alkoven, der vom Hauptraum abging. Eine Buddhastatue lächelte aus einem Nest aus Blumen und Kerzen freundlich auf uns herunter. Lydia reichte mir ein Gebetbuch – so sah es jedenfalls aus – in einer schnörkeligen Schrift.

Gottesdienste hatte ich schon immer als quälend langweilig empfunden und hier kam erschwerend hinzu, dass ich mich im Schneidersitz auf den Boden setzen musste, aber ich wollte unbedingt dabei sein. Eine Küchenhelferin erschien und setzte sich zu uns.

Als die Nonne vor dem Altar Platz nahm und anfing, hypnotische Phrasen zu rezitieren, nickte ich ein. Lydia stupste mich an und deutete auf die Lautschrift in dem Gebetbuch. Aber obwohl ich versuchte, dem Text zu folgen, verstand ich nichts. Ich fühlte mich an die Sonntage meiner Kindheit in der Kirche St. Mary erinnert, wenn meine Mutter auf die Zeilen in dem Gesangsbuch deutete, die genauso wenig entzifferbar waren.

Damals hatte Religion mir Angst gemacht. Der Vikar hatte sich irgendein irres Universum ausgedacht. Warum redete er dauernd vom irdischen Jammertal, wenn wir doch einen wirklich hübschen Park mit Ententeich um die Ecke hatten? Ging man nach ihm, war unser Städtchen ein einziger Sündenpfuhl. Ich wünschte mir damals, wir könnten irgendwohin ziehen, wo nicht so viele schlechte Menschen lebten. Wenn er dann nach dem Gottesdienst an der Kirchentür stand, um seine Gemeinde zu verabschieden, hätte ich alles getan, um ihm nicht die weiche, fleischige Hand schütteln zu müssen.

Die singende Nonne reichte der Küchenhelferin das Ende einer weißen Baumwollschnur, die Küchenhelferin reichte es an Lydia weiter und die wiederum an mich. Gemeinsam hielten wir die Schnur. Sie zog sich im Zickzack durch den Raum, während wir weitersangen. Als offenbar genug gesungen worden war, wurde die Schnur wieder aufgewickelt und der Nonne zurückgegeben.

Und wieder fühlte ich mich in meine Kindheit zurückversetzt, als ich mich während meiner kurzen, erfolglosen Karriere bei den Pfadfindern an irgendwelchen geheimnisvollen

Ritualen beteiligen musste. In unseren schicken braunen Uniformen mit den polierten Abzeichen mussten wir uns in einer Reihe aufstellen und nacheinander über einen großen Pilz springen. Ohne zu wissen, was es bedeutete, machte ich natürlich mit. Das Singen mit der Schnur ließ mich genauso ratlos zurück. Laut Lydia war es ein spezieller Segen.

Dann sang nur die Nonne und knotete mir ein geflochtenes Baumwollband ums Handgelenk, für einen noch spezielleren Segen und Schutz. Ich verbeugte mich, dankte allen Beteiligten und verschwand in mein Zimmer.

Statt mich unten nach »westlicher Art« unter die lauwarm tröpfelnde Dusche mit der Kakerlake zu stellen, beschloss ich, mich nach Art der Einheimischen zu waschen. Einen Eimer mit kaltem Wasser in dem »französischen« Badezimmer über mich zu gießen, war einfacher und erfrischender.

Mir war nicht klar gewesen, wie viel Lydia in dem Kloster zu tun hatte. Neben den Stunden, in denen sie meditierte und die jungen Mönche unterrichtete, führte sie ihren Lehrer in das geheimnisvolle Universum des Internets ein. Daneben schrieb sie für alle, die mit der englischsprechenden Welt kommunizieren wollten, E-Mails und half ihnen, Formulare auszufüllen.

Als der Fahrer des Klosters Reisevorbereitungen traf, um einen Laster aus Malaysia zu importieren, unterstützte ihn Lydia dabei. Sie half den Nonnen, die in Thailand an einer Konferenz über Frauen im Buddhismus teilnehmen wollten. Diese und andere Aufgaben waren jeweils mit langen Diskussionen und Verhandlungen verbunden, gelegentlich begleitet von heftigen Gefühlsausbrüchen. Sie verlor dabei nie die Geduld.

Ich fragte Lydia über ihre Arbeit aus, und sie sagte, ihre

früheren Pflichten im Kloster seien viel anstrengender gewesen. Zu ihren Aufgaben hatte gehört, Ziegel für ein neues Gebäude den Hügel hinaufzuschleppen, ein altes Haus zu renovieren und das Kloster zu fegen.

Gerne wäre ich länger im Kloster geblieben, wenigstens noch ein paar Nächte. Es bedeutete mir viel, zu erfahren, warum es für Lydia ein so besonderer Ort war, und es war schön, an der Welt der Nonnen teilzuhaben. Wie ihre feierliche Miene sich gelegentlich in mädchenhaftem Gekicher auflöste, war einfach bezaubernd. Die strenge Disziplin ihres Alltags war von Unbeschwertheit begleitet. Die Hingabe an ihren Glauben und ihren Lehrer wurde von der Liebe für die Familie und das Dorf bereichert. Obwohl ihnen Leid nicht fremd war, genossen sie die heiteren Seiten des Lebens.

Bei all ihrer Verbundenheit mit dem Klosterleben überraschte mich Lydia mit dem Geständnis, dass sie sich auf ein paar Nächte in dem Hotel am Stadtrand von Kandy freue. Meiner Schätzung nach dauerte die Fahrt dorthin ungefähr eine Stunde. Aber Lydias Lehrer, der sich endlich von seinen anderen Verpflichtungen hatte loseisen können, wollte uns unbedingt noch die Teeplantagen zeigen.

»Kommen wir denn auf dem Weg zum Hotel daran vorbei?«, fragte ich.

»Nicht direkt«, erwiderte er mit einer Stimme, die zugleich melodisch und autoritär war.

Nach dem Packen hatte ich endlich Gelegenheit, einige der Mönche kennenzulernen – junge Männer mit glatten Gesichtern, die jeweils eine nackte Schulter zeigten. Einer ging nach einer Leistenbruchoperation an einer Krücke. Er behauptete zwar, keine Schmerzen zu haben, war aber blass und kam nur mit Mühe die Stufen hoch.

Ich fragte mich, was ihre Mütter dachten. Waren sie froh, dass ihre Söhne genug zu essen bekamen und lernen durften – oder verzehrten sie sich vor Sehnsucht nach ihnen?

Die jungen Mönche hörten aufmerksam zu, als Lydia ihnen einen PowerPoint-Vortrag über Neurowissenschaften hielt. Man konnte kaum sagen, was sie dachten, als sie ihnen erklärte, dass beschädigte Gehirnzellen nicht ersetzt, aber ihre Funktionen manchmal von anderen übernommen wurden. Einige der Jungen schienen konzentrierter bei der Sache zu sein als andere, aber alle waren sehr höflich und zeigten keinerlei Anzeichen von Langeweile.

Zum Abschied wurden Geschenke ausgetauscht und Fotos gemacht. Ich kehrte in mein Zimmer zurück, um meinen Koffer zu holen, aber er war verschwunden – wie von Zauberhand war er den Hügel hinuntertransportiert und im Kofferraum eines wartenden Autos verstaut worden.

Gemeinsam mit Lydias Lehrer gingen wir den Hügel hinab und er warnte uns, dass die Stufen nach dem Regen in der gestrigen Nacht rutschig seien. Auch wenn der Gedanke an eine Klospülung und eine Jet-Stream-Dusche verführerisch war, machte es mich doch traurig, gehen zu müssen. Mein Aufenthalt im Kloster war kurz gewesen, aber ich ging als Frau mit offenerem Herzen und weniger Ängsten.

Ich nahm auf der Rückbank des Autos Platz und erklärte dem Mönch, dass wir gerne direkt ins Hotel fahren würden.

»Aber Sie müssen die Teeplantagen sehen!«, beharrte er. »Es dauert nur ein, zwei Stunden. Sie sind sehr schön. Außerdem ist es dort oben angenehm kühl.«

Wenn man bedachte, wie nah das Kloster dem Himmel war, konnte man sich kaum vorstellen, dass es darüber noch ein »dort oben« geben sollte.

Es hatte keinen Sinn, dem Mönch zu widersprechen. Womöglich wollte er die Zeit auch nutzen und ernsthafte Angelegenheiten, die seine »Schülerin« Lydia betrafen, besprechen.

42.

Die Frage

Hungrige Geister und strahlendes Glück.

Bei geschlossenen Autofenstern krochen wir durch kleine Städte. Mir wurde übel von der Hitze und den Abgasen, und auch der Mönch schien sich nicht wohl zu fühlen. Er kurbelte das Fenster herunter, streckte den Kopf hinaus und spuckte laut und vernehmlich aus. Der Fahrer versicherte uns, dass wir bald in eine kühlere, angenehmere Gegend kämen.

Vor einer Hütte am Straßenrand kämmte ein Junge die taillenlangen Haare seiner Mutter. Diese anrührende Szene erinnerte mich an den ständigen Kampf mit Kopfläusen, den wir während der Grundschuljahre unserer Kinder führten.

Das Auto ruckelte und rumpelte steile, Photoshop-grüne Hügel hinauf. Hinter einer Kurve stand plötzlich ein schwer bewaffneter Soldat vor uns und presste eine Pfeife an die Lippen. Er hob einen Arm und brachte uns zum Stehen. Mir fielen die mindestens neunzehn Journalisten ein, die seit 1992 in Sri Lanka umgebracht worden waren. Ich verstand mich zwar nicht mehr als Journalistin, sondern als Hausfrau, die zufällig einen Besteller geschrieben hatte, aber eine Begegnung mit dem Militär von Sri Lanka machte mir trotzdem Angst. Kaum sah der Soldat jedoch unseren Mönch, lächelte er so breit, dass ihm die Pfeife aus dem Mund fiel, und er winkte uns weiter.

»Sehen Sie dort, Miss Lydia!«, rief der Fahrer und fuhr an den Straßenrand. »Ein Wasserfall!«

Wir blieben neben einer Gruppe farbenprächtig gekleideter Einheimischer stehen, um das über riesige Felsblöcke rauschende Wasser zu betrachten. Als ich mich mit dem Fotoapparat in der Hand aus dem Fenster lehnte, tauchte plötzlich ein Arm vor mir auf, die Finger zu einer Geste des Bettelns gekrümmt. Der Arm gehörte zu einer grauhaarigen Frau, deren Augen vom Alter trübe waren. Vor Lydias Fenster schwebte wie ein Geist der Kopf eines anderen Bettlers.

Der Fahrer sagte, wir sollten den beiden nichts geben, aber das war meine erste Begegnung mit Bettlern in Sri Lanka. In Melbourne wäre ich auf der Chapel Street in der gleichen Zeit schon viel mehr von ihnen begegnet. Ich kramte in meinem Geldbeutel nach einem Schein, der mir angemessen vorkam, aber die Hand deutete auf einen anderen, der zehn Dollar entsprach – für die hiesigen Verhältnisse ein kleines Vermögen. Ich gab ihn der Frau.

Beim Weiterfahren schimpfte der Fahrer leise. Diese Leute lägen den ganzen Tag auf der faulen Haut, klagte er. Sie erwarteten, dass die anderen für sie arbeiteten. Aber der Mönch erinnerte ihn daran, dass Bettler eine Gelegenheit für Karmaaufbesserung böten.

Wie dicke grüne Teppiche zogen sich die Teeplantagen über die Hügel. Kein Wunder, dass es den Briten hier oben gefallen hatte – ein kühler Rückzugsort, fern des chaotischen Getriebes in den tiefer gelegenen Gebieten, und dazu ein unerschöpflicher Vorrat an Tee. Zwischen den langen Reihen von Teebüschen arbeiteten in Saris gekleidete Frauen, die große weiße Säcke über der Schulter trugen. Für zwei Dollar Lohn am Tag zogen sie sich einen für alle Zeiten krummen Rücken zu.

Es näherte sich die magische Mittagsstunde, vor der der Mönch essen musste. Der Fahrer bog von der Straße ab in die

Auffahrt zu einem herrschaftlichen weißen Haus im Art-déco-Stil. Es stammte aus Kolonialzeiten und strahlte Vornehmheit aus.

Der Fahrer hielt vor dem prunkvollen Eingang, hupte und wartete. Ein elegant gekleideter Kellner eilte herbei und reichte dem Mönch eine Speisekarte. Mehrere Angestellte scharten sich um das Auto und warteten ängstlich auf seinen Urteilsspruch.

Der Mönch meinte zwar, dass es weiter oben ein besseres, einladenderes Restaurant gebe, dieses aber akzeptabel sei. Augenscheinlich erleichtert führte uns das Personal hinein.

Das vornehme Gebäude mit seinem mit hübschen Säulen und Sesseln ausgestatteten Foyer stammte unverkennbar aus einem anderen Jahrhundert. Ich bewunderte die geprägten Blechfliesen an den hohen Decken, als wir die breite Treppe zu einem leeren Speisesaal mit Blick über die Hügellandschaft erklommen. Lydia und ich wurden zu einem Tisch nahe dem Fenster geführt. Mönch und Fahrer wurden an einen Tisch in gehörigem Abstand gesetzt. Langsam gewöhnte ich mich an diese strikte Trennung der Geschlechter. Mehr noch, ich war inzwischen sogar zu der Überzeugung gelangt, dass das geschlechtergetrennte Essen auch bei uns zu Hause so mancher Einladung guttun könnte. Die Kerle könnten sich über Sport unterhalten und die Frauen nach Herzenslust miteinander tratschen.

Lydia und ich bestellten Wasser und warteten darauf, zum Büfett geführt zu werden. Es hatte sich gezeigt, dass das einheimische Essen sehr viel besser schmeckte und bedenkenloser zu genießen war als die hiesige Interpretation der italienischen Küche. Ich war begeistert von den wunderbaren Aromen und der Vielfalt und den Farben der Gerichte in Sri Lanka.

Wir bewunderten gerade die alten Fotos aus Kolonialzeiten, als der Fahrer an unseren Tisch trat. Er machte einen beunruhigten Eindruck.

»Es tut mir leid, aber Ihrem Lehrer ist nicht wohl«, sagte er.

Wir sahen hinüber zu dem Mönch, der gedankenverloren zum Fenster hinaussah. Allzu große Schmerzen schien er nicht zu haben.

»Er muss sofort ins Krankenhaus«, fuhr der Fahrer fort. »Vielleicht liegt es am Blutdruck. Er hat die letzte Zeit zu viel gearbeitet.«

Wir boten unsere Hilfe an, aber der Fahrer versicherte uns, dass wir nichts tun könnten. Der Mönch erhob sich und sagte, vermutlich bestehe keinerlei Anlass zur Sorge. Er sah nicht krank aus, aber ich wusste leider nur allzu gut, dass der äußere Schein täuschen konnte. Rasch verließen Mönch und Fahrer das Restaurant.

Lydia und ich wechselten einen Blick. Irgendwo im Hochland von Sri Lanka zu stranden, hatte eigentlich nicht auf meinem Reiseplan gestanden. Früher wäre ich als alter Kontrollfreak in einem solchen Fall ausgerastet. Ich hätte herumtelefoniert. Ein Taxi bestellt. Aber wenn mich der Aufenthalt in diesem Land eines gelehrt hatte, dann, mich zu entspannen und die Ereignisse auf mich zukommen zu lassen. Es war ein sehr angenehmes Restaurant.

»Was meinst du, wie lange werden wir hier warten müssen?«, fragte Lydia lächelnd.

»Wenn sie ihn im Krankenhaus behalten wollen, kann es eine Zeit dauern«, erwiderte ich. »Vielleicht vergessen sie uns sogar ganz.«

Es war ein erstaunlich befreiendes Gefühl, nicht zu wissen, was passieren würde. Wir beendeten unsere Mahlzeit und bestellten eine große Kanne Tee. Einem Gang zur Toilette (mit Spülung, toll!) folgte eine weitere Kanne Tee.

Ein, zwei Stunden später überlegten wir, ob wir uns auf den Weg zu unserem Hotel machen sollten, das unserer Schätzung nach nicht mehr als vier Autostunden entfernt war und durchaus erreichbar schien. Gerade als wir gehen wollten, tauchte ein rotbrauner Schatten an der Tür zum Speisesaal auf und Lydias Lehrer segelte auf uns zu, gütig und heiter wie immer.

»Mir fehlt überhaupt nichts«, vertraute er uns an.

Der Fahrer bestätigte die Diagnose des Krankenhausarztes. Nach einer gründlichen Untersuchung sei der Arzt zu dem Schluss gekommen, dass der Mönch kerngesund war.

»Jetzt fahren wir ohne Umwege zu den Teeplantagen«, erklärte der Mönch.

»Das können wir Ihnen nicht zumuten«, sagte ich und dachte sehnsüchtig an den Hotel-Swimmingpool. »Sie sollten sich wirklich ausruhen.«

Davon wollte der Mönch jedoch nichts wissen. Wir stiegen also wieder ins Auto und folgten der Straße, die sich über weitere Hügel immer höher wand, bis zur Mackwoods Tea Plantation, die sich seit mehr als 165 Jahren ihres Tees allerhöchster Güte rühmen konnte.

Auf dem Parkplatz der Teeplantage begegneten wir das erste Mal Touristen. Mit ihren schwabbeligen weißen Körpern und den teuren Designer-Sonnenbrillen wirkten sie wie Wesen von einem anderen Stern. In Khakishorts, festen Wanderschuhen und Kappen mit Sonnenschutzfaktor 50 entstiegen sie Bussen und Mietautos und drängten sich davor ängstlich in Grüppchen zusammen. Unter anderen Umständen wäre ich genau wie sie gewesen.

Sie reisten in einer Art kulturellem Unterseeboot herum,

erhaschten häppchenweise einen Blick auf die Umgebung und wandten sich dann schnell wieder einander zu, um sich gegenseitig zu versichern, dass ihre Welt die reale Welt sei.

In einem Laden fielen sie über die hübsch verpackten Tees her, als stünde eine weltweite Verknappung bevor. In der Cafeteria schütteten sie literweise Tee in sich hinein und stopften sich mit Schokoladenkuchen voll. Eine ständige Gier nach essen und kaufen, kaufen und essen.

Im buddhistischen Lebensrad werden die hungrigen Geister unablässig von nicht erfüllbaren Wünschen geplagt. Diese aus dem Leben ausgeschlossenen Geister können die Gegenwart nicht wirklich erfahren und befinden sich daher ständig in einem Zustand der Wut und des Unerfülltseins. Wer auch immer die hungrigen Geister mit dünnem Hals und dickem Bauch dargestellt hatte, musste an Touristen gedacht haben.

Vor der Cafeteria sahen wir eine Seltenheit in Sri Lanka – ein übergewichtiges Kind. Der kleine Junge mit einem teigigen Gesicht und Korinthen ähnelnden Augen watschelte in einem Marken-T-Shirt und einer viel zu kleinen Mütze herum. Ein jämmerlicher Anblick, dieser von der Konsumkultur, aus der er stammte, gemästete Junge.

Während die Touristen sich gegenseitig beim Teekaufen, Teetrinken und Vor-der-Teefabrik-Posieren fotografierten, ging es Lydias Lehrer zusehends besser. Er drängte uns, eine Führung durch die Fabrik mitzumachen, die einen süßlichen, berauschenden Duft verströmte.

Eine charmante junge Frau erklärte das noch kaum automatisierte Herstellungsverfahren von Tee. Vom Blatt bis zur fertigen Packung dauerte es nur vierundzwanzig Stunden. Nachdem wir die Fließbänder voller Teeblätter bestaunt hatten, die schließlich in Küchen auf der ganzen Welt aufgebrüht wurden, machten wir uns auf den Weg zum Parkplatz.

Während die anderen zur Toilette gingen, nahm mich der Fahrer mit ernstem Blick beiseite. Er würde mir, sagte er, ein komplett eingerichtetes Haus mit allem Drum und Dran schenken, wenn ich einen netten Mann für seine Tochter wüsste. Jeder Wunsch würde mir von den Augen abgelesen werden, wenn ich nur einen Mann mit einem guten Herzen fände.

Um eine Antwort verlegen, dachte ich an all die Frauen aus meinem Bekanntenkreis, ob sechzehn oder fünfundsiebzig, die darüber klagten, wie schwer es sei, einen passablen Kerl zu finden, und tröstete ihn, dass das auf der ganzen Welt ein Problem sei.

Nachdem wir alles gesehen hatten, versicherten Lydia und ich dem Mönch und dem Fahrer, dass wir nichts dagegen hätten, jetzt zu unserem Hotel gebracht zu werden.

»Aber Sie müssen doch noch Little Britain sehen!«, rief der Mönch.

Einen kurzen Moment dachte ich, er würde die Comedy-Show meinen.

»Nuwara Eliya wurde im neunzehnten Jahrhundert an einem See erbaut und es sieht mit seinen roten Backsteinhäusern und Hotels aus wie eine englische Stadt«, fuhr er fort. »Es ist sehr hübsch. Und dann müssen wir unbedingt noch den Botanischen Garten besuchen.«

Ächzend holperte das Auto bis nach Little Britain. Damit es auch wirklich wie in England aussah, fing es gleich darauf über dem See an zu regnen. Wir hielten an einem hübschen alten Hotel aus der Zeit, in der Königin Victoria noch auf dem Thron gesessen hatte. Das Pianola in der Lobby spielte Weihnachtslieder, nicht ganz passend im Februar. Im Garten schoben sich unter einer großen Magnolie weißhaarige Paare aus Surrey zu Engelbert Humperdinck über den Rasen, während Frauen in Saris und Männer in weißen Jacketts für ständigen Teenachschub sorgten.

Die Szenerie hatte etwas erstaunlich Anrührendes. Alle Beteiligten, die Ausländer genauso wie die Einheimischen, spielten bei einem Spiel mit, das »Lasst uns so tun, als wäre das Empire nie untergegangen« hieß. Die englischen Touristen schwelgten im Glanz ihrer Vorfahren. Und die Einheimischen, gekleidet in die Landestracht, gaben sich bereitwillig dafür her, für einen Moment die Träume der Touristen mit Tee aus Silberkannen zu verwirklichen – gegen einen entsprechenden Preis, natürlich. Als der Himmel seine Schleusen öffnete, flüchteten sich alle schnell unter das schützende Dach der Magnolie.

Ein Mann am Straßenrand erklärte uns, dass wir mit dem Auto nur dreißig Minuten zum Botanischen Garten bräuchten. Da ich Bedenken hatte, erst nach Einbruch der Dunkelheit in unserem Hotel anzukommen, meinte ich, wir könnten auf den Besuch des Botanischen Gartens vielleicht verzichten. Aber der Mönch beharrte darauf, wir dürften ihn keinesfalls versäumen.

Auf dem Weg sahen wir schreckliche Flutschäden. Ein ganzer Abhang war in das Tal gerutscht. Bulldozer und Bagger versuchten einen Pfad freizuschaufeln, der eines Tages vielleicht wieder eine Straße werden würde. Dieses Mal wirkte das Wunder, gemeinsam mit einem Mönch zu reisen, nicht. Ein Mann mit einem Bauarbeiterhelm hielt ein Stoppschild in die Höhe und wir mussten warten ... und warten. Ungefähr eine Dreiviertelstunde später winkte man uns endlich durch, und es war fast vier, als wir den Eingang des Botanischen Gartens erreichten, zehn Minuten vor Ende der Öffnungszeit. Zu dem Eintritt von zehn Dollar pro Person war noch eine Gebühr für das Auto fällig. Für die hiesigen Verhältnisse kam das einem Raubüberfall am helllichten Tag gleich. Da ich keine Lust zu streiten hatte und möglichst schnell nach Kandy wollte, zahlte ich.

Wir glitten an einer weißen Betonsäule vorbei, in die die Jahreszahl 1861 gemeißelt war, und passierten ein Eisentor. Der Garten war sehr hübsch, unterschied sich jedoch kaum von anderen aus dieser Zeit. Der Mönch und der Fahrer meinten übereinstimmend, es sei offenbar nicht die richtige Jahreszeit für Blumen.

Nach einer schnellen Runde durch den Botanischen Garten konnten wir endlich die fünfstündige Fahrt zum Hotel antreten. Lydia nutzte die Gelegenheit und bat ihren Lehrer, ihr einen buddhistischen Namen zu geben.

Ich wand mich unbehaglich auf meinem Sitz, während er summte und murmelte und laut mehrere Möglichkeiten erwog. Wir hatten Lydia nach der Mutter meines Vaters genannt, einer ebenso willensstarken Frau, nach allem, was man hörte. Nach langem Hin und Her hatten wir uns für diesen Namen entschieden. Ein Name ist wie eine Marke, eine Erkennungsmelodie. Es war ein schöner Name, mit einer langen Geschichte. Das alte Land Lydia (in der heutigen Türkei) war das erste gewesen, in dem Münzen geprägt wurden. In der Bibel gibt es eine Lydia, die Purpurstoffe verkauft.

Wenn unsere Tochter ihr gesamtes bisheriges Leben ablehnte, war es nur logisch, dass sie auch ihren Namen loswerden und einen neuen annehmen wollte. Aber einen so schwerwiegenden Schritt würde sie ja wohl in einem Tempel und nicht auf dem Rücksitz eines japanischen Autos unternehmen? Der Mönch entschied sich schließlich für Nanda, was so viel wie strahlendes Glück bedeutet. Womöglich würde sie das von jetzt an sein: Schwester strahlendes Glück.

Zu meiner Bestürzung bat Lydia auch für mich um einen

buddhistischen Namen. Wenn er bereit war, einer Ungläubigen einen buddhistischen Namen zu geben, dann war das vielleicht doch keine so große Sache. Nach neuerlichem Nachdenken entschied er sich für Ramani, was so viel heißt wie die von der Natur Gesegnete. Insgeheim war ich sehr zufrieden damit. Vielleicht kannte mich der Mönch ja besser, als ich dachte.

Draußen wurde es allmählich dunkel und im Rückspiegel konnte ich sehen, wie die Augenlider des Fahrers immer schwerer wurden. Hinter ihm lag ein anstrengender Tag mit mörderischem Verkehr auf aberwitzigen Straßen plus der Sondermission zum Krankenhaus.

Um ihn wach zu halten, fragten Strahlendes Glück und Die von der Natur Gesegnete ihn nach seinem Hobby aus – Autos. Toyotas, sagte er, seien die besten Autos in Sri Lanka. Er erkundigte sich, welches Auto wir fahren würden. Er schüttelte den Kopf, als ich Subaru sagte. Die Ersatzteile wären viel zu teuer. Einmal habe er einen Ferrari gefahren, aber sein Traumauto sei ein Lamborghini.

»Da fällt mir ein«, sagte er, »kennen Sie eigentlich den Weg zum Hotel?«

Buddha sei Dank gab es Google Earth. Die Wegbeschreibung war klar, aber wie der Fahrer erklärte, befanden wir uns offenbar auf der Safari-Route. Als wir endlich den Stadtrand von Kandy erreichten, mussten wir laut Karte eine Klippe erklimmen. Ich hatte gehört, dass die Straße zum Hotel wegen der Überschwemmungen gesperrt war. Vielleicht war das ja eine Umleitung. Während wir durch die tiefschwarze Nacht dahinrumpelten, verlor ich langsam die Lust an unserer Expedition.

Am Straßenrand leuchteten Augen. Wenn der Fahrer die Leute nach dem Weg fragte, schüttelten sie entweder den

Kopf oder verschwanden im Dschungel. Ein Bus kam den Hügel heruntergebraust und hätte uns beinahe in den Abgrund gedrängt. Erschreckt hielten beide Fahrer, und der Busfahrer sagte, wir sollten einfach weiterfahren, wir befänden uns auf der richtigen Straße.

Kurz vor dem Hügelkamm leuchtete uns beruhigend ein Wegweiser zum Hotel entgegen. Aus den Schatten trat eine Gestalt und kam auf das Auto zu; der Fahrer kurbelte sein Fenster herunter. Der Mann wollte ihm einen Zettel geben, aber der Fahrer drückte aufs Gaspedal und raste das letzte Stück hügelaufwärts.

»Das sind gefährliche Leute«, sagte er. »Der Mann will, dass wir im Hotel jemanden für ihn finden, den es vielleicht überhaupt nicht gibt. Er verkauft Drogen. Er wird uns alle umbringen. Sie rufen die Polizei und wir enden alle in einer einzigen Zelle. Zwei Singhalesen und zwei Ausländer.«

Als wir das Hotel endlich erreichten, war ich unbeschreiblich erleichtert. Ich wollte mich von dem Mönch und dem Fahrer verabschieden, aber sie erklärten, für ein kleines Getränk hätten sie noch Zeit.

Im Hotel schwelgte ich in der schlechten Fahrstuhlmusik, dem künstlichen Leuchten des Swimmingpools und den Uniformen des Personals, verkitschten Spielarten der traditionellen einheimischen Kleidung.

An unserem Tisch dachte ich müde darüber nach, wie wandlungsfähig Klostertrachten doch waren. Man war damit in einer schicken Hotellobby ebenso passend angezogen wie in einem abgelegenen Dschungelkloster.

Nachdem wir etwas Tee getrunken hatten, räusperte sich der Mönch. Ich war viel zu erschöpft und benommen, um mir vorstellen zu können, dass er gleich etwas Wichtiges sagen würde.

»Lydia«, erklärte er mit seinem charismatischen Lächeln, »wenn du dich dem Kloster anschließen und zur Nonne ordinieren lassen möchtest, bist du herzlich eingeladen. Du könntest Meditationslehrerin werden.«

Auf einen Schlag hellwach, beugte ich mich vor und wartete auf Lydias Antwort. Wegen dieses Moments war ich um die halbe Welt geflogen. Wenn sie ja sagte, wäre das in Ordnung. Ich könnte mir vielleicht sogar ein Häuschen in Kandy kaufen und mehrere Monate im Jahr an diesem verrückten, wunderbaren Ort verbringen. Und dennoch …

Lydia rührte mit dem Strohhalm in ihrer Limonade herum.

Der Mönch, der Fahrer und ich warteten darauf, dass sie etwas sagte.

Aber abgesehen von dem sanften Klirren der Sektgläser am Nachbartisch und Elton John aus den Lautsprechern – blieb es still.

43.

Ehrfurcht

Manchmal kommt ein Freund im Gewand eines Feindes daher.

Der junge Mann, der unser Hotelzimmer saubermachte, verliebte sich Hals über Kopf in Lydia. Als sie ihn das erste Mal auf Singhalesisch ansprach, gingen seine Augenbrauen nach oben wie eine Zugbrücke. Sein Erstaunen wich Bewunderung, die sich zu Leidenschaft verfestigte, als er erfuhr, dass sie in monatelanger Andacht in einem Kloster gelebt hatte.

Wenn Lydias neuer Bewunderer sich nicht gerade im Flur vor unserem Zimmer herumtrieb, erfand er tausend Ausreden, um an unsere Tür zu klopfen. Die Teebeutel hatten vergessen, sich nachzufüllen. Unsere Kissen lagen schief auf dem Bett. Die Vorhänge mussten geschlossen werden.

Er war zwar ein sehr hübscher und charmanter Mann, aber leider auch einen Kopf kleiner als Lydia. Dieser Größenunterschied tat seiner Leidenschaft allerdings keinen Abbruch. Er sei wie sie Buddhist und würde, fügte er ernst hinzu, eines Tages gerne Australien besuchen.

Das letzte Mal, als ich einen so schweren Anfall von Liebeskrankheit gesehen hatte, hatte Elvis noch in den Windeln gesteckt. Ich machte Lydia darauf aufmerksam, aber sie zuckte nur die Achseln. Mit Beginn ihrer religiösen Phase hatte sie die Fähigkeit eingebüßt, Balzsignale zu erkennen. Jeder Mann, der sein Interesse an ihr kundtat, wurde einfach ignoriert. Anders als ihre Schwester war sie immun gegen schwellende Muskeln und Aftershave. Sie beherrschte zwar vier Sprachen, war aber zur Flirt-Analphabetin geworden.

Singhalesisch ist bekannt dafür, sehr schwer zu sein. Das einzige Wort, das ich erkannte, war »oh« für »ja«. Begleitet von vielen Ohs und Nicken plauderten Lydia und der junge Mann angeregt miteinander. Ich fühlte mich ein wenig wie ein übriggebliebenes Räucherstäbchen in einem Aschram und fragte sie, worüber sie sich unterhielten.

»Heute ist Poya-Tag«, sagte Lydia in einem Ton, als hätte ich das wissen müssen. »Im buddhistischen Kalender ist an Vollmond ein besonderer Tag. Es ist die beste Zeit, um den Zahntempel zu besuchen.«

Der junge Mann lächelte Lydia verliebt an und versprach, dass in unseren Zimmern »etwas Besonderes« auf uns warten würde, wenn wir zurückkamen. Dann entschuldigte er sich und schob sein Wägelchen mit den vergesslichen Teebeuteln den Flur hinunter.

»Was meint er denn mit ›etwas Besonderes‹?«, fragte ich Lydia. »Der spinnt ein bisschen, oder?«

»Mach dir deswegen keine Gedanken«, erwiderte sie seufzend und musterte meine rote Leinenbluse. »Zieh dich lieber um. Wir müssen Weiß tragen.«

Da ich gedacht hatte, dass der religiöse Teil meiner Reise abgeschlossen war, hatte ich alle weißen Kleidungsstück ganz unten in meinen Koffer verbannt. Na ja, der Knitterlook war mittlerweile so sehr out, dass er vielleicht schon wieder in war.

Ein weiterer durchgedrehter Tuk-Tuk-Fahrer schüttelte uns auf der abschüssigen Straße mit kratergroßen Schlaglöchern gründlich durch. Gelegentlich hielt er auf dem Weg in die Stadt an einem Laden und informierte uns, dass er und seine Familie hier alle ihre Edelsteine/Antiquitäten/Designer-Klamotten kaufen würden und wenn wir hineingehen und uns umsehen wollten, würde er gerne auf uns warten. Lydia erklärte mir, dass alle Tuk-Tuk-Fahrer das probierten. Später würden sie die Läden noch einmal aufsuchen und ihren Anteil an dem, was wir gekauft hatten, einsammeln.

Freundlich bedeutete sie ihm weiterzufahren, damit wir den Zahntempel vor der größten Mittagshitze und dem Massenansturm erreichten. Ich war mir über die Bedeutung des Tempels der heiligen Zahnreliquie in Kandy nicht im Klaren gewesen. Als Aufbewahrungsort eines Zahns (oder vielmehr des Bruchstücks eines Zahns), der einstmals Buddha höchstpersönlich gehört hatte, zählte der Tempel zu einer der wichtigsten Kultstätten in ganz Sri Lanka.

Der Eckzahn wurde bei der Einäscherung Buddhas 542 v. Chr. gerettet und im vierten Jahrhundert n. Chr. verborgen im Haar einer Prinzessin auf die Insel geschmuggelt. Derjenige, der im Besitz der Reliquie sei, so heißt es, habe das Recht, über das Land zu herrschen. Wegen seiner großen Bedeutung war der Zahntempel mehrere Male bombardiert worden, das letzte Mal 1998, als bei einem Selbstmordattentat elf Menschen starben. Der Tempel wurde immer wiederaufgebaut, so dass man ihm seine wechselhafte Geschichte nicht ansieht.

Jeder Buddhist in Sri Lanka hat das Ziel, einmal in seinem Leben eine Pilgerreise zum Zahntempel zu unternehmen. Lydia hatte ihn zwar schon viele Male besucht, aber nie am Poya-Tag.

Die Tempelgebäude und der Palastkomplex über dem klaren Kandy-See waren genauso imposant, wie ich erwartet hatte. Tausende zum überwiegenden Teil weiß gekleidete Menschen strömten auf den Eingang zu.

Ich bin schon immer klaustrophobisch veranlagt gewesen, einer der Gründe, warum ich keine Rockkonzerte und Rugby-Spiele besuche. Als ich die Menge vor dem Zahntempel sah, spielte ich kurz mit dem Gedanken, mich mit einem kalten Getränk unter einen Baum zu setzen, während Lydia in den Tempel ging und sich das Bad in der Menge gönnte. Aber ich hatte auf dieser Reise schon so viele Phobien bezwungen, da kam es auf die auch nicht mehr an.

Wir engagierten einen Führer, zogen unsere Schuhe aus und stiegen eine breite Marmortreppe hinauf. In der Gluthitze zwischen so vielen Menschen eingequetscht, spürte ich Panik in mir aufsteigen. Ich versuchte, ruhig zu bleiben – und auf alle Fälle meine Würde zu bewahren, sei es auch nur für meine Tochter.

»Lassen Sie sich einfach mit den anderen mittreiben«, wiederholte unser Führer mehrmals in einem beruhigend nüchternen Tonfall.

Bald schon klebte mir die Bluse am Rücken und der Schweiß rann mir über die Stirn. Lydia kaufte drei große weiße Lotusblüten als Opfergabe für Buddha. Eine reichte sie mir und eine unserem Führer. Verlegen umklammerte er die Blüte und starrte auf den Boden. Ein Wachmann lachte und warf ihm eine Bemerkung zu.

Ich ließ meine Blüte fallen und bückte mich, um sie aufzuheben.

»Nein! Das dürfen Sie nicht!«, fuhr mich der Wachmann an. »Die Opfergaben müssen rein und sauber sein, nichts darf auf dem Boden gelegen haben.«

Am Ende der Treppe führte man uns in einen offenen, von Säulen getragenen Raum. Farbenfrohe Fahnen hingen von einer Decke aus goldenen Lotusblüten. Musiker in Sarongs mit roten Schärpen und weißen Kappen traten ins Licht. Trommeln schlugen einen hypnotischen Rhythmus. Blasinstrumente setzten mit einer betörenden Melodie ein – eine tranceartige Musik.

Wir erklommen weitere Stufen und ich konzentrierte mich darauf, ruhig zu bleiben. Als wir den Raum mit der Reliquie erreichten, war ich zu sehr mit Atmen beschäftigt, um viel von meiner Umgebung mitzubekommen. Lydia legte ihre Blüte auf den Schrein mit dem Zahn und langsam stiegen wir die Treppe wieder hinunter und traten in das blendend weiße Tageslicht. Selten war ich erleichterter.

Draußen liefen wir einem äußerst beeindruckenden, riesigen Elefantenbullen über den Weg. Ich hielt ihn im ersten Moment für das gelungene Werk eines Präparators. Daher wäre ich beinahe auf den nächsten Baum gesprungen, als sich plötzlich sein Rüssel bewegte und in meine Richtung schwang. Der Elefant blinzelte mich schalkhaft an. Ein Mann hielt ihm eine Bananenstaude hin und der Elefant entrollte seinen Rüssel, faltig und abgenutzt wie ein alter Staubsaugerschlauch, und schnappte sich die Bananen mit einer geschickten Bewegung. Erstaunt sahen wir zu, wie der Elefant die Staude im Ganzen verschlang – inklusive Schalen und Ast.

Der Führer eskortierte uns durch einen Hof mit Hunderten weiß gewandeten Frauen, die unter den Bäumen lagerten, während über Lautsprecher eine Männerstimme vom Band buddhistische Lehren verbreitete. Einige Frauen waren allein und sahen aus, als würden sie zuhören, aber die meisten unterhielten sich leise.

»Warum sind sie hier?«, flüsterte ich.

»Weil Frauen mehr erdulden müssen als alle anderen«, erklärte unser Führer. »Sie widmen ihr Leben der Familie und dann kommen sie her, um etwas von dem Versäumten nachzuholen.«

Nickend lächelten sich zwei Großmütter auf eine lustige Bemerkung hin an. Eine Gruppe Frauen mittleren Alters saß in einmütigem Schweigen zusammen. In ihre Gesichter waren die Geschichten ihres Lebens eingemeißelt. Keine von ihnen hatte eine schmerzfreie Geburt hinter sich. Sie waren alle krank vor Sorge um ihre Kinder gewesen – und um die Ehemänner und Eltern. Sie hatten alle ein Leben lang gegeben und gönnten sich nun eine kleine Auszeit.

In dem Hof herrschte eine so friedliche Stimmung, dass ich mich am liebsten zu den Frauen in den Schatten gesellt hätte. Von außen betrachtet hatten unsere Leben nicht viel miteinander zu tun, aber im Grunde waren wir doch alle Schwestern.

Einige der älteren Frauen blieben den ganzen Abend über, fuhr unser Führer fort, und unterhielten sich und tranken Tee. Die Jüngeren brachen gegen fünf Uhr nachmittags auf – nachdem sie fast den ganzen Tag hier verbracht hatten.

Es war ein lebendiger Kreis von Frauen. Ähnlich wie ich in meiner Yogagruppe, von Mary und meinen Freundinnen liebevolle Unterstützung erfahren hatte, hatten diese Singhalesinnen einen festen Bund geschlossen. Ich wünschte, es gäbe in Melbourne einen Ort wie diesen, an dem sich Frauen treffen und einfach nur sein konnten.

Nach einer neuerlich angstschweißtreibenden Tuk-Tuk-Fahrt den Hügel hinauf kehrten wir erhitzt und staubig in unser Hotelzimmer zurück.

»Ich fass es nicht!«, rief Lydia bei dem Anblick, der sich uns bot.

Unsere Betten waren mit roten Blüten geschmückt, die sich leuchtend von dreieckigen purpurnen Blättern abhoben und in präzisen geometrischen Mustern arrangiert waren. Jeweils drei rote Blüten lagen nebeneinander auf unseren Kissen. Auf Lydias Bett ruhte daneben ihr liebevoll zusammengefalteter Schlafanzug.

Ihr Bewunderer hatte sich tatsächlich etwas Besonderes ausgedacht.

Wir zogen unsere Badeanzüge an und gingen in der warmen Abendluft auf dem Weg zum Pool an einem Schild vorbei, auf dem der Schicksalsdeuter des Hotels angepriesen wurde. In Sri Lanka wird das Englische gern etwas verfeinert. Auf den kleinen Schildchen auf den Tischen steht nicht »Reserviert«, sondern »Versprochen«.

Eine Deutsche rief ihr Kleinkind vom Beckenrand weg. An einem Tisch nippte ein französisches Paar an seinen Cocktails. Im Vergleich zum Kloster hatte der Luxus hier etwas Surreales.

Hinter den Hügeln auf der gegenüberliegenden Talseite ging langsam die Sonne unter. Goldgeränderte Wolken erhoben sich wie Tempel über dem Hügelkamm. Lautlos glitten Lydia und ich in der warmen Abendluft in den Pool und ließen uns von dem kühlen Türkis salben.

Nach dem erfrischenden Bad schüttelte ich meine Haare aus und setzte mich, um das Spektakel auf der anderen Talseite zu bewundern. Es hatte keinen Sinn, die Kamera zu holen. Diese Stimmung konnte kein Foto einfangen. Wenn ein großer Künstler einen solchen Sonnenuntergang gesehen hätte – von den alten Meistern angefangen bis van Gogh –, hätte er seinen Pinsel niedergelegt und wäre gegangen.

Von einem Kloster in der Nähe wehten die samtenen Stimmen der singenden Mönche herüber. Die Sonne warf breite goldene Strahlen über den Himmel.

Lydia stieg aus dem Pool, streifte ihr neues Calvin-Klein-Top über und kam zu mir.

»Ich kann mich gar nicht erinnern, wann ich das letzte Mal einen Sonnenuntergang gesehen habe«, sagte ich. »Ich meine, richtig gesehen.«

»Vielleicht kann man es als eine Form der Meditation verstehen«, sagte sie und rubbelte sich mit einem Handtuch die Haare trocken. »Wie die Schönheit jeder einzelnen Sekunde in die nächste übergeht.«

Ich erhob mich und ging mit ihr an den Rand der Terrasse, wo wir einen besseren Blick hatten. Als die Sonne hinter den Wolken versank, zogen sich majestätische Farbbänder zu roten und goldenen Pinselstrichen über den Himmel zusammen.

»Dieses Land ist magisch«, sagte ich und sah zu den Hügeln, die sich in der Ferne schwarz gegen den Himmel erhoben.

Lydia nickte schweigend.

»Du wirst dir eine neue Insel suchen müssen, wenn du weglaufen möchtest, nachdem ich dich hier gefunden habe«, sagte ich nur halb im Spaß.

Lydia lächelte.

»Wenn ich so alt wäre wie du, würde ich es nicht anders machen«, sagte ich. »Besonders wenn ich die Sprache sprechen würde.«

Der Moment war vollkommen. Am liebsten hätte ich ihn angehalten und für alle Zeiten bewahrt. Der goldene Abendhimmel, tropische Wärme, meine schöne, erwachsene Tochter in dem Land, dem sie sich zugehörig fühlte.

Oft schon hatte ich einen Moment einfangen wollen – einen schönen Weihnachtstag, den Sommer, in dem ich verrückt vor Liebe war, einen Herbstmorgen an einem Ententeich, als die kleine Lydia mit weit ausgestreckten Armen auf mich zugewackelt kam, damit ich ihr Federgewicht auffing.

Aber es hat keinen Sinn, an einem Moment festhalten zu wollen – oder auch an Töchtern. Man sollte sie genießen, sein Bestes tun und sie dann mit Anstand ziehen lassen.

Die Zeit bleibt nicht stehen. Schöne Momente können in andere, noch schönere Momente übergehen. Jeder Moment, selbst der traurigste, kann erfüllender sein als der zuvor.

Das Entscheidende ist offen zu sein und Vertrauen zu haben, und genügend Weisheit, um einen Schritt zur Seite zu machen und dem Neuen Raum zur Entfaltung zu geben. Damit man keiner der hungrigen Geister wird, die die Vergangenheit betrauern und sich stets nach der Zukunft sehnen.

Die roten und goldenen Pinselstriche verwandelten sich allmählich in Violett. Die Stimmen der Mönche hüllten uns in ihre fließenden Harmonien.

»Ich liebe dieses Land wirklich«, wiederholte Lydia, als wir zusahen, wie die Hügel ein mystisches Lila annahmen. »Aber ich habe genug getan.«

Einen Moment verschlug es mir die Sprache.

»Als ich anfing zu meditieren, dachte ich, wenn ich mich nur genug anstrenge, dann würde etwas ganz Großes passieren«, fuhr sie mit leicht zitternder Stimme fort. »Wissenschaftler haben in Untersuchungen herausgefunden, dass bei Menschen, die sich höheren Bewusstseinsebenen nähern, messbare Änderungen im Gehirn stattfinden. Ich dachte, dass ich das eines Tages auch erreichen könnte. Dass ich vielleicht sogar …«

Der Rest von Lydias Satz hing unausgesprochen zwischen uns. *Bitte sag jetzt nicht, dass es schwer zu erklären ist*, dachte ich.

»Erleuchtung findest?«, fragte ich leise.

Der Franzose zündete sich eine Zigarette an und die Deutsche wickelte ihr Kind in ein Handtuch.

Eine kristallklare Träne rollte über Lydias Wange. Ihr Schmerz war tief.

»Ich dachte, wenn ich nur lange genug hierbliebe, dann …«, sagte sie und fing an zu weinen.

Ich nahm sie in die Arme.

In all der Zeit, in der ich geglaubt hatte, sie lehne sich gegen uns auf, hatte Lydia ein unerreichbares Ziel angestrebt. An der Universität hatte sie dieselbe Entschlossenheit an den Tag gelegt. Wenn sie sich erst einmal etwas vorgenommen hatte, richtete sie ihre ganze Kraft darauf.

Ich fragte mich, was sie antrieb und ob es etwas damit zu tun haben könnte, dass sie in eine trauernde Familie hineingeboren worden war, mit einem älteren Bruder, den sie nie kennengelernt hatte. Sie war zwar niemals ein Ersatz für Sam gewesen, aber wenn er nicht überfahren worden wäre, hätte es sie gar nicht gegeben. Vielleicht hatte unsere geliebte Tochter wirklich die schwere Bürde auf sich genommen, unsere gebrochenen Herzen zu heilen.

Auch wenn ich mich immer bemüht hatte, Sam nicht als Heiligen erscheinen zu lassen, war er ihr vielleicht so vorgekommen. Vielleicht war sie unbewusst in Konkurrenz mit einem älteren Bruder aufgewachsen, der keine Fehler hatte, weil er tot war.

»Ich habe die letzten fünf Jahre meines Lebens verschwendet«, sagte sie leise schluchzend. »Ich hätte auf Partys gehen und mich mit meinen Freunden amüsieren können, statt mich völlig abzuschotten und Stunde um Stunde zu meditieren.«

Ich wiegte sie sanft in meinen Armen und ließ die letzten Tage Revue passieren. Jetzt verstand ich, warum sie ihre Haare hatte wachsen lassen und nichts erwidert hatte, als ihr Lehrer ihr anbot, Nonne zu werden. Sie wurde keineswegs dazu gedrängt, sich einer althergebrachten Religion zu unterwerfen, im Gegenteil, Lydia gebot nach wie vor ganz allein über ihr Leben.

»Ich muss nach Hause«, sagte sie.

Jetzt, nachdem ich ihre Liebe zu dem Kloster und Sri Lanka endlich verstanden hatte, wollte sie nach Hause?

»Wirklich?«, fragte ich. »Keine braunen Gewänder mehr?«

Gott, was machte ich denn da? Wollte ich sie etwa überreden, Nonne zu werden?

»Dieser Ort wird immer ein Teil von mir sein, aber …«

Ihre Stimme verlor sich. Ich widerstand der Versuchung, den Satz für sie zu beenden.

»Aber was?«

»Ich fühle mich nicht mehr am richtigen Platz hier. Eines Tages werde ich sicher zurückkommen, aber das wird eine ganze Weile dauern. Ich möchte meinen Abschluss in Psychologie machen. Ich habe Kontakt mit der Universität in Melbourne aufgenommen, und sie haben einen Platz für mich. Ich würde gerne das, was ich hier gelernt habe, mit unserem westlichen Denken kombinieren …«

Sie vergrub ihren Kopf an meiner Schulter und fragte, ob ich damit einverstanden wäre, wenn sie in ein paar Tagen mit mir zurückfliegen und eine Weile zu Hause wohnen würde.

In diesen Tagen mit Lydia in Sri Lanka hatte ich unendlich viel gelernt. All die Sorgen, die ich mir wegen primitiver Klos, vegetarischer Currys und Moskitos gemacht hatte, waren unnötig gewesen. Die schreckliche Insel der Tränen hatte sich als eine Oase berückender Widersprüche erwiesen. Nicht nur das, hier hatte ich mich wieder an die abenteuerlustige Frau erinnert, die ich einmal gewesen war.

Am wichtigsten aber war, dass diese wunderschöne Insel mir geholfen hatte, Lydia zu verstehen. Bei all den Konflikten zwischen uns war es weniger darum gegangen, dass wir so unterschiedlich waren, als darum, dass wir uns so sehr ähnelten.

Der Himmel hatte sich inzwischen von Violett zu Blauschwarz verfärbt.

»Ich habe so ein schlechtes Gewissen, weil ich weggefahren bin, als du krank warst«, sagte sie und ihre Wangen glänzten im nachlassenden Licht. »Ich wusste nicht, was ich tat.«

»Aber als ich dich wirklich gebraucht habe, bist du nach Hause gekommen«, sagte ich und wiegte sie zärtlich in den Armen. »Du hast dich fantastisch um mich gekümmert. Was ich nicht zuletzt deinem Vater zu verdanken habe, der dir den Flug bezahlt hat.«

Sie hob den Kopf und wischte die Tränen weg.

»Aber den hat doch mein Lehrer bezahlt«, sagte sie.

»Dein Lehrer?« Ich starrte sie an. »Ich dachte, er wäre derjenige gewesen, der dich mit aller Macht hierbehalten wollte.«

Sie schüttelte den Kopf.

»Nein. Nein, überhaupt nicht. In der Zeit hat er mich nicht einmal unterrichten wollen. Er hat sich mehr oder weniger geweigert, überhaupt mit mir zu sprechen. Er hat mir unmissverständlich klargemacht, dass ich bei dir sein sollte. Im Buddhismus gilt die Familie sehr viel.«

Serendip, die Insel der glücklichen Zufälle, hatte sich ihre größte Überraschung bis zum Schluss aufbewahrt. Der charismatische Mönch, dem ich unterstellt hatte, meine Tochter verführen und uns entziehen zu wollen, war sehr viel großherziger und verständnisvoller gewesen, als ich ihm je zugebilligt hätte.

Ich war ein Idiot gewesen, diesen Mann so falsch zu beurteilen. Er hatte stets unsere Familie im Blick gehabt. Kein Wunder, dass von Steve keine Antwort gekommen war, als ich ihm den Dankesbrief geschickt hatte.

Aber eines war bei all dem Durcheinander gleich geblieben – die Entschlossenheit meiner Tochter, die Welt zu verändern.

Die undurchdringliche Schwärze der Tropen hüllte uns ein. Als die Stimmen der Mönche verstummten, begannen die Nachtvögel und Insekten ihre Hymne auf das Leben anzustimmen.

44.

Der Kreis schließt sich

Glück ist eine Katze auf deinem Schoß
und eine zufriedene Tochter.

Als das Auto vor unserem Haus hielt, spannte sich ein doppelter Regenbogen über den Himmel. Die Farben des unteren Bogens waren so satt und klar, dass ich sie einzeln unterscheiden konnte. Noch nie hatte ich einen derart leuchtenden Regenbogen gesehen.

Schützend hing ein zweiter, dunstiger Regenbogen über dem ersten. Ein Mutterbogen, der über seine Tochter wachte, zufrieden, sich in ihrer Schönheit zu sonnen.

Am Wohnzimmerfenster wartete die vertraute Silhouette. Kaum hatte Jonah uns entdeckt, erhob er sich, krümmte den Rücken und schlug mit dem Schwanz. Mit weit vorgerecktem Kopf sah er herunter auf das Auto. Wir konnten das Blau seiner Augen blitzen sehen, als er das Gesicht gegen die Scheibe drückte.

»Da freut sich jemand, dich zu sehen«, sagte ich zu Lydia.

Als Lydia den Weg hochlief, sprang Jonah vom Fensterbrett und verschwand, um auf der anderen Seite der Haustür zu warten. Wir hörten ihn miauen. Lydia drehte den Schlüssel im Schloss und Jonah drückte die Tür auf und sprang in ihre Arme.

»Ich hab dich so vermisst, mein Kleiner!«, rief sie und vergrub ihr Gesicht in seinem Fell.

Jonahs tiefes, vibrierendes Schnurren erinnerte mich an etwas, das ich erst vor kurzem gehört hatte – die Mönche, die bei Sonnenuntergang sangen. Ich dachte an den Schuster und die Katze, die sein Mönch war. Jonah wäre nur allzu gern bereit, die Rolle von Lydias Guru zu übernehmen.

Lydia fiel es unerwartet schwer, wieder zum »normalen« Leben zurückzufinden. Während sie nach spiritueller Vollkommenheit gestrebt hatte, war vieles auf der Strecke geblieben. Als Erstes brachte sie ihre Facebook-Seite auf den neuesten Stand. Beim Betrachten der alten Seite mit den vielen Fotos von ihr in Klöstern oder bei Spendenaktionen sagte sie mit tränenerstickter Stimme: »Ich sehe ja nicht mal wie ein richtiger Mensch aus!«

Sie verzog sich ins Badezimmer und kam nach einer halben Ewigkeit perfekt geschminkt wieder heraus.

»Mach bitte ein Foto von mir«, sagte sie und drückte mir eine Kamera in die Hand.

Ich saß gerade in ein neues Buch vertieft vor dem Computer, aber ihre Stimme sagte mir, dass es dringend war. Wir gingen in den Garten und sie stellte sich mit einem schüchternen Lächeln unter den Baum. Anders als viele ihrer Altersgenossen, die ständig Selbstporträts mit ihren Handys machten und dafür mit strahlendem Lächeln posierten, hatte Lydia vergessen, wie man sich vor einer Kamera verhielt. Sie nahm mir die Kamera ab und löschte die meisten Fotos gleich wieder. Wenn ich ihr gesagt hätte, was ich wirklich dachte, dass sie nämlich von innen heraus strahlte, wäre sie schamrot angelaufen. Die Worte ihres Lehrers fielen mir wieder ein – »Unter den Perlen, die es auf dieser Welt gibt, ist Lydia unser Diamant.«

Anfangs fiel es ihr schwer, wieder Anschluss zu finden. Einige ihrer alten Freunde schienen nur noch Party machen zu wollen. Sie hatte Schwierigkeiten, sich anzupassen. Ein paarmal kam sie weinend nach Hause und sagte wieder, sie habe die letzten fünf Jahre vergeudet. Ich versuchte sie zu beruhigen. Ihre Erfahrungen mochten ihr jetzt vielleicht wertlos vorkommen, aber sie hatten sie reifer gemacht und ihren Horizont enorm erweitert, und das würde ihr immer bleiben.

Eines Samstagabends spazierte ich mit ihr zusammen die Chapel Street entlang und sie bemerkte die bewundernden Blicke der jungen Männer nicht einmal. Als ich sie mit dem Ellbogen anstieß und sie fragte, ob sie den süßen Typen bemerkt habe, der sich ganz offensichtlich für sie interessierte, zuckte sie geradezu erschreckt zusammen.

Wir drei anderen freuten uns, wenn sie sich breitschlagen ließ, mit uns in die Oper, ein Musical und den einen oder anderen schlechten Film zu gehen. Diese Form von Unterhaltung hatte sie während ihrer frommen Phase als »Ablenkung« betrachtet.

Wie schön es war, sie wieder in Kleidern zu sehen, die nicht aus Secondhandläden stammten. Erstaunlicherweise ging sie am liebsten in eine Boutique, in der man konservative Kleider und Accessoires aus Kaschmir und Leder bekam. Jonah war natürlich begeistert davon. Wann immer sich die Gelegenheit bot, verschwand er in ihrem Zimmer und mopste ihr einen Schal.

»Es ist mir ja peinlich«, sagte sie eines Tages, »aber ich habe wirklich eine Schwäche für Fellmuster.«

Ich kaufte ihre eine Handtasche mit Leopardenfell-Muster. Jonah ging natürlich davon aus, dass sie für ihn sei, und fing an, sie durchs Haus zu schleppen.

Lydia entwickelte sich zur wahren Meisterköchin. Sie perfektionierte das Ingwerplätzchen-Rezept meiner Mutter und verwandelte unser Esszimmer in einen Gourmettempel.

Sobald Jonah sie in der Küche mit den Töpfen klappern hörte, rannte er zu ihr. Seine Lieblingsbeschäftigung wartete auf ihn: unaufhörlich auf die Arbeitsfläche springen und wieder hinuntergescheucht werden. Lydia löste das Problem diplomatisch und stellte seinen höchsten Kratzbaum in die Mitte der Küche, damit er das Geschehen von dort oben überwachen konnte. Unablässig wurde dabei »gequatscht« und er beantwortete jede Frage mit einem Miauen oder Zungenschnalzen oder, wenn er aus irgendeinem Grund nicht einverstanden war, einem Nicksen.

»Ich bin bloß seine Küchenhelferin«, sagte Lydia dann lachend.

Manchmal vermisste ich fast den Räucherstäbchenduft, wenn ich am Fuß der Treppe stand. Sie meditierte nicht mehr viel. Ich riet ihr, es nicht ganz aufzugeben.

Da Katharine beschlossen hatte, in ein Studentenwohnheim zu ziehen, war es wieder still im Haus geworden – es waren nur wir drei übrig, vier, wenn man Jonah mitzählte. Nach ein paar Monaten fühlte sich Lydia so weit, in eine Wohngemeinschaft mit Leuten ihres Alters zu ziehen. Zusammen mit drei Freundinnen fand sie ein schickes modernes Apartment über einer Galerie in Carlton. Es war sonnig und großzügig geschnitten, ideal. Da sie nach dem Master in Psychologie promovieren wollte, würde sie dort einige Jahre wohnen.

Sie zog an einem jener strahlenden Tage aus, die es im Winter manchmal gibt. Sie hatte beschlossen, ihr Bett mitzunehmen, aus dem Philip das von Jonah vollgepinkelte Stück Holz herausgesägt hatte.

Der Apfelbaum streckte seine nackten Äste zu einem Abschiedsgruß aus, als zwei Umzugsmänner ihren Schreibtisch, den Stuhl und mehrere Kisten mit Kleidung den Gartenweg hinuntertrugen. Nachdem der Umzugswagen weggefahren war, rief sie mich nach oben. Bis auf ein vollgestopftes Bücherregal war ihr Zimmer leer. Ich strich über die apricotfarbenen Wände. Selbst jetzt noch hatte das Zimmer eine wunderbare, überirdische Atmosphäre.

»Was war das doch für ein Abenteuer für uns alle«, sagte ich und hob ein dickes Meditationskissen auf. »Nimmst du das nicht mit?«

»Du kannst es gerne haben«, sagte sie.

»Meditation«, sagte ich und drehte das Kissen gedankenverloren in meinen Händen. »Manchmal hilft mir das, nach dem Schreiben abzuschalten.«

»Du wirst auf deine alten Tage doch nicht etwa Nonne werden wollen?«, zog Lydia mich auf.

Ich schüttelte lachend den Kopf. Lydia legte die Hände auf meine Schultern und zog mich an sich.

»Danke für alles, Mum.«

Ich bekam heiße Ohren. Ich konnte gar nicht glauben, was ich eben gehört hatte.

Meine widerspenstige, willensstarke Tochter, die mich immer nur Helen genannt hatte, hatte endlich Mum zu mir gesagt.

45.

Schwanzende

Lass sie frei … in Maßen.

An diesem Nachmittag legte ich Jonah sein Geschirr um und nahm ihn mit in den Garten.

Ich machte es mir auf einer Liege bequem und schloss die Augen. Jonah sprang auf die Liege neben mir und rollte sich in der goldenen Wärme schnurrend auf den Rücken, damit ich ihm den Bauch streichelte. Wie alle guten Konkubinen gehorchte ich.

Die halbe Tablette Katzen-Prozac gehörte mittlerweile zu seinem Alltag. Er war noch immer so verrückt, bezaubernd und herrisch wie früher, aber das Medikament hatte viel zur Lösung seines »kleinen Problems« beigetragen. Mittlerweile pinkelte er nur noch dann irgendwo ins Haus, wenn eine der schwarzen Katzen aus unserer Straße mit finsterem Blick durch das Fenster starrte oder wenn er einen von uns beim Kofferpacken erwischte. Da das Klavier meines Vaters nach wie vor ein unheilvolles Interesse auf sich zog, blieb es in Frischhaltefolie eingewickelt, zum Amüsement unserer Gäste.

»Du bist ein guter Junge, nicht wahr?«, sagte ich, als er sich auf die Seite legte und die Augen schloss.

Unser Kater machte einen so ruhigen und gelassenen Eindruck, dass ich beschloss, das Risiko einzugehen und ihm zu geben, wonach er sich immer gesehnt hatte. Jonah schien kaum mitzubekommen, dass ich die Leine von seinem Geschirr löste. Einträchtig lagen wir Seite an Seite da und genossen den Sonnenschein und die Gesellschaft des anderen. Er war jetzt frei und hatte sich trotzdem dafür entschieden, bei mir zu bleiben. Geschmeichelt schloss ich die Augen und döste ein wenig.

Aber richtig entspannen konnte ich mich nicht. Alle paar Sekunden sah ich nach, ob Jonah noch neben mir lag. Er rührte sich nicht vom Fleck. Bis ich ihn dabei ertappte, wie er mich mit durchdringendem Blick anstarrte, so als wollte er sichergehen, dass ich schlief.

Während ich mich also schlafend stellte, beobachtete ich, wie unser gerissener Kater ein letztes Mal einen prüfenden Blick zu mir herüberwarf. Zufrieden glitt er von der Liege, schüttelte sich triumphierend und machte sich auf leisen Sohlen davon. Frustriert sah ich seinen Schwanz um die Ecke des Hauses verschwinden.

Eine erneute Jagd durch die Nachbarschaft vor Augen, erhob ich mich seufzend von der Liege und eilte ihm nach. Diesem Kater konnte man einfach nicht trauen.

Als ich um die Ecke bog, passierte er gerade die Mülltonnen. Selbst wenn ich einen Spurt hinlegte, würde ich ihn nicht mehr erwischen.

»Jonah«, bettelte ich, »komm zurück.«

Er blieb stehen, drehte mir sein hübsches Gesicht zu und blinzelte.

»Bleib doch bitte, bitte zu Hause«, sagte ich.

Der Kater zögerte. Ich wartete darauf, dass er jeden Moment davonschoss. Aber zu meiner Überraschung legte er sich quer auf den Weg, rollte sich auf den Rücken und streckte die Beine in die Höhe, als wollte er sagen: *Komm doch und hol mich.*

Ich nahm ihn in die Arme und drückte ihm einen Kuss auf

die Stirn. Er revanchierte sich mit einem gutmütigen Schnurren. Das Späßchen hatte ihm gefallen.

Katzen und Töchter. Man sollte sie ein wenig streunen lassen.

Aber immer ein Auge auf sie haben.

Danksagung

Mit dem internationalen Erfolg von Cleo sind einige wunderbare Frauen und Männer in mein Leben getreten. Es ist ein Privileg, mit Lisa Highton, einer der besten Verlegerinnen der Welt, und ihrem Team bei Two Roads zu arbeiten. Lisa ist großzügig, begeisterungsfähig und klug. Ich fühle mich geehrt, sie als Freundin bezeichnen zu dürfen.

Früher habe ich mich oft gefragt, warum Autoren ihren Agenten danken. Seit mich Elizabeth Sheinkman bei Curtis Brown unter ihre Fittiche genommen hat, weiß ich es. Sie ist eine tolle – und höchst elegante – Frau mit großen Ideen, die weiß, wie man Autoren bei der Stange hält.

Louise Thurtell von Allen and Unwin in Sydney werde ich immer dankbar sein. Ebenso Martina Schmidt bei Deuticke in Wien, die Cleo in eine geschliffen deutsch sprechende Katze verwandelt hat und mir darüber hinaus eine Freundin geworden ist.

Herzlichen Dank an meinen alten Schulfreund Ross Alley für die fantastischen Abendessen, zu denen er jedes Mal einlädt, wenn ich in London bin. Und an Emily und Michael Deane sowie meine Nichte Nicola Dryden, deretwegen ich beim letzten Treffen Tränen gelacht habe.

Dank auch den wunderbaren Lesern von *Cleo*, die mir aus England und der ganzen Welt E-Mails geschickt haben und das Buch ihren Freunden empfehlen wollten. Etwas Netteres kann man für einen Autor nicht tun.

Robert Dark, Computerexperte und fünffacher Vater, hat mir gezeigt, wie viel eine Website bewirken kann.

Ich danke Julie Wentworth, der weltbesten Yogalehrerin, für die freitäglichen Yogasitzungen in ihrer Wohnung, während ich an diesem Buch schrieb. Sie ist Balsam für die Seele.

Ich bedanke mich außerdem für die regelmäßigen Massagen von Bronwyn Quigley und die Trainingsstunden mit Stephen Holden. Ohne ihre Bemühungen, mich während der langen Monate des Schreibens fit zu halten, hätte mein Körper schlappgemacht.

Von unschätzbarem Wert ist die Freundschaft von Douglas Drury, Deirdre Coleman, Liz Parker, Sarah Wood, Geoff Clifford und Sue Peden, Heather Leviston, Rocky und Jeanie Douche, Roderick und Gillian Deane, Mano und Heather Thevathasan, James Fisher, Kim Paleg und anderen.

Mein tiefer Dank gilt allen Ärzten, die mich während meiner Krebserkrankung begleitet haben. Ein, zwei Bücher hinzukritzeln ist nichts im Vergleich zu dem, was sie leisten: Leben retten.

Dank auch an meinen Bruder Jim Blackman und seinen Partner Aaron Beckett.

Und an Bronte und Stevan von Spoonful für die nie versiegende Kaffeezufuhr, den Treibstoff von Autoren.

Einige Getreue haben mich in all den Jahren begleitet und mit ihrem Vertrauen wiederaufgerichtet, wenn ich an meinen Fähigkeiten zweifelte. Maureen Riesterer, Mary Stanley-Shepherd und Jim Chalmers aus Christchurch, Faye Ketu aus Ekatahuna, Iskra Lewis und viele andere. Ihr wisst, wen ich meine.

Denen, die sich damit einverstanden erklärten, unter ihrem richtigen Namen in diesem Buch zu erscheinen, kann ich gar nicht genug danken. Vivienne Smith, eine hervorragende Tierverhaltensforscherin, half uns, unseren launischen Kater mit neuen Augen zu sehen.

Meine Schwester Mary Dryden verdient es, besonders erwähnt zu werden. Ihr verdanken wir nicht nur, dass Jonah zu uns kam, sie ist auch für uns da gewesen, als wir sie brauchten.

Manchmal werde ich gefragt, was meine Familie davon hält, sich in meinen Büchern und Artikeln wiederzufinden. Ich kann dazu nur sagen, dass sie unglaublich tolerant und großherzig ist. Philip, Katharine, Rob, Chantelle und die kleine Annie – ihr seid die Diamanten in meinem Leben.

Mein größter Dank aber gilt Lydia, weil sie mir erlaubt hat, sie in den Mittelpunkt dieser Geschichte zu stellen. Du würdest sie bestimmt anders erzählen. Vielleicht wirst du es eines Tages auch tun. Bis dahin hoffe ich, dass du dieses Buch als das nehmen kannst, was es ist – eine Art Liebeserklärung.

Und, Jonah, wenn du das hier liest: das gilt auch für dich.